EM DEFESA DE JACOB

WILLIAM LANDAY

EM DEFESA DE JACOB

Tradução de
Marcelo Schild

3ª edição

EDITORA RECORD
RIO DE JANEIRO • SÃO PAULO
2021

CIP-Brasil. Catalogação na fonte
Sindicato Nacional dos Editores de Livros, RJ.

L242e Landay, William, 1963-
3ª ed.   Em defesa de Jacob / William Landay; tradução de Marcelo Schild Arlin. – 3ª ed. – Rio de Janeiro: Record, 2021.

Tradução de: Defending Jacob
ISBN 978-85-01-09669-2

1. Romance norte-americano. I. Arlin, Marcelo Schild. II. Título.

12-2788   CDD: 813
                                       CDU: 821.111(73)-3

Título original em inglês:
Defending Jacob

Copyright © 2012 by William Landay

Texto revisado segundo o novo Acordo Ortográfico da Língua Portuguesa.

Todos os direitos reservados. Proibida a reprodução, no todo ou em parte, através de quaisquer meios. Os direitos morais do autor foram assegurados.

Editoração eletrônica: Abreu's System

Direitos exclusivos de publicação em língua portuguesa somente para o Brasil adquiridos pela
EDITORA RECORD LTDA.
Rua Argentina 171 – Rio de Janeiro, RJ – 20921-380 – Tel.: 2585-2000
que se reserva a propriedade literária desta tradução.

Impresso no Brasil

ISBN 978-85-01-09669-2

Seja um leitor preferencial Record.
Cadastre-se e receba informações sobre nossos lançamentos
e nossas promoções.

Atendimento e venda direta ao leitor:
sac@record.com.br

Parte UM

"*Sejamos pragmáticos quanto às nossas expectativas em relação ao Direito Penal.... [Pois] precisamos apenas imaginar, por alguma espécie de truque de viagem no tempo, um encontro com nosso ancestral hominídeo mais antigo, Adão, um proto-homem, de estatura baixa, coberto por uma abundância de folhas, bípede recente, colhendo forragem aqui e ali na savana africana aproximadamente há três milhões de anos. Agora, concordemos que podemos promulgar toda e qualquer lei que nos agrade e atingir aquela criatura pequena e esperta; ainda assim, seria imprudente afagá-la.*"

— REYNARD THOMPSON,
A General Theory Of Human Violence (1921)

1 | Diante do grande júri

Sr. Logiudice: Diga seu nome, por favor.
Testemunha: Andrew Barber.
Sr. Logiudice: Qual é sua profissão, Sr. Barber?
Testemunha: Fui promotor adjunto local deste condado durante 22 anos.
Sr. Logiudice: "Fui." Trabalha com o que agora?
Testemunha: Suponho que se poderia dizer que estou desempregado.

Em abril de 2008, Neal Logiudice finalmente me intimou a depor diante do grande júri. Àquela altura, era tarde demais. Tarde demais para o caso dele, certamente, mas também para Logiudice. A reputação dele já estava avariada além da possibilidade de reparo, e sua carreira a acompanhara. Um promotor pode seguir mancando com uma reputação avariada durante algum tempo, mas os colegas irão observá-lo como lobos, e ele vai acabar sendo forçado a abandonar o cargo, pelo bem da matilha. Já vi acontecer muitas vezes: um promotor adjunto local é insubstituível em um dia e esquecido no seguinte.

Sempre tive uma simpatia por Neal Logiudice (pronuncia-se *la-JU-dis*). Ele ingressou na promotoria uns dez anos antes da atual gestão, logo após sair da faculdade de direito. Na época, aos 29 anos, era baixo, tinha cabelo ralo e uma pequena pança. Sua boca era entupida de dentes; precisava fechá-la à força, como uma mala abarrotada, o que o deixava com uma expressão azeda, os lábios enrugados formando um bico. Eu costumava chamar a atenção dele para que não fizesse aquela cara diante dos jurados — ninguém gosta de uma reprimenda —, mas ele a fazia inconscientemente. Levantava-se diante do júri balançando a cabeça e franzindo os lábios como uma professora do interior ou um padre, e em cada jurado contorcia-se um desejo secreto de votar contra ele. Dentro do gabinete, Logiudice era um pouco manipulador e puxa-saco. Sofria muitas brincadeiras. Outros promotores adjuntos locais provocavam-no o tempo todo, mas ele recebia provocações de todos os lados, até mesmo por quem trabalhava indiretamente com o gabinete — policiais, escrivães, secretários, pessoas que normalmente não tornavam seu desdém por um promotor assim tão óbvio. Chamavam-no de Milhouse, por causa de um personagem abobalhado dos *Simpsons*, e inventavam mil variações em cima do nome dele: Lotolo, Lestúpido, Sid Vicious, Judicioso, e assim por diante. Mas, para mim, Logiudice era razoável. Era apenas inocente. Com as melhores intenções, arruinava as vidas das pessoas e jamais perdia um minuto de sono por causa disso. Afinal de contas, só ia atrás dos vilões. Esta é a Falácia do Promotor — *Eles são vilões porque os estou processando* —, e Logiudice não era o primeiro a ser enganado por ela, de modo que eu o perdoava por ser virtuoso. Eu até gostava dele. Torcia por ele precisamente por causa de suas estranhezas, do nome impronunciável, dos dentes protuberantes — dentes que qualquer colega dele teria endireitado com caros aparelhos, pagos por mamãe e papai — e até mesmo por causa de sua ambição explícita. Vi algo no sujeito. Um ar de tenacidade no modo como suportava tanta rejeição, como apenas aguentava e aguentava. Obviamente, era um rapaz da classe operária determinado a conquistar para si próprio o que simplesmente fora entregue de mão beijada a muitos outros. Naquele aspecto, e *somente* naquele aspecto, suponho, ele era justamente como eu.

Agora, muitos anos depois de chegar ao escritório, apesar de todas as peculiaridades, ele atingira seu objetivo, ou quase. Neal Logiudice era o primeiro adjunto, o homem número dois no Ministério Público de Middlesex, o braço direito da procuradora e principal promotor nos tribunais. Ele assumira o cargo que eu ocupava — aquele garoto que me dissera certa vez: "Andy, você é *exatamente* o que quero ser algum dia." Eu deveria ter previsto o que aconteceria.

Naquela manhã, no salão do grande júri, os jurados estavam com um humor taciturno, derrotado. Encontravam-se sentados, trinta e poucos homens e mulheres que não tinham sido suficientemente espertos para encontrar uma maneira de se livrar da obrigação de servir, todos espremidos naquelas carteiras escolares com mesinhas em forma de lágrima que serviam de braços para as cadeiras. Àquela altura, já compreendiam suficientemente bem o trabalho que lhes cabia realizar. Membros de grandes júris servem durante meses e decifram bem rápido qual é a sua função: acusar, apontar o dedo, indicar quem é o perverso.

Um processo com um grande júri não é um julgamento. Não há juiz no salão e tampouco um advogado de defesa. O promotor conduz o espetáculo. É uma investigação e, teoricamente, um teste do poder do promotor, já que o grande júri decide se o promotor possui provas suficientes para arrastar um suspeito até o tribunal a fim de julgá-lo. Caso haja provas suficientes, o grande júri concede ao promotor uma acusação formal, o bilhete de entrada para o Tribunal de Justiça. Caso contrário, dizem haver "impronúncia", e o caso termina antes de começar. Na prática, impronúncias são raras. A maioria dos grandes júris concedem as acusações formais. Por que não? Eles veem somente um lado do caso.

Mas, naquela ocasião, suspeito que os jurados soubessem que Logiudice não tinha um caso. Não naquele dia. A verdade seria descoberta, não com provas tão envelhecidas e comprometidas, não depois de tudo que ocorrera. Já se passara mais de um ano — mais de 12 meses desde que o corpo de um garoto de 14 anos fora encontrado na floresta com três perfurações dispostas em uma linha que cruzava o peito, como se tivesse sido garfado com um tridente. Mas não era bem o tempo que importava. Era todo o resto. Tarde demais, e o grande júri sabia disso.

Eu também sabia.

Apenas Logiudice permaneceu destemido. Franziu os lábios daquela maneira estranha. Revisou as anotações que fizera em um bloco com folhas amarelas, ponderando a respeito da pergunta seguinte. Estava fazendo justamente o que eu lhe ensinara. A voz na cabeça dele era a minha: Não importa o quanto seu caso seja fraco. Mantenha-se fiel ao sistema. Jogue o jogo da mesma maneira que ele tem sido jogado ao longo dos últimos quinhentos e poucos anos, use a mesma tática sensacionalista que sempre determinou um interrogatório — atrair, capturar na armadilha, foder.

Ele disse:

— Você se lembra da primeira vez em que ouviu algo a respeito do homicídio do filho de Rifkin?

— Sim.

— Descreva-a.

— Recebi uma ligação, acredito, primeiro da CPAC... é a polícia estadual. Depois, outras duas vieram logo em seguida, uma da polícia de Newton, outra do promotor que estava em serviço. Posso ter dito na ordem errada, mas basicamente o telefone começou a tocar sem parar.

— Quando foi isso?

— Quinta-feira, 12 de abril de 2007, por volta das 9 da manhã, logo depois que o corpo foi encontrado.

— Por que foi chamado?

— Eu era o primeiro adjunto. Eu era notificado de todos os homicídios no condado. Era o procedimento-padrão.

— Mas você não assumia todos os casos, não é? Não investigava pessoalmente e levava a julgamento todo homicídio que era registrado?

— Não, é claro que não. Eu não tinha tanto tempo assim. Eu assumia um número muito pequeno de homicídios. A maioria eu designava a outros promotores adjuntos locais.

— Mas você assumiu este.

— Sim.

— Você decidiu de imediato que assumiria o caso ou só tomou a decisão posteriormente?

— Decidi quase imediatamente.

— Por quê? Por que quis esse caso especificamente?

— Eu tinha um acordo com a procuradora de justiça local, Lynn Canavan: certos casos eu levaria pessoalmente a julgamento.

— Quais tipos de caso?

— Casos de alta prioridade.

— Por que você?

— Eu era o promotor mais antigo no gabinete. Ela queria ter certeza de que os casos importantes fossem tratados apropriadamente.

— Quem decidia quando um caso era de alta prioridade?

— Eu, na primeira instância. Após consultar a procuradora, é claro, mas as coisas tendem a caminhar mais rapidamente no começo. Geralmente, não há tempo para uma reunião.

— Portanto, *você* decidiu que o homicídio de Rifkin era um caso de alta prioridade?

— É claro.

— Por quê?

— Porque envolvia o assassinato de uma criança. Acho que também imaginamos que pudesse explodir, chamar a atenção da mídia. Era esse tipo de caso. Aconteceu em uma cidade rica, com uma vítima rica. Já havíamos lidado com alguns casos parecidos. No começo, tampouco sabíamos exatamente do que se tratava. Em certos aspectos, parecia um assassinato escolar, algo como Columbine. Basicamente, não sabíamos que diabos era aquilo, mas cheirava a caso grande. Se viesse a se tornar algo menor, eu passaria o caso adiante posteriormente, mas, naquelas primeiras horas, precisava ter certeza de que tudo seria feito corretamente.

— Você informou à procuradora que tinha um conflito de interesses?

— Não.

— Por que não?

— Porque eu não tinha.

— Jacob, seu filho, não era colega de turma do garoto que morreu?

— Sim, mas eu não conhecia a vítima. Jacob também não, até onde eu sabia. Eu jamais ouvira o nome do garoto morto.

— Você não conhecia a vítima. Muito bem. Mas sabia que ele e seu filho estavam na mesma turma na mesma escola de ensino fundamental na mesma cidade?

— Sim.

— E ainda assim não achou que devesse permanecer fora do caso devido a um conflito de interesses? Não achou que sua objetividade pudesse ser questionada?

— Não. É claro que não.

— Nem mesmo em retrospecto? Você insiste, você... Mesmo em retrospecto, você *ainda* não sente que as circunstâncias apresentavam ao menos a *aparência* de um conflito?

— Não, não havia nada de impróprio a respeito. Não havia nada de incomum. O fato de que eu morava na cidade onde ocorreu o homicídio? Aquela era uma coisa *boa*. Em condados menores, o promotor costuma morar na comunidade onde um crime é cometido e muitas vezes conhece as pessoas afetadas por ele. E daí? Então, com isso, ele tem *ainda mais* vontade de capturar o assassino? Isso não é um conflito de interesses. Veja bem, no final das contas, tenho um conflito com todos os assassinos. É o meu trabalho. Foi um crime horrível, horrível; era meu trabalho fazer algo a respeito. Eu estava determinado a fazer justamente isso.

— Certo. — Logiudice baixou os olhos para o bloco de notas. Não havia o menor sentido em atacar a testemunha tão cedo no interrogatório. Ele retornaria àquele ponto mais tarde no dia, sem dúvida, quando eu estivesse cansado. Por enquanto, era melhor manter a temperatura baixa.

— Você compreende seus direitos assegurados pela Quinta Emenda?

— É claro.

— E abriu mão deles?

— Aparentemente. Estou aqui. Estou falando.

Risos abafados no grande júri.

Logiudice pousou o bloco de notas na mesa e, junto com ele, pareceu deixar de lado por um momento seu plano de jogo.

— Sr. Barber... Andy... Posso lhe perguntar apenas uma coisa? Por que não fazer uso deles? Por que não permanecer em silêncio? — A frase seguinte ele deixou por dizer: *É o que eu teria feito.*

Pensei por um instante que aquilo fosse uma tática, um pouco de encenação. Mas Logiudice parecia estar falando sério. Estava preocupado, se perguntando se eu iria aprontar alguma. Ele não queria ser enganado, parecer um tolo.

Eu disse:

— Não tenho o menor desejo de permanecer em silêncio. Quero que a verdade venha à tona.

— A qualquer custo?

— Acredito no sistema, assim como você, assim como todos aqui.

Bem, aquilo não era exatamente verdade. Não acredito no sistema judicial, pelo menos não acho que seja especialmente eficaz em descobrir a verdade. Nenhum advogado acha. Todos vimos erros demais, resultados negativos demais. Um veredito de um júri é apenas uma suposição — uma suposição bem-intencionada, em geral, mas você não pode simplesmente distinguir fato de ficção por meio de um voto. Ainda assim, apesar de tudo isso, realmente acredito no poder do ritual. Acredito no simbolismo religioso, nas togas negras, nos tribunais com colunas de mármore, iguais aos templos gregos. Quando realizamos um julgamento, estamos rezando uma missa. Rezamos juntos para fazermos o que é certo e para que fiquemos protegidos do perigo, e vale a pena fazer isso, sejam ou não nossas preces realmente ouvidas.

Obviamente, Logiudice não engolia esse tipo de porcaria solene. Vivia no mundo binário do advogado, culpado ou inocente, e estava determinado a me manter preso ali.

— Você acredita no sistema, é mesmo? — desdenhou ele. — Tudo bem, Andy, voltemos para onde estávamos, então. Vamos deixar o sistema fazer seu trabalho. — Ele deu ao júri um olhar de espertalhão que sabe tudo.

Bom garoto, Neal. Não deixe a testemunha pular na cama com o júri — *você* pula na cama com o júri. Pule na cama e acomode-se bem ao lado deles debaixo do cobertor e deixe a testemunha lá fora, no frio. Abri um sorriso malicioso. Eu teria me levantado e aplaudido caso fosse permitido, pois o ensinara a fazer precisamente aquilo. Por que negar a mim mesmo um pouco de orgulho paterno? Não devo ter ido de todo mal — transformei Neal Logiudice em um advogado semidecente, no final das contas.

— Então vá em frente — eu disse, acariciando o pescoço do júri. — Deixe de besteira e vamos logo com isso, Neal.

Ele olhou para mim, depois pegou de novo o bloco amarelo e correu os olhos por ele, procurando seu lugar. Eu praticamente conseguia ler o pensamento escrito em sua testa: *atrair, capturar, foder.*

— Certo — declarou. — Vamos retornar ao período logo após o homicídio.

2 | Nosso pessoal

Abril de 2007: 12 meses antes.

Quando os Rifkin começaram em seu lar o *shiva*, o período judaico de luto, parecia que toda a cidade estava presente. A família não teria a permissão de guardar luto privadamente. O assassinato do garoto foi um evento público; a dor também seria. A casa estava tão cheia que, em momentos nos quais o murmúrio das conversas aumentava, tudo começava a parecer uma festa, de forma constrangedora, até que as pessoas baixavam a voz simultaneamente, como se um ajuste de volume invisível fosse girado.

Desculpava-me ao atravessar a multidão, repetindo "com licença", virando para um lado e para o outro, arrastando os pés a fim de abrir caminho.

Pessoas me encaravam com expressões curiosas. Alguém disse: "É ele, aquele é Andy Barber", mas não parei. Haviam se passado quatro dias desde o homicídio e todos sabiam que eu assumira o caso. Queriam fazer perguntas, naturalmente, sobre suspeitos e pistas e tudo o mais, mas não ousavam. Por enquanto, os detalhes da investigação não importavam, somente o fato bruto de que um garoto inocente estava morto.

Assassinado! A notícia os pegara desprevenidos. Newton não tinha crimes sobre os quais comentar. O que os moradores locais sabiam sobre violência vinha necessariamente de noticiários e de programas de TV. Eles supunham que crimes violentos estavam limitados ao centro metropolitano, a uma subclasse de caipiras urbanos. Estavam errados quanto a isso, é claro, mas não eram tolos e não ficariam tão chocados com o assassinato de um adulto. O que tornava o homicídio de Rifkin tão profano era que envolvia uma das crianças da cidade. Era uma violação da autoimagem de Newton. Durante algum tempo, ergueram uma placa no Centro de Newton declarando o lugar "Uma Comunidade de Famílias, Uma Família de Comunidades", e ouvia-se com frequência repetirem que a localidade era "um bom lugar para criar os filhos". E realmente era. A cidade era repleta de cursinhos preparatórios com aulas após o horário escolar, de dojos de caratê e campeonatos de futebol aos sábados. Os jovens pais da cidade valorizavam especialmente essa visão de Newton como um paraíso para as crianças. Muitos tinham deixado a cidade sofisticada e moderna para se mudar para cá. Aceitaram despesas gigantescas, uma monotonia sem tamanho e a decepção desagradável de se acomodar em uma vida convencional. Para esses habitantes ambivalentes, todo o projeto suburbano só fazia sentido por ser "um bom lugar para criar os filhos". Eles tinham apostado tudo nisso.

Indo de cômodo em cômodo, passei por uma tribo após a outra. Os jovens, amigos do menino morto, haviam se reunido em um pequeno cômodo na parte da frente da casa. Falavam baixo e encaravam as pessoas. O rímel de uma das garotas estava borrado de lágrimas. Meu próprio filho, Jacob, encontrava-se sentado em uma cadeira baixa, magrelo e desengonçado, afastado dos outros. Olhava para a tela de seu celular, nada interessado nas conversas ao redor.

A família enlutada e chocada estava ao lado, na sala de estar, velhas avós, primos bebês.

Na cozinha, finalmente, estavam os pais dos garotos que estudaram desde pequenos em Newton com Ben Rifkin. Aquele era o nosso pessoal. Conhecíamos uns aos outros desde que nossos filhos apareceram para o primeiro dia no jardim de infância, oito anos antes. Estivemos juntos mil vezes, deixando as crianças na escola de manhã e pegando-as à tarde, em infinitos jogos de futebol e eventos para arrecadar fundos para a instituição de ensino e em uma produção memorável de *Doze homens e uma sentença*. Ainda assim, exceto por algumas poucas amizades íntimas, não nos conhecíamos tão bem. Havia uma camaradagem entre nós, certamente, mas nenhuma conexão verdadeira. A maioria das relações mantidas entre nós não sobreviveria à formatura de nossos filhos no ensino médio. Mas, naqueles primeiros poucos dias após o assassinato de Ben Rifkin, sentimos uma ilusão de proximidade. Era como se todos tivéssemos sido repentinamente revelados uns para os outros.

Na ampla cozinha dos Rifkin — fogão horizontal Wolf, geladeira Sub-Zero, balcões de granito, armários brancos —, os pais da escola espremiam-se em grupos de três ou quatro e faziam confissões íntimas sobre insônia, tristeza, um medo que nunca os deixava. Falavam repetidamente sobre Columbine e o 11 de Setembro e sobre como a morte de Ben fez com que se agarrassem ainda mais aos próprios filhos, enquanto ainda era possível. As emoções extravagantes daquela noite foram ampliadas pela luz quente na cozinha, a qual emanava de luminárias pendentes com globos laranja-escuro. Sob aquela luz de fogo, quando entrei no cômodo, os pais permitiam-se uns aos outros o luxo de confessar segredos.

No balcão central, uma das mães, Toby Lanzman, arrumava petiscos em uma travessa quando entrei na cozinha. Um pano de prato estava pendurado sobre seu ombro. Os tendões em seus antebraços saltavam enquanto ela trabalhava. Toby era a melhor amiga de minha esposa, Laurie, um dos poucos laços duradouros que fizemos aqui. Ela me viu procurando minha esposa e apontou para o outro lado da sala.

— Está fazendo o papel de mãe para as outras mães — disse Toby.

— Estou vendo.

— Bem, todos poderíamos receber um pouco de apoio materno agora.

Grunhi, olhei para ela confuso e parti. Toby provocava. Minha única defesa contra ela foi uma retirada tática.

Laurie estava de pé em um pequeno círculo de mães. O cabelo dela, que sempre fora tão volumoso e rebelde, estava enrolado em um coque frouxo atrás da cabeça, preso por um grande pregador de cabelo de casco de tartaruga. Ela acariciava de modo consolador o braço de uma amiga. Esta se inclinava visivelmente na direção de Laurie, como um gato sendo afagado.

Quando a alcancei, Laurie colocou o braço esquerdo ao redor da minha cintura.

— Olá, querido.

— Está na hora de ir.

— Andy, você está dizendo isso desde o instante em que chegamos.

— Não é verdade. Estava pensando, não dizendo.

— Bem, está escrito na sua cara. — Ela suspirou. — Eu sabia que deveríamos ter vindo em carros separados.

Ela parou por um momento para me avaliar. Laurie não queria partir, mas compreendia que eu estava desconfortável, que me sentia sob os holofotes ali, que para começar eu já não era muito de falar — jogar conversa fora em salas lotadas sempre me deixou exausto — e que todas aquelas coisas deveriam ser levadas em consideração. Uma família precisava ser administrada, como qualquer outra organização.

— Vá você — decidiu ela. — Pegarei uma carona para casa com Toby.

— É?

— É. Por que não? Leve Jacob com você.

— Tem certeza? — Inclinei-me para baixo. Laurie é quase 30 centímetros mais baixa que eu. Sussurrei alto: — Porque eu *adoraria* ficar.

Ela riu.

— Vá. Antes que eu mude de ideia.

As mulheres funéreas ficaram nos encarando.

— Vá logo. Seu casaco está no quarto do andar de cima.

Subi as escadas e vi-me em um longo corredor. O barulho estava abafado ali, o que era um alívio. O eco da multidão ainda murmurava nos meus ouvidos. Comecei a procurar pelos casacos. Em um quarto, que aparentemente pertencia à irmã caçula do menino morto, havia uma pilha de casacos sobre a cama, mas o meu não estava lá.

A porta do quarto ao lado estava fechada. Bati, abri-a e enfiei a cabeça para dentro a fim de dar uma espiada.

O quarto estava sombrio. A única luz vinha de um abajur de chão feito de estanho posicionado no canto oposto. O pai do garoto morto estava sentado em uma poltrona bergère sob a luminária. Dan Rifkin era pequeno, magro, delicado. Como sempre, usava spray fixador no cabelo. Vestia um terno escuro que parecia caro. Havia um rasgo grosseiro de 5 centímetros na lapela para simbolizar seu coração partido — um desperdício de um terno caro, pensei. Na luz fraca, os olhos dele estavam fundos, contornados por círculos azulados, como a máscara sobre os olhos de um guaxinim.

— Olá, Andy — disse ele.

— Desculpe-me. Estou apenas procurando meu casaco. Não queria incomodar.

— Não, venha e sente-se aqui um minuto.

— Não. Não quero me intrometer.

— Por favor, sente-se, sente-se. Quero lhe perguntar uma coisa.

Meu coração ficou em frangalhos. Já vi o sofrimento de sobreviventes a vítimas de homicídios. Meu emprego me obriga a assistir. Pais de crianças assassinadas são os que mais sofrem, e para mim os pais sofrem ainda mais do que as mães, pois são ensinados a ser estoicos, a "agir como um homem". Estudos demonstraram que pais de crianças assassinadas costumam morrer poucos anos depois do crime, geralmente de enfarte. É verdade, morrem de tristeza. Em algum ponto, um promotor percebe que ele tampouco pode sobreviver a esse tipo de dor no coração. Ele não pode acompanhar os pais e se deixar entristecer. Portanto, concentra-se nos aspectos técnicos do trabalho. Transforma-o em um ofício como qualquer outro. O truque é manter o sofrimento a certa distância.

Mas Dan Rifkin insistiu. Abanou o braço como um guarda orientando carros a seguirem em frente e, ao ver que não havia escolha, fechei a porta delicadamente e sentei-me na cadeira ao lado da dele.

— Bebida? — Ele ergueu um copo de uísque cor de cobre, puro.

— Não.

— Alguma novidade, Andy?

— Não. Receio que não.

Ele concordou com a cabeça, desviou o olhar para um canto do quarto, decepcionado.

— Sempre amei este quarto. É para cá que venho pensar. Quando algo assim acontece, você passa muito tempo pensando.

Ele deu um sorriso pequeno e apertado: *Não se preocupe, estou bem.*

— Tenho certeza de que é verdade.

— A parte que não consigo superar é: por que esse cara fez isso?

— Dan, você realmente não deveria...

— Não, escute. Apenas... Eu não... Não preciso de alguém para segurar a minha mão. Sou uma pessoa racional, é tudo. Tenho perguntas. Não sobre os detalhes. Quando conversamos, você e eu, sempre é sobre os detalhes: as provas, os procedimentos no tribunal. Mas sou uma pessoa racional, certo? Sou uma pessoa racional e tenho perguntas. Outras perguntas.

Afundei na cadeira, senti meus ombros relaxando, aquiescendo.

— Certo. É o seguinte: Ben era tão *bom*. Esta é a primeira coisa. É claro que nenhuma criança merece isso. Sei disso. Mas Ben era realmente um bom menino. Ele era *tão* bom. E apenas uma criança. Ele tinha 14 anos, por Deus! Nunca arrumou nenhum problema. Nunca. Nunca, nunca, nunca. Então, por quê? Qual é o motivo? Não falo de raiva, ganância, inveja, esse tipo de motivo, porque *não pode* haver um motivo comum neste caso, não pode, simplesmente não faz sentido. Quem poderia sentir tamanha *raiva* contra Ben, contra qualquer garoto pequeno? Simplesmente não faz sentido. Simplesmente não faz sentido. — Rifkin colocou as pontas de quatro dedos da mão direita sobre a testa e massageou a pele em pequenos círculos. — O que quero dizer é: o que *separa* essas pessoas? Porque já senti essas coisas, é claro, esses *motivos*... raiva, ganância, inveja... você sentiu isso, todo mundo sentiu. Mas nunca matamos ninguém. Entende? Jamais *seríamos capazes* de matar alguém. Mas algumas pessoas o fazem, algumas *conseguem*. Por que é assim?

— Não sei.

— Você deve ter alguma noção quanto a essas coisas.

— Não. Não tenho, de verdade.

— Mas você conversa com eles, os conhece. O que eles dizem, os assassinos?

— Não falam muita coisa, a maioria deles.

— Você nunca pergunta? Não por que fizeram o que fizeram, mas o que os torna capazes disso em primeiro lugar.
— Não.
— Por que não?
— Porque não responderiam. Os advogados deles não permitiriam que respondessem.
— Advogados! — Ele abanou a mão.
— Eles não saberiam como responder, a maioria não saberia. Esses assassinatos filosóficos... Chianti e favas e tudo o mais... são uma bobagem. São apenas filmes. De qualquer maneira, esses caras são uns mentirosos de merda. Se precisassem responder, provavelmente contariam sobre a infância dura que tiveram ou algo do gênero. Fariam deles próprios as vítimas. Esta é a história habitual.

Ele concordou uma vez com a cabeça, para me impelir a prosseguir.
— Dan, o que importa é que você não pode se torturar procurando motivos. Não há nenhum motivo. Não é lógico. Não a parte sobre a qual está falando.

Rifkin deslizou e afundou-se um pouco mais na poltrona, concentrando-se, como se precisasse refletir mais a respeito daquilo tudo. Seus olhos reluziam mas sua voz era serena, controlada.
— Outros pais perguntam coisas assim?
— Fazem todo tipo de perguntas.
— Você os vê depois que o caso é encerrado? Os pais?
— Às vezes.
— Quero dizer muito tempo depois, anos.
— Às vezes.
— E eles... como parecem estar? Estão bem?
— Alguns estão bem.
— Mas alguns não estão.
— Alguns não estão.
— O que fazem, aqueles que conseguem superar? Quais são os elementos fundamentais? Deve haver um padrão. Qual é a estratégia, quais são as melhores medidas? O que funcionou para eles?
— Eles obtêm ajuda. Contam com o apoio das famílias, das pessoas ao redor deles. Há grupos para sobreviventes; eles recorrem aos grupos.

Podemos colocar vocês em contato. Vocês deveriam falar com a advogada das vítimas. Ela tomará providências para que participem de um grupo de apoio. Ajuda muito. Não conseguirão superar sozinhos, isto é o que importa. Você deve se lembrar de que há outras pessoas lá fora que passaram por isso, que sabem o que você está enfrentando.

— E os outros, os pais que não superam, o que acontece com eles? Os que nunca se recuperam?

— Você não será um deles.

— Mas e se eu for? E se acontecer comigo, conosco?

— Não permitiremos que isso aconteça. Nem sequer pensaremos nisso.

— Mas acontece. Acontece, não é mesmo? Acontece.

— Não com você. Ben não gostaria que acontecesse com você.

Silêncio.

— Conheço seu filho — disse Rifkin. — Jacob.

— Sim.

— Eu o vi pela escola. Parece um bom garoto. É um rapaz grande e bonito. Você deve ficar orgulhoso.

— Eu fico.

— Ele é parecido com você, eu acho.

— É, já me disseram.

Ele respirou fundo.

— Você sabe, me pego pensando nas crianças da turma de Ben. Sinto-me ligado a elas. Quero vê-las crescidas e bem-sucedidas, entende? Vi-as crescerem, sinto-me próximo a elas. Isso é incomum? Será que estou sentindo isso porque faz com que eu esteja mais próximo de Ben? É por isso que estou me apegando a esses outros garotos? É o que parece, não é? Parece estranho.

— Dan, não se preocupe com o que as coisas se parecem. As pessoas podem pensar o que quiserem. Para o inferno com elas. Você não deve se preocupar com isso.

Ele massageou um pouco mais a testa. A agonia que sentia não seria mais óbvia se estivesse sangrando estirado no chão. Eu queria ajudá-lo. Ao mesmo tempo, queria me livrar dele.

— Ajudaria se eu *soubesse*, se, se o caso fosse resolvido. Irá me ajudar quando vocês resolverem o caso. Porque a incerteza... é exaustiva. Ajudará quando o caso for resolvido, não é mesmo? Em outros casos que você viu, isso ajuda os pais, não ajuda?

— Sim, creio que sim.

— Não quero pressioná-lo. Não quero que soe dessa maneira. Só que... imagino que me ajudará quando o caso estiver solucionado e eu souber que esse cara está... quando ele for *preso* e *executado*. Sei que fará isso. Tenho fé em você, é claro. Quero dizer, *é claro*. Não estou duvidando de você, Andy. Estou apenas dizendo que me ajudará. A mim, à minha esposa, a todos. É disso que precisamos, eu acho. Desfecho. É o que esperamos de você.

Naquela noite Laurie e eu estávamos deitados na cama lendo.

— Ainda acho que estão cometendo um erro abrindo a escola tão cedo.

— Laurie, já discutimos tudo isso. — Minha voz tinha um tom entediado. *Já passei por isso antes.* — Jacob estará perfeitamente seguro. Nós mesmos vamos levá-lo para lá, caminharemos com ele até a porta da escola. Haverá policiais por toda parte. Ele estará mais seguro na escola do que em qualquer outro lugar.

— Mais seguro. Você não tem como saber. Como poderia saber? Ninguém tem a menor ideia de quem é esse sujeito ou onde ele está ou o que pretende fazer a seguir.

— Precisam abrir a escola em algum momento. A vida continua.

— Você está errado, Andy.

— Quanto tempo quer que esperem?

— Até capturarem o cara.

— Isto pode levar algum tempo.

— E daí? Qual é a pior coisa que poderia acontecer? As crianças perderiam alguns dias de aula. E daí? Pelo menos estariam seguras.

— Não se pode deixá-las totalmente seguras. O mundo é grande lá fora. Um mundo grande e perigoso.

— Certo, mais seguras.

Pousei meu livro sobre a barriga, onde ele formou um pequeno telhado.

— Laurie, se mantivermos a escola fechada, enviamos às crianças a mensagem errada. A escola não deve ser perigosa. Não é um lugar do qual devam ter medo. É o segundo lar delas. É onde passam a maior parte do dia. Elas *querem* estar lá. Elas querem estar com os amigos, e não presas em casa, escondidas debaixo da cama para que o bicho-papão não as pegue.

— O bicho-papão já pegou uma delas. Isso faz com que não seja um bicho-papão.

— Certo, mas você entende o que estou dizendo.

— Ah, entendo o que está dizendo, Andy. Estou apenas lhe dizendo que está errado. A prioridade número um é manter as crianças em segurança, fisicamente. Depois elas podem ficar com os amigos ou seja lá o que for. Até que o cara esteja preso, você não pode me prometer que as crianças estarão seguras.

— Você precisa de uma garantia?

— Sim.

— Pegaremos o cara — eu disse. — Garanto.

— Quando?

— Logo.

— Você sabe disso?

— Espero por isso. Sempre os pegamos.

— Nem sempre. Lembra o cara que matou a esposa e a enrolou em um cobertor na mala do carro?

— Nós *pegamos* aquele cara. Apenas não conseguimos... Tudo bem, *quase* sempre. Nós quase sempre os pegamos. Vamos pegar esse cara, prometo a você.

— E se você estiver errado?

— Se estiver errado, tenho certeza de que você me contará tudo a respeito.

— Não, quero dizer se você estiver errado e alguma pobre criança for ferida?

— Isso não acontecerá, Laurie.

Ela franziu a testa, desistindo.

— É impossível discutir com você. É como colidir repetidamente contra uma parede.

— Não estamos discutindo. Estamos conversando.

— Você é advogado; não sabe a diferença. *Eu estou* discutindo.
— Escute, o que você quer que eu diga, Laurie?
— Não quero que diga nada. Quero que escute. Você sabe, ser confiante não é o mesmo que estar certo. Pense: podemos estar colocando nosso filho em perigo. — Ela pressionou a ponta do dedo contra minha têmpora e empurrou, um gesto em parte brincalhão, em parte irritado. — Pense.

Ela se virou para o outro lado, colocou seu livro no topo de uma pilha bamba de livros em sua mesa de cabeceira e deitou com as costas voltadas para mim, uma criança em um corpo de adulto.

— Aqui — disse eu. — Chegue mais perto.

Com uma série de pequenos saltos com o corpo, ela se moveu para trás até suas costas encostarem em mim. Até sentir um pouco do calor ou da firmeza ou do que quer que precisasse de mim naquele momento. Acariciei a parte superior de seu braço.

— Vai ficar tudo bem.

Ela grunhiu.

Eu disse:

— Suponho que sexo para fazer as pazes está fora de questão?

— Achei que você não estivesse discutindo.

— Não estava, mas você estava. E quero que saiba: está tudo bem, perdoo você.

— Ha ha. Talvez, se você disser que sente muito.

— Sinto muito.

— Não parece.

— Eu verdadeiramente, profundamente sinto muito. De verdade.

— Agora, diga que está errado.

— Errado?

— Diga que está errado. Você quer ou não?

— Hum. Só para que fique claro: tudo que preciso fazer é dizer que estou errado e uma linda mulher fará amor apaixonadamente comigo.

— Eu não disse apaixonadamente. Apenas normal.

— Certo, então: digo que estou errado e uma linda mulher fará amor comigo, completamente isenta de paixão mas com uma técnica bastante razoável. É essa a situação?

— Técnica bastante razoável?
— Técnica impressionante.
— Sim, senhor advogado, essa é a situação.

Coloquei o livro de lado, a biografia de Truman por McCullough, no topo de uma pilha escorregadia de revistas lustrosas na minha própria mesa de cabeceira e apaguei a luz.

— Esqueça. Não estou errado.
— Não importa. Você já disse que sou linda. Ganhei.

3 | De volta às aulas

Cedo na manhã seguinte, uma voz veio do escuro, do quarto de Jacob, um gemido — e despertei para encontrar meu corpo já em movimento, colocando-se de pé, me arrastando ao contornar a cama. Ainda confuso pelo sono, deixei a escuridão do quarto, atravessei a luz cinzenta do amanhecer no corredor e retornei à escuridão do quarto do meu filho.

Liguei o interruptor na parede e ajustei o *dimmer*. O quarto de Jacob estava entulhado com tênis enormes e que deixam o menino com um ar desengonçado, um MacBook coberto de adesivos, um iPod, livros didáticos, livros de bolso, caixas de sapatos cheias de cartões antigos de beisebol e revistas em quadrinhos. Em um canto, um Xbox estava conectado a uma velha TV. Os jogos do Xbox e suas caixas estavam empilhados por perto, na maioria RPGs de luta. Havia roupas sujas, é claro, mas também duas pilhas de roupas recém-lavadas cuidadosamente dobradas e entregues por Laurie, as quais Jacob declinara de guardar na cômoda porque era mais fácil puxar as roupas limpas diretamente das pilhas. Sobre uma estante baixa para livros, havia um grupo de troféus que ele tinha conquistado quando era criança e jogava futebol. Não era um grande atleta, mas na época todas as crianças recebiam um troféu e nos anos que se passaram ele simplesmente nunca os tirara dali. As pequenas estátuas ficavam no mesmo lugar, como relíquias religiosas, ignoradas, virtualmente invisíveis para ele. Havia um pôster vintage de um filme de artes marciais da década de 1970, *Os cinco dedos da morte*, que mostrava um homem com uniforme de caratê atravessando um muro de tijolos com um punho com unhas bem-feitas. ("A obra-prima das artes marciais! VEJA um ataque incrível após o outro! EMPALIDEÇA diante do ritual proibido da palma de aço! TORÇA pelo jovem guerreiro que enfrenta sozinho os maléficos senhores da guerra das artes marciais!") O acúmulo de coisas ali era tão grande e permanente que Laurie e eu desistíramos havia tempos de brigar com Jacob para que arrumasse a bagunça. Na verdade, até paramos de reparar nela. Laurie tinha a teoria de que a confusão era uma projeção da vida interior de Jacob — que entrar no quarto dele era como entrar em sua mente caótica de adolescente —, de modo que era uma bobagem incomodá-lo por causa disso. Acredite em mim, isto é o que você ganha quando se casa com a filha de um psiquiatra. Para mim, era apenas um quarto bagunçado e me enfurecia sempre que eu entrava nele.

Jacob estava deitado de lado na beira da cama, imóvel. A cabeça dele estava arqueada para trás e a boca pendia aberta, como um lobo uivando. Não roncava, mas sua respiração tinha um som entupido; estava um pouco resfriado. Entre respirações úmidas e irregulares, ele choramingou:

"N..., n..." — *Não, não.*

— Jacob — sussurrei. Estiquei a mão para acariciar sua cabeça. — Jake!

Ele gritou de novo. Os olhos tremeram por trás das pálpebras.

Lá fora, um trem passou ruidosamente, o primeiro para Boston na linha Riverside, que passava todas as manhãs às 6h05.

— É apenas um sonho — falei para ele.

Senti uma pequena onda de prazer ao confortar meu filho daquela maneira. A situação disparou uma daquelas pontadas nostálgicas às quais os pais estão sujeitos, uma memória tênue de Jake como um menino de 3 ou 4 anos, quando tínhamos um ritual na hora de dormir: eu perguntava "quem ama Jacob?" e ele respondia "o papai ama". Era a última coisa que dizíamos um para o outro antes de irmos dormir todas as noites. Mas Jake nunca precisou de reafirmação. Jamais lhe ocorrera que papais pudessem desaparecer, não o papai dele. Era eu quem precisava de nosso pequeno pergunta-e-resposta. Quando eu era criança meu pai não esteve presente. Eu mal o conhecera. Portanto, resolvi que meus próprios filhos jamais sentiriam aquilo; nunca saberiam o que é ficar sem o pai. Como era estranho que em apenas alguns anos Jake fosse *me* deixar. Ele iria para a faculdade, e meu tempo como pai em plena atividade no dia a dia teria terminado. Eu o veria cada vez menos, nosso relacionamento definharia a algumas visitas por ano nos feriados e finais de semana de verão. Eu não conseguia imaginar aquilo. O que eu era, senão o pai de Jacob?

Depois, outro pensamento, inevitável naquelas circunstâncias: sem dúvida, Dan Rifkin também desejava proteger o filho do mal, não menos que eu, e sem dúvida estava tão despreparado quanto eu para dizer adeus ao filho. Mas Ben Rifkin jazia em uma gaveta refrigerada na sala do médico-legista, enquanto meu filho estava em sua cama quente, com nada mais do que a sorte separando um do outro. Fico envergonhado ao admitir que pensei: *Graças a Deus. Graças a Deus que levaram o filho dele, e não o meu.* Eu não achava que conseguiria sobreviver à perda.

Ajoelhei-me ao lado da cama, envolvi Jacob em meus braços e pousei minha cabeça sobre a dele. Lembrei-me novamente: quando era ainda um menininho, no instante em que acordava, todas as manhãs, Jake caminhava em silêncio, sonolento, pelo corredor até nossa cama, para se aninhar entre nós. Agora, sob meus braços, era incrivelmente grande e ossudo e cavalar. Bonito, com cabelo escuro cacheado e a pele corada. Tinha 14 anos. Certamente, jamais me permitiria abraçá-lo daquela maneira se estivesse acordado. Nos últimos poucos anos, tornara-se um pouco rabugento e recluso e um pé no saco. Às vezes, era como ter um estranho morando em casa — um estranho vagamente hostil. Comportamento típico de adolescente, dizia Laurie. Ele estava experimentando personas diferentes, preparando-se para deixar a infância para trás de uma vez por todas.

Fiquei surpreso quando meu toque realmente tranquilizou Jacob, pôs fim a qualquer pesadelo que estivesse tendo. Ele inspirou uma única vez e virou de lado. A respiração dele relaxou em um ritmo confortável, e ele mergulhou em um sono profundo, mais profundo do que tornei-me capaz de atingir. (Aos 51 anos, eu parecia ter esquecido como se dormia. Acordava várias vezes durante a noite e raramente obtinha mais do que quatro ou cinco horas de sono.) Agradou-me pensar que eu o acalmara, mas quem sabe? Ele talvez nem mesmo soubesse que eu estava lá.

Naquela manhã, nós três estávamos bastante nervosos. A reabertura da Escola McCormick apenas cinco dias depois do homicídio deixara todos nós um pouco perturbados. Seguimos nossa rotina normal — banhos, café e *bagels*, uma olhada na internet para conferir e-mails, o placar dos jogos e notícias —, mas estávamos tensos e desconfortáveis. Todos despertamos antes das 6h30, mas nos demoramos e vimos que estávamos nos atrasando, o que apenas contribuiu para aumentar a ansiedade.

Laurie estava particularmente nervosa. Não somente temia por Jacob, imagino. Estava alarmada pelo homicídio, ainda, da mesma maneira que pessoas saudáveis se surpreendem quando ficam gravemente doentes pela primeira vez. Você poderia imaginar que viver com um promotor durante tantos anos deixaria Laurie mais preparada que os vizinhos. Ela já deveria saber àquela altura que — apesar de eu ter sido duro demais e não ter percebido que deveria ter falado disso na noite anterior — a vida *realmente* continua. Mesmo a violência mais sangrenta, no final das contas, se reduz aos ingredientes dos casos que vão a julgamento: uma resma de papel, algumas provas, uma dúzia de testemunhas suadas e gaguejantes. O mundo desvia o olhar, e por que não? As pessoas morrem, algumas violentamente — é trágico, sim, mas em algum ponto isso deixa de ser chocante, pelo menos para um promotor experiente. Laurie já viu esse ciclo muitas vezes, observando sobre meu ombro; no entanto, ficou transtornada com a irrupção de violência na própria vida, o que transparecia em todos os seus movimentos, na maneira artrítica com que abraçava o próprio corpo, no tom brando de sua voz. Ela se esforçava para manter a compostura e não estava achando nada fácil.

Jacob olhava para seu MacBook e mastigava em silêncio o *bagel* congelado com textura de borracha aquecido no micro-ondas. Laurie tentou extrair algo dele, como sempre, mas ele não correspondeu.

— Como se sente em relação ao retorno, Jacob?

— Não sei.

— Está nervoso? Preocupado? O quê?

— Não sei.

— Como pode não saber? Quem mais saberia?

— Mãe, não quero conversar agora.

Esta era a frase educada que o instruímos a usar em vez de simplesmente ignorar os pais. Mas, àquela altura, ele repetia "não quero conversar agora" com tamanha frequência e tão roboticamente que a polidez fora eliminada dela.

— Jacob, você poderia apenas me dizer se está se sentindo bem para que eu não precise me preocupar?

— Acabei de *dizer*. Não quero conversar.

Laurie olhou-me exasperada.

— Jake, sua mãe lhe fez uma pergunta. Respondê-la não matará você.

— Estou *bem*.

— Acho que sua mãe queria um pouco mais de detalhes do que isso.

— Pai, apenas... — A atenção dele voltou para o computador.

Encolhi os ombros para Laurie.

— O menino disse que está bem.

— Isso eu entendi. Obrigada.

— Não se preocupe, mãe. Tudo ótimo, ponto final.

— E quanto a você, marido?

— Estou *bem*. Não quero conversar agora.

Jacob disparou um olhar azedo contra mim.

Laurie sorriu relutante.

— Preciso de uma filha para equiparar as coisas por aqui, para que eu tenha alguém com quem possa conversar. É como viver com dois túmulos.

— O que você precisa é de uma esposa.

— Já pensei nisso.

Ambos acompanhamos Jacob até a escola. A maioria dos outros pais fez o mesmo, e às 8h a escola parecia um festival. Havia um pequeno engarrafamento diante da entrada, o trânsito pesado com minivans Honda e sedãs de famílias e utilitários esportivos. Algumas vans novas estavam estacionadas por perto, com parabólicas, caixas e antenas fixadas a elas. Cavaletes da polícia bloqueavam as duas extremidades da entrada circular para carros. Um policial de Newton fazia a guarda perto da entrada da escola. Outro esperava em uma radiopatrulha estacionada diante da entrada. Os alunos demoravam-se à porta em meio aos obstáculos, as costas curvas sob mochilas pesadas. Pais tardavam-se na calçada ou acompanhavam os filhos por todo o trajeto até a porta principal.

Estacionei nossa minivan na rua a quase uma quadra de distância e ficamos sentados observando boquiabertos.

— Uau — murmurou Jacob.
— Uau — concordou Laurie.
— Isso é muito louco — disse Jacob.

Laurie parecia arrasada. Sua mão esquerda pendia do descanso para o braço, com dedos longos e lindas unhas claras. Ela sempre tivera mãos adoráveis e elegantes; as mãos com dedos grossos de faxineira da minha própria mãe pareciam patas de cachorro ao lado das de Laurie. Estendi o braço para pegar a mão de Laurie, entrelaçando meus dedos nos dela de modo que nossas duas mãos formassem um punho cerrado. A visão da mão dela na minha me deixou emotivo por um momento. Dei-lhe um olhar encorajador e balancei nossas mãos entrelaçadas. Aquilo era, para mim, um explosão histérica de emoção, e Laurie apertou minha mão para me agradecer. Ela se virou para olhar novamente através do para-brisa. O cabelo preto dela tinha fios grisalhos. Leves rugas ramificavam-se dos cantos dos olhos e da boca. Mas, olhando para ela, de alguma forma, parecia que eu também via seu rosto mais jovem, sem marcas.

— O que foi?
— Nada.
— Você está me encarando.
— Você é minha esposa. Tenho permissão para encarar.

— Esta é a regra?

— Sim. Encarar, olhar de soslaio, com ternura, o que eu quiser. Confie em mim. Sou advogado.

Um bom casamento arrasta um longo fio de memórias atrás dele. Uma única palavra ou gesto, um tom de voz pode invocar tantas recordações. Laurie e eu flertamos desta maneira há cerca de 30 anos, desde o dia em que nos conhecemos na faculdade e ambos ficamos um pouco enlouquecidos de amor. As coisas tornaram-se diferentes agora, é claro. Aos 51 anos, o amor era uma experiência mais serena. Juntos, atravessávamos os dias. Mas ambos nos lembrávamos de como tudo começara, e mesmo agora, na meia-idade, quando penso naquela jovem brilhante, ainda sinto um pouco da emoção do primeiro amor, ainda presente, queimando como uma chama-piloto.

Caminhamos na direção da escola, subindo o pequeno monte sobre o qual fora construída.

Jacob subia entre nós. Usava um casaco com capuz marrom desbotado, jeans largos e Adidas Superstar estilo retrô. A mochila estava pendurada no ombro direito. Seu cabelo estava um pouco comprido sobre as orelhas, com uma franja cruzando a testa e quase cobrindo as sobrancelhas. Um garoto mais corajoso teria levado tal visual mais além e se exibiria como um gótico ou hippie ou algum outro tipo de rebelde, mas aquilo não condizia com Jacob. Um indício de inconformismo era tudo o que ele arriscaria. Havia um pequeno sorriso de deslumbramento em seu rosto. Ele parecia desfrutar de toda a agitação, a qual, entre outras coisas, inegavelmente quebrava o tédio do nono ano.

Quando chegamos à calçada diante da escola, fomos absorvidos por um grupo de três mães jovens, todas com filhos na turma de Jacob. A mais forte e extrovertida delas, a líder implícita, era Toby Lanzman, a mulher que eu vira na noite anterior no *shiva* dos Rifkin. Ela usava calças de ginástica pretas cintilantes, uma camiseta justa e um boné de baseball com um rabo de cavalo atravessando o buraco na parte posterior. Toby era viciada em ginástica. Tinha o corpo esguio de corredora e um rosto sem gordura. Entre os pais da escola, a muscularidade dela era tão animadora quanto intimidadora, mas de todo modo elétrica. Quanto a mim, eu achava que ela valia uma dezena dos outros pais presentes. Era o tipo de amiga que você gostaria de ter em uma crise. O tipo que ficaria ao seu lado.

Mas, se Toby era a capitã daquele grupo de mães, Laurie era seu centro emocional verdadeiro — o coração e provavelmente também o cérebro. Laurie era a confidente de todas. Quando algo dava errado, quando uma delas perdia um emprego ou um marido se desencaminhava ou uma criança tinha dificuldades na escola, recorriam a Laurie. Sentiam-se atraídas pela mesma qualidade em Laurie que eu, sem dúvida: ela era dotada de um calor atencioso, cerebral. Eu tinha uma vaga noção, em momentos emotivos, de que aquelas mulheres eram minhas rivais românticas, de que desejavam de Laurie um pouco das mesmas coisas que eu desejava (aprovação, amor). Portanto, quando as vi reunidas em sua segunda família, com Toby no papel de pai severo e Laurie no de mãe de coração caloroso, foi impossível não me sentir um pouco enciumado e excluído.

Toby reuniu-nos no pequeno círculo na calçada, dando as boas-vindas a cada um de nós com um protocolo particular que eu jamais entendi muito bem: um abraço para Laurie, um beijo na bochecha para mim — *muah*, ela dizia no meu ouvido —, um simples olá para Jacob.

— Isso tudo não é simplesmente terrível? — suspirou ela.

— Estou em estado de choque — confessou Laurie, aliviada por estar entre as amigas. — Simplesmente não consigo processar isso. Não sei o que pensar. — A expressão dela era mais intrigada do que perturbada. Ela não conseguia ver nenhuma lógica no que ocorrera.

— E quanto a você, Jacob? — Toby se focou no menino, determinada a ignorar a diferença de idade entre eles. — Como tem passado?

Jacob deu de ombros.

— Estou bem.

— Pronto para voltar à escola?

Ele desconsiderou a pergunta dando de ombros ainda mais — elevou bruscamente os ombros e deixou-os cair — para mostrar que estava sendo tratado como criança.

Eu disse:

— Melhor ir logo, Jake, ou irá se atrasar. Lembre-se de que precisa passar pela vistoria de segurança.

— É, tudo bem. — Jacob revirou os olhos, como se toda a preocupação com a segurança das crianças fosse ainda mais uma confirmação da eterna estupidez dos adultos. Será que não se davam conta de que já era tarde demais?

— Apenas vá — eu disse, sorrindo para ele.

— Nenhuma arma, nenhum objeto afiado? — disse Toby com um sorriso malicioso. Estava citando uma diretriz que fora enviada por e-mail pelo diretor da escola, a qual descrevia diversas novas medidas de segurança para a escola.

Com o polegar, Jacob ergueu a mochila alguns centímetros acima do ombro.

— Apenas livros.

— Tudo certo então. Vá logo. Aprenda alguma coisa.

Jacob ofereceu um aceno para os adultos, que sorriram para demonstrar sua benevolência, e bamboleou ao passar pelos cavaletes da polícia, juntando-se ao fluxo de alunos que seguiam para a porta da escola.

Quando ele sumiu de vista, o grupo abandonou o fingimento de animação. Todo o peso da preocupação caiu sobre as mulheres.

Até Toby soava incomodada.

— Alguém falou com Dan e Joan Rifkin?

— Creio que não — respondeu Laurie.

— Realmente deveríamos. Quero dizer, precisamos fazer isso.

— Coitados. Nem consigo imaginar.

— Não imagino que alguém saiba o que dizer a eles. — Quem falou isso foi Susan Frank, a única mulher no grupo vestida com roupas de trabalho, uma saia-terno cinzenta de advogada. — Quero dizer, o que se *pode* dizer? Falando sério, o que pode ser dito a alguém depois disso? É simplesmente tão... Não sei, esmagador.

— Nada — concordou Laurie. — Não há absolutamente nada que se possa dizer para endireitar as coisas. Mas não importa o que seja dito; o importante é simplesmente entrar em contato.

— Apenas mostrar que nos preocupamos com eles — ecoou Toby.

— É tudo que qualquer um pode fazer, mostrar que se preocupa com eles.

A última das mulheres presentes, Wendy Seligman, perguntou-me:

— O que acha, Andy? Você precisa fazer isso todo o tempo, não é? Falar com famílias depois de algo assim.

— Não digo nada, essencialmente. Apenas me detenho ao caso; não falo sobre mais nada. Quanto às outras coisas, não há muito que eu possa fazer.

Wendy concordou, decepcionada. Ela me achava um chato, um daqueles maridos que precisavam ser tolerados, a metade inferior de um casal. Mas reverenciava Laurie, que parecia primar em cada um dos três papéis distintos com os quais aquelas mulheres precisavam fazer malabarismos — o de mulher, o de mãe e apenas por último o delas próprias. Se eu era interessante para Laurie, Wendy presumia, era porque deveria possuir um lado oculto que eu não me dava ao trabalho de compartilhar — o que significaria, talvez, que *eu* considerasse *Wendy* entediante, indigna do esforço exigido por uma conversa real. Wendy era divorciada, a única divorciada ou mãe solteira naquele pequeno grupo, e era propensa a imaginar que outros a estudassem em busca de defeitos.

Toby tentou amenizar o clima.

— Vocês sabem, passamos todos esses anos mantendo as crianças afastadas de armas de brinquedo e de programas de TV e videogames violentos. Bob e eu nem sequer deixamos nossos filhos terem arminhas d'água, por Deus, a menos que se parecessem com outra coisa. E, mesmo assim, não as chamávamos de "pistolas", mas de "borrifadores" ou qualquer outra coisa, vocês sabem, como se as crianças não fossem *saber*. E agora, isso. É como... — Ela ergueu as mãos em uma exasperação cômica.

Mas a piada não surtiu efeito.

— É irônico — concordou Wendy sombriamente, para fazer com que Toby se sentisse ouvida.

— É verdade — suspirou Susan, também em socorro de Toby.

Laurie disse:

— Acho que superestimamos o que podemos fazer como pais. Seu filho é seu filho. Não dá para saber no que vai dar.

— Quer dizer que eu poderia ter dado às crianças as malditas pistolas d'água?

— Provavelmente. Com Jacob... não sei. Apenas me pergunto às vezes se realmente tiveram importância todas as coisas que fizemos, todas as coisas com as quais nos preocupamos. Ele sempre foi o que é agora, apenas menor. É a mesma coisa com todos os filhos. Nenhum deles é realmente tão diferente assim do que eram quando pequenos.

— Sim, mas nossos modelos de criação tampouco mudaram. Portanto, talvez estejamos apenas ensinando as mesmas coisas a eles.

Wendy:

— Não tenho um modelo de criação. Apenas vou desenvolvendo à medida que progredimos.

Susan:

— Eu também. Todas somos assim. Exceto Laurie. Você provavelmente tem um modelo de criação, Laurie. Toby, você também.

— Eu não!

— Ah, tem sim! Provavelmente, lê livros sobre o tema.

— Eu não. — Laurie ergueu as mãos: *Sou inocente*. — De todo modo, o ponto é que apenas penso que adulamos a nós mesmas quando dizemos que somos capazes de construir nossos filhos para que sejam de um jeito ou de outro. Em grande parte, já é tudo pré-programado.

As mulheres entreolharam-se. Talvez Jacob fosse pré-programado, mas não os filhos delas. Não como Jacob.

Wendy disse:

— Alguma de vocês conhecia Ben? — Ela se referia a Ben Rifkin, a vítima do homicídio. Elas não o conheciam. Chamá-lo pelo primeiro nome era apenas uma maneira de adotá-lo.

Toby:

— Não. Dylan nunca foi amigo dele. E Ben nunca praticou esportes nem nada.

Susan:

— Ele e Max já foram da turma algumas vezes. Eu costumava vê-lo. Parecia um bom garoto, imagino, mas quem pode saber?

Toby:

— Eles possuem vidas próprias, esses garotos. Tenho certeza de que têm seus segredos.

Laurie:

— Assim como nós. Exatamente como nós na idade deles, diga-se de passagem.

Toby:

— Eu era uma boa garota. Na idade deles, jamais dei nenhum motivo para que meus pais se preocupassem.

Laurie:

— Eu também era uma boa garota.

Falei, intrometendo-me:

— Você não era *tão* boazinha assim.

— Eu era até conhecê-lo. Você me corrompeu.

— Eu fiz isso? Bem, fico muito orgulhoso. Preciso colocar no meu currículo.

Mas essa brincadeira, tão pouco tempo depois da menção do nome da criança morta, pareceu inadequada; senti-me rude e constrangido diante das mulheres, cujas sensibilidades emocionais eram muito mais delicadas que as minhas.

Houve um momento de silêncio até que Wendy deixou escapar:

— Ah, meu Deus, coitados, coitados. Aquela mãe! E aqui estamos nós, apenas "a vida continua, de volta às aulas", e o garotinho dela jamais, jamais voltará.

Os olhos de Wendy ficaram cheios d'água. *O horror daquilo: um dia, por nenhuma culpa própria...*

Toby foi abraçar a amiga, e Laurie e Susan acariciaram as costas de Wendy.

Excluído, fiquei ali parado por um momento com uma expressão abobada e bem-intencionada — um sorriso apertado, um amolecimento ao redor dos olhos —, depois pedi licença para conferir o posto de segurança na entrada da escola antes que as coisas acabassem em mais choradeira. Eu não entendia muito bem a profundidade da dor de Wendy por uma criança que ela não conhecia; interpretei-a como mais um sinal da vulnerabilidade emocional da mulher. Além disso, que Wendy tivesse ecoado minhas próprias palavras da noite anterior, "a vida continua", parecia alinhá-la a Laurie em uma briguinha que acabara de ser resolvida. Em suma, um momento oportuno para partir.

Fui até o posto de segurança montado no saguão da escola. Ele consistia em uma longa mesa na qual casacos e mochilas eram inspecionados manualmente e em uma área na qual policiais de Newton, dois homens e duas mulheres, revistavam as crianças com detectores de metal. Jake estava certo: a coisa toda era ridícula. Não havia nenhuma razão para pensar que qualquer pessoa levaria uma arma para a escola ou que o assassino tivesse qualquer conexão com ela. O corpo nem sequer fora encontrado dentro do terreno da instituição. Só fazia sentido como uma exibição para os pais ansiosos.

Quando cheguei, o ritual Kabuki de revistar cada aluno fora interrompido. Com a voz cada vez mais alta, uma jovem discutia com um dos policiais enquanto um segundo oficial observava, seu bastão atravessando o peito em posição de cruzar armas, como se fosse receber a ordem de golpeá-la com ele. O problema, ficou claro, era o agasalho dela, que tinha a inscrição "F-C-U-K". O policial considerara a mensagem "provocadora"; portanto, segundo as regras improvisadas de segurança da escola, era proibida. A garota explicou a ele que as iniciais correspondiam a uma marca de roupas que poderia ser encontrada em qualquer shopping, e, mesmo que insinuasse uma "palavra ruim", como alguém poderia ser *provocado* por ela?, e ela não abriria mão do agasalho, que era muito caro, e por que deveria permitir que algum policial jogasse uma roupa cara em uma caçamba de lixo sem ter uma boa justificativa? Estavam num impasse.

O adversário da garota, o policial, inclinava-se para a frente. O pescoço dele estendia-se de modo que a cabeça flutuava à frente do corpo, atribuindo a ele uma aparência de abutre. Mas ele ajeitou a postura quando viu que eu me aproximava, levando a cabeça para trás, fazendo a pele sob o queixo formar uma papada.

— Tudo certo? — perguntei ao policial.

— Sim, *senhor*.

Sim, *senhor*. Eu odiava os maneirismos militares adotados pelos departamentos de polícia, os postos militares e as cadeias de comando fajutos, tudo aquilo.

— À vontade — eu disse, com a intenção de fazer uma piada, mas o policial abaixou o olhar para os pés, envergonhado.

— Oi — dirigi-me à garota, que parecia do oitavo ou nono ano. Não a reconheci como uma das colegas de turma de Jacob, mas até poderia ser.

— Oi.

— Qual é o problema aqui? Talvez eu possa ajudar.

— Você é o pai de Jacob Barber, não é?

— Isso mesmo.

— Você não é policial ou algo do gênero?

— Apenas promotor. E quem é você?

— Sarah.

— Sarah. Muito bem, Sarah. Qual é o problema?

A garota fez uma pausa, indecisa. Depois, outra enxurrada:

— Só estou tentando dizer a este policial que ele não precisa tomar meu agasalho, posso trancá-lo no meu armário ou virá-lo do lado avesso, o que *for*. Só que ele não gosta do que está escrito nele, mesmo que ninguém sequer *veja*, e não há nada de errado de qualquer maneira, é só uma *palavra*. Isso tudo é totalmente... — Ela não disse a última palavra: *ridículo*.

— Não faço as regras — explicou o policial com simplicidade.

— A roupa não *diz* nada! Isso é, tipo, tudo que quero dizer! O casaco não diz o que ele diz que está escrito nele! De todo jeito, eu já disse a ele que vou *guardá-lo*. Eu *disse* a ele! Falei tipo um milhão de vezes, mas ele não escuta. Não é justo.

A garota estava prestes a chorar, o que me lembrou a mulher crescida que eu acabara de deixar na calçada também à beira das lágrimas. Nossa, era impossível escapar delas.

— Bem — sugeri ao policial. — Imagino que ficará tudo bem se ela apenas deixar o agasalho no armário dela, não acha? Não imagino que isso possa causar algum mal. Assumirei a responsabilidade.

— Ei, você é chefe. Como quiser.

— E amanhã — falei para a garota, para agradar o policial — talvez você deixe o agasalho em casa.

Pisquei um olho para a garota, e ela recolheu suas coisas e desceu o corredor marchando rapidamente.

Posicionei-me ombro a ombro com o policial afrontado e, juntos, olhamos através das portas da escola para a rua.

Um momento de silêncio.

— Você fez a coisa certa — afirmei. — Provavelmente, eu não deveria ter metido meu nariz.

Era besteira, é claro, as duas frases. Sem dúvida, o policial também sabia que era besteira. Mas o que ele podia fazer? A mesma cadeia de comando que o impelia a defender uma regra estúpida agora o impelia a se submeter a um advogado burro e grosseiro em um terno barato que não sabia o quanto era difícil ser policial e como tão pouco do trabalho dos oficiais jamais chegava aos relatórios policiais que iam parar nas mesas dos incompetentes e virginais promotores isolados em seus tribunais como freiras em um convento. *Pfft.*

— Não é nada — o policial falou para mim.

E não era nada. Mas fiquei ali um pouco, de todo modo, formando uma frente unida com ele, para me assegurar de que ele soubesse em qual time eu estava.

4 | Fodendo com a cabeça

O Fórum do condado de Middlesex, onde o ministério público ficava instalado, era um prédio irremediavelmente feio. Uma torre de 16 andares construída na década de 1960, cujas fachadas externas eram de concreto moldado em diversas formas retangulares: lajes chatas, grades em forma de caixas de ovos, janelas seteiras. Era como se o arquiteto tivesse banido as curvas e materiais de construção quentes em um esforço para tornar o lugar o mais austero possível. As coisas não melhoravam muito no interior, onde os espaços eram sem ventilação, amarelados, cheios de poeira. A maioria dos escritórios não tinha janelas; eram sepultados pelo formato de bloco sólido do prédio. Os tribunais de estilo moderno também não possuíam janelas. É uma estratégia arquitetônica comum construir tribunais sem janelas para amplificar o efeito de uma câmara isolada do mundo, um teatro para o trabalho grandioso e atemporal da lei. Aqui, não precisaram se dar ao trabalho: você poderia passar dias inteiros no prédio sem jamais ver o sol ou o céu. Pior ainda, o Fórum era conhecido como um "prédio doente". Os poços dos elevadores eram revestidos com asbestos, e, sempre que a porta de um elevador abria ruidosamente, o prédio expectorava uma nuvem de partículas tóxicas no ar. Mas, por enquanto, para os advogados e investigadores dentro dele, as más condições do prédio não importavam muito. É em locais insalubres como aquele que o trabalho verdadeiro de governos locais muitas vezes é realizado. Depois de algum tempo, você não repara mais.

Quase todos os dias, eu já estava na minha mesa às 7h30 ou 8h, antes que os telefones realmente começassem a tocar, antes da primeira chamada, às 9h30. Mas, com a reabertura da escola de Jacob naquela manhã, só cheguei depois das 9h. Ansioso para ver o arquivo de Rifkin, fechei imediatamente a porta do meu gabinete, sentei-me e espalhei as fotografias da cena do homicídio sobre a escrivaninha. Apoiei um pé em uma gaveta aberta e reclinei-me, olhando para as fotos.

Nos cantos da escrivaninha, o revestimento laminado que imitava madeira começara a descascar da mesa de cartão prensado. Eu tinha um hábito nervoso de cutucar inconscientemente as quinas da mesa, levantando a superfície laminada flexível com o dedo como a crosta de uma ferida. Às vezes, ficava surpreso ao ouvir o estalido ritmado que fazia quando a levantava e soltava. Era um som que eu associava com pensamentos profundos. Naquela manhã, tenho certeza, eu tiquetaqueava como uma bomba.

Parecia haver algo errado na investigação. Algo estranho. Estava tranquila demais, mesmo depois de cinco longos dias de trabalho. É um clichê, mas é verdade: a maioria dos casos é solucionada rapidamente, nas horas e dias frenéticos logo após um homicídio, quando o barulho está por toda parte: provas, teorias, ideias, testemunhas, acusações — possibilidades. Outros casos demoram um pouco mais para serem esclarecidos, para que o sinal correto seja captado naquele ambiente ruidoso, a história verdadeira entre tantas outras plausíveis. Um número muito pequeno de casos nunca é solucionado. O sinal nunca emerge da estática. Há uma abundância de possibilidades, todas plausíveis, nenhuma confirmável, nenhuma comprovável, e é assim que o caso termina. Contudo, em todos eles, sempre há barulho. Sempre há suspeitos, teorias, possibilidades a serem consideradas. Não no assassinato de Rifkin. Cinco dias de silêncio. Alguém fez três buracos em uma linha cruzando o peito do garoto e não deixou nada para indicar quem ou por quê.

A ansiedade torturante que isso causava em mim, nos investigadores trabalhando no caso, até mesmo na cidade, começava a irritar. Eu tinha a sensação de que brincavam comigo, de que eu estava sendo propositalmente manipulado. Estavam escondendo um segredo de mim. Jacob e os amigos falam uma gíria, *foder com a cabeça*, que significa atormentar uma pessoa iludindo-a, em geral sonegando um fato crucial. Uma garota finge gostar de um garoto — isso é foder com a cabeça. Um filme revela um fato essencial somente no final, o que muda e explica tudo o que aconteceu anteriormente — *O sexto sentido* e *Os suspeitos*, por exemplo, são o que Jake chama de *filmes de foder com a cabeça*. O caso de Rifkin começava a passar uma sensação de foder com a cabeça. A única maneira de explicar o silêncio mortal e absoluto que se seguiu ao homicídio era que alguém orquestrara tudo aquilo. Alguém lá fora estava assistindo, desfrutando da nossa ignorância, da nossa insensatez. Na fase investigativa de um crime violento, o inspetor costuma conceber um ódio virtuoso pelo criminoso antes de ter a menor ideia de quem ele seja. Eu não tinha o hábito de sentir tal exaltação em relação a nenhum caso, mas já não gostava daquele assassino. Por matar, sim, mas também por foder conosco. Quando finalmente conhecesse seu nome e seu rosto, eu simplesmente ajustaria meu desdém para que se adequasse a ele.

Nas fotografias da cena do homicídio dispostas à minha frente, o corpo jazia nas folhas marrons, retorcido, rosto virado para o céu, olhos abertos. As imagens propriamente ditas não eram especialmente terríveis — um garoto deitado sobre as folhas. De todo modo, sangue não costumava me perturbar. Assim como muitas pessoas que foram expostas à violência, eu confinava minhas emoções a uma pequena faixa. Nunca elevadas demais, nunca baixas demais. Desde criança, sempre me assegurei disso. Meus sentimentos corriam em trilhos de aço.

Benjamin Rifkin tinha 14 anos e estava no nono ano da escola McCormick. Jacob era da mesma turma, mas mal o conhecia. Ele me contou que Ben tinha na escola a reputação de ser "um pouco preguiçoso", inteligente mas não muito bom aluno, nunca tendo participado das aulas extras que lotavam a agenda de Jacob. Era bonito, até um pouco exibido. Costumava usar o cabelo arrepiado na frente com algo chamado cera de cabelo. As garotas gostavam dele, segundo Jacob. Ben gostava de esportes e era um atleta decente, porém preferia skate e esqui a esportes coletivos.

— Eu não convivia com ele — disse Jacob. — Ele tinha seu próprio grupo. Todos eram um pouco *cool* demais — acrescentou ele, com a acidez habitual da adolescência. — Todos estão superinteressados nele agora, mas antes era como se ninguém sequer reparasse nele.

O corpo foi encontrado no dia 12 de abril de 2007 no parque Cold Spring, 26 hectares de uma floresta de pinheiros que margeava o terreno da escola. A floresta era riscada por trilhas para jogging que se entrecruzavam e conduziam, através de muitas bifurcações, para uma trilha principal que contornava o perímetro do parque. Eu conhecia muito bem aquelas trilhas; fazia jogging ali quase todas as manhãs. Foi em um dos caminhos menores que o corpo de Ben fora jogado com o rosto para baixo em uma pequena vala. O cadáver deslizou até parar no pé de uma árvore. Uma mulher chamada Paula Giannetto descobriu o corpo ao passar por ele quando praticava jogging. A hora da descoberta era exata; ela desativou seu relógio de corrida quando parou para investigar às 9h07 — menos de uma hora depois de o garoto sair de casa para a curta caminhada até a escola. Não havia sangue visível. O corpo jazia com a cabeça declive abaixo, braços esticados, pernas juntas, como um mergulhador gracioso. Giannetto relatou que o garoto não estava visivelmente morto, de modo que o virou para tentar reanimá-lo.

— Pensei que estivesse passando mal, que talvez tivesse desmaiado ou alguma outra coisa. Não imaginei...

O médico-legista observaria posteriormente que a posição invertida do corpo em solo íngreme, pés mais elevados do que a cabeça, poderia explicar o inesperado rubor no rosto. O sangue descera para a cabeça, causando "lividez". Quando virou o garoto, a testemunha viu que a frente da camisa dele estava encharcada de sangue. Ofegante, ela tropeçou e caiu para trás, recuou alguns metros sobre as mãos e os calcanhares, depois se levantou e partiu correndo. A posição do corpo nas fotografias da cena do homicídio — retorcido, rosto virado para cima —, portanto, não era exata.

O garoto sofrera três golpes perfurantes no peito. Uma incisão foi no coração e por si só já seria fatal. A faca foi cravada de uma só vez e retirada de novo com um único puxão, um-dois-três, como uma baioneta. A arma tinha uma lâmina serrilhada, o que foi evidenciado pelos retalhos nas margens esquerdas de cada ferimento e no tecido rasgado da camisa. O ângulo da penetração indicava um atacante aproximadamente do tamanho de Ben, cerca de 1,75m, apesar de o solo inclinado do parque tornar tal projeção falível. A arma não fora encontrada. Não havia ferimentos defensivos. Os braços e as mãos da vítima não apresentavam sinais. A melhor pista talvez fosse uma única impressão digital imaculada, marcada no sangue da própria vítima, limpidamente preservada em uma etiqueta plástica no interior do agasalho da vítima, com o zíper aberto, onde o assassino deve tê-lo agarrado pelas lapelas e atirado o corpo declive abaixo até a vala. A digital não coincidia com a da vítima e tampouco com a de Paula Giannetto.

Os fatos patentes do crime desenvolveram-se muito pouco nos cinco dias após o homicídio. Investigadores investigaram a vizinhança e vasculharam duas vezes o parque, imediatamente após a descoberta e 24 horas depois para encontrar testemunhas que frequentassem o lugar naquele horário. As buscas no local não resultaram em nada. Para os jornais e, cada vez mais, para os pais aterrorizados da escola McCormick, o homicídio parecia um ataque aleatório. À medida que os dias passaram sem novidades, o silêncio dos policiais e do ministério público confirmaram os piores temores dos pais: um predador espreitava na floresta do parque Cold Spring. Desde então, o lugar ficara abandonado, apesar de uma patrulha da polícia de Newton fazer plantão o dia todo no estacionamento para tranquilizar os praticantes de jogging e *power-walking*. Apenas donos de cachorros continuavam a frequentar o parque, para soltarem os cães das coleiras em um local destinado a este propósito.

Um policial estadual à paisana chamado Paul Duffy esgueirou-se para dentro do meu gabinete com uma batida perfunctória e familiar e sentou-se do lado oposto da escrivaninha, evidentemente agitado.

O inspetor Paul Duffy era um policial nato, um oficial de terceira geração, filho de um ex-chefe do departamento de homicídios da polícia de Boston. Mas não tinha a aparência adequada para tal papel. De fala suave, com entradas no cabelo e traços finos, poderia estar em alguma profissão mais delicada que a de policial. Duffy comandava uma unidade policial do estado designada para o ministério público. A unidade era conhecida por sua sigla, CPAC. As iniciais significavam Prevenção e Controle de Crimes, mas o título era essencialmente sem sentido ("prevenção e controle de crimes" é ostensivamente o que todos os policiais fazem) e quase ninguém sabia o que as letras realmente representavam. Na prática, a tarefa da CPAC era simples: os investigadores do ministério público trabalhavam em casos incomumente complexos, de longo prazo ou que despertavam muito interesse. Mais importante: eles lidavam com todos os homicídios do condado. Em casos de homicídio, os investigadores da CPAC trabalhavam em conjunto com os guardas locais, que na maioria recebiam bem a ajuda. Fora de Boston, homicídios eram suficientemente raros para que os policiais locais não conseguissem desenvolver o conhecimento necessário, particularmente nas cidades menores nas quais homicídios eram tão raros quanto cometas. Ainda assim, era uma situação política delicada quando os policiais do estado chegavam de repente para assumir uma investigação local. Um sujeito suave como Paul Duffy era necessário. Para liderar a unidade da CPAC, não bastava ser um investigador inteligente; você precisava ser suficientemente flexível para satisfazer os diferentes distritos eleitorais em cujos dedos dos pés a CPAC tinha o dever de pisar.

Eu adorava Duffy sem reservas. Ele era único entre os policiais com os quais eu colaborava, era um amigo próximo. Costumávamos trabalhar juntos nos casos, o principal promotor e o principal inspetor. Também socializávamos juntos. Nossas famílias se conheciam. Paul escolhera-me para ser padrinho do segundo de seus três filhos, Owen, e, se eu ao menos acreditasse em Deus ou em padrinhos, teria feito o mesmo com ele. Paul era mais extrovertido que eu, mais gregário e sentimental, no entanto, boas amizades exigem personalidades complementares, não idênticas.

— Diga-me que tem alguma coisa ou saia do meu gabinete.

— Tenho alguma coisa.

— Já estava na hora.

— Isso não parece um agradecimento.

Ele jogou uma pasta sobre a escrivaninha.

— *Leonard Patz* — li em voz alta a partir de um registro do Conselho de Liberdade Condicional. — *Atentado violento ao pudor contra menor;*

impudico e lascivo; impudico e lascivo; invasão de propriedade; atentado violento ao pudor, arquivada; atentado violento ao pudor contra menor, pendente. Adorável. O pedófilo da vizinhança.

Duffy disse:

— Ele tem 26 anos. Mora perto do parque, naquele condomínio, o Windsor ou seja lá qual for o nome.

Uma fotografia de identificação tirada pela polícia presa à pasta por um clipe mostrava um homem grande com um rosto gorducho, cabelo muito curto, lábios no formato do arco de cupido. Desprendi a imagem e analisei-a.

— Sujeito bonito. Por que não sabíamos a respeito dele?

— Não estava no registro de criminosos sexuais. Mudou-se para Newton ano passado e nunca se registrou.

— Sendo assim, como o encontrou?

— Um dos assistentes da promotoria na Unidade de Abusos Contra a Criança identificou-o. Foi atentado violento ao pudor pendente no Juízo Distrital de Newton, no topo desta página.

— Quanto foi a fiança?

— Judicial.

— O que ele fez?

— Agarrou as partes íntimas de um garoto na biblioteca pública. O garoto tinha 14 anos, assim como Ben Rifkin.

— É mesmo? Isso coincide, não é?

— É um começo.

— Espere, ele agarra o saco de um garoto e é liberado com fiança pessoal?

— Aparentemente, há dúvidas quanto ao garoto querer testemunhar.

— Ainda assim. *Eu* frequento essa biblioteca.

— Você pode querer usar um protetor.

— Nunca saio de casa sem um.

Estudei a fotografia. Tive uma sensação estranha em relação a Patz desde o princípio. É claro, eu estava desesperado — eu *queria* ter aquela sensação, precisava com urgência de um suspeito, e precisava finalmente apresentar alguma coisa —, portanto desconfiei da minha suspeita. Mas não podia ignorá-la por completo. Você precisa seguir sua intuição. Habilidade é isso: toda a experiência, os casos vencidos e perdidos, os enganos dolorosos, todos os detalhes técnicos que você aprende por meio da repetição mecânica, com o tempo tais coisas deixam você com uma sensibilidade instintiva para seu ofício. Um "faro" para a coisa. E, desde o primeiro encontro, meu faro me disse que Patz poderia ser nosso homem.

— Vale a pena dar um susto nele, pelo menos — declarei.

— Há apenas um porém: não há violência no histórico de Patz. Nenhuma arma, nada. É a única coisa.

— Vejo dois atentados violentos ao pudor. São suficientemente violentos para mim.

— Agarrar um garoto pelo saco não é o mesmo que assassinato.

— Você precisa começar de algum lugar.

— Talvez. Não sei, Andy. Quero dizer, entendo aonde quer chegar, mas para mim ele parece mais um punheteiro do que um assassino. De todo modo, o viés sexual... O garoto Rifkin não tinha indícios de que fora atacado sexualmente.

Dei de ombros.

— Talvez ele não tenha chegado a esse ponto. Pode ter sido interrompido. Talvez tenha feito uma proposta ao garoto ou tentado obrigá-lo a entrar na floresta ameaçando-o com uma faca e o garoto tenha resistido. Ou talvez o garoto tenha rido, desdenhado dele, e Patz tenha fugido enfurecido.

— São muitos "talvez".

— Bem, vejamos o que ele tem a declarar. Vá buscá-lo.

— Não posso. Não temos nenhum motivo para detê-lo. Não há nada que o ligue ao caso.

— Então diga que quer que ele venha dar uma olhada em algumas fotografias para ver se consegue identificar alguém que possa ter visto no parque Cold Spring.

— Ele já possui um advogado do Comitê para o caso pendente. Não virá voluntariamente.

— Então diga a ele que o deterá por violação da condicional por não cadastrar o novo endereço no registro de criminosos sexuais. Ele já está encrencado com isso. Diga que a pornografia infantil no computador dele é um crime federal. Diga qualquer coisa, não importa. Apenas o pegue e faça um pouco de pressão.

Duffy deu um sorriso malicioso e ergueu as sobrancelhas. Piadas sobre agarrar o saco de alguém nunca ficam velhas.

— Apenas vá pegá-lo.

Duffy hesitou.

— Não sei. Sinto como se estivéssemos agindo precipitadamente. Por que não apenas mostramos a foto de Patz por aí e vemos se alguém consegue colocá-lo no parque naquela manhã? Falamos com os vizinhos. Talvez bater na porta dele, discretamente, sem assustá-lo, fazer com que ele fale dessa maneira? — Duffy formou um bico com os dedos, depois os abriu e fechou: *falar, falar.* — Nunca se sabe. Se o trouxer para cá, ele apenas telefonará para o advogado. Você poderá perder sua única chance de falar com ele.

— Não, é melhor que o detenhamos. Depois, pode bajular e manipular o cara, Duff. É nisso que você é bom.

— Tem certeza?

— Não podemos ter pessoas dizendo que não pressionamos esse cara o bastante.

O comentário caiu mal, e uma expressão de dúvida cruzou o rosto de Duffy. Sempre seguimos a regra de não dar a mínima para o que as coisas parecessem ou para o que as pessoas pensassem. O julgamento de um promotor deve ser isento de questões políticas.

— Você sabe o que quero dizer, Paul. Este é o primeiro suspeito crível que encontramos. Não quero perdê-lo porque não fizemos o bastante.

— Muito bem — disse ele, com um pequeno e azedo franzir das sobrancelhas. — Vou buscá-lo.

— Ótimo.

Duffy recostou-se na cadeira, a conversa de trabalho encerrada, ansioso agora para aliviar o leve atrito entre nós.

— Como foi hoje de manhã na escola com Jacob?

— Ah, ele está bem. Nada incomoda Jake. Já Laurie, por outro lado...

— Está um pouco abalada?

— Um pouco? Lembra-se da cena em *Tubarão* quando Roy Scheider precisa mandar os filhos entrar no mar para mostrar a todos que é seguro nadar?

— Sua mulher parecia o Roy Scheider? É o que está dizendo?

— A expressão no rosto dela.

— E você não estava preocupado? Vamos lá, aposto que você também estava um pouco parecido com o Roy Scheider.

— Escute, amigo, eu estava totalmente como o Robert Shaw, juro a você.

— As coisas não acabaram bem para o Robert Shaw, pelo que me lembro.

— E nem para o tubarão. Isso é tudo que importa, Duff. Agora, vá pegar Patz.

— Andy, estou um pouco desconfortável com isso — disse Lynn Canavan.

Por um instante, fiquei sem saber a respeito do que ela falava. Na verdade, cheguei a pensar que pudesse estar brincando. Quando éramos mais novos, ela gostava de provocar as pessoas. Fui pego mais de uma vez, levando a sério um comentário que, um momento depois, ela revelava ser uma brincadeira. Mas vi, no instante seguinte, que estava bastante séria. Ou parecia estar. Ultimamente, ela se tornara um pouco difícil de ler.

Éramos três naquela manhã em seu grande gabinete de canto: a procuradora de justiça Canavan, Neal Logiudice e eu. Estávamos sentados em torno de uma mesa de reunião redonda, com uma caixa vazia do Dunkin' Donuts, esquecida ali em uma reunião realizada mais cedo naquela manhã. A sala era elegante, com painéis de madeira e janelas com vista para East Cambridge. Mas ainda tinha a mesma frieza do resto do prédio do tribunal. O mesmo carpete industrial ameixa sobre um chão de lajes de concreto. Os mesmos tijolos acústicos esquálidos espalhados no alto. O mesmo ar viciado, respirado duas vezes. No que diz respeito a escritórios poderosos, não era grande coisa.

Canavan brincava com uma caneta, batendo com a ponta em um bloco de notas amarelo, cabeça inclinada como se estivesse ponderando.

— Não sei. Você assumir o caso, não sei se gosto disso. Seu filho estuda na escola. É arriscado. Estou um pouco desconfortável.

— *Você* está desconfortável, Lynn, ou é o Rasputin aqui que está? — gesticulei indicando Logiudice.

— Ah, isso é engraçado, Andy...

— Eu estou — confirmou Canavan.

— Deixe-me adivinhar: Neal quer o caso.

— Neal acredita que possa haver um problema. E eu também, para ser franca. Existe a aparência de um conflito. Isso importa, Andy.

Era verdade, as aparências realmente importavam. Lynn Canavan era uma estrela política em ascensão. Desde o momento em que fora eleita procuradora de justiça, dois anos antes, houvera rumores quanto a qual cargo disputaria em seguida: o de governadora, o de procuradora-geral de Massachusetts ou até mesmo o de senadora dos Estados Unidos. Tinha 40 e poucos anos, era atraente, inteligente, séria e ambiciosa. Eu a conhecia e trabalhava ao seu lado havia 15 anos, desde quando ambos éramos jovens advogados. Éramos aliados. Nomeara-me primeiro adjunto no dia em que fora eleita procuradora de justiça local, mas eu sabia desde o começo que era um compromisso a curto prazo. Um malcriado dos tribunais como eu não tem nenhum valor no mundo político. Para onde quer que Canavan estivesse indo, eu não a acompanharia. Mas tudo aquilo ainda jazia no futuro. Por enquanto, ela estava ganhando tempo, polindo sua persona política, sua "marca": a profissional objetiva da lei e da ordem. Diante das câmeras, raramente sorria, raramente brincava. Usava pouca maquiagem ou joias e mantinha o cabelo curto e comportado. As pessoas que estavam há mais tempo no gabinete lembravam-se de uma Lynn Cavanan diferente — divertida, carismática, parte da turma, capaz de praguejar como um marinheiro e beber como se tivesse uma perna oca. Mas os eleitores nunca viram nada daquilo, e naquele momento talvez a Lynn antiga, mais natural, não existisse mais. Suponho que ela não tivesse escolha além de se transformar. A vida dela era agora uma candidatura sem fim; mal se podia culpá-la por ter se tornado aquilo que fingira ser durante tanto tempo. De todo modo, todos precisamos crescer, deixar as infantilidades de lado e tudo o mais. Mas algo também se perdeu. No curso da transformação de Lynn de borboleta em mariposa, nossa longa amizade fora prejudicada. Nenhum de nós sentia a antiga intimidade, a sensação de confiança e a ligação que um dia tivéramos. Talvez ela me nomeasse juiz algum dia, em nome dos velhos tempos, para compensar por tudo. Mas ambos sabíamos, imagino, que nossa amizade chegara ao fim. Ambos nos sentíamos vagamente constrangidos e pesarosos na companhia um do outro por causa disso, como amantes decadentes num caso próximo ao fim.

De todo modo, a provável ascensão de Lynn Canavan criou um vácuo em seu rastro, e políticos abominam vácuos. Outrora, pareceria absurdo que Neal Logiudice pudesse realmente o preencher. Agora, quem poderia dizer? Claramente, Logiudice não me considerava um obstáculo. Eu repetira várias vezes que não tinha interesse pelo cargo, e era sério. A última coisa que desejava era viver uma vida pública, exposta. Ainda assim, ele precisaria de mais do que brigas burocráticas internas para chegar lá. Se Neal desejasse ser procurador de justiça local, precisaria de uma conquista verdadeira para mostrar aos eleitores. Uma vitória exuberante com sua marca no tribunal. Ele precisava da pele de alguém. De quem, eu apenas começava a compreender.

— Está me afastando do caso, Lynn?

— Neste instante, estou apenas perguntando o que acha.

— Já discutimos isso. Assumirei o caso. Não há nenhuma dúvida.

— Mas é muito arriscado, Andy. Seu filho pode estar em perigo. Caso tivesse tido a má sorte de estar caminhando pelo parque na hora errada...

Logiudice argumentou:

— Talvez seu julgamento esteja confuso, apenas um pouco. Quero dizer, se você for razoável, se parar e pensar objetivamente a respeito.

— Confuso, como?

— O assunto deixa você emocionado?

— Não.

— Está com raiva, Andy?

— Pareço com raiva? — pronunciei as palavras uma a uma.

— Sim, parece, um pouco. Ou talvez apenas na defensiva. Mas não deveria estar; estamos todos do mesmo lado aqui. Ei, é perfeitamente normal ficar emocionado. Se meu filho estivesse envolvido...

— Neal, você está realmente questionando minha integridade? Ou apenas minha competência?

— Nenhuma das duas coisas. Estou questionando sua objetividade.

— Lynn, ele fala em seu nome? Você acredita nessa merda?

Ela franziu a testa.

— Minhas antenas estão ligadas, para ser sincera.

— Suas antenas? Deixa disso, o que quer dizer?

— Estou desconfortável.

Logiudice:

— É a aparência, Andy. A *aparência* de objetividade. Ninguém está dizendo que você realmente...

— Escute, apenas vá se foder, Neal, certo? Isso não lhe diz respeito.

— Como é?

— Apenas me deixe cuidar do meu caso. Não dou a mínima para a aparência. O caso está progredindo devagar porque é como está progredindo, e não porque estou arrastando os pés. Não serei impelido a acusar alguém às pressas só para manter a boa aparência. Eu achava que tivesse ensinado melhor a você.

— Você me ensinou a me esforçar ao máximo possível em todos os casos.

— Eu *estou* me esforçando ao máximo possível.

— Por que não interrogou as crianças? Já se passaram cinco dias.

— Você sabe muito bem por quê. Porque aqui não é Boston, Neal, é Newton. Todo maldito detalhe precisa ser negociado: com quais crianças podemos falar, onde falaremos com elas, o que podemos perguntar, quem deve estar presente. Aqui não é Dorchester High. Metade dos pais dos alunos da escola é de advogados.

— Relaxe, Andy. Ninguém está acusando você de nada. O problema é como a investigação será vista. De fora, pode parecer que você esteja ignorando o óbvio.

— O que isso quer dizer?

— Os alunos. Você considerou que o assassino possa ser um aluno? Você mesmo me disse mil vezes, não disse? Siga as provas aonde quer que elas levem você.

— Não há provas que sugiram que seja um aluno. Nenhuma. Se houvesse, eu as seguiria.

— Não pode seguir se não procurá-las.

Aquele era um momento *aha!*. Finalmente entendi. Chegara o momento, como eu sempre soubera que chegaria. Eu era a pessoa imediatamente acima de Neal na hierarquia. Agora, eu estaria na mira dele, como tantos outros estiveram.

Abri um sorriso forçado.

— Neal, o que você quer? O caso? Quer o caso? Pode ficar com ele. Ou é meu cargo? Que inferno, pode ficar com ele também. Mas seria mais fácil para todos se você simplesmente abrisse a boca e dissesse logo.

— Não quero nada, Andy. Apenas quero ver as coisas darem certo.

— Lynn, vai me afastar do caso ou vai me apoiar?

Ela me olhou calorosamente, mas deu uma resposta indireta.

— Alguma vez eu não apoiei você?

Concordei com a cabeça, aceitando a verdade do que ela disse. Vesti uma máscara resoluta e declarei um novo início.

— Escutem, a escola só reabriu hoje, os alunos estão todos de volta. Temos entrevistas com eles à tarde. Algo bom acontecerá logo.

— Ótimo — disse Canavan. — Esperamos que sim.

Mas Logiudice intrometeu-se.

— Quem entrevistará seu filho?

— Não sei.

— Não você, espero.

— Não eu. Paul Duffy, provavelmente.

— Quem decidiu isso?

— Eu. É assim que funciona, Neal. Eu decido. E, se houver algum engano, serei eu quem estará diante do júri para assimilar o golpe.

Logiudice dirigiu um olhar para Canavan — *Está vendo? Eu lhe disse, ele não escuta* —, que ela recebeu com uma expressão neutra.

5 | Todos sabem que foi você

As entrevistas com os estudantes começaram logo após as aulas. Para as crianças, fora um longo dia repleto de reuniões de classe e acompanhamento terapêutico para o luto. Investigadores da CPAC à paisana passaram de uma sala de aula a outra encorajando as crianças a compartilhar informações com os investigadores, anonimamente se necessário. As crianças os encararam desinteressadas.

A McCormick era uma *middle school*, o que na cidade significava que cobria entre o sexto e o nono anos. A estrutura era um arranjo de caixas retangulares simples. Dentro, as paredes eram pintadas espessamente com muitas camadas de um azul-esverdeado. Laurie cresceu em Newton e estudou na McCormick na década de 1970; dizia que a escola pouco mudara, exceto pela ilusão, quando ela caminhava pelos corredores, de que toda a estrutura encolhera.

Como eu havia dito a Canavan, as entrevistas eram um assunto controverso. Num primeiro momento, o diretor da escola recusara cabalmente a autorizar que "invadíssemos" e conversássemos com qualquer criança. Se o crime tivesse ocorrido em outro lugar — na urbe em vez de no subúrbio — não teríamos nos dado ao trabalho de pedir permissão. Aqui, a diretoria da escola e até mesmo o prefeito interferiram diretamente com Lynn Canavan para nos atrasar. No final, recebemos permissão para falar com as crianças no terreno da escola, mas sob certas condições. Crianças que não fossem da turma de Ben Rifkin estavam fora de alcance, a menos que tivéssemos razões para acreditar que pudessem saber algo. Qualquer aluno poderia ter um pai e/ou advogado presente e poderia encerrar a entrevista a qualquer momento, por qualquer razão ou até sem motivo. Boa parte disso era fácil de aceitar. Já tinham direito a quase tudo de qualquer jeito. O objetivo real de estipular tantas regras era transmitir uma mensagem à polícia: tratem essas crianças com luvas de pelica. O que não era um problema, mas desperdiçamos um tempo precioso com as negociações.

Às 2 horas da tarde, Paul e eu requisitamos o escritório do diretor e, juntos, entrevistamos as testemunhas de maior prioridade: os amigos íntimos da vítima, alguns garotos que costumavam caminhar para a escola através do parque Cold Spring e aqueles que pediram especialmente para falar com os investigadores. Mais de vinte encontros foram agendados para nós dois. Outros inspetores da CPAC conduziriam entrevistas ao mesmo tempo. Imaginávamos que a maioria seria breve e não fornecesse nada. Estávamos pescando com redes de arrasto, puxando-as pelo fundo do mar, esperançosos.

Mas algo estranho ocorreu. Depois de apenas três ou quatro entrevistas, Paul e eu ficamos com uma impressão evidente de que estávamos sendo boicotados. No começo, achamos que estávamos vendo o repertório habitual de tiques e evasões adolescentes, dos ombros encolhidos, dos *vocês sabem* e *sei lá*, dos olhos que divagam. Ambos éramos pais. Sabíamos que isolar os adultos era o que todos os adolescentes faziam; era o objetivo de tais comportamentos. Por si só, não havia nada de suspeito. Mas, à medida que as entrevistas prosseguiram, percebemos que algo mais descarado e intencional estava ocorrendo. As respostas das crianças iam longe demais. Não ficavam satisfeitas em dizer que não sabiam nada a respeito do homicídio; negavam até mesmo conhecer a vítima. Ben Rifkin parecia não ter nenhum amigo, apenas conhecidos. Outros garotos nunca falavam com ele e não tinham ideia de quem falava. Eram mentiras evidentes. Ben não era impopular. Já sabíamos quem era a maioria dos amigos dele. Era uma traição, pensei, que seus parceiros o desonrassem tão rápida e completamente.

Pior, os alunos do nono ano da McCormick não eram mentirosos competentes. Alguns, os mais sem-vergonha, pareciam acreditar que a melhor maneira de mentir convincentemente era exagerar na mentira. Portanto, quando estavam prontos para contar uma mentira bem grande, paravam com todas as evasivas e os *vocês sabem* e proferiam a mentira com a máxima convicção. Era como se tivessem lido um manual de comportamentos associados com honestidade — contato visual! voz firme! — e estivessem determinados a demonstrar tudo de uma só vez, como pavões abanando as penas da cauda. O efeito era a inversão dos padrões de comportamento que se esperava nos adultos — os adolescentes pareciam evasivos quando honestos e diretos quando mentiam —, mas a mudança de modos disparava sinais de alarme de qualquer jeito. Os outros garotos, a maioria deles, eram envergonhados demais, para início de conversa, e mentir apenas exacerbava aquilo ainda mais. Eram vacilantes. A verdade dentro deles fazia com que se contorcessem. Aquilo, obviamente, tampouco funcionava. Claro que eu poderia ter dito a eles que um mentiroso virtuoso insere a afirmação falsa entre as verdadeiras sem qualquer variação, como um mágico inserindo a carta dobrada no meio do baralho. Tenho formação em mentir com virtuosismo, acredite em mim.

Paul e eu começamos a trocar olhares suspeitos. O ritmo das entrevistas diminuiu à medida que começamos a desafiar as mentiras mais óbvias. Entre as entrevistas, Paul brincava sobre um código de silêncio.

— Essas crianças são como sicilianos — comentou ele.

Nenhum de nós afirmou o que realmente pensava. Existe uma sensação de cair verticalmente, como se o chão despencasse sob você. Trata-se da feliz vertigem que se sente quando um caso se abre e deixa você entrar.

Aparentemente, estivéramos errados — não havia outra forma de dizer. Tínhamos considerado a possibilidade de que um colega da escola estivesse envolvido, mas a descartamos. Não havia provas que apontassem naquela direção. Nenhum pária taciturno entre os alunos, nenhuma trilha de pistas descuidada típica de um estudante. Tampouco havia qualquer motivo aparente: nenhuma fantasia grandiosa de glória fora da lei, nada de crianças vítimas de *bullying* em busca de vingança, nenhuma pequena briga de sala de aula. Nada. Agora, nenhum de nós precisava dizê-lo. A sensação vertiginosa era o pensamento: essas crianças sabem de alguma coisa.

Uma garota entrou com a postura inclinada no escritório e desabou na cadeira à nossa frente, e então, com grande esforço, recusou-se a reconhecer nossa presença.

— Sarah Groehl? — perguntou Paul.

— Sim.

— Sou o inspetor de polícia Paul Duffy. Trabalho para a polícia estadual. Este é Andrew Barber. Ele é o promotor adjunto encarregado do caso.

— Eu sei. — Ela finalmente olhou para mim. — Você é o pai de Jacob Barber.

— Sim. Você é a garota do casaco. De hoje de manhã.

Ela sorriu timidamente.

— Desculpe-me, eu deveria ter me lembrado de você. Estou tendo um dia duro, Sarah.

— É mesmo, por quê?

— Ninguém quer falar conosco. Agora, por que isso, você tem alguma ideia?

— Vocês são da polícia.

— É por isso?

— Com certeza. — Ela fez uma careta: *Dã!*

Aguardei um instante, esperando por mais. A garota retornou ao aspecto de tédio calculado.

— É amiga de Jacob?

Ela baixou os olhos, pensou a respeito, deu de ombros.

— Acho que sim.

— E como nunca ouvi seu nome?

— Pergunte a Jacob.

— Ele não me conta nada. Preciso perguntar a você.

— Nós nos conhecemos. Não somos, tipo, amigos, Jacob e eu. Apenas nos conhecemos.

— E quanto a Ben Rifkin? Você o conhecia?

— A mesma coisa. Eu o conhecia mas não o *conhecia* de verdade.

— Gostava dele?

— Ele era legal.

— Apenas legal?

— Era um bom garoto, eu acho. Como disse, não éramos realmente chegados.

— Certo. Então vou parar de fazer perguntas burras. Por que simplesmente não conta para nós, Sarah? Qualquer coisa que possa nos ajudar, qualquer coisa que você ache que precisamos saber.

Ela se moveu na cadeira.

— Não sei exatamente o que vocês... Não sei o que contar a vocês.

— Bem, conte-me sobre este lugar, esta escola. Comece por aí. Conte-me algo sobre a McCormick que eu não saiba. Como é estudar aqui? O que há de engraçado em relação a este lugar? O que há de estranho aqui?

Nenhuma resposta.

— Sarah, queremos ajudar, você sabe, mas precisamos que alguns de vocês, alunos, *nos* ajudem.

Ela girou na cadeira.

— Você deve ao menos isto a Ben, não acha? Se ele era seu amigo?

— Não sei. Não tenho nada a dizer, eu acho. Não sei de nada.

— Sarah, quem quer que tenha feito isso ainda está lá fora. Você sabe disso, não sabe? Se pode ajudar, você tem uma responsabilidade. Uma responsabilidade de verdade. Do contrário, a mesma coisa acontecerá com algum outro garoto. Então, você terá culpa. Se não tiver feito tudo, absolutamente tudo ao seu alcance para dar um fim a isso, então a próxima vez seria por sua culpa, não seria? Como você se sentiria com isso?

— Você está tentando me culpar. Não vai funcionar. Minha mãe também faz isso.

— Não estou tentando culpá-la. Estou apenas dizendo a verdade.

Sem resposta.

Bam! Duffy bateu na mesa com a mão espalmada. Alguns papéis deslizaram com o deslocamento de ar criado por ele.

— Nossa! Isto é bobagem, Andy! Apenas faça logo uma intimação para esses garotos, por favor. Ponha-os diante do grande júri, submeta-os a juramento e, caso não queiram dizer nada, simplesmente os prenda por desacato. Isto é desperdício de tempo. Minha nossa!

Os olhos da garota dilataram.

Duffy tirou o celular de uma fivela no cinto e olhou para o aparelho, apesar de ele não ter tocado.

— Preciso fazer uma ligação — anunciou ele. — Volto logo. — E saiu marchando.

A garota disse:

— Ele deve ser o policial mau?

— Sim.

— Não é muito bom nisso.

— Você teve um sobressalto. Eu vi.

— Só porque ele me deu um susto. Ele bateu na mesa.

— Ele está certo, você sabe. Se não começarem a nos ajudar, precisaremos fazer isto de outra maneira.

— Eu achava que não precisávamos dizer nada se não quiséssemos.

— Isto é verdade hoje. Amanhã, talvez não.

Ela pensou a respeito.

— Sarah, é verdade aquilo que disse antes. Sou um promotor. Mas também sou pai, entende? Portanto, não deixarei que as coisas simplesmente passem. Porque fico pensando no pai de Ben Rifkin. Fico pensando em como ele deve estar se sentindo. Você consegue ao menos imaginar como sua mãe ou seu pai se sentiriam se isso acontecesse com você? O quanto ficariam desolados?

— Eles são separados. Meu pai está fora da jogada. Moro com a minha mãe.

— Ah. Lamento ouvir isso.

— Não é nada de mais.

— Bem, Sarah, veja, todos vocês são jovens, você sabe. Todos da turma de Jacob, até os que não conheço, e eu me preocupo com vocês. Todos nós, pais, nos sentimos assim.

Ela revirou os olhos.

— Não acredita nisso?

— Não. Você nem me conhece.

— É verdade. Ainda assim, eu me importo com o que acontece com você. Preocupo-me com esta escola, esta cidade. Não permitirei que isto simplesmente aconteça. Isto não vai passar. Entendeu?

— Alguém está falando com Jacob?

— Quer dizer meu filho, Jacob?
— É.
— Por que diz isso?
— Nenhum motivo.
— Deve haver uma razão. Qual é, Sarah?

A garota estudou o próprio colo.

— O policial que foi à nossa sala disse que poderíamos lhes dizer coisas sem nos identificarmos?
— É verdade. Há um telefone para pistas.
— Como podemos saber que vocês não tentarão, tipo, descobrir quem deu a pista? Quero dizer, é algo que gostariam de saber, certo? Quem disse algo?
— Sarah, vamos lá. O que você quer dizer?
— Como sabemos que permanecerá anônimo?
— Você precisa apenas confiar em nós, eu acho.
— Confiar em quem? Em você?
— Em mim. No inspetor Duffy. Há muitas pessoas trabalhando no caso.
— E se eu apenas... — Ela olhou para o alto.
— Escute, não vou mentir para você, Sarah. Se me contar algo aqui, não será anônimo. Meu trabalho é pegar o cara que fez isso, mas também é julgá-lo no tribunal, e, para isso, precisarei de testemunhas. Eu estaria mentindo se lhe dissesse qualquer outra coisa. Estou tentando ser honesto com você aqui.
— Certo. — Ela pensou a respeito. — Realmente não sei nada.
— Tem certeza disso?
— Sim.

Fixei meus olhos nos dela apenas por um momento, para que ela soubesse que eu não fora enganado, depois aceitei a mentira. Puxei um cartão de visita da carteira.

— Este é meu cartão. Vou anotar o número do meu celular no verso. Meu e-mail pessoal também. — Deslizei o cartão sobre a mesa. — Pode me contatar a qualquer hora, certo? A qualquer hora. E farei o que puder para protegê-la.
— Pode deixar.

Ela pegou o cartão e se levantou. Abaixou o olhar para as mãos, para os dedos. As pontas dos dedos estavam manchadas de tinta preta, não totalmente removida. Estavam tirando as digitais de todos os alunos da escola naquele dia, "voluntariamente", apesar de ter havido piadas quanto às implicações de se recusar a tirá-las. Sarah franziu a testa ao olhar para as manchas de tinta, depois cruzou os braços para escondê-las e, naquela postura desajeitada, disse:

— Ei, posso lhe perguntar uma coisa, Sr. Barber? Você às vezes é o policial mau?

— Eu não, nunca.

— Por que não?

— Apenas não é o meu tipo, imagino.

— Se é assim, então como faz seu trabalho?

— Tenho um lado malvado, lá no fundo. Pode acreditar.

— Apenas o esconde?

— Apenas o escondo.

Naquela noite, um pouco antes das 23h, eu estava sozinho na cozinha, usando meu laptop sobre o balcão. Estava eliminando algumas pendências de rotina do trabalho, sobretudo respondendo e-mails. Uma nova mensagem chegou na minha caixa de entrada. O campo do assunto dizia — gritava: "RE: BEN RIFKIN >>> LEIA-ME." Era de um endereço do Gmail, tylerdurden982@gmail.com. O horário de envio indicava 10:54:27 PM. A mensagem continha uma única linha, um *hyperlink*: "*Olhe aqui.*" Cliquei no link.

O link me levou a um grupo no Facebook chamado "♥ Amigos de Ben Rifkin ♥". O grupo era recém-criado. Não poderia ter surgido havia mais de quatro dias; no dia do homicídio, a CPAC pesquisara o Facebook e ele não estava lá.

Tínhamos encontrado a página pessoal do garoto morto no Facebook (quase todos os alunos da McCormick estavam naquela rede social), mas a página de Ben não continha nenhuma pista em relação ao homicídio. Pelo que constava em seu perfil, era entusiástico ao se apresentar como uma pessoa de espírito livre.

Ben Rifkin
está andando de skate

Redes:	McCormick Middle School '07
	Newton, MA
Sexo:	Masculino
Interessado em:	Mulheres
Status de relacionamento:	Solteiro
Data de nascimento:	3 de dezembro de 1992
Posição política:	Vulcano
Visão religiosa:	Pagão

O resto era o tumulto habitual de lixo digital: vídeos do YouTube, jogos, imagens, uma série de mensagens insípidas, fofocas. Contudo, em termos comparativos, Ben não fora um usuário particularmente ativo do Facebook. Boa parte da atividade em sua página ocorrera após o homicídio, quando mensagens de colegas de Ben se acumularam fantasmagoricamente até que a página fosse removida a pedido dos pais dele.

A nova página de "tributo" fora aparentemente aberta em resposta, para oferecer aos garotos um lugar onde pudessem continuar postando mensagens sobre o homicídio. O título, "♥ Amigos de Ben Rifkin ♥", parecia usar *amigos* no sentido usado pelo Facebook: na verdade, a página era aberta para qualquer pessoa da turma de 2007 da McCormick, tivessem ou não sido realmente amigos de Ben.

No topo da página havia uma pequena fotografia de Ben, a mesma que ele utilizara em sua página pessoal. Presumivelmente, fora copiada e colada da página antiga do garoto morto por quem quer que tivesse criado o grupo. A foto mostrava Ben sorrindo, sem camisa, aparentemente em uma praia (a areia e o mar eram visíveis atrás dele). Ele fazia um "hang loose" com a mão direita. Mais abaixo, à direita da página, havia um espaço chamado de Mural, repleto de mensagens em ordem cronológica invertida.

Jenna Linde (McCormick Middle School) escreveu às 9:02pm em 17 de abril, 2007

Sinto saudades, ben. Lembro de nossas conversas. te amo para sempre te amo te amo

Christa Dufresne (McCormick Middle School) escreveu às 8:43pm em 17 de abril de 2007

foi a coisa mais cruel quem quer que tenha feito isso. Nunca vou esquecer você Ben. Penso em você todos os dias. ♥♥♥♥♥♥

É importante observar que em 2007 o Facebook ainda era, acima de tudo, um paraíso para as crianças. O crescimento explosivo da rede social entre adultos ocorreu nos dois anos seguintes. Pelo menos, foi o que aconteceu em nosso círculo. A maioria dos pais da escola McCormick visitava o Facebook ocasionalmente para monitorar o que os filhos faziam, mas basicamente se limitavam a isso. Alguns de nossos amigos aderiram, porém raramente usavam o site. Ainda não havia um número suficiente de outros pais para que valesse a pena. Pessoalmente, eu não tinha ideia do que Jacob e os amigos viam na rede social. Eu não compreendia por que toda aquela produção turbulenta de informação era tão estimulante. Acho que a única explicação era que aquilo era para onde as crianças iam a fim de ficarem longe dos adultos, seu lugar secreto onde se exibiam e flertavam e matavam tempo com a ousadia que jamais conseguiriam reunir no refeitório da escola. Jacob certamente era muito mais esperto e assertivo on-line do que pessoalmente, assim como muitos garotos tímidos. Laurie e eu percebemos o perigo quando permitimos que Jacob seguisse assim em segredo. Insistimos para que nos desse sua senha a fim de que pudéssemos conferir o que fazia, mas, honestamente, Laurie foi a única que já viu a página de Jacob no Facebook. Para mim, a conversa on-line entre os garotos era ainda menos interessante do que a versão off-line. Na época, as poucas vezes que entrei no site foram porque o rosto em questão estava no arquivo de algum dos meus casos. Seria eu um pai negligente? Em retrospecto, é óbvio que sim. Contudo, até aí éramos todos, todos os pais da escola de Jacob. Não sabíamos que os riscos eram tão grandes.

Já havia centenas de mensagens na página "♥ Amigos de Ben Rifkin ♥".

Emily Salzman (McCormick Middle School) escreveu às 10:12pm em 16 de abril de 2007

Ainda estou totalmente chocada. quem fez isso? por que você fez isso? qual o sentido? o que você obteve com isso? isto é muito doentio

Alex Kurzon (McCormick Middle School) escreveu às 1:14pm em 16 de abril de 2007

no pq cold sprg agora. fita amarela ainda esticada. mas não há nada para ver. nada de policiais.

As mensagens seguiam assim, desprotegidas, confessionais. A internet criava uma ilusão de intimidade, um subproduto da imersão pasmada dos garotos no mundo "virtual". Infelizmente, estavam prestes a descobrir que a internet pertencia aos adultos: eu já pensava na intimação *duces tecum* — a ordem para produzir documentos e registros — que enviaria ao Facebook para preservar todas aquelas conversas on-line. Enquanto isso, ávido como um bisbilhoteiro, continuei a ler.

Dylan Feldman (McCormick Middle School) escreveu às 9:07pm em 15 de abril de 2007

Jacob cale sua boca de m*rda. se não quiser ler, vá para outro lugar. logo você, de todas as pessoas. vá se f*der. ele considerava você um amigo. babaca

Mike Canin (McCormick Middle School) escreveu às 9:01pm em 15 de abril de 2007

Tenho que chamar sua atenção quanto a isto, Jake. Você não é a polícia do FB, esp do jeito como as coisas acabaram acontecendo. vc deveria manter a cabeça baixa e ficar quieto.

John Marolla (McCormick Middle School) escreveu às 8:51pm em 15 de abril de 2007

Que merda é essa? JB, por que está aqui falando merda? morra. o mundo seria um lugar melhor. vá se f*der & morra.

Julie Kerschner (McCormick Middle School) escreveu às 8:48pm em 15 de abril, 2007

Mandou mal, Jacob.

Jacob Barber (McCormick Middle School) escreveu às 7:30pm em 15 de abril de 2007

Talvez vocês não tenham ouvido — Ben está morto. Por que ainda estamos escrevendo mensagens para ele? E por que algumas pessoas estão agindo como melhores amigos dele quando nunca o foram? Podemos apenas ser verdadeiros aqui?

Parei ao ler o nome de Jacob — diante da constatação de que aquelas últimas mensagens venenosas eram destinadas ao *meu* Jacob. Eu não estava preparado para a realidade da vida de Jacob, da complexidade de seus relacionamentos, das provações que enfrentava, da brutalidade do mundo no qual habitava. *Morra. O mundo seria um lugar melhor.* Como era possível que dissessem tal coisa ao meu filho e ele não compartilhasse o que aconteceu com a família? Nem mesmo em segredo? Fiquei decepcionado não com Jacob, mas comigo. Como poderia ter deixado meu filho com a impressão de que não me importava com aquele tipo de coisa? Ou estaria eu sendo um fraco, reagindo ao tom exagerado, agitado, da internet?

Também me senti um imbecil, honestamente. Eu deveria saber a respeito de tudo aquilo. Laurie e eu tínhamos conversado com Jacob apenas de uma forma mais geral sobre as atitudes dele na internet. Sabíamos que, quando ele ia para seu quarto à noite, podia ficar on-line. Mas tínhamos alguns programas instalados no computador dele para impedi-lo de visitar certos sites, na maioria pornográficos, e achamos que era o bastante. O Facebook nunca parecera particularmente perigoso, de jeito algum. Além disso, nenhum de nós queria espioná-lo. Como casal, acreditávamos que se criava um filho com bons valores e depois se dava espaço a ele, confiava-se nele para que se comportasse com responsabilidade, até que ele desse razões para o contrário. Por sermos pais modernos, informados, não desejávamos nos tornar adversários de Jake, questionando-o sobre tudo o que fazia, intimidando-o. Era uma filosofia compartilhada pela maioria dos pais da McCormick. Que escolha tínhamos? Nenhum pai pode monitorar cada momento da vida do filho, on ou off-line. No final das contas, todos os filhos vivem a própria vida, na maior parte fora da vista dos pais. Ainda assim, quando vi a palavra *morra*, me dei conta do quanto fôramos ingênuos e burros. Jacob não necessitava da nossa confiança ou respeito tanto quanto precisava da nossa proteção, a qual não lhe proporcionávamos.

Rolei pelas mensagens mais rapidamente. Havia centenas, cada uma com uma ou duas linhas. Era impossível ler todas, e eu não tinha ideia do que Sarah Groehl queria que eu encontrasse. Jacob desapareceu da conversa durante um longo trecho à medida que as mensagens ficavam mais antigas. As crianças consolavam-se mutuamente por meio de mensagens sentimentais (*jamais seremos os mesmos*) e severas (*morra jovem, permaneça bonito*). Repetidamente, expressavam o quanto estavam chocadas. As garotas manifestavam amor e lealdade; os garotos, raiva. Vasculhei as infindáveis mensagens repetitivas em busca de algum detalhe de valor: *não consigo acreditar... precisamos permanecer unidos... há policiais pela escola inteira...*

Finalmente, cliquei para ir para a página do próprio Jacob no Facebook, onde uma conversa ainda mais quente fervia, esta ocorrida imediatamente após o assassinato. Novamente, as mensagens eram dispostas em ordem cronológica inversa.

Marlie Kunitz (McCormick Middle School) escreveu às 3:29pm em 15 de abril de 2007

D.Y.: NÃO diga coisas como essa aqui. Isso é um BOATO e poderia acabar FERINDO alguém. Mesmo que seja brincadeira, é burrice. Jake, apenas o ignore.

Joe O'Connor (McCormick Middle School) escreveu às 3:16pm em 15 de abril, 2007

Todo mundo deveria simplesmente ficar de boca FECHADA se não sabemos sobre o que estamos falando. isso é para vc derek, seu pau-mandado. essa MERDA é SÉRIA. de jeito nenhum que vc deveria estar falando merda desse jeito.

Mark Spicer (McCormick Middle School) escreveu às 3:07pm em 15 de abril de 2007

QUALQUER um poderia dizer QUALQUER coisa sobre QUALQUER pessoa. talvez VOCÊ tenha uma faca, derek? qual é a sensação quando alguém inicia um boato sobre VOCÊ?

Então, isto:

Derek Yoo (McCormick Middle School) escreveu às 2:25 pm em 15 de abril de 2007

Jake, todos sabem que foi você. Você tem uma faca. Eu já vi.

Não consegui me mover. Não conseguia desviar meus olhos da mensagem. Olhei para ela até as letras se desfazerem em pixels. Derek Yoo era amigo de Jacob, um bom amigo. Estivera em nossa casa uma centena de vezes. Os dois estudaram juntos desde o jardim de infância. Derek era um bom garoto.

Eu já vi.

Na manhã seguinte, deixei tanto Laurie quanto Jacob partirem antes de mim. Disse a eles que tinha uma reunião na delegacia de Newton e não queria dirigir até Cambridge e depois voltar. Depois de terem saído em segurança, subi para o quarto de Jacob e comecei a procurar.

A busca não demorou muito. Na gaveta superior da cômoda, encontrei algo duro, displicentemente escondido em uma velha camiseta branca. Desenrolei a camiseta até cair no chão uma faca dobrável com cabo emborrachado. Peguei-a com delicadeza, pincei a lâmina usando o polegar e o indicador e abri a faca.

— Ah, meu Deus — murmurei.

Poderia ter sido uma faca militar ou de caça, mas parecia pequena demais. Aberta, tinha cerca de 25 centímetros. O cabo era preto, aderente, moldado para acomodar quatro dedos. A lâmina era arqueada, com um lado cortante intricadamente dentado — uma faca serrilhada — que terminava em uma ponta gótica letal. Os lados planos da lâmina tinham sido perfurados com uma broca, presumivelmente para reduzir o peso. A faca era sinistra e bela, o formato da lâmina, sua curva e afiação. Era como uma daquelas adoráveis coisas fatais da natureza, uma labareda ou a garra de um felino enorme.

6 | Declínio

Um ano depois.

TRANSCRIÇÃO DA INVESTIGAÇÃO DO GRANDE JÚRI

Sr. Logiudice: Quando encontrou a faca, o que fez? Presumo que tenha informado imediatamente.
Testemunha: Não, não informei.
Sr. Logiudice: Não? Você encontrou a arma utilizada em um homicídio no decorrer de uma investigação de um homicídio e não contou a ninguém? Por que não? Fez um discurso tão bonito nesta manhã sobre como acreditava no sistema.
Testemunha: Não informei porque não acreditei que fosse a arma do crime. De fato, eu não tinha certeza disso.
Sr. Logiudice: Não tinha certeza? Bem, como poderia? Você a manteve escondida! Não entregou a faca para exames forenses, para exames de sangue, de impressões digitais, comparações com os ferimentos e daí em diante. Esse seria o procedimento padrão, não seria?
Testemunha: Seria caso você suspeitasse genuinamente de que se tratasse da arma do crime.
Sr. Logiudice: Ah. Quer dizer que você nem mesmo suspeitou que fosse a arma do crime?

Testemunha: Não.
Sr. Logiudice: Essa ideia jamais cruzou sua mente?
Testemunha: Tratava-se do meu filho. Um pai não pensa, não consegue conceber o próprio filho em tais termos.
Sr. Logiudice: Verdade? Não consegue conceber?
Testemunha: Correto.
Sr. Logiudice: O rapaz não tinha nenhum histórico de violência? Nenhuma ficha de antecedentes criminais juvenil?
Testemunha: Não. Nenhum.
Sr. Logiudice: Nenhum problema comportamental? Nenhum problema psicológico?
Testemunha: Não.
Sr. Logiudice: Ele jamais fizera mal a uma mosca, seria justo afirmar isto?
Testemunha: Algo do gênero.
Sr. Logiudice: E ainda assim, quando encontrou a faca, você encobriu o fato. Comportou-se exatamente como se achasse que ele fosse culpado.
Testemunha: Isso não é preciso.
Sr. Logiudice: Bem, você não informou sobre a faca.
Testemunha: Demorei a perceber... Em retrospecto, eu admito...
Sr. Logiudice: Sr. Barber, como poderia demorar a perceber quando na verdade aguardara por esse momento durante 14 anos, desde o dia em que seu filho nasceu?
[A testemunha não respondeu.]
Sr. Logiudice: Você estava esperando por esse momento. Temendo-o, com horror dele. Mas o aguardava.
Testemunha: Isso não é verdade.
Sr. Logiudice: Não é? Sr. Barber, não é justo dizer que a violência corre em sua família?
Testemunha: Objeção. Esta é uma pergunta completamente imprópria.
Sr. Logiudice: Sua objeção foi registrada.
Testemunha: Você está tentando influenciar o júri. Está insinuando que Jacob poderia herdar uma tendência à violência, como se violência fosse o mesmo que cabelos ruivos ou orelhas

peludas. Isso é errado na biologia e errado na lei. Em uma palavra, é besteira. E você sabe disso.

Sr. Logiudice: Mas não estou falando em absoluto sobre biologia. Estou falando sobre seu estado mental, no que acreditou no momento em que encontrou a faca. Agora, se prefere acreditar em bobagens, o problema é seu. Mas o que acreditou naquele instante é perfeitamente relevante e perfeitamente admissível como evidência. E você sabe disso. Mas, por uma questão de respeito, retiro a pergunta. Abordaremos o assunto de outra maneira. Já ouviu falar na expressão "o gene assassino"?

Testemunha: Sim.

Sr. Logiudice: Onde a ouviu?

Testemunha: Apenas em conversas. Usei-a em uma conversa com minha esposa. É uma figura de linguagem, nada mais.

Sr. Logiudice: Uma figura de linguagem.

Testemunha: Não é um termo científico. Não sou cientista.

Sr. Logiudice: É claro. Somos todos não especialistas aqui. Agora, quando usou esta... esta figura de linguagem, "o gene assassino", a que se referia?

[A testemunha não respondeu.]

Sr. Logiudice: Ah, vamos lá, Andy, não há razão para ficar envergonhado. É tudo apenas uma questão de registro público agora. Você foi muito angustiado por toda a sua vida, não foi?

Testemunha: Há muito tempo. Quando era criança. Não agora.

Sr. Logiudice: Há muito tempo, certo. Você ficava preocupado — há muito tempo, quando era criança — com a própria história, a própria família, não ficava?

[A testemunha não respondeu.]

Sr. Logiudice: É justo dizer que você descende de uma longa linhagem de homens violentos, não é verdade, Sr. Barber?

[A testemunha não respondeu.]

Sr. Logiudice: É justo afirmar isso, não é?

Testemunha: [Inaudível.]

Sr. Logiudice: Lamento, não ouvi o que disse. Você descende de uma longa linhagem de homens violentos, não é verdade, Sr. Barber?

A violência realmente corria na minha família. Era possível segui-la como uma trilha através de três gerações. Provavelmente, havia mais. Provavelmente, a trilha vermelha corria até Caim, mas eu nunca tive desejo algum de rastreá-la. Algumas histórias lúgubres, a maioria impossível de verificar, e algumas fotografias chegaram até mim. Quando era criança, queria esquecer completamente tais histórias. Eu costumava me perguntar como seria se fosse acometido por uma amnésia mágica que apagasse completamente minha mente e deixasse somente um corpo e uma espécie de eu vazio, só potencial, só argila a ser moldada. Mas, é claro, não importa o quanto tentasse esquecer, a história de meus ancestrais permanecia armazenada na memória profunda, sempre pronta para despontar na consciência. Aprendi a administrá-la. Depois, pelo bem de Jacob, aprendi a engoli-la inteiramente, sem deixar nada à vista dos outros, nada para "compartilhar". Laurie acreditava profundamente em compartilhar, na cura pela fala, mas nunca tive a intenção de me curar. Jamais acreditei que tal coisa fosse possível. Foi isso que Laurie jamais entendeu. Ela sabia que o fantasma do meu pai me perturbava, mas não sabia por quê. Ela presumia que o problema fosse que eu jamais o conhecera e sempre haveria um buraco em forma de pai em minha vida. Nunca mais contei nada a ela, apesar de ela ter tentado me abrir à força como uma ostra. O pai de Laurie era psiquiatra, e antes de Jacob nascer ela era professora na Gavin Middle School em South Boston, ensinava inglês para o sexto e o sétimo anos. Ela acreditava, tendo por base tais experiências, que entendia um pouco de crianças pequenas que careciam de uma presença paterna plena.

— Você nunca será capaz de lidar com isso — repetia para mim — se não falar sobre o assunto.

Ah, Laurie, você nunca entendeu! Jamais pretendi "lidar com isso". Eu pretendia acabar com aquilo a frio. Queria encerrar toda a sórdida linhagem criminosa de descendentes absorvendo-a inteira dentro de mim. Eu ficaria ali de pé e a faria parar como uma bala de revólver. Simplesmente me recusaria a transmiti-la a Jake. Portanto, decidi não investigar muito sobre ela. Não pesquisar minha história ou analisá-la em busca de causas e efeitos. Propositalmente me tornei órfão de todo aquele grupo de arruaceiros. Até onde sabia — até onde decidi saber — a trilha vermelha ia até meu bisavô, um assassino de olhos estreitos chamado James Burkett, que veio de Dakota do Norte para o leste trazendo nos ossos um instinto selvagem e perverso para a violência que se manifestaria repetidas vezes, no próprio Burkett, em seu filho e mais espetacularmente no neto, meu pai.

James Burkett nasceu perto de Minot, Dakota do Norte, por volta de 1890. As circunstâncias em torno de sua infância, seus pais, se teve alguma educação — eu não sabia nada sobre essas coisas. Só sabia que crescera nos planaltos de Dakota do Norte nos anos posteriores à batalha de Little Big Horn, durante o fechamento da fronteira. A primeira evidência autêntica que tive do homem foi uma fotografia em sépia em um papel fotográfico grosso, tirada na cidade de Nova York no Estúdio Fotográfico H. W. Harrison, na Fulton Street, numa quarta-feira, 23 de agosto de 1911. O dia e a data foram anotados cuidadosamente a lápis no verso da foto, ao lado do novo nome dele, "James Barber". A história por trás dessa viagem também era obscura. De acordo com o que eu ouvira — por intermédio de minha mãe, que ouvira a história por meio do pai de meu pai —, Burkett fugira de Dakota do Norte para escapar de uma acusação de roubo à mão armada. Ele se escondeu durante um tempo na margem sul do Lago Superior, mariscando e trabalhando em barcos pesqueiros, depois seguiu para Nova York com um novo nome. Ninguém sabia ao certo qual fora o motivo para que mudasse de nome — se fora para evitar um mandado de prisão ou apenas para recomeçar a vida com uma nova identidade no leste, ou por outra razão qualquer. Ninguém tampouco era capaz de explicar por que meu bisavô escolheu o sobrenome Barber. A única evidência física que eu tinha daquele período era a própria foto. É a única imagem de James Burkett-Barber que vi. Ele deveria ter 20 ou 21 anos quando ela foi tirada. Aparece de corpo inteiro. Magro e teso, pernas tortas, vestindo um casaco emprestado, com um chapéu-coco na articulação do braço. Ele estreita os olhos para a câmera com um sorriso malicioso de vagabundo, um canto da boca curvando-se para cima como fumaça.

Presumi que a acusação em Dakota do Norte fosse provavelmente mais grave que roubo à mão armada. Burkett-Barber não apenas realizara grandes esforços para escapar dela — um assaltante pé de chinelo em fuga não precisava viajar para tão longe ou se transformar tão completamente —, mas em Nova York ele demonstrou quase de imediato uma aptidão para a violência. Não houve um período de aprendizado. Ele não progrediu a partir de pequenos roubos, como fazem criminosos novatos; entrou em cena como um criminoso violento em pleno vigor. Sua ficha de antecedentes criminais em Nova York incluía prisões por lesão corporal com arma letal, lesão corporal com intenção de roubo, lesão corporal com intenção de matar, desordem, porte de arma perigosa, posse de arma de fogo não licenciada, estupro e tentativa de homicídio. Entre a primeira vez que foi preso no estado de Nova York, em 1912, e sua morte, em 1941, James Barber passou quase metade de seus dias na prisão ou sob custódia aguardando julgamento. Somando apenas duas acusações de estupro e tentativa de homicídio, ele teve de cumprir 14 anos preso.

Era a ficha de um criminoso profissional, e uma descrição dele que veio à tona nos livros de registros confirmava que aquela era a verdade. O caso era uma tentativa de homicídio em 1916. O processo gerou um recurso em sentido estrito, portanto foi registrado no repertório de casos de Nova York em 1918. O resumo dos fatos, conforme relatados pelo juiz Barton em sua decisão, tem apenas algumas linhas:

O réu envolveu-se em uma discussão com a vítima, um homem chamado Payton, em um bar no Brooklyn. A discussão era a respeito de uma dívida que Payton devia ao próprio réu (segundo o réu) ou a outra pessoa, para quem o réu trabalhava como "caçador", ou cobrador de dívidas (segundo o Estado). No decorrer da discussão, o réu, em um rompante de fúria, atacou a vítima com uma garrafa. Ele persistiu no ataque mesmo depois que a garrafa quebrara, depois que a briga passara do bar para a rua, e depois que o olho esquerdo da vítima fora gravemente ferido e sua orelha esquerda quase fora decepada. A agressão finalmente foi encerrada quando vários observadores, os quais conheciam a vítima, intervieram para subjugar o réu e imobilizá-lo à força, com grande esforço, até a chegada da polícia.

Outro detalhe da decisão daquele tribunal chamava a atenção. O juiz observou: "A reputação violenta do réu era bastante conhecida por Payton, como de fato também era de conhecimento geral."

James Barber deixou pelo menos um filho, meu avô Russel, a quem chamavam de Rusty. Rusty Barber viveu até 1971. Conheci-o muito rápido, quando eu ainda era bem pequeno. Quase tudo que sei sobre ele vem de histórias que contou à minha mãe, que depois as transmitiu para mim.

Rusty nunca conheceu o pai e, portanto, jamais sentiu falta dele. Não desperdiçou um minuto sequer pensando nele. Rusty foi criado em Meriden, Connecticut, onde a mãe tinha parentes e para onde havia retornado de Nova York, grávida, para criá-lo. Ela contou ao garoto a respeito do pai, inclusive sobre os crimes. Ela não mediu palavras, mas nem ela nem o garoto davam muita importância ou sentiam-se particularmente oprimidos. Muitas pessoas lidavam com condições piores na época. Não ocorreu a ninguém que o pai de Rusty pudesse afetar de qualquer maneira o futuro do garoto. Pelo contrário, Rusty foi criado basicamente com as mesmas expectativas com as quais os vizinhos eram criados. Era um aluno medíocre e um pouco rebelde, mas formou-se na Meriden High School. Ingressou na West Point em 1933, mas partiu depois de seu segundo ano, boa parte do qual passou em confinamento especial e realizando viagens disciplinares. Ele voltou para Meriden, fez bicos, vagueou sem rumo. Envolveu-se em uma briga sem importância e acabou preso por agredir um policial, apesar de, na verdade, não ter cometido tal ato. Apenas não gostou da maneira como o homem colocou as mãos nele.

Foi a guerra que mudou as coisas para Rusty Barber. Ele ingressou no Exército como soldado raso e participou da invasão do Dia D com a Divisão da Primeira Infantaria. Quando a guerra terminou, havia se tornado tenente do Terceiro Exército, conquistara a Medalha de Honra e duas Estrelas de Prata e era um herói certificado. Durante a batalha de Nuremberg, em abril de 1945, invadiu sozinho uma plataforma de metralhadoras alemã, matando seis alemães, os dois últimos usando uma baioneta. Realizaram uma parada para ele em Meriden. Ele desfilou na traseira de um conversível aberto e acenou para as garotas. Algum tempo depois, casou com uma delas.

Após a guerra, teve três filhos e comprou sua própria casinha com estrutura de madeira na cidade. Mas não era nem de longe tão preparado aos tempos de paz. Fracassou em uma série de negócios — seguros, imóveis, um restaurante. Finalmente, encontrou seu lugar como caixeiro-viajante. Representava diversas linhas de roupas e sapatos e passou a maior parte da vida de trabalhador dirigindo pelo sul da Nova Inglaterra com caixas de amostras no porta-malas do carro, as quais apresentava a lojistas em um escritório apertado depois do outro. Olhando em retrospecto esse período da vida de meu avô, ele deveria estar fazendo um esforço gigantesco para permanecer honesto. Rusty Barber tinha o gênio do pai para a violência, a qual a guerra estimulara e recompensara, mas não era excepcionalmente talentoso em relação a mais nada. Ainda assim, poderia ter conseguido. Ele poderia ter levado uma vida pacífica, mas sem sinceridade. Mas era uma condição precária, e os acontecimentos conspiraram contra ele.

Em 11 de maio de 1950, ele estava em Lowell, Massachusetts, visitando a loja de roupas Birke's para apresentar a nova linha de parcas Mighty Mac para o outono. Parou para almoçar em um restaurante de que gostava, que servia cachorros-quentes, chamado Elliot's. Quando estava saindo de lá, houve um acidente. Um carro bateu na dianteira do Buick Special de Rusty quando ele deixava o estacionamento. Houve uma discussão. Um empurrão. O outro homem puxou uma faca. Quando tudo terminou, o homem jazia na rua, e Rusty partiu a pé como se nada tivesse acontecido. O homem levantou-se com as mãos pressionadas contra a barriga. Sangue escorria entre seus dedos. Ele abriu a camisa mas segurou as mãos um instante sobre a barriga, como se estivesse com dor de estômago. Quando o homem finalmente afastou os braços, uma serpente escorregadia e espiralada de intestinos pendeu para fora de seu corpo. Uma incisão vertical cortava sua barriga da pélvis até a base do esterno. Com as próprias mãos, o homem levantou os intestinos de volta para dentro do próprio corpo, manteve-os lá e entrou para chamar a polícia.

Acusaram Rusty de todos os crimes que conseguiram: lesão corporal com intenção de matar, desordem, lesão corporal com arma letal. No julgamento, ele alegou legítima defesa mas confessou, fatalmente, que não se lembrava de nenhuma das coisas das quais era acusado, inclusive de tomar a faca do homem e de usá-la para esfaqueá-lo na barriga. Recebeu uma pena de sete a dez anos; cumpriu três. Quando retornou a Meriden, seu filho William — meu pai, Billy Barber — tinha 18 anos e já era rebelde demais para ser controlado por qualquer pai, até mesmo por um tão formidável quanto Rusty.

E aqui chegamos à parte da história na qual o tecido desfia e acaba, pois não tenho lembranças reais de meu pai na época, apenas fragmentos...

uma tatuagem azul esverdeada desbotada na parte interna de seu punho direito, na forma de uma cruz ou adaga, a qual escolhera em alguma prisão...

suas mãos, garras pálidas com nós vermelhos, bastante críveis como instrumentos de assassinato...

a boca cheia de longos dentes amarelados...

uma faca curva com cabo perolado que ele sempre carregava no cinto na base das costas, enfiada ali automaticamente toda manhã da mesma maneira que outros homens enfiavam a carteira no bolso de trás.

Além de tais vislumbres, no entanto, simplesmente não consigo me lembrar dele. E não confio verdadeiramente em tais fragmentos; tive anos para adorná-los. Foi em 1961 que vi meu pai pela última vez. Eu tinha 5 anos, e ele estava com 26. Durante muito tempo, quando ainda era pequeno, tentei preservar as memórias que tinha dele para impedi-lo de desaparecer. Isso foi antes de realmente compreender o que ele era. Ao longo dos anos, de qualquer forma, ele se desmaterializou. Quando eu estava com uns 10 anos, não tinha nenhuma memória real de meu pai, exceto por aquelas peças desconexas de um quebra-cabeça. Não muito depois disso, parei completamente de pensar nele. Por conveniência, vivia como se não tivesse pai, como se tivesse vindo ao mundo sem pai, e jamais questionei tal atitude, pois nada de bom podia surgir daí.

Uma memória permaneceu, ainda que imperfeitamente. Em algum ponto durante aquele último verão, em 1961, minha mãe me levou para visitá-lo na prisão da Whalley Avenue em New Haven. Sentamo-nos em uma das mesas sulcadas de madeira na sala de visitas lotada. Os prisioneiros em seus macacões sem forma e camisas de pijama pareciam os desenhos em lápis de cera de homens sem volume e quadrados que eu e meus amigos costumávamos fazer. Creio que eu estava tímido no dia — era preciso ser cauteloso perto dele —, pois meu pai precisou me adular:

— Venha cá, deixe-me olhar para você. — Ele cerrou o punho em torno da minúscula parte superior do meu braço e puxou-me para a frente. — Venha cá. Você fez toda esta viagem para me visitar, venha cá.

Anos depois, ainda sinto a mão dele apertando meu braço, torcendo-o levemente, da mesma maneira que se torce uma coxa de frango para arrancá-la.

Ele fizera algo terrível. Eu sabia. Nenhum adulto queria me contar diretamente o que fora. Envolvia uma garota e uma das casas geminadas vazias e fechadas com tábuas na Congress Avenue. E a faca de cabo perolado. Aquela era a parte que deixava os adultos tão quietos.

Minha infância terminou naquele verão. Aprendi a palavra *homicídio*. Mas não basta que lhe ensinem uma palavra importante como esta. É preciso viver com ela, carregá-la por aí com você. É preciso andar ao redor dela diversas vezes, observá-la de diferentes ângulos, em momentos diferentes do dia, sob uma luz diferente, até você compreender, até que ela penetre em você. É preciso preservá-la secretamente em seu interior durante anos, como o caroço horrendo dentro de um pêssego.

Quanto disso Laurie sabia? Nada. Eu soube no instante em que pousei os olhos nela que era uma Boa Garota Judia de uma Boa Família Judia e que eu não teria chance se ela soubesse a verdade. Portanto, contei-lhe em termos vagos e românticos que meu pai tinha uma reputação de desordeiro mas que jamais o conhecera. Eu era o produto de um caso amoroso curto e infeliz. Durante os 35 anos seguintes, foi como permaneceu a situação. Para Laurie, eu era essencialmente órfão de pai. Jamais disse outra coisa a ela porque, na minha própria cabeça, eu *era* essencialmente órfão de pai. Certamente, não era filho de Billy Barber, o Sanguinário. Não havia nada muito dramático em tudo isso. Quando contei à minha namorada, que se tornou minha esposa, que não sabia quem era meu pai, eu estava simplesmente falando em voz alta o que repetia para mim mesmo havia anos. Não a estava enganando em absoluto. Caso tivesse sido alguma vez filho de Billy Barber, quando conheci Laurie eu já o deixara de ser havia bastante tempo, exceto estritamente em termos biológicos. O que contei a Laurie era mais próximo da verdade do que os fatos reais. Você dirá: *Tudo bem, mas certamente, em todos esses anos, deve ter havido algum momento no qual pudesse ter contado a ela.* Mas a realidade é que, à medida que o tempo passou, o que contei a Laurie tornou-se cada vez mais verdadeiro. Como adulto, parecia ainda menos o filho de Billy. Tudo era apenas uma história, algum mito antigo que não tinha qualquer relação com quem eu realmente era. Nem sequer pensava muito a respeito, sinceramente. Em algum ponto na vida adulta, deixamos de ser os filhos de nossos pais e, em vez disso, passamos a ser os pais de nossos filhos. E, mais importante ainda, eu tinha a garota. Eu tinha Laurie, e estávamos felizes, e ambos estávamos felizes com a concepção que tínhamos do parceiro. Por que estragar aquilo? Por que arriscar o raro casamento feliz — mais raro ainda, um casamento amoroso e duradouro — por causa de algo tão comum e tão tóxico quanto a honestidade completa, impensada e transparente? Quem seria beneficiado caso eu contasse? Eu mesmo? De forma alguma. Eu era feito de aço, juro. Há também uma explicação mais trivial: o assunto jamais foi levantado. No final das contas, não há um bom momento num bom dia para anunciar à sua esposa que você é filho de um assassino.

7 | Negação

Logiudice estava parcialmente certo: naquela altura, eu realmente suspeitava de Jacob, mas não de homicídio. O cenário com que Logiudice tentava convencer o grande júri — no qual, por causa da minha história familiar e por causa da faca, eu saberia imediatamente que Jacob era um psicopata e o acobertara — era pura bobagem. Não culpo Logiudice por exagerar ao tentar vender o caso daquela maneira. Jurados sofrem problemas auditivos por natureza, ainda mais neste caso, cujas circunstâncias essencialmente os obrigavam a enfiar os dedos nos ouvidos. Logiudice não teve escolha senão gritar. Mas a verdade é que nada tão dramático ocorrera. A insinuação de que Jacob pudesse ser um assassino era simplesmente maluca; não a levei a sério. O que pensei, em vez disso, era que havia algo errado. Jacob sabia mais do que estava contando. Só Deus sabe como aquilo já era suficientemente perturbador. A suspeita, quando começou a penetrar como um saca-rolhas em meus pensamentos, fez-me experimentar tudo duas vezes: como promotor em investigação e pai ansioso, o primeiro atrás da verdade, o outro aterrorizado com ela. E se não exatamente confessei tudo isso ao grande júri, bem, eu sabia o suficiente para também exagerar no convencimento do meu caso.

No dia em que encontrei a faca, Jacob voltara da escola em torno das 14h30. Da cozinha, Laurie e eu ouvimos seus passos pesados no saguão e ele fechando a porta com o calcanhar, depois largando a mochila e o casaco no vestíbulo. Trocamos olhares nervosos enquanto, como operadores de sonar, interpretávamos aqueles sons.

— Jacob — chamou Laurie. — Você pode vir aqui, por favor?

Houve um momento de silêncio, uma pausa, antes que ele dissesse:

— Ok.

Laurie fez uma expressão positiva para me tranquilizar.

Jacob entrou na cozinha bamboleando apreensivamente. De onde estava, levantando o olhar para ele, dei-me conta do quanto ele ficara grande, aquele garoto com tamanho de homem.

— Pai. O que faz em casa?

— Precisamos conversar sobre uma coisa, Jake.

Ele se aproximou um pouco e viu a faca na mesa entre nós. Com a lâmina dobrada para dentro do cabo, o objeto perdera o aspecto ameaçador. Era apenas uma ferramenta.

Falei no tom mais neutro que consegui:

— Quer nos dizer o que é isto?

— Hum, uma faca?

— Não brinque, Jacob.

— Sente-se, Jacob. — A mãe encorajou-o. — Sente-se.

Ele se sentou.

— Você procurou no meu quarto?

— Fui eu, não sua mãe.

— Você o revistou?

— Sim.

— Já ouviu falar em privacidade?

— Jacob — disse Laurie. — Seu pai estava preocupado com você.

Ele revirou os olhos.

Laurie prosseguiu:

— Nós dois estamos preocupados. Por que apenas não nos conta o que tudo isto significa?

— Jacob, você me colocou em uma situação difícil, sabe disso. Metade da polícia do estado está procurando esta faca.

— *Esta* faca?

— Não *esta* faca; *uma* faca. Você sabe o que quero dizer. Por uma faca como esta. Apenas não entendo o que um garoto como você está fazendo com uma faca dessas. Por que precisa dela, Jake?
— Não preciso dela. É apenas algo que comprei.
— Por quê?
— Não sei.
— Você comprou a faca mas não sabe por quê?
— É só, sei lá, uma coisa que fiz. Sem um motivo. Não significa nada. Por que tudo precisa ter algum significado?
— Então por que a escondeu?
— Provavelmente porque sabia que vocês surtariam.
— Bem, estava certo quanto a isso, pelo menos. Por que precisa de uma faca?
— Acabei de dizer a vocês, não preciso dela. Só achei meio legal. Gostei dela. Apenas queria ter uma.
— Anda tendo problemas com outros garotos?
— Não.
— Existe alguém de quem tenha medo?
— Não. Como disse antes, apenas vi a faca e achei que ela era legal, então comprei.
Ele encolheu os ombros.
— Onde?
— Naquela loja do Exército e da Marinha na cidade. Não são difíceis de encontrar.
— Existe um recibo da compra? Você usou um cartão de crédito?
— Não, dinheiro.
Meus olhos estreitaram.
— Não é tão incomum, Jesus, pai. As pessoas realmente usam dinheiro, você deveria saber.
— O que faz com ela?
— Nada. Apenas olho para ela, seguro-a, vejo qual é a sensação.
— Você a carrega com você?
— Não. Normalmente não.
— Mas às vezes?
— Não. Bem, raramente.

— Você a leva à escola?
— Não. Só uma vez. Mostrei-a a alguns garotos.
— Quais?
— Derek, Dylan. Mais uns dois, talvez.
— Por quê?
— Porque achei que era legal. Foi tipo, ei, vejam só isso aqui.
— Já a usou para alguma coisa?
— Tipo o quê?
— Não sei, qualquer coisa para a qual você usaria uma faca: para cortar.
— Quer dizer se eu já apunhalei alguém com ela no parque Cold Spring?
— Não, quero dizer, já a usou para qualquer coisa?
— Não, nunca. É claro que não.
— Então apenas a comprou e a enfiou na gaveta?
— Praticamente, sim.
— Isso não faz sentido.
— Bem, é a verdade.
— E por que você...
— Andy. — A mãe intercedeu. — Ele é um adolescente. Foi por isso.
— Laurie, ele não precisa de ajuda.
Laurie explicou:
— Adolescentes fazem coisas estúpidas de vez em quando. — Ela se virou para Jacob. — Até adolescentes *inteligentes* fazem coisas estúpidas.
— Jacob, preciso lhe perguntar, pela minha própria paz de espírito: esta é a faca que estão procurando?
— Não! Está maluco?
— Você sabe qualquer coisa a respeito do que aconteceu com Ben Rifkin? Qualquer coisa que tenha ouvido dos amigos? Absolutamente qualquer coisa que possa me contar?
— Não. É claro que não. — Ele olhou tranquilo para mim, e nossos olhares se encontraram. Durou apenas um instante, mas foi sem sombra de dúvida um desafio: o tipo de olhar de foda-se que uma testemunha desafiadora dispara contra você de sua cadeira. Depois de subjugar

com os olhos, marcando sua posição, ele se tornou um garoto petulante outra vez: — Não acredito que esteja me perguntando estas coisas, pai. É tipo, chego em casa da escola e, de repente, todas estas perguntas. Juro que não consigo acreditar nisto. Não acredito que realmente pensem essas coisas de mim.

— Não penso nada de você, Jacob. Tudo que sei é que trouxe aquela faca para dentro da minha casa e eu gostaria de saber por quê.

— Quem disse a você para procurá-la?

— Esqueça quem me disse.

— Um dos alunos da escola, obviamente. Alguém que você entrevistou ontem. Apenas me diga quem.

— Não importa quem foi. A questão aqui não é o que outros garotos fizeram. Você não é a vítima aqui.

— Andy — interveio Laurie. Ela me mandara não confrontar Jacob ou interrogá-lo, não o acusar. *Apenas converse com ele, Andy. Somos uma família. Conversamos uns com os outros.*

Desviei o olhar. Respiração profunda.

— Jacob, se eu submeter a faca a testes, em busca de sangue ou outras evidências, você teria alguma objeção?

— Não. Vá em frente, faça todos os testes que quiser. Não me importo.

Ponderei por um instante.

— Certo. Acredito em você. Acredito em você.

— Vou receber de volta a minha faca?

— De jeito nenhum.

— É minha faca. Você não tem nenhum direito de tomá-la.

— Sou seu pai. Isto me concede o direito.

— Você também está com os policiais.

— Está preocupado com a polícia por algum motivo, Jake?

— Não.

— Então por que está falando sobre seus direitos?

— E se eu não deixar que a leve?

— Tente.

Ele ficou ali de pé olhando para a faca sobre a mesa e para mim, ponderando o risco e a recompensa.

— Isso é *tão* errado — disse ele, e franziu a testa diante da injustiça.

— Jake, seu pai está apenas fazendo o que considera o melhor porque ama você.

— E quanto ao que *eu* acho que é o melhor? Suponho que não tenha nenhuma importância.

— Não — retruquei. — Não tem.

Quando cheguei à polícia de Newton naquela mesma tarde, tinham Patz na sala de interrogatório, onde estava sentado tão imóvel quanto uma estátua da Ilha de Páscoa, olhando fixamente para uma câmera escondida atrás de um relógio de parede. Patz sabia que a câmera estava lá. Os investigadores eram obrigados a informá-lo e a obterem seu consentimento para filmar o interrogatório. A câmera ficava escondida de qualquer maneira, na esperança de que os suspeitos parassem de pensar nela.

A imagem de Patz era transmitida para um pequeno monitor de computador na sala dos investigadores, bem ao lado da sala de interrogatório, onde meia dúzia de inspetores de Newton e da CPAC observavam, de pé. Até aquele momento, aparentemente, não acontecera nada de excepcional. Os policiais estavam inexpressivos, sem ver muita coisa, sem expectativa de ver muita coisa.

Entrei na sala dos investigadores e me juntei a eles.

— Ele disse algo?

— Nada. Ele é como o sargento Schultz.*

No monitor, a imagem de Patz preenchia o quadro. Estava sentado na cabeceira de uma longa mesa de madeira. Atrás dele, havia uma parede branca lisa. Patz era um homem grande. Segundo seu oficial da condicional, tinha 1,90m e pesava 130 quilos. Mesmo sentado atrás de uma mesa, parecia gigantesco. Mas seu corpo era macio. As laterais, a barriga, os peitos — tudo pendia contra sua camisa polo preta, como se

---

* Personagem do seriado televisivo americano *Hogan's Heroes* (*Guerra, sombra e água fresca*), famoso por sua fala: "*I hear nothing, I see nothing, I know nothing!*" ("Não ouço nada, não vejo nada, não sei de nada!"). (*N. do T.*)

ele tivesse sido derramado e embalado dentro daquela saca negra apertada no pescoço.

— Nossa — comentei. — Esse cara precisa fazer um pouco de exercício.

Um dos caras da CPAC falou:

— Que tal se masturbar assistindo pornografia infantil?

Todos rimos com escárnio.

Na sala de interrogatório, em um lado de Patz estava Paul Duffy, da CPAC, e do outro um inspetor de polícia de Newton, Nils Peterson. Os policiais ficavam visíveis apenas ocasionalmente no monitor, quando se inclinavam para a frente e entravam no quadro capturado pela câmera.

Duffy conduzia o interrogatório.

— Certo, conte-me outra vez como aconteceu. Conte-me o que se lembra daquela manhã.

— Já contei.

— Mais uma vez. Ficaria surpreso com as coisas que as pessoas recordam quando recontam a história.

— Não quero falar mais. Estou ficando cansado.

— Ei, Lenny, faça um favor a si mesmo, certo? Estou tentando excluir você aqui. Já lhe disse: estou tentando *eliminar* você dos possíveis suspeitos. Isso é do seu interesse.

— É Leonard.

— Uma testemunha coloca você no parque Cold Spring naquela manhã.

Era mentira.

No monitor, Duffy disse:

— Você sabe que preciso conferir a informação. Com seu histórico, é simplesmente o que acontece. Eu não estaria fazendo meu trabalho se não conferisse essa informação.

Patz suspirou.

— Apenas mais uma vez, Lenny. Não quero prender o cara errado.

— É Leonard. — Ele esfregou os olhos. — Tudo bem. Eu estava no parque. Caminho lá todas as manhãs. Mas nunca estive perto de onde o garoto foi morto. Nunca vou lá, nunca caminho naquela parte. Não vi nada, não ouvi nada — ele começou a contar os pontos nos dedos —, não conheço o garoto, nunca vi o garoto, nunca ouvi a respeito do garoto.

— Tudo bem, acalme-se, Lenny.
— Estou calmo. — Uma espiada para a câmera.
— E ninguém viu você naquela manhã?
— Não.
— Ninguém viu você sair de seu apartamento ou voltar?
— Como poderia saber?
— Você não viu ninguém suspeito no parque, ninguém que não devesse estar lá, sobre quem devêssemos saber?
— Não.
— Muito bem, vamos fazer um pequeno intervalo, certo? Fique aqui. Voltaremos em poucos minutos. Faremos apenas mais algumas perguntas e pronto.
— E quanto ao meu advogado?
— Ainda não tivemos notícias dele.
— Vocês vão me informar quando ele chegar aqui?
— Claro, Lenny.

Os dois inspetores levantaram-se para partir.

— Nunca machuquei ninguém — disse Patz. — Lembre-se disso. Nunca machuquei ninguém. Nunca.

— Certo — tranquilizou-o Duffy. — Acredito em você.

Os policiais passaram diante da câmera e atravessaram a porta diretamente para a sala na qual até então os dois eram apenas imagens distantes no monitor do computador.

Duffy abanou a cabeça.

— Não consegui nada. Ele está acostumado a lidar com policiais. Simplesmente não tenho nada com o que possa enfrentá-lo. Gostaria de deixá-lo sentado ali um pouco para esfriar a cabeça, mas não acho que teremos tempo. O advogado dele está a caminho. O que quer fazer, Andy?

— Estão na mesma há quanto tempo?

— Umas 2 horas, talvez. Mais ou menos.

— E só isso? Negando, negando, negando?

— É. É inútil.

— Faça de novo.

— Fazer de novo? Está de brincadeira? Há quanto tempo está assistindo?

— Acabei de chegar, Duff, mas o que mais podemos fazer? Ele é nosso único suspeito verdadeiro. Um menino está morto; este cara gosta de meninos. Ele já reconheceu o fato de que estava no parque naquela manhã. Ele conhece a área. Está lá todas as manhãs, portanto conhece a rotina, sabe quais crianças atravessam a floresta todos os dias. Certamente, é grande o bastante para subjugar a vítima. Há motivo, recursos e oportunidade. Portanto, digo que devemos continuar até que ele dê algo a você.

Os olhos de Duffy moveram-se rapidamente para os outros policiais na sala e depois se voltaram para mim.

— O advogado dele está prestes a fechar o caso de todo modo, Andy.

— Então não há tempo a perder, não é mesmo? Volte lá para dentro. Obtenha uma confissão e a levarei ao grande júri hoje à tarde.

— Apenas conseguir uma confissão para você? Simples assim?

— É por isso que você ganha tão bem, amigo.

— E quanto às crianças na escola? Eu achava que seguiríamos nesta direção.

— Continuaremos investigando, Duff, mas o que temos, na verdade? Um bando de crianças apavoradas falando sem pensar no Facebook? E daí? Apenas olhe para esse sujeito. Cite um suspeito melhor. Não temos nenhum.

— Realmente acredita nisso, Andy? Esse é o cara, é o que acha?

— Sim. Talvez. *Talvez.* Mas precisamos de algo real para provar isso. Consiga uma confissão, Duff. Consiga a faca. Consiga qualquer coisa para mim. Precisamos de algo.

— Muito bem. — Duffy olhou resolutamente para o inspetor de Newton que era seu parceiro no caso. — Faremos de novo. Como o homem mandou.

O policial hesitou, apelando para Duffy com os olhos. *Por que perder tempo?*

— Faremos de novo — repetiu Duffy. — Como o homem mandou.

Sr. Logiudice: Eles nunca tiveram a oportunidade, não é mesmo? Os inspetores nunca chegaram a voltar para a sala de interrogatório com Leonard Patz naquele dia.

Testemunha: Não, não voltaram. Não naquele dia ou em qualquer outro.
Sr. Logiudice: Como você se sentiu quanto a isso?
Testemunha: Pensei que era um erro. Tendo por base o que sabíamos na época, era um erro deixar de considerar Patz um suspeito tão no começo da investigação. Ele era nosso melhor suspeito até aquele momento.
Sr. Logiudice: Ainda acredita nisto?
Testemunha: Sem dúvida. Deveríamos ter permanecido com Patz.
Sr. Logiudice: Por quê?
Testemunha: Porque era para onde as evidências apontavam.
Sr. Logiudice: Não todas as evidências.
Testemunha: Todas? Você nunca tem todas as evidências apontando em uma única direção. Não em um caso difícil como este. É precisamente este o problema. Você não tem informação suficiente, os dados estão incompletos. Não há um padrão claro, nenhuma resposta óbvia. Portanto, os investigadores fazem o que todas as pessoas fazem: formam uma narrativa em suas mentes, uma teoria, e depois saem buscando, nos dados, evidências que as sustentem. Escolhem primeiro um suspeito, depois procuram pelas evidências para condená-lo. E param de reparar em evidências que apontem para outros suspeitos.
Sr. Logiudice: Como Leonard Patz.
Testemunha: Como Leonard Patz.
Sr. Logiudice: Está insinuando que foi o que ocorreu aqui?
Testemunha: Estou insinuando que enganos foram cometidos, sim, certamente.
Sr. Logiudice: Sendo assim, o que um inspetor de polícia deveria fazer em tal situação?
Testemunha: Ele deve se precaver para não se concentrar em um único suspeito cedo demais. Porque, caso deduza errado, deixará passar provas que o apontariam para a resposta certa. Deixará de perceber até mesmo coisas óbvias.
Sr. Logiudice: Mas um inspetor de polícia deve formular teorias. Ele deve se concentrar em suspeitos, geralmente antes que tenha evidências claras contra eles. O que mais ele pode fazer?

Testemunha: Esse é o dilema. Você sempre começa com uma suposição. E, às vezes, a suposição está errada.
Sr. Logiudice: Alguém fez alguma suposição errada neste caso?
Testemunha: Nós não sabíamos. Simplesmente não sabíamos.
Sr. Logiudice: Muito bem, prossiga com sua história. Por que os inspetores não prosseguiram com o interrogatório de Patz?

Um homem mais velho com uma maleta de advogado surrada entrou na sala dos investigadores. Chamava-se Jonathan Klein. Era baixo, esguio, um pouco curvado. Vestia um terno cinza com uma camiseta de gola rulê. Tinha cabelo comprido e notavelmente branco. Ele o empurrou diretamente para trás, sobre a cabeça, de onde pendeu sobre a parte posterior da gola. Também tinha um cavanhaque branco. Ele disse com a voz suave:

— Olá, Andy.

— Jonathan.

Apertamos as mãos com afeto verdadeiro. Sempre gostei e respeitei Jonathan Klein. Pedante e vagamente boêmio, ele era diferente de mim. (Sou tão convencional quanto torradas brancas.) Mas ele não pregava sermões nem mentia — o que o destacava dos irmãos na bancada da defesa, que consideravam apenas ocasionalmente a verdade — e era de fato inteligente e conhecia a lei. Ele era — não há outra palavra para isso — sábio. Além disso, é necessário dizer, eu tinha uma atração infantil por homens da geração do meu pai, como se ainda cultivasse uma leve esperança de ser desorfanado, mesmo tão tardiamente.

Klein disse:

— Eu gostaria de ver meu cliente agora.

A voz dele era suave — era naturalmente suave, não se tratava de alguma afetação ou tática —, de modo que a sala tendia a ficar silenciosa ao seu redor. Você se inclinava para se aproximar e compreender o que ele dizia.

— Não sabia que estava representando esse cara, Jonathan. Um caso meio pé de chinelo para você, não é? Um pedófilo miserável que agarra o saco de garotos? É ruim para a sua reputação.

— Reputação? Somos advogados! De todo modo, ele não está aqui por ser um pedófilo. Nós dois sabemos disso. São policiais demais para um caso de alguém que agarrou o saco de um garoto.

Dei um passo para o lado.

— Muito bem. Ele está lá dentro. Pode entrar.

— Você desligará a câmera e o microfone?

— Sim. Prefere usar outra sala?

— Não, é claro que não. — Ele sorriu delicadamente. — Acredito em você, Andy.

— O bastante para deixar seu cara continuar falando?

— Não, não. Acredito demais em você para isso.

E esse foi o final do interrogatório de Patz.

Eram 21h30.

Laurie estava deitada no sofá olhando para mim, o livro formando uma tenda em sua barriga. Ela vestia uma camiseta marrom com gola em V e um bordado volumoso ao redor do pescoço, além de seus óculos de leitura com armação de tartaruga. Ao longo dos anos, ela descobrira um meio de transportar o estilo de quando era mais jovem para a meia-idade; fizera um upgrade das blusas bordadas de camponesa e dos jeans rasgados da adolescência intelectualizada e antenada para uma versão mais elegante, feita sob medida, do mesmo visual.

Ela disse:

— Quer conversar a respeito?

— Conversar a respeito do quê?

— Jacob.

— Já conversamos.

— Eu sei, mas você está pensativo.

— Não estou pensativo, estou assistindo à TV.

— O Canal Culinário? — Ela sorriu, calorosamente cética.

— Não há mais nada passando. De todo modo, gosto de culinária.

— Não, não gosta.

— Gosto de *assistir* a pessoas cozinhando.

— Está bem, Andy. Você não precisa se não estiver pronto.

— Não é isso. É só que não há nada a dizer.

— Posso fazer uma pergunta?

Revirei os olhos: *Faz diferença se eu disser não?*

Ela pegou o controle remoto da mesa de centro e desligou a TV.

— Quando conversamos hoje com Jacob, você disse que não achava que ele tivesse feito nada, mas logo depois mudou de opinião e o interrogou.

— Não, não fiz isso.

— Sim, você fez. Não chegou a acusá-lo de nada, exatamente, mas seu tom foi... promotorial.

— Foi?

— Um pouco.

— Não era a minha intenção. Pedirei desculpas a ele mais tarde.

— Não precisa se desculpar.

— Preciso, se foi como acabei me portando.

— Estou apenas perguntando por quê. Está acontecendo algo que você não tenha me contado?

— Tipo o quê?

— O que quer que tenha feito você atacá-lo daquela maneira.

— Não o ataquei. Eu só estava irritado por causa da faca. E com o que Derek escreveu no Facebook.

— O fato de Jacob ter enfrentado certos problemas comportamentais...

— Nossa, Laurie, deixe disso. Fala sério. São apenas algumas crianças fofocando. Se eu pudesse colocar as mãos em Derek... Foi incrivelmente idiota o que ele escreveu. Sinceramente, às vezes acho que aquele garoto não bate muito bem da cabeça.

— Derek não é um mau garoto.

— Você continuará dizendo isso quando alguém vier procurando Jacob algum dia desses?

— Esta é uma possibilidade real?

— Não. É claro que não.

— Temos qualquer responsabilidade aqui?

— Quer dizer se é nossa culpa de alguma forma?

— Culpa? Não. Quero dizer, precisamos informar a respeito da faca?

— Não. Deus, não. Não há nada a informar. Não é um crime possuir uma faca. Tampouco é um crime ser um adolescente burro... Graças a Deus, ou precisaríamos jogar metade deles na prisão.

Laurie concordou neutramente com a cabeça.

— Só que ele foi acusado, e agora você sabe a respeito. E não é como se os policiais não fossem descobrir de todo modo; está bem ali no Facebook.

— Não é uma acusação crível, Laurie. Não há razão para colocar todo mundo em cima de Jake. Isso tudo é ridículo.

— É o que você realmente acha, Andy?

— Sim! É claro. E você, não?

Ela estudou meu rosto.

— Certo. Então isso não está deixando você preocupado?

— Já lhe disse: nada está me preocupando.

— Mesmo?

— Mesmo.

— O que fez com a faca?

— Livrei-me dela.

— Livrou-se dela onde?

— Joguei-a fora. Não aqui. Em uma caçamba de lixo em algum lugar.

— Você o encobriu.

— Não. Apenas queria aquela faca fora da minha casa. E não queria que ninguém a usasse para fazer com que Jacob parecesse culpado quando na verdade não é. Só isso.

— E isso é diferente de encobri-lo?

— Não se pode *encobrir* alguém que não fez nada de errado.

Ela me deu um olhar penetrante.

— Certo. Vou subir e me deitar. Você vem?

— Daqui a pouquinho.

Ela se levantou, veio até mim para passar os dedos pelo meu cabelo e beijar minha testa.

— Não fique acordado até muito tarde, querido. Não conseguirá levantar de manhã.

— Laurie, você não respondeu a minha pergunta. Perguntei o que *você* acha? Concorda que seja ridículo pensar que Jacob tenha feito isso?

— Acho muito difícil de imaginar, sim.

— Mas você *consegue* imaginar?

— Não sei. Quer dizer que você não consegue, Andy? Não consegue sequer imaginar?

— Não, não consigo. É sobre nosso filho que estamos conversando.

Ela recuou, afastando-se de mim visivelmente, de maneira cautelosa.

— Não sei. Acho que também não consigo imaginar. Mas aí penso: quando acordei hoje de manhã, eu não teria conseguido imaginar aquela faca.

8 | O fim

Domingo, 22 de abril de 2007, dez dias depois do assassinato.

Em uma manhã fria e chuvosa, centenas de voluntários apresentaram-se para varrer o parque Cold Spring em busca da faca que ainda não fora encontrada. Eles formavam um microcosmo da cidade. Alunos da McCormick, alguns dos quais tinham sido amigos de Ben Rifkin, outros claramente membros de outras tribos da escola — atletas, geeks, meninas charmosas. Havia muitos pais e mães jovens. Alguns dos *machers* ativistas que estavam constantemente organizando algum tipo ou outro de esforços comunitários. Todos se reuniram na umidade matinal, ouviram as instruções de Paul Duffy sobre como a busca procederia e depois, em grupos, partiram a passos firmes pelo solo molhado e esponjoso para procurarem pela faca nos locais da floresta que lhes foram designados. Um clima de determinação predominava naquela aventura. Era um alívio para todos finalmente fazerem algo, serem admitidos na investigação. Muito em breve, tinham certeza, todo o problema seria resolvido. Era a espera, a incerteza, que os estavam desgastando. A faca acabaria com tudo aquilo. Ela teria impressões digitais ou sangue ou algum outro rastro que decifraria o mistério, e a cidade finalmente seria capaz de soltar o ar preso nos pulmões.

Sr. Logiudice: Você não participou da busca, não é mesmo?

Testemunha: Não, não participei.

Sr. Logiudice: Porque sabia que era uma empreitada inútil. A faca pela qual procuravam já havia sido encontrada na gaveta da cômoda de Jacob. E você já a jogara fora por ele.

Testemunha: Não. Eu sabia que aquela não era a faca pela qual procuravam. Não havia nenhuma dúvida na minha mente. Zero.

Sr. Logiudice: Então, por que não se uniu à busca?

Testemunha: Um promotor nunca toma parte nas próprias buscas. Eu não podia arriscar me tornar uma testemunha em meu próprio caso. Pense a respeito: se fosse eu quem encontrasse a arma do crime, iria me tornar uma testemunha essencial. Seria obrigado a atravessar o tribunal e a sentar no banco das testemunhas. Eu precisaria abrir mão do caso. É por isso que um bom promotor sempre fica na retaguarda. Ele aguarda na delegacia ou na rua enquanto um mandado de busca e apreensão é executado, ele observa da sala ao lado enquanto um inspetor conduz um interrogatório. Isto é dado na aula de introdução ao processo penal, Neal. É procedimento-padrão. É exatamente o que lhe ensinei um dia. Talvez não estivesse prestando atenção.

Sr. Logiudice: Portanto foi por questões técnicas?

Testemunha: Neal, ninguém mais do que eu queria que a busca fosse bem-sucedida. Eu queria que a inocência do meu filho fosse provada. Encontrar a faca verdadeira realizaria isso.

Sr. Logiudice: Você não fica minimamente incomodado pela maneira com que se desfez da faca de Jacob? Nem mesmo agora, sabendo o que aconteceu?

Testemunha: Fiz o que pensei que fosse certo. Jake era inocente. Era a faca errada.

Sr. Logiudice: Obviamente, você não estava disposto a testar tal teoria, estava? Não submeteu a faca a testes forenses para traços de impressões digitais, sangue ou fibras, como ameaçara a Jacob que poderia fazer?

Testemunha: Era a faca errada. Eu não precisava de um teste para confirmar isso.
Sr. Logiudice: Você já sabia.
Testemunha: Eu já sabia.
Sr. Logiudice: O que era — o que fazia com que tivesse tanta certeza?
Testemunha: Eu conhecia meu filho.
Sr. Logiudice: É isso? Você conhecia seu filho?
Testemunha: Fiz o que qualquer pai faria. Tentei protegê-lo da própria estupidez.
Sr. Logiudice: Certo. Vamos esquecer isso. Muito bem, portanto, enquanto os outros procuravam no parque Cold Spring naquela manhã, você aguardou onde?
Testemunha: No estacionamento na entrada do parque.
Sr. Logiudice: E em dado momento o Sr. Rifkin, o pai da vítima, apareceu?
Testemunha: Sim. Quando o vi inicialmente, ele vinha da direção das árvores. Há campos para jogos na frente do parque naquele local, campos de futebol, de beisebol. Naquela manhã, a área estava vazia. Era apenas uma enorme extensão de um gramado verde e aberto. E ele estava atravessando na minha direção.

Na minha memória, aquela sempre será a imagem mais marcante de Dan Rifkin em seu sofrimento: uma pequena figura avançando sinuosamente por aquele gigantesco espaço verde, cabeça baixa, braços enfiados nos bolsos do casaco. O vento desviava-o constantemente de seu curso. Ele ziguezagueava como um barquinho manobrando contra o vento.

Fui até os campos para encontrá-lo, mas estávamos um pouco afastados e a travessia demorou. Durante um intervalo constrangedor, cada um observou o outro se aproximar. Como deveríamos parecer do alto? Duas formas minúsculas avançando lentamente através de um campo verde vazio rumo a um encontro em algum lugar no centro.

Quando ele estava mais perto, acenei. Mas Rifkin não retribuiu o gesto. Imaginando que ele estivesse irritado por ter se deparado acidentalmente com a busca, fiz para mim mesmo um lembrete perverso de reprender severamente o advogado da vítima, que se esquecera de avisar a Rifkin que permanecesse longe do parque naquele dia.

— Ei, Dan — falei em um tom cauteloso.

Ele usava óculos de aviador, apesar do clima cinzento, e seus olhos eram levemente visíveis através das lentes. Ele olhou para mim, os olhos atrás daquelas lentes tão enormes e inexpressivos quanto os de uma mosca. Furiosos, aparentemente.

— Você está bem, Dan? O que faz aqui?

— Estou surpreso por ver *você* aqui.

— É? Por quê? Onde mais eu estaria?

Ele bufou.

— O que foi, Dan?

— Sabe de uma coisa? — O tom dele tornava-se filosófico. — Tenho sido acometido pela sensação mais estranha ultimamente, como se estivesse em um palco e todos ao meu redor fossem atores. Todas as pessoas no mundo, cada pessoa apressada ao meu redor na calçada, elas marcham por aí com os narizes empinados fingindo que nada aconteceu, e sou o único que sabe a verdade. Sou o único que sabe que Tudo Mudou.

Concordei com a cabeça, encorajador, satisfazendo a vontade dele.

— Elas são *falsas*. Sabe o que quero dizer, Andy? Estão fingindo.

— Posso apenas imaginar como deve se sentir, Dan.

— Penso que talvez você também seja um ator.

— Por que diz isso?

— Acho que você é falso. — Rifkin tirou os óculos escuros, dobrou-os cuidadosamente e guardou-os em um bolso interno do casaco. As olheiras sob seus olhos tinham escurecido desde a última vez que o vira. Sua pele morena assumira uma palidez acinzentada. — Ouvi dizer que será afastado do caso.

— O quê? Quem disse isso?

— Não importa quem me disse. Apenas quero que saiba: quero outro promotor adjunto.

— Certo, bem, isto é algo que podemos discutir, com certeza.

— Não há nada a ser discutido. Já está feito. Telefone para sua chefe. Você precisa falar com seu pessoal. Já lhe disse, quero outro promotor.

Alguém que não fique apenas sentado esperando o caso ser solucionado. E é o que acontecerá agora.

— Ficar sentado? Dan, de que diabos está falando?

— Você disse que tudo estava sendo feito. O que estava sendo feito, exatamente?

— Escute, tem sido um caso difícil, reconheço...

— Não, não, é mais que isso e você sabe. Por que não pressionou os alunos? Até agora, até hoje? Quero dizer, realmente colocá-los contra a parede? É o que quero saber.

— Mas eu *falei* com eles.

— Inclusive com seu próprio filho, Andy?

Meu queixo caiu. Estendi minha mão para ele, para tocar em seu braço, para fazer uma conexão, mas ele ergueu o braço como que para afastá-lo.

— Você tem mentido para mim, Andy. Durante todo o tempo, esteve mentindo.

Ele desviou o olhar para as árvores.

— Sabe o que me incomoda, Andy? Quanto a estar aqui, neste lugar? É que, durante um tempo... durante alguns minutos, talvez apenas alguns segundos, não sei quanto tempo... Mas durante algum tempo meu filho estava vivo aqui. Estava aqui fora deitado em algumas *malditas* folhas molhadas, sangrando até morrer. E eu não estava aqui com ele. Eu deveria estar aqui para ajudá-lo. É o que um pai faz. Mas eu não sabia. Estava em algum outro lugar, no carro, no escritório, falando ao telefone, o que quer que estivesse fazendo. Compreende isso, Andy? Tem alguma ideia de como isso faz você se sentir? Consegue ao menos imaginar? Eu o vi nascer, vi dar os primeiros passos e... e aprender a andar de bicicleta. Levei-o ao primeiro dia na escola. Mas não estava aqui para ajudá-lo quando morreu. Consegue imaginar essa sensação?

— Dan — falei fracamente —, por que não chamo uma patrulha até aqui para levar você para casa? Não acho que ficar aqui seja bom para você. Deveria estar com sua família.

— Não posso estar com a minha família, Andy, isto é o que quero dizer, porra! Minha família está morta.

— Certo. — Olhei para o chão, para os tênis brancos dele salpicados de lama e agulhas de pinheiros.

— Vou lhe dizer uma coisa — acrescentou Rifkin. — Não importa o que aconteça comigo agora. Eu poderia me tornar um... um viciado em drogas ou um ladrão ou um mendigo. Simplesmente não importa o que aconteça comigo a partir de agora. Por que deveria? Por que eu deveria me importar?

Ele falou com um rosnado amargo.

— Telefone para o gabinete, Andy. — Uma pausa. — Vamos lá, telefone. Acabou. Você está fora.

Peguei o celular e liguei diretamente para o número de Lynn Canavan. Tocou três vezes. Pude imaginá-la lendo a identificação da chamada no visor, preparando-se para atender.

— Estou no gabinete — disse ela. — Por que não vem agora para cá?

Eu disse a Lynn, enquanto Rifkin observava com satisfação, que, se ela tivesse algo a me dizer, poderia fazê-lo naquele instante e me poupar a viagem.

— Não — insistiu ela. — Venha para o gabinete, Andy. Quero falar cara a cara com você.

Fechei o telefone com força. Queria dizer algo a Rifkin, adeus ou boa sorte ou alguma merda de despedida, quem sabe. Algo me dizia que ele estava certo e que aquilo era o momento do adeus. Mas ele não queria ouvir. A postura de Dan indicava isso. Ele já me atribuíra um papel de vilão. Provavelmente sabia mais que eu.

Deixei-o naquele campo verde e atravessei o rio dirigindo até Cambridge em um devaneio derrotado. Estava resignado ao fato de que seria afastado do caso; simplesmente não fazia sentido que Rifkin tivesse inventado aquilo sozinho. Alguém lhe informara, provavelmente Logiudice, cujos sussurros de Iago no ouvido da procuradora de justiça tinham sido finalmente bem-sucedidos. Pois bem. Eu seria afastado por um conflito de interesses, um detalhe técnico. Eu havia sido derrubado por uma manobra, nada mais. Eram políticas internas do gabinete, e eu era um cara apolítico, sempre fora. Portanto, Logiudice teria seu caso de destaque e eu seguiria para o próximo arquivo, o próximo corpo, o próximo caso que passasse pelo funil. Eu ainda acreditava em tudo aquilo, por mais tolo ou delirante ou racionalista que fosse. Ainda não enxergava o que estava por vir. Havia tão poucas evidências apontando para Jacob — uma aluna da escola com um segredo, alguns garotos fofocando no Facebook, até mesmo a faca. Como provas, aquelas coisas não eram nada. Qualquer advogado de defesa semicompetente as varreria para o lado como teias de aranha.

No Fórum, havia nada menos do que quatro policiais à paisana aguardando na porta de entrada para me receberem. Reconheci todos como caras da CPAC, mas conhecia muito bem apenas um, um inspetor de polícia chamado Moynihan. Acompanharam-me como uma guarda pretoriana pelo saguão do Fórum até o ministério público local, depois através de cubículos e corredores abandonados em uma manhã de domingo, até o escritório de Lynn Canavan.

Havia três pessoas presentes, sentadas à mesa de conferências, Canavan, Logiudice e um cara da imprensa chamado Larry Siff, cuja presença constante ao lado de Canavan durante mais ou menos o último ano vinha sendo um sinal desencorajador da campanha permanente. Pessoalmente, eu não tinha nenhum problema com Siff, mas desprezava sua intrusão em um processo sagrado ao qual eu dedicava minha vida. Na maior parte do tempo, ele nem precisava falar; a mera presença dele assegurava que implicações políticas deveriam ser consideradas.

A procuradora de justiça Canavan disse:

— Sente-se, Andy.

— Você realmente pensou que precisava de tudo isso, Lynn? O que achou que eu fosse fazer? Pular pela janela?

— É para seu próprio bem. Você sabe como é.

— Como é? Sinto que estou sendo preso.

— Não. Apenas precisamos ser cautelosos. As pessoas ficam irritadas. Têm reações imprevisíveis. Não queremos nenhuma cena. Você teria feito o mesmo.

— Não é verdade. — Sentei-me. — Bem, com o que ficarei irritado?

— Andy — disse ela —, temos más notícias. Sobre o caso Rifkin. A impressão no agasalho da vítima? É de seu filho, Jacob.

Ela deslizou sobre a mesa um relatório grampeado na minha direção.

Passei os olhos pelo relatório. Era do Laboratório Criminal da Polícia Estadual. O relatório identificava mais de dez pontos de comparação entre a impressão latente encontrada na cena do homicídio e uma das recolhidas no cartão com as impressões de Jacob, muito mais que o padrão de oito exigido para uma confirmação positiva. Era o polegar direito: Jacob esticara o braço e agarrara a vítima pelo agasalho, que estava com o zíper aberto, deixando a impressão naquela etiqueta interna.

Desorientado, falei:

— Estou certo de que há alguma explicação.

— Estou certa de que há.

— Eles estudam na mesma escola. Jacob é da turma dele. Eles se conhecem.

— Sim.

— Isto não quer dizer...

— Sabemos disso, Andy.

Olharam para mim com pena. Todos, exceto os policiais mais jovens, agora de pé ao lado da janela, os quais não me conheciam e ainda eram capazes de me desprezar como fariam com qualquer outro malfeitor.

— Vamos colocá-lo em licença remunerada. Isto é em parte minha culpa: antes de mais nada, foi um erro ter deixado você assumir o caso. Estes homens — ela gesticulou na direção dos policiais — vão acompanhá-lo ao seu escritório. Pode pegar seus pertences pessoais. Nenhum arquivo, nenhum documento. Não pode tocar no computador. O produto de seu trabalho pertence a este gabinete.

— Quem assumirá o caso?

— Neal.

Sorri. *É claro que será ele.*

— Andy, você se opõe a Neal levar o caso a juízo por algum motivo?

— E importa o que eu penso, Lynn?

— Talvez, se conseguir construir um caso.

Abanei a cabeça.

— Não. Deixe-o ficar com o caso. Eu insisto.

Logiudice desviou o olhar, evitando os meus olhos.

— Vocês o prenderam?

Mais olhos disparando pela sala, evitando-me.

— Lynn, você prendeu meu filho?

— Não.

— Vai fazer isso?

Logiudice interrompeu:

— Não precisamos lhe dizer isso.

Canavan estendeu a mão para silenciá-lo.

— Sim. Não temos muita escolha, dadas as circunstâncias.

— Dadas as circunstâncias? Quais circunstâncias? Acham que ele vai fugir para a Costa Rica?

Ela encolheu os ombros.

— Já tem o mandado?

— Sim.

— Lynn, você tem a minha palavra: ele virá se entregar. Não precisa prendê-lo. Ele não pertence a uma prisão, nem mesmo por uma noite. Ele não apresenta risco de fuga, você sabe disso. É meu filho. Ele é meu filho, Lynn. Não quero vê-lo preso.

— Andy. — A procuradora aconselhou, ignorando e abanando minha súplica como fumaça. — Provavelmente, seria melhor para todos se você ficasse longe do Fórum por um tempo. Deixe a poeira assentar. De acordo?

— Lynn, peço a você como amigo, como um favor pessoal: por favor, não o prenda.

— Não é uma decisão muito difícil, Andy.

— Por quê? Não entendo. Por causa de uma impressão digital? Uma maldita impressão digital? É tudo que existe? Vocês devem ter mais. Digam-me que há mais.

— Andy, sugiro que contrate um advogado.

— Contratar um advogado? Eu *sou* um advogado. Diga-me por que está fazendo isso com meu filho. Está destruindo a minha família. Tenho o direito de saber por quê.

— Estou apenas reagindo às provas, é tudo.

— As provas apontam para Patz. Já lhe disse isso.

— Há mais do que você está ciente, Andy. Muito mais.

Demorei um momento para absorver as implicações daquilo. Apenas um momento, no entanto. Desisti do jogo e decidi que, a partir daquele instante, não mostraria nenhuma das minhas cartas a eles.

Levantei-me.

— Certo. Vamos embora.

— Mas assim, de repente?

— Há algo mais que queira me dizer? Você, Neal?

Canavan disse:

— Você sabe, ainda estamos preocupados com você. Seja lá o que seu filho... possa ter feito, ele não é você. Nós temos uma longa história juntos, Andy. Não me esqueço disso.

Senti meu rosto enrijecer, como se estivesse olhando através dos buracos dos olhos de uma máscara de pedra. Olhei apenas para Canavan, minha velha amiga, a quem eu ainda amava e em quem ainda, apesar de tudo, confiava. Eu não ousava olhar para Logiudice. Havia uma energia selvagem correndo pelo meu braço direito. Naquele momento, senti que, se ao menos olhasse para ele, minha mão dispararia, agarraria sua garganta e a esmagaria.

— Esclarecemos tudo?

— Sim.

— Ótimo. Preciso partir. Preciso encontrar a minha família imediatamente.

A expressão no rosto da procuradora de justiça Canavan era de cautela.

— Andy, você está bem para dirigir?

— Estou bem.

— Certo. Estes homens acompanharão você ao seu gabinete.

Uma vez lá, joguei algumas coisas em uma caixa de papelão, papéis e detritos de escrivaninha, fotografias arrancadas das paredes, as pequenas lembranças de anos de trabalho. Um cabo de machado, evidência de um caso que eu jamais conseguira convencer o grande júri a levar adiante. Tudo coube em uma caixa de papelão, todos os anos, o trabalho, as amizades, o respeito que eu acumulara a pequenas colheradas caso após caso. Tudo perdido agora, não importava em que resultasse o caso de Jacob. Pois, mesmo que ele fosse inocentado, eu jamais escaparia da mácula da acusação. Um júri poderia apenas declarar meu filho "não culpado", jamais "inocente". O fedor nunca nos deixaria. Eu duvidava de que jamais voltaria a entrar em um tribunal na condição de advogado. Mas as coisas estavam acontecendo em um ritmo acelerado demais para que me detivesse no passado ou no futuro. Havia somente o agora.

Eu não estava em pânico, estranhamente. Em nenhum momento fiquei apavorado. A acusação de homicídio contra Jacob era uma granada — todos seríamos inevitavelmente destruídos por ela; faltava apenas planejar os detalhes —, mas uma urgência estranha e tranquila tomou conta de mim. Com certeza, uma equipe para executar o mandado de busca e apreensão já se encontrava a caminho da minha casa. Poderia até mesmo ter sido este o motivo pelo qual a promotora me obrigara a fazer toda a viagem até o Fórum: para afastar-me de casa antes que pudessem revistá-la. Era exatamente o que eu faria.

Saí em disparada do gabinete.

Telefonei do carro para o celular de Laurie. Ela não atendeu.

— Laurie, é muito, muito importante. Ligue de volta para mim imediatamente, no segundo em que receber este recado.

Também liguei para o celular de Jacob. Sem resposta.

Cheguei em casa tarde demais: quatro patrulhas de Newton já estavam estacionadas na rua, observando, congelando a casa enquanto aguardavam a chegada do mandado. Segui até contornar o quarteirão e estacionei.

Minha casa é adjacente a uma estação de trens da linha suburbana. Uma cerca de quase 3 metros separa a plataforma do meu quintal. Subi-a e saltei facilmente, como uma aranha. Havia tanta adrenalina correndo em mim que eu poderia ter escalado o Monte Rushmore.

No meu quintal, abri caminho através da cerca viva de cedro branco no perímetro do jardim. As folhas balançaram e me espetaram enquanto forçava meu corpo contra os arbustos.

Atravessei correndo o jardim dos fundos. Meu vizinho estava em seu quintal, cuidando do jardim. Ele acenou para mim e, por um reflexo de boa vizinhança, acenei de volta quando passei em disparada.

Dentro da casa, chamei em voz baixa por Jacob. Para prepará-lo para o que estava por vir. Não havia ninguém em casa.

Subi a escada às pressas e entrei no quarto de Jacob, onde abri gavetas, o armário, atirei as pilhas de roupas limpas no chão, desesperado para encontrar qualquer coisa remotamente incriminatória e livrar-me dela.

Isso soa como algo terrível para você? Ouço a voz dentro da sua cabeça: *Destruição de provas! Obstrução da justiça!* Você é ingênuo. Você imagina que os tribunais são confiáveis, que resultados errados sejam raros e que, portanto, eu deveria ter confiado no sistema. *Se ele realmen-*

te acreditasse que Jacob fosse inocente, você está pensando, *ele teria simplesmente deixado a polícia entrar e levar o que quisesse*. Eis o grande segredo: o índice de erros em sentenças criminais é muito mais alto do que qualquer um imagina. Não apenas falsos negativos, os criminosos culpados que livram a cara — nós reconhecemos e aceitamos tais "erros". São o resultado previsível de marcar as cartas a favor do réu, como costumamos fazer. A surpresa real é a frequência de falsos positivos, os homens inocentes considerados culpados. Tal margem de erro nós não reconhecemos — nem pensamos a respeito —, pois coloca coisas demais em questão. A verdade é que o que chamamos de prova é tão falível quanto as testemunhas que a produzem, por sermos humanos e tudo o mais. Memórias cometem enganos, identificações feitas por testemunhas oculares são notoriamente pouco confiáveis, até mesmo os policiais mais bem-intencionados estão sujeitos a erros de julgamento e memórias enganosas. O elemento humano em qualquer sistema está sempre propenso ao erro. Por que os tribunais seriam diferentes? Não são. Nossa confiança cega no sistema é o produto da ignorância e da crença em pensamentos mágicos e nem no inferno eu confiaria o destino do meu filho a isto. Não porque eu acreditasse que ele fosse culpado, asseguro-lhe, mas precisamente porque era inocente. Eu estava fazendo o pouco que podia para assegurar o resultado correto, o resultado justo. Se não acredita em mim, passe algumas horas no tribunal criminal mais próximo, depois pergunte a si mesmo se realmente acredita que ele seja isento de erros. Pergunte a si próprio se confiaria *seu* filho a ele.

De qualquer modo, não encontrei nada remotamente preocupante no quarto de Jake, apenas o lixo adolescente habitual, roupas sujas, tênis moldados nos formatos dos pés enormes dele, livros didáticos, revistas de games, carregadores para vários dispositivos eletrônicos. Não sei o que esperava encontrar, na verdade. O problema era que ainda não sabia o que a promotoria tinha, o que os deixara tão ansiosos por acusar Jacob, e ficar me perguntando qual poderia ser a peça que faltava me enlouquecia.

Eu ainda estava vasculhando o quarto quando meu celular tocou. Era Laurie. Disse a ela para vir imediatamente para casa — ela estava visitando uma amiga em Brookline, a vinte minutos de viagem —, porém não lhe contei mais nada. Ela era emotiva demais. Eu não sabia como Laurie reagiria e não tinha tempo para lidar com isso. *Ajude Jacob agora, cuide de Laurie depois.*

— Onde está Jacob? — perguntei.

Ela não sabia. Desliguei sem me despedir.

Dei uma última passada de olhos pelo quarto. Fiquei tentado a esconder o laptop de Jacob. Só Deus sabia o que haveria no disco rígido. Mas temi que ocultar o computador o prejudicasse de qualquer modo: se o computador sumisse, seria suspeito, considerando a presença on-line de Jacob; por outro lado, caso fosse encontrado, poderia conter provas devastadoras. No final das contas, deixei-o onde estava — imprudentemente, talvez, mas não havia tempo para ponderar a respeito. Jacob sabia que havia sido acusado publicamente no Facebook; presumivelmente, fora astuto o bastante para limpar o disco rígido caso fosse necessário.

A campainha tocou. Fim de jogo. Eu ainda respirava pesadamente.

Na porta, ninguém menos do que Paul Duffy estava presente para me entregar o mandado de prisão.

— Sinto muito, Andy — disse ele.

Fiquei parado olhando. Os policiais em seus casacos corta-vento azuis, as patrulhas com os sinais luminosos ligados, meu velho amigo oferecendo-me o mandado em três vias — eu simplesmente não sabia como reagir, portanto não tive praticamente nenhuma reação. Fiquei ali parado, calado, enquanto ele enfiava o documento na minha mão.

— Andy, preciso pedir que espere do lado de fora. Você conhece o procedimento.

Levei alguns segundos para me recompor, para retornar ao presente e aceitar que aquilo estava realmente acontecendo. Mas estava determinado a não cometer outro erro de amador, a não tropeçar e a não entregar nada a eles. Nada de deixar escapar declarações estúpidas sob pressão nos momentos iniciais e mais críticos do caso. Este é o erro que manda pessoas para Walpole, para a prisão de segurança máxima.

— Jacob está aqui, Andy?

— Não.
— Sabe onde ele está?
— Não tenho ideia.
— Certo, vamos lá, amigo, saia, por favor. — Ele pousou delicadamente a mão na parte superior do meu braço para me encorajar, mas não me puxou para fora da casa. Parecia disposto a esperar até que eu estivesse pronto. Aproximou-se de mim e disse confidencialmente: — Façamos isso do jeito certo.
— Está bem, Paul.
— Sinto muito.
— Apenas faça seu trabalho, entendeu? Não faça merda.
— Tudo bem.
— Coloque os pingos nos *i*s e cruze os *t*s ou Logiudice jogará você debaixo de um ônibus. Ele fará com que pareça Barney Fife* no julgamento, escute o que digo. Ele fará o que deve fazer. Não protegerá você como eu faria.
— Certo, Andy. Está tudo bem. Agora, saia.
Aguardei na calçada diante da casa. Transeuntes perplexos acumulavam-se no outro lado da rua, atraídos pelas patrulhas estacionadas na entrada. Eu preferiria ter aguardado no quintal, fora de vista, mas precisaria estar presente quando Laurie ou Jacob chegassem, para confortá-los — e orientá-los.
Laurie chegou apenas poucos minutos após o início da busca. Ela cambaleou quando ouviu a notícia. Ajudei-a a recuperar o equilíbrio e sussurrei em seu ouvido para que não dissesse nada, que não demonstrasse qualquer emoção, nenhum medo ou tristeza. Que não desse nada a eles. Laurie emitiu um som de desprezo, depois chorou. O soluçar dela foi honesto, desinibido, como se ninguém estivesse observando. Ela não se importava com o que as pessoas pensavam, porque ninguém jamais pensara mal dela, nem por um momento sequer em sua vida. Mas eu sabia mais. Ficamos juntos de pé diante da casa, eu com o braço em torno dela de modo protetor, possessivo.

---

* Personagem dos anos 1960, da série de TV *The Andy Griffith Show*. Barney Fife era o xerife local e fingia saber mais do que realmente sabia. (N. do E.)

Quando a busca estendeu-se para a segunda hora, nos retiramos para os fundos da casa e ficamos sentados no deque. Lá, Laurie chorou delicadamente, recompôs-se, chorou de novo.

Em algum ponto, o inspetor Duffy veio até os fundos e subiu a escada para o deque.

— Andy, apenas para que saiba, encontramos uma faca hoje de manhã no parque. Estava em um lodaçal perto de um lago.

— Eu sabia. Sabia que ela apareceria. Há alguma impressão digital, sangue, qualquer coisa nela?

— Nada óbvio. Ela está no laboratório. Havia uma espécie de alga seca cobrindo-a por inteiro, como um pó verde.

— É de Patz.

— Não sei. Talvez.

— Que tipo de faca era?

— Apenas, tipo, uma faca comum de cozinha.

Laurie disse:

— Uma faca *de cozinha*?

— Sim. Todas as suas estão em casa?

Falei:

— Deixa disso, Duff, fala sério. Por que está fazendo uma pergunta dessas?

— Tudo bem, desculpe. Faz parte do meu trabalho perguntar.

Laurie encarou-o enfurecida.

— Já receberam algum sinal de Jacob, Andy?

— Não. Não conseguimos encontrá-lo. Estamos telefonando para todo mundo.

Duffy conteve um olhar cético.

— Ele é um garoto — eu disse. — Desaparece às vezes. Quando chegar aqui, Paul, não quero que ninguém fale com ele. Nenhuma pergunta. Ele é menor de idade. Tem o direito de contar com a presença de um pai ou guardião. Não tente armar nada.

— Jesus, Andy, ninguém vai *armar nada*. Mas, obviamente, gostaríamos de conversar com ele.

— Esqueça.

— Andy, poderia ajudá-lo.

— Esqueça. Ele não tem nada a dizer. Nenhuma palavra.

No meio do quintal, algo captou nosso olhar e nós três nos viramos. Um coelho, cinzento como uma casca de árvore, cheirou o ar, girou a cabeça, ficou alerta, relaxou. Saltitou alguns metros, parou. Imóvel, camuflava-se na grama e na luz sombria. Quase o perdi de vista até que saltitou mais um pouquinho, uma ondulação cinza.

Duffy voltou-se para Laurie. Apenas poucos sábados antes, todos tínhamos saído para jantar em um restaurante, Duffy e a esposa, e Laurie e eu. Parecia outra vida.

— Estamos quase acabando aqui, Laurie. Iremos embora logo.

Ela concordou com a cabeça, com o coração partido, traída e furiosa demais para dizer a ele que estava tudo bem.

— Paul — dirigi-me a ele —, ele não fez aquilo. Quero dizer isso a você caso não tenha outra oportunidade. Você e eu não nos falaremos por algum tempo, provavelmente, portanto quero que escute diretamente de mim, certo? Ele não fez aquilo. Ele não fez aquilo.

— Certo. Ouvi o que disse. — Ele se virou para partir.

— Ele é inocente. Tão inocente quanto seu filho.

— Tudo bem — confirmou ele, e foi embora.

Do outro lado do jardim, na cerca viva de cedro branco, o coelho se agachou, mandíbulas mastigando.

Aguardamos por Jacob até depois do anoitecer, até que todos os policiais e voyeurs tivessem partido aos poucos. Ele nunca chegou.

Jacob passara horas escondido, principalmente na floresta do parque Cold Spring, em quintais e no playground atrás da pré-escola na qual um dia estudara, onde a polícia o encontrou em torno das 20h.

Ele se submeteu às algemas sem se queixar, dizia o relatório policial. Não correu. Cumprimentou o policial dizendo: "Sou quem procura" e "Não fiz aquilo". Quando o policial disse com repúdio: "Então como sua impressão digital foi parar no corpo?", Jacob deixou escapar — por tolice ou astúcia, ainda não estou certo —: "Eu o encontrei. Já estava deitado ali. Tentei levantá-lo para que pudesse ajudá-lo. Depois, vi que estava morto, fiquei assustado e saí correndo." Foi a única declaração que Jacob fez à polícia. Ele deve ter se dado conta, tardiamente, de que era arriscado deixar escapar confissões como aquela, e nunca mais disse palavra alguma. Jacob sabia, assim como poucos garotos, o valor pleno da Quinta Emenda. Posteriormente, haveria especulações quanto a por que Jacob fizera aquela declaração singular, sobre o quanto ela era completa e servia aos interesses dele. Houve insinuações de que Jacob elaborara a declaração antecipadamente e a deixara escapar de modo conveniente — ele estava fazendo suas apostas para o caso, lançando sua defesa o mais cedo possível. Tudo o que seguramente sei é que Jacob nunca foi tão esperto ou ardiloso quanto a mídia o descreveu.

Em todo caso, depois disso, a única coisa que Jacob falou para o policial, repetindo sem parar, foi "quero meu pai".

Ele não pôde ser solto mediante um pagamento de fiança naquela noite. Foi mantido na prisão em Newton, a apenas 2 ou 3 quilômetros de nossa casa.

Laurie e eu tivemos permissão para vê-lo apenas brevemente, em uma pequena sala de visitas sem janelas.

Jacob parecia obviamente abalado. Os olhos dele estavam lacrimejantes, com as pálpebras avermelhadas. Seu rosto estava ruborizado, uma única listra diagonal vermelha cruzando cada bochecha, como pintura de guerra. Estava obviamente apavorado. Ao mesmo tempo, tentava manter a compostura. Seu jeito era tenso, rígido, mecânico. Um garoto imitando os trejeitos da masculinidade, pelo menos a concepção de masculinidade de um adolescente. Foi isso que partiu meu coração, eu acho, como ele se esforçou para não desmoronar, para manter aquela tempestade de emoções — pânico, raiva, pesar — inteiramente armazenada em seu interior. Ele não seria capaz de fazer aquilo durante muito mais tempo, pensei. Estava consumindo seu combustível rapidamente.

— Jacob — disse Laurie com a voz instável. — Você está bem?

— Não! É óbvio que *não*. — Ele gesticulou indicando a sala ao seu redor, a situação na qual se encontrava, e fez uma expressão sarcástica. — Estou morto.

— Jake...

— Estão dizendo que *eu* matei Ben? De jeito *nenhum*. Não acredito que isso esteja acontecendo. Não consigo *acreditar* nisso.

Eu disse:

— Ei, Jake, é um engano. É um terrível mal-entendido. Vamos resolver isto, certo? Não quero que perca a esperança. Este é apenas o início do processo. Há um longo caminho pela frente.

— Não acredito nisso. Não consigo acreditar. Estou simplesmente, tipo — ele fez um som de explosão e, com as mãos, esculpiu uma nuvem em forma de cogumelo —, entendem? É tipo, tipo, quem é aquele cara? Na história?

— Kafka.

— Não. O cara de... como é mesmo o nome? Do filme?

— Não sei, Jake.

— Aquele no qual o cara, tipo, descobre que o mundo não é realmente o mundo? É apenas, tipo, um sonho? Como uma simulação? Que um computador fez tudo? E agora ele pode ver o mundo real. É, tipo, um filme antigo.

— Não estou certo.

— *Matrix*!

— *Matrix*? É um filme antigo?

— Keanu Reeves, pai? Por favor.

Olhei para Laurie.

— Keanu Reeves?

Ela deu de ombros.

Era impressionante que Jake conseguisse ser pateta, mesmo naquele momento. Mas conseguia. Ele era o mesmo garoto desastrado que havia sido horas antes — que sempre fora, diga-se de passagem.

— Pai, o que devo fazer?

— Vamos lutar. Enfrentaremos esta briga em todas as etapas do caminho.

— Não, quero dizer, tipo, não de modo geral. *Agora*. O que acontecerá agora?

— Haverá uma acusação formal amanhã de manhã. Apenas lerão a acusação, pagaremos a fiança e você irá para casa.

— Quanto é a fiança?

— Descobriremos amanhã.
— E se não pudermos pagar? O que acontece comigo?
— Conseguiremos o dinheiro, não se preocupe. Temos algum dinheiro guardado. Temos a casa.

Jacob fungou. Ele tinha ouvido minhas queixas sobre dinheiro mil vezes.

— Lamento tanto por isso. Não fui eu, juro. Sei que não sou, tipo, um garoto perfeito, certo? Mas não fiz aquilo.
— Acredito em você.

Laurie acrescentou:
— Você *é* perfeito, Jacob.
— Eu nem mesmo *conhecia* Ben. Ele era apenas, tipo, um garoto da escola. Por que eu faria aquilo? Hein? Por quê? Tudo bem, por que estão dizendo que fui eu?
— Não sei, Jake.
— É seu caso! O que quer dizer, que não sabe?
— Apenas não sei.
— Quer dizer que não quer me contar.
— Não. Não diga isto. Jake, acha que eu estava investigando *você*? De verdade?

Ele abanou a cabeça.

— Quer dizer que simplesmente sem motivo... sem nenhum motivo... eu matei Ben Rifkin? Isso é simplesmente... é apenas... Não sei o que é. É loucura. Tudo isso é totalmente louco.
— Jacob, você não precisa nos convencer. Estamos do seu lado. Sempre. Não importa o que aconteça.
— Jesus. — Ele revolveu os cabelos com os dedos. — Isto é culpa de Derek. Ele fez isso. Eu *sei*.
— Derek? Por que Derek?
— Ele é apenas... Ele tipo... Surta com as coisas, entende? Tipo, as mínimas coisas e ele fica louco por causa delas. Juro, quando sair daqui, vou foder com a vida dele. Juro.
— Jake, não creio que Derek possa ter feito aquilo.
— Mas fez. Veja. Aquele garoto.

Laurie e eu trocamos um olhar intrigado.

— Jake, vamos tirar você daqui. Vamos conseguir pagar a fiança, seja quanto for. Conseguiremos o dinheiro. Não deixaremos que mofe na cadeia. Mas você precisará passar a noite aqui, somente até a acusação, de manhã. Teremos um advogado conosco. Você estará em casa para o jantar amanhã. Você dormirá na sua própria cama amanhã, prometo.

— Não quero um advogado. Quero você. Seja meu advogado. Quem poderia ser melhor?

— Não posso.

— Por que não? Quero você. Você é meu pai. Preciso de você agora.

— É uma má ideia, Jacob. Você precisa de um advogado de defesa. De todo modo, já está tudo providenciado. Chamei meu amigo Jonathan Klein. Ele é muito, muito bom, prometo a você.

Ele franziu a testa, decepcionado.

— De todo modo, você não poderia fazer isso. Você é um promotor local.

— Não mais.

— Foi despedido?

— Ainda não. Estou de licença. Vão me despedir mais tarde, provavelmente.

— Por minha causa?

— Não, não por sua causa. *Você* não fez nada. É apenas como as coisas funcionam.

— E o que você vai fazer? Quero dizer, para ganhar dinheiro? Precisa de um emprego.

— Não se preocupe com dinheiro. Deixe que eu me preocupo com dinheiro.

Um policial jovem, algum rapaz que eu não conhecia, bateu na porta e disse:

— Está na hora.

Laurie disse para Jacob:

— Amamos você. Amamos *tanto* você.

— Tudo bem, mãe.

Ela envolveu Jacob em seus braços. Por um instante, ele permaneceu totalmente imóvel, e Laurie ficou ali, abraçando-o como se abraçasse uma árvore ou uma pilastra de um prédio. Finalmente, ele cedeu e bateu nas costas dela.

— Você sabe, Jake? Sabe o quanto amamos você?

Sobre o ombro dela, ele revirou os olhos.

— Sim, mãe.

— Muito bem. — Ela se afastou dele e secou as lágrimas dos olhos.

— Tudo bem, então.

Jacob também parecia tremer, à beira das lágrimas.

Abracei meu filho. Puxei-o para perto de mim, apertei-o com força, depois recuei um passo. Olhei para ele da cabeça aos pés. Havia lama pulverizada nos joelhos de seus jeans, resultado das horas que passara escondido no parque Cold Spring em um abril chuvoso.

— Seja forte, certo?

— Você também — disse ele, e sorriu, aparentemente captando a bobeira de sua resposta.

Deixamos Jacob lá.

E a noite ainda não estava encerrada.

Às 2h da manhã, eu estava na sala de estar, afundado no sofá. Sentia-me mareado, incapaz de levar meu corpo para o quarto no segundo andar e tampouco de adormecer onde estava.

Laurie desceu a escada descalça e em silêncio, vestindo a parte de baixo do pijama e sua camiseta turquesa favorita, que já estava desgastada demais para servir para qualquer coisa que não fosse dormir. Seus seios pendiam dentro da camisa, derrotados pela idade, pela gravidade. O cabelo dela estava desgrenhado, os olhos semicerrados. A visão de Laurie quase me levou às lágrimas. Do terceiro degrau, ela disse:

— Andy, venha para a cama. Não há mais nada que possamos fazer.

— Daqui a pouco.

— Não daqui a pouco; agora. Venha.

— Laurie, venha aqui. Precisamos conversar sobre uma coisa.

Ela atravessou o saguão arrastando os pés para se juntar a mim na sala de estar e, naqueles 12 passos, pareceu despertar totalmente. Eu não era do tipo que pedia ajuda com frequência. Quando pedia, ela ficava preocupada.

— O que foi, querido?

— Sente-se. Preciso lhe contar uma coisa. Algo que será revelado logo.

— Sobre Jacob?

— Sobre mim.

Contei tudo a ela, tudo que sabia sobre minha linhagem. Sobre James Burkett, o primeiro maldito Barber, que veio da fronteira para o leste como um pioneiro às avessas, levando sua selvageria para Nova York. E sobre Rusty Barber, meu avô herói de guerra que acabara esfaqueando a barriga de um homem em uma briga causada por um acidente de trânsito em Lowell, Massachusetts. E sobre meu próprio pai, Billy Barber, o Sanguinário, cuja sombria e apoteótica orgia de violência envolvera uma jovem e uma faca em um prédio abandonado. Depois de 34 anos de espera, a história toda levou somente cinco ou dez minutos para ser contada. Depois que a coloquei para fora, pareceu insignificante que eu a tivesse considerado um fardo tão pesado durante tanto tempo, e fiquei confiante, brevemente, de que Laurie também a veria da mesma maneira.

— É de onde eu venho.

Ela concordou com a cabeça, inexpressiva, entorpecida de decepção — comigo, com a minha história, com a minha desonestidade.

— Andy, por que nunca me contou?

— Porque não tinha importância. Jamais foi quem eu era. Não sou como eles.

— Mas você não confiou em mim, que eu compreenderia.

— Não, Laurie, a questão não é esta.

— Você simplesmente nunca teve tempo para me contar?

— Não. No começo, não queria que pensasse desta maneira a meu respeito. Depois, quanto mais o tempo passava, menos importância parecia ter. Estávamos tão... felizes.

— Até agora, quando você *precisou* me contar, quando não teve escolha.

— Laurie, quero que saiba sobre isso agora porque provavelmente virá à tona... Não porque tenha realmente qualquer relação com o que está acontecendo, mas porque esse tipo de merda sempre acaba sendo revelada. Não tem qualquer relação com Jacob. Nem comigo.

— Tem certeza?

— Sim.

Ela refletiu sobre a questão.

— Tudo bem, então.

— O que quer dizer por *tudo bem*? Você não tem nenhuma pergunta? Quer conversar?

Ela me deu um olhar repreensivo: *eu* estava perguntando a *ela* se queria conversar? Às 2 da manhã? *Daquela* manhã?

— Laurie, nada está diferente. Isto não muda nada. Sou a mesma pessoa que conhece desde quando tínhamos 17 anos.

— Certo. — Ela baixou os olhos para seu colo, onde suas mãos se retorciam, como que em uma luta livre uma com a outra. — Você deveria ter me contado antes, é tudo que posso dizer neste instante. Eu tinha o direito de saber. Tinha o direito de saber com quem estava me casando, com quem teria um filho.

— Mas sabia. Casou *comigo*. Todas essas outras coisas são apenas história. Não há qualquer relação conosco.

— Você deveria ter me contado, é tudo. Eu tinha o direito de saber.

— Se eu lhe contasse, não teria casado comigo. Para início de conversa, nem teria saído comigo.

— Você não sabe disso. Nunca me deu a oportunidade.

— Ah, deixe disso. E se eu lhe convidasse para sair e você soubesse?

— Não sei o que teria dito.

— Eu sei.

— Por quê?

— Porque garotas como você não... casam com esse tipo de garoto. Escute, vamos apenas esquecer isso.

— Como sabe, Andy? Como sabe o que eu escolheria?

— Tem razão. Tem razão, não sei. Sinto muito.

Ficamos em silêncio, e tudo ainda poderia estar bem. Naquele momento, ainda poderíamos ter sobrevivido àquilo e seguido em frente.

Ajoelhei-me diante dela, descansei meus braços em seu colo, sobre suas pernas quentes.

— Laurie, desculpe-me. Realmente sinto muito por não ter lhe contado. Mas não posso desfazer isso agora. Preciso saber que compreende o que realmente importa: meu pai, meu avô... Não sou eles. Preciso saber que acredita nisso.

— Eu acredito. Quero dizer, acho que sim... *é claro* que sim. Não sei, Andy, está tarde. Preciso dormir um pouco. Não posso fazer isso agora. Estou cansada demais.

— Laurie, você me conhece. Olhe para mim. Você me conhece.

Ela estudou meu rosto.

De tão perto, fiquei surpreso ao descobrir que ela parecia tão velha e exausta, e pensei que fora egoísmo de minha parte e um pouco cruel descarregar aquilo sobre ela agora, no meio da noite, depois do pior dia de sua vida, apenas para botar para fora do meu peito, para tranquilizar minha própria mente. E me lembrei dela. Eu me lembrei da garota com pernas morenas sentada em uma toalha de praia no campus antigo quando ainda era calouro, a garota tão fora do meu alcance que, na verdade, foi fácil de abordar, pois não havia nada a perder. Aos 17 anos, eu sabia: toda a minha infância fora um prelúdio para aquela garota. Eu jamais sentira nada parecido, e até hoje não voltei a sentir. Senti-me mudado por ela, fisicamente. Não sexualmente, apesar de fazermos sexo em todos os lugares, como coelhos, nas prateleiras da biblioteca, em uma sala de aula vazia, no carro dela, na casa de praia de sua família, até mesmo em um cemitério. Foi mais do que isso: eu me transformei numa pessoa diferente, em mim mesmo, na pessoa que sou hoje. E tudo o que veio depois — a família, o lar, toda a nossa vida juntos — foi um presente que ela me deu. O encanto durou 34 anos. Agora, aos 51 anos, via Laurie como realmente era, finalmente. Foi uma surpresa: ela deixara de ser a garota resplandecente, era apenas uma mulher, afinal de contas.

Parte
DOIS

"*Que assassinatos possam ser de qualquer relevância para o Estado é uma ideia relativamente moderna. Durante quase toda a história da humanidade, homicídios foram assuntos puramente privados. Em sociedades tradicionais, um assassinato era simplesmente a ocasião para uma disputa entre dois clãs. Esperava-se que a família ou tribo do assassino resolvesse a disputa equiparavelmente com alguma espécie de oferta à família ou tribo da vítima. Tal restituição variava entre diferentes sociedades. Poderia envolver qualquer coisa, de uma multa até a morte do assassino (ou de um substituto). Se os familiares da vítima ficassem insatisfeitos, a consequência poderia ser uma disputa sangrenta. Tal padrão persistiu durante muitos séculos e predominou em várias sociedades... Apesar da prática corrente, a tradição antiga sempre tratou assassinatos como questões estritamente familiares.*"

— JOSEPH EISEN,
Murder: A History (1949)

9 | Acusação formal

Na manhã seguinte, Jonathan Klein ficou comigo e Laurie na penumbra do estacionamento da Thorndike Street enquanto nos preparávamos para enfrentar os repórteres reunidos na porta do Fórum, que ficava perto, descendo a rua. Klein usava um terno cinza com sua habitual rulê. Nenhuma gravata hoje, nem mesmo para o tribunal. O terno, as calças em especial, pendia largo em seu corpo. Ele deveria ser o pesadelo dos alfaiates, com seu corpo magro e sem bunda. Óculos para leitura pendiam de uma corrente de contas feita por índios que usava ao redor do pescoço. Carregava sua velha maleta de couro bovino, tão desgastada que acabara lisa como uma sela velha. Para alguém que não fizesse parte do meio, sem dúvida Klein pareceria inadequado para o trabalho. Pequeno demais, manso demais. Porém, algo nele me tranquilizava. Com o cabelo branco penteado para trás, o cavanhaque branco e o sorriso benevolente, eu achava que ele possuía uma qualidade mágica. Uma sensação de tranquilidade o cercava. E Deus sabe o quanto eu precisava disso.

Klein deu uma espiada nos repórteres no final do quarteirão, eles faziam hora e conversavam, uma matilha de lobos farejando algo para fazer.

— Muito bem — disse ele. — Andy, sei que já passou por isso antes, mas nunca deste lado. Laurie, tudo será novo para você. Portanto, lerei o catecismo para os dois.

Ele estendeu a mão para tocar a manga de Laurie. Ela parecia devastada pelo choque duplo do dia anterior, a prisão de Jacob e a maldição de Barber. Tínhamos conversado muito pouco pela manhã enquanto comíamos, nos vestíamos e aprontávamos para o tribunal. Pela primeira vez passou pela minha cabeça que seguíamos rumo ao divórcio. Não importava o resultado do julgamento, Laurie iria me abandonar quando ele terminasse. Eu percebia que ela me observava, tentando se decidir. O que significava descobrir que fora enganada a fim de que se casasse comigo? Será que deveria se sentir traída? Ou reconhecer seu desconforto significaria que eu estava certo todo o tempo: garotas como ela não gostam de casar com garotos como eu. De todo modo, o toque de Jonathan pareceu confortá-la. Laurie produziu um breve e pequeno sorriso para ele, depois um olhar embaçado retornou ao seu rosto.

Klein:

— A partir deste momento, do instante em que chegarmos ao tribunal até retornarem ao lar à noite e fecharem a porta de casa, quero que não demonstrem nada. Nenhuma emoção. Permaneçam inexpressivos. Entendido?

Laurie não respondeu. Parecia atordoada.

— Vou ficar como um poste — assegurei a ele.

— Ótimo. Porque qualquer expressão, qualquer reação, qualquer indício de emoção será interpretado contra vocês. Riam, e dirão que vocês não levam os procedimentos a sério. Fechem a cara e dirão que estão de mau humor, não estão arrependidos e se ressentem por serem intimados a comparecer ao tribunal. Chorem, e estarão fingindo.

Ele olhou para Laurie.

— Está bem — disse ela, menos autoconfiante, particularmente quanto ao último item.

— Não respondam a nenhuma pergunta. Não são obrigados. Na TV, somente as imagens importam; é impossível saber se ouviu uma pergunta que alguém gritou para você. O mais importante, e falarei com Jacob sobre isto quando entrar na prisão, é que qualquer indício de raiva, principalmente de Jacob, confirmará as piores suspeitas das pessoas. Vocês precisam manter sempre em mente o seguinte: aos olhos *de todos eles*, Jacob é culpado. *Todos* vocês são. Eles apenas querem algo que confirme o que já sabem. A menor migalha servirá.

Laurie disse:

— É um pouco tarde para ficar preocupada com nossa imagem pública, não é?

Naquela manhã, o *Globe* publicara uma manchete na primeira página: FILHO DE PROMOTOR ACUSADO DO HOMICÍDIO EM NEWTON. O *Herald* foi sensacionalista mas, para seu crédito, objetivo. A capa do tabloide apresentava uma foto em segundo plano do que parecia ser a cena do crime, um declive vazio em uma floresta, com um retrato de Jacob que provavelmente escolheram na internet, e a palavra MONSTRO. Havia uma frase para estimular a curiosidade do leitor na parte inferior da página: "Promotor afastado entre alegações de encobrir provas enquanto o próprio filho adolescente é desmascarado no assassinato a facadas em Newton."

Laurie tinha razão: depois daquilo, permanecer inexpressivo ao entrar no Fórum realmente parecia um pouco inadequado.

Mas Klein apenas deu de ombros. As regras eram inquestionáveis. Poderiam muito bem terem sido escritas em tábuas de pedra pelo dedo de Deus. Ele disse com seu jeito tranquilo, sensato:

— Faremos o máximo que pudermos com o que temos.

Portanto, fizemos o que ele mandou. Mantivemos os pés em movimento através da multidão de repórteres que nos aguardava diante do Fórum. Não demonstramos emoção alguma, não respondemos a qualquer pergunta, fingimos que não ouvimos quando indagações eram feitas aos berros bem nos nossos ouvidos. Eles as gritavam de qualquer jeito. Microfones eriçavam-se e sondavam ao nosso redor. "Como estão?" "O que têm a dizer a todas as pessoas que confiaram em vocês?" "Algo a dizer à família da vítima?" "Jacob cometeu o crime?" "Queremos ouvir seu lado da história." "Ele testemunhará?" Um deles, tentando nos provocar, disse: "Sr. Barber, qual é a sensação de estar no outro lado?"

Segurei a mão de Laurie e abrimos caminho até entrar no saguão. Estava surpreendentemente tranquilo lá dentro, até mesmo normal. Os repórteres eram barrados na entrada. No posto de segurança da entrada, as pessoas recuaram para nos deixar passar. Os oficiais, que costumavam acenar com um sorriso para que eu passasse, me revistaram com um detector de metais e inspecionaram os trocados no meu bolso.

Voltamos a ficar a sós, brevemente, no elevador. Enquanto subíamos até o sexto andar, onde ficava a sala do tribunal de instrução, peguei a mão de Laurie, meus dedos se revirando contra os dela, procurando se encaixar. Minha esposa era bem mais baixa que eu, de modo que, para segurar sua mão, precisava erguê-la até a altura da minha cintura. Ela acabava com o cotovelo dobrado, como se estivesse conferindo as horas em um relógio de pulso. Um ar de desgosto passou pelo rosto dela — suas sobrancelhas tremelicaram, os lábios contraíram-se. Foi quase imperceptível, um micromovimento, mas o captei e soltei sua mão. As portas do elevador estremeciam enquanto o caixote era içado. Klein mantinha os olhos nas fileiras de botões do painel, mantendo a discrição.

Quando as portas se abriram chacoalhando, atravessamos marchando o saguão lotado da sala do tribunal 6B, aguardando ali no banco central até que chamassem nosso caso.

Um intervalo desconfortável passou-se antes que o juiz tomasse seu assento. Haviam nos informado de que nosso caso seria chamado pontualmente às 10 horas para que o tribunal pudesse lidar conosco — e com o circo de repórteres e curiosos — e depois retornar rapidamente ao trabalho. Chegamos ao local em torno de 9h45. O tempo arrastava-se enquanto aguardávamos. A sensação foi de que se passaram muito mais do que 15 minutos. A multidão de advogados, a maioria dos quais eu conhecia bem, recuou como se houvesse um campo magnético ao nosso redor.

Paul Duffy estava presente, de pé contra a parede oposta, junto com Logiudice e dois caras da CPAC. Duffy — que era praticamente um tio para Jacob —, olhou uma vez para mim enquanto nos sentávamos, depois me deu as costas. Não fiquei ofendido. Não me senti evitado. Havia uma etiqueta para aquelas coisas, era apenas isso. Duffy precisava apoiar o time da casa. Era seu trabalho. Talvez nos tornássemos amigos de novo depois que Jacob fosse inocentado, talvez não. Por enquanto, a amizade estava em suspenso. Sem ressentimentos, mas deveria ser daquela maneira. Sei que Laurie não recebeu tão friamente a esnobada de Duffy ou de qualquer outra pessoa. Para ela, era terrível ver amizades rompidas daquela maneira. Naquele momento, *depois* do ocorrido, permanecíamos as mesmas pessoas que éramos *antes*, e, como não havíamos mudado, era fácil para ela esquecer que outros nos viam — todos nós, não apenas Jacob — de uma maneira completamente nova. No mínimo, na opinião de Laurie, os outros deveriam ver que, seja lá o que Jacob pudesse ter feito, ela e eu éramos certamente inocentes. Jamais compartilhei de tal ilusão.

A sala do tribunal 6B tinha uma bancada adicional para acomodar grandes grupos de jurados, e naquela manhã, na bancada extra, havia uma câmera de TV montada para fornecer uma transmissão compartilhada de vídeo a todas as estações locais. Enquanto aguardávamos, o câmera mantinha as lentes apontadas para nós. Usávamos nossas máscaras inexpressivas de réus, não trocamos nenhuma palavra, mal piscamos os olhos. Não é fácil ser observado durante tanto tempo. Comecei a reparar em pequenos detalhes, o que se costuma fazer quando nos deparamos com longos períodos de inatividade. Estudei minhas mãos, grandes e pálidas, com articulações protuberantes e desgastadas. Não eram mãos de advogado, pensei. Parecia estranho vê-las penduradas nas mangas de meu próprio casaco. Os 15 minutos de espera sendo observado no tribunal — um tribunal que um dia pertencera a mim, um ambiente tão confortável para mim quanto minha própria cozinha — foram ainda piores que o que ocorreu depois.

Às 10 horas, a juíza de instrução entrou trajando sua toga preta. Juíza Rivera, péssima juíza, mas um lance de sorte para nós. Você precisa entender: o tribunal 6B, o juízo de instrução, era um posto de sofrimento para os juízes; eles se revezavam no posto a cada poucos meses. Era a função do juiz de instrução fazer com que os trens respeitassem os horários: designar casos a outros tribunais de tal modo que a carga de trabalho fosse distribuída igualmente, filtrar o rol das causas por meio da adulação de relutantes assistentes da promotoria e advogados de defesa com barganhas para que não recorressem, e organizar o trabalho administrativo restante e exaustivo na pauta diária da maneira mais eficiente possível. Era um trabalho agitado: delegar, arquivar, deferir. Lourdes Rivera tinha cerca de 50 anos, um temperamento confuso, e fora magnificamente mal selecionada para ser a juíza responsável por fazer os trens respeitarem os horários. Tudo o que ela conseguia fazer era chegar a tempo no tribunal com o zíper da toga fechado e o celular desligado. Os advogados desprezavam-na. Resmungavam sobre como conseguira o cargo por causa da beleza ou do casamento conveniente com um advogado que tinha conexões políticas ou como meio de engordar o número de juízes latinos. Chamavam-na de Rivera Bunda Grande. Mas dificilmente poderíamos ter escolhido um juiz melhor para aquela manhã. A juíza Rivera estava havia menos de cinco anos no Tribunal de Justiça, mas já possuía uma reputação considerável no gabinete da promotoria como uma juíza favorável à defesa. A maioria dos juízes de Cambridge tinha a mesma reputação: brandos, irrealistas, liberais. Agora, parecia perfeitamente apropriada a essa contagem. Uma liberal, no final das contas, é uma conservadora que recebeu uma acusação formal.

Quando o escrivão anunciou o caso de Jacob — "Acusação número zero-oito-barra-quatro-quatro-zero-sete, o Povo vs. Jacob Michael Barber, uma instância de homicídio qualificado" —, meu filho chegou da carceragem, conduzido por dois oficiais de justiça e obrigado a parar no meio da sala do tribunal, diante da bancada dos jurados. Ele passou os olhos pelos presentes, viu-nos e imediatamente baixou os olhos para o chão. Constrangido e desconfortável, começou a se ocupar com seu terno e a gravata, os quais Laurie escolhera para ele e Klein lhe entregara. Jacob não estava acostumado a vestir ternos e parecia se sentir ao mesmo tempo garboso e preso em uma camisa de força. O paletó já começava a ficar pequeno para ele. Laurie costumava brincar que ele crescia tão rápido que, à noite, quando a casa estava silenciosa, ela conseguia ouvir os ossos dele esticando. Agora, Jacob se ajeitava para fazer o paletó assentar-se apropriadamente nos ombros, mas ele não esticava tanto assim. Por causa de tais tentativas de alinhar o paletó, os repórteres diriam posteriormente que Jacob era vaidoso, que até desfrutou de seu momento sob os holofotes, insulto que ouviríamos inúmeras vezes quando o julgamento começasse efetivamente. A verdade era que Jacob era um garoto desajeitado que estava tão completamente aterrorizado que não sabia o que fazer com as mãos. Incrível é que tenha conseguido ficar ali de pé com tamanha compostura.

Jonathan atravessou a cancela, pousou a maleta sobre a mesa da defesa e posicionou-se ao lado de Jacob. Colocou a mão nas costas de Jacob, não pelo bem de Jacob, mas para enfatizar um ponto: *Este garoto não é nenhum monstro, não tenho medo de tocá-lo.* E mais: *Não sou apenas um pistoleiro contratado realizando meu dever profissional para um cliente repugnante. Acredito neste garoto. Sou amigo dele.*

— Povo — disse Rivera Bunda Grande. — Ouvirei o que tem a dizer.

Logiudice levantou-se atrás da mesa da promotoria. Correu a palma da mão pela extensão de sua gravata e depois alcançou as costas para dar um leve puxão na parte posterior do paletó.

— Excelência — começou ele, pesarosamente. — Este é um caso abominável.

Ele pronunciou a palavra *a-bo-mi-nááável*, e compreendi que o motivo real pelo qual geralmente os tribunais não têm janelas é para prevenir que os litigantes joguem os advogados por elas. Logiudice recitou os fatos do caso, já familiares a todos graças às últimas 24 horas na imprensa, recontados agora com o mínimo de floreios para a multidão com tochas e forcados do outro lado da câmera. Havia até mesmo um leve toque musical em sua voz, como se todos já tivéssemos ouvido aqueles fatos com frequência suficiente para ficarmos enfastiados com eles.

Mas, quando chegou ao argumento relativo à fiança, o tom de Logiudice tornou-se grave.

— Vossa Excelência, todos conhecemos e temos sentimentos calorosos pelo pai do réu, que está presente hoje neste tribunal. Conheço pessoalmente este homem. Eu tinha respeito e admiração por ele. Sinto um grande afeto por este homem, e também compaixão, como todos sentimos, tenho certeza. Sempre era o homem mais inteligente na sala. As coisas aconteciam tão facilmente para ele. No entanto. No entanto.

— Objeção.

— Deferida.

Logiudice virou-se e olhou para mim, não torcendo o corpo, mas girando o pescoço como uma cobra contornando o próprio ombro. *As coisas aconteciam tão facilmente para ele.* Ele realmente acreditava naquilo?

— Sr. Logiudice — disse Bunda Grande. — Presumo que saiba que *Andrew* Barber não é acusado de coisa alguma.

Logiudice voltou-se de novo para a frente.

— Sim, Excelência.

— Tratemos da fiança, portanto.

— Excelência, o Povo solicita uma fiança muito elevada: 500 mil dólares em dinheiro, 5 milhões de dólares de um fiador. O Povo argumentaria que, devido às circunstâncias incomuns de sua situação familiar, o réu representa um risco de fuga particular, tendo em vista a selvageria do crime, a probabilidade esmagadora de ser condenado e a sofisticação fora do comum do réu, que cresceu em um lar no qual o direito penal é o ofício da família.

Logiudice prosseguiu com aquela merda durante alguns minutos. Parecia ter memorizado as falas e as recitava agora sem qualquer emoção específica.

Na minha cabeça, a estranha menção a mim começou imediatamente a tocar como um contraponto musical. *Sinto um grande afeto por este homem, e também compaixão. Sempre era o homem mais inteligente na sala. As coisas aconteciam tão facilmente para ele.* No tribunal, aquilo pareceu ter sido recebido quase como um deslize, um pequeno e tristonho tributo que Logiudice deixara escapar no calor do momento. Ficaram tocados. Já haviam visto tal cena anteriormente: o jovem aprendiz, desiludido, vê seu mentor desmascarado como um homem comum, ou então rebaixado, as escamas caem de seus olhos etc. etc. Merda pura. Logiudice não era do tipo que fazia discursos extemporâneos, não com a câmera gravando. Imagino que tenha praticado a fala diante do espelho. A única questão era o que esperava obter com ela, como exatamente pretendia cravar a faca em Jacob.

No final das contas, Rivera Bunda Grande não foi convencida pelo argumento de Logiudice em relação à fiança. Ela determinou que o valor da fiança seria o mesmo do dia em que ele fora preso, modestos 10 mil dólares, um número simbólico refletindo o fato de que Jacob não tinha para onde fugir e que, afinal de contas, o tribunal conhecia sua família.

Logiudice desdenhou da derrota. O argumento dele quanto à fiança não era nada além de exibicionismo.

— Meritíssima — prosseguiu ele apressado —, o Povo também manifestaria uma objeção à atuação do Sr. Klein como advogado de defesa neste caso. O Sr. Klein esteve previamente envolvido como advogado de outro suspeito deste homicídio, um homem cujo nome não citarei abertamente no tribunal. Representar o papel de segundo advogado de defesa no mesmo caso cria um claro conflito de interesses. O advogado de defesa certamente teve acesso a informações confidenciais por meio deste outro suspeito capazes de afetar a defesa neste caso. Somente consigo imaginar que o réu esteja plantando a semente para um recurso tendo por base uma defesa ineficaz caso seja condenado.

A insinuação de uma armação ardilosa fez Jonathan se levantar. Era extremamente raro que um advogado atacasse outro tão abertamente. Mesmo na disputa de um julgamento amargo, no tribunal sempre foi mantida uma polidez formal, sociável. Jonathan estava genuinamente ofendido.

— Meritíssima, se o Povo tivesse dedicado o tempo necessário para confirmar os fatos reais, ele jamais faria tal acusação. A verdade é que nunca fui contratado pelo outro suspeito neste caso e tampouco tive qualquer conversa com ele sobre o assunto. Trata-se de um cliente que representei anos atrás em uma questão não relacionada a este caso e que me chamou do nada até a delegacia de Newton na qual estava sendo interrogado. Meu único envolvimento com ele neste caso foi aconselhá-lo a não responder a nenhuma pergunta. Como nunca chegou a ser acusado, jamais voltei a falar com ele. Não tive acesso a nenhuma informação, confidencial ou não, agora ou em qualquer declaração prévia, que tivesse a mais remota relevância quanto a este caso. Não há absolutamente nenhum conflito de interesses.

— Meritíssima — disse Logiudice, encolhendo os ombros lisonjeiramente. — Como oficial que atua perante este tribunal, é meu dever relatar uma questão deste caráter. Se o Sr. Klein está ofendido...

— É seu dever negar ao réu o direito de escolher seu advogado de defesa? Ou chamá-lo de mentiroso antes mesmo que o processo tenha início?

— Pois bem — disse Bunda Grande —, vocês dois. Sr. Logiudice, a objeção do Povo à atuação do Sr. Klein como advogado foi registrada nos autos e indeferida. — Ela levantou os olhos de seus documentos e encarou-o sobre o topo da bancada dos juízes. — Não perca o controle.

Logiudice limitou sua resposta a uma mímica de discordância — uma inclinação da cabeça, sobrancelhas erguidas —, para não provocar a juíza. Mas, no julgamento fantasma da opinião pública, ele provavelmente marcara um ponto. Nos jornais do dia seguinte, nos programas de debates no rádio, nos chat da internet que discutiam o caso, a pauta era se Jacob Barber estaria tentando enganar a todos. De todo modo, Logiudice não pretendia que gostassem dele.

— Encaminharei este caso para que seja julgado pelo juiz French — declarou Rivera Bunda Grande com determinação. Ela jogou a pasta para o escrivão. — Faremos um recesso de dez minutos. — Ela franziu a testa para o câmera e os repórteres no fundo da sala e, posso ter imaginado esta parte, também para Logiudice.

A fiança foi providenciada rapidamente e Jacob foi liberado de volta para nós. Juntos, deixamos o Fórum em meio a um corredor polonês de repórteres que parecia ter aumentado desde a nossa chegada. Também ficara mais agressivo: na Thorndike Street, tentaram impedir nossa passagem bloqueando o caminho. Alguém — pode ter sido um repórter, apesar de ninguém tê-lo visto — empurrou Jacob no peito, fazendo-o recuar alguns passos, tentando provocar alguma reação. Jacob não fez nada. Seu rosto inexpressivo jamais vacilou. Até mesmo os mais políticos adotavam uma tática desonesta para fazer-nos parar e falar. Perguntavam: "Podem apenas nos dizer o que aconteceu lá dentro?", como se não soubessem, como se tudo não tivesse sido transmitido para eles ao vivo pela TV e pelas mensagens de texto dos colegas.

Quando finalmente dobramos a esquina e nos dirigimos para casa, estávamos exaustos. Laurie parecia particularmente desgastada. Seu penteado ia se desfazendo por causa da umidade. Seu rosto parecia cansado. Desde a catástrofe, vinha perdendo peso regularmente e seu adorável rosto em forma de coração começava a ficar abatido. Quando dobrei para a entrada de carros de nossa casa, Laurie suspirou "Ah, meu Deus" e tapou a boca com a mão.

Havia pichações na parede, rabiscadas com um marcador preto de ponta grossa.

ASSASSINO
ODIAMOS VOCÊ
APODREÇA NO INFERNO

As letras eram grandes, sólidas e aprumadas, escritas aparentemente sem nenhuma pressa. Nossa casa era revestida com pedras rústicas marrons, e as beiradas delas faziam o marcador saltar ao passar de uma para a outra. De resto, tinha sido uma tarefa feita com esmero, em plena luz do dia, enquanto estávamos fora. A pichação não estava ali quando partimos de manhã, tenho certeza.

Olhei para os dois sentidos da rua. As calçadas estavam vazias. No final do quarteirão, uma equipe de jardinagem estacionara um caminhão e agora seus cortadores de grama e aspiradores de folhas zumbiam ruidosamente. Nenhum sinal dos vizinhos. Nenhuma pessoa sequer. Apenas jardins verdes bem-cuidados, rododendros desabrochando em tons de cor-de-rosa e roxo, um cordão de isolamento feito de grandes e velhas árvores, bordos que se espalhavam por toda a extensão do quarteirão, sombreando a rua.

Laurie saltou do carro e correu para dentro de casa, deixando Jacob e eu para observarmos a pichação.

— Não permita que te incomodem, Jake. Eles estão apenas tentando assustar você.

— Eu sei.

— Isto foi só um idiota. Um único idiota já é suficiente. Não é todo mundo. Não é assim que as pessoas se sentem.

— É sim.

— Não todo mundo.

— Mas é claro que é. Está tudo bem, pai. Eu realmente não me importo.

Girei o corpo para olhar para ele no banco traseiro.

— Verdade? Isso não incomoda você?

— Não. — Ele estava sentado com os braços cruzados, olhos semicerrados, lábios apertados.

— Caso incomodasse, você me diria, não é mesmo?

— Acho que sim.

— Porque não há nada de errado em se sentir... magoado. Sabe disso?

Ele franziu a testa com desdém e abanou a cabeça, como um imperador recusando-se a conceder uma grande indulgência. *Eles não podem me fazer mal.*

— Então me diga. O que está sentindo por dentro, Jake, bem agora, neste minuto?

— Nada.

— Nada? Não é possível.

— Como você disse, é apenas um babaca. Um idiota, o que for. Quero dizer, não é como se nenhum garoto nunca tivesse falado mal de mim, pai. Fazem isso na minha cara. O que você acha que a escola *é*? Isso — ele apontou com o queixo para a pichação na casa —, isso é apenas uma plataforma diferente.

Fiquei olhando para Jacob por um momento. Ele não se moveu, exceto pelos olhos, que desviaram de mim para a janela do passageiro. Dei um tapinha no joelho dele, apesar de ter sido incômodo alcançá-lo e o melhor que consegui fazer foi dar uma batida de leve com a ponta do dedo no osso duro do joelho. Ocorreu-me que eu lhe dera o conselho errado na noite anterior, quando lhe dissera que "fosse forte". Eu estava dizendo ao meu filho, em poucas palavras, para que fosse como eu. Mas agora, ao ver que ele incorporara as minhas palavras e envolvera-se em uma resiliência teatral, como um Clint Eastwood adolescente, arrependi-me de ter feito o comentário. Eu queria que o outro Jacob, meu filho brincalhão, desastrado, mostrasse novamente a sua cara. Porém era tarde demais. De todo modo, o papel de durão que Jacob representava era, para mim, estranhamente tocante.

— Você é um garoto incrível, Jake. Tenho orgulho de você. Quero dizer, como ficou de pé hoje lá no tribunal, agora isto. Você é um bom garoto.

Ele bufou.

— É, tudo certo, pai.

Dentro de casa, encontrei Laurie de quatro revirando os materiais de limpeza no armário sob a pia da cozinha. Ela ainda vestia a saia azul-escura com que foi ao tribunal.

— Simplesmente esqueça, Laurie. Cuidarei de tudo. Vá descansar.

— Cuidará de tudo quando?

— Quando você quiser.

— Você diz que cuidará das coisas e depois não faz nada. Não quero aquela coisa na minha casa. Nem por mais um minuto. Não vou simplesmente deixar que fique ali.

— Eu disse que vou resolver. Por favor. Vá descansar.

— Como posso descansar, Andy, com aquela coisa? Honestamente. Viu o que escreveram? Na nossa casa! Na nossa *casa*, Andy, e você quer que eu simplesmente vá descansar? Que ótimo. Isto é simplesmente incrível. Eles caminham até aqui e escrevem na nossa casa e ninguém diz nada, ninguém ergue um dedo sequer, nenhum de nossos vizinhos de merda. — Ela pronunciou o expletivo meticulosamente, até a sílaba final, como fazem as pessoas que não estão habituadas a praguejar. — Deveríamos chamar a polícia. É um crime, não é? *É* um crime, sei disso. É vandalismo. Deveríamos chamar a polícia?

— Não, não chamaremos a polícia.

— Não. É claro que não.

Ela veio com uma garrafa de Fantastik, depois pegou um pano de pratos e encharcou-o sob a bica.

— Laurie, por favor, deixe-me fazer isso. Deixe-me ao menos ajudar você.

— Você poderia simplesmente parar? Já disse que sou eu quem vai cuidar disso.

Ela retirou os sapatos e marchou para fora da casa daquele jeito, descalça e de meia-calça, e esfregou e esfregou e esfregou.

Acompanhei-a para fora de casa, mas não havia nada que pudesse fazer, exceto observar.

O cabelo de Laurie saltava com os movimentos vigorosos do braço. Ela estava com os olhos úmidos e o rosto ruborizado.

— Posso ajudar, Laurie?

— Não. Eu mesma faço isso.

Depois de algum tempo, desisti de observar e voltei para dentro da casa. Ouvi Laurie esfregando a fachada da casa durante muito tempo. Ela conseguiu remover as palavras, mas a tinta deixou uma nuvem cinza sobre a tinta da parede. Está lá até hoje.

10 | Leopardos

O escritório de Jonathan era um pequeno labirinto de salas abarrotadas em uma casa vitoriana centenária próxima ao Harvard Square. O lugar era essencialmente uma operação de um único homem. Ele tinha uma sócia, uma jovem chamada Ellen Curtice, que acabara de se formar na Faculdade de Direito de Suffolk. Mas ela apenas o substituía nos dias em que não era possível ele estar presente no tribunal (geralmente, porque ficava preso num julgamento em outro lugar) e para lidar com pesquisas jurídicas básicas. Ambos compreendiam, aparentemente, que Ellen seguiria em frente quando estivesse pronta para abrir o próprio escritório. Por enquanto, era uma presença vagamente desconcertante, seus olhos escuros e silenciosos observando os clientes que vinham e partiam, os assassinos, estupradores, ladrões, molestadores de crianças, sonegadores fiscais e todas as suas malditas famílias. Havia um pouco de Northampton nela, um pouco do radicalismo ortodoxo dos jovens universitários. Imaginei que provavelmente julgasse Jacob com severidade — o garoto rico de boa família que jogou fora todas as vantagens que tivera a sorte de receber desde seu nascimento, ou algo do gênero —, mas seu comportamento não revelava nada. Ellen lidava conosco com uma polidez elaborada. Insistia em me chamar de Sr. Barber e oferecia-se para pegar meu casaco sempre que eu aparecia, como se qualquer indício de intimidade pudesse minar sua postura neutra.

A única outra integrante da equipe de Jonathan era a Sra. Wurtz, que organizava os arquivos, atendia o telefone e, quando não aguentava mais a bagunça, relutantemente, fazia faxina na cozinha e no banheiro enquanto sussurrava ameaças de assassinato. Ela era de uma semelhança sinistra com a minha mãe.

A melhor sala no escritório era a biblioteca. Havia uma lareira de tijolos vermelhos e estantes repletas de livros de direito antigos e familiares: as capas cor de mel dos repertórios de jurisprudência federal e do estado de Massachusetts, os repertórios verdes dos recursos de Massachusetts, o vinho tinto da velha série de prática jurídica de Massachusetts.

Foi naquele caloroso e pequeno refúgio que nos reunimos apenas poucas horas depois da acusação formal de Jacob, no começo da tarde, para discutirmos o caso. Nós, os três Barber, sentamos com Jonathan ao redor de uma antiga mesa circular de carvalho. Ellen também estava presente, rabiscando anotações em um bloco de notas amarelo.

Jacob vestia um casaco vinho com capuz que ostentava o logotipo de uma marca de roupas no peito, a silhueta de um rinoceronte. Quando a reunião começou, afundou na cadeira com o capuz cavernoso cobrindo a cabeça tal como um druida.

Falei para ele:

— Jacob, tire o capuz. Não seja desrespeitoso.

Ele deslizou o capuz de cima da cabeça com um movimento mal-humorado e ficou ali sentado com uma expressão ausente, como se a reunião fosse um assunto de adultos que lhe despertasse pouco interesse.

Laurie, com seus óculos sensuais de professora e um pulôver de lã, parecia com milhares de outras mães dos subúrbios totalmente dedicadas aos filhos. Exceto pelo ar de choque entorpecido em seus olhos. Ela pediu um bloco de notas para uso próprio e, destemidamente, se preparou para tomar notas junto com Ellen. Laurie parecia determinada a manter a cabeça no lugar — a raciocinar sobre como sair do labirinto, a permanecer com a cabeça limpa e diligente mesmo naquele sonho surreal. Ela poderia ter enfrentado menos dificuldades, honestamente, se não estivesse tão engajada. Os estúpidos e beligerantes encaram com facilidade tais situações; podem simplesmente parar de pensar e se preparar para a batalha, confiar nos especialistas e no destino, insistindo que tudo dará certo no final. Laurie não era estúpida e tampouco beligerante, e no final pagou um preço terrível — mas estou me adiantando na história. Naquele momento, vê-la com o bloco de notas e a caneta lembrou-me inevitavelmente dos nossos tempos de faculdade, quando Laurie era um pouco caxias, pelo menos em comparação comigo. Raramente assistíamos a aulas da mesma matéria. Nossos interesses não eram os mesmos — eu era atraído por história, Laurie por psicologia, inglês e cinema — e, de todo modo, não queríamos nos tornar um daqueles nauseantes casais inseparáveis que vagavam lado a lado pelo campus como gêmeos siameses. Em quatro anos, a única matéria que fizemos juntos foi introdução à história americana antiga, com Edmund Morgan, que cursamos no primeiro ano, assim que começamos a namorar. Eu costumava surrupiar o caderno de Laurie antes das provas para ficar em dia com as aulas a que não ia. Lembro-me de olhar boquiaberto para as anotações dela, páginas e páginas de caligrafia cursiva perfeita. Ela capturava longas frases das palestras dadas em aula, palavra por palavra, dividia as palestras em ramificações conceituais e subconceituais e, ao mesmo tempo, ainda acrescentava suas análises. Havia poucas rasuras, rabiscos ou setas sinuosas que abarrotavam minhas anotações de aula malfeitas, frenéticas e desajeitadas. Na verdade, o caderno de anotações das palestras de Edmund Morgan foi parte da revelação de conhecer Laurie. O que me impressionou não foi apenas que ela provavelmente fosse mais inteligente do que eu. Vindo de uma cidade pequena — Watertown, Nova York —, eu estava preparado para aquilo. Eu esperava perfeitamente que Yale fosse repleta de jovens inteligentes e experientes como Laurie Gold. Eu estudara sobre eles lendo histórias de Salinger e assistindo a *Love Story — Uma história de amor* e *O homem que eu escolhi*. Não, a epifania que tive olhando para o caderno de Laurie não foi a de que ela era inteligente, mas sim de que era impossível conhecê-la. Ela era tão minuciosamente complexa quanto eu. Quando garoto, sempre acreditei que houvesse um drama especial quanto a ser Andy Barber, mas a experiência interior de ser Laurie Gold deveria ser igualmente repleta de segredos e tristezas. Ela seria para sempre um mistério, como todas as outras pessoas. Por mais que tentasse compreendê-la por meio de conversas, beijos, penetrando em seu interior, o melhor que eu conseguiria seria conhecê-la apenas um pouco. É uma constatação infantil, admito — ninguém a quem valha a pena conhecer pode ser propriamente conhecido, ninguém que valha a pena possuir pode ser realmente possuído —, mas, afinal de contas, éramos crianças.

— Bem — disse Jonathan, levantando os olhos dos documentos. — Este é apenas o pacote inicial de Neal Logiudice. Tudo o que tenho aqui é a denúncia e alguns dos relatórios da polícia, de modo que, obviamente, ainda não temos todas as provas da acusação. Mas temos um quadro geral do caso contra Jacob. Vamos conversando, pelo menos, e tentando obter um panorama de como será o julgamento. Podemos começar a conceber o que precisamos fazer entre agora e o momento do julgamento. Jacob, antes de dar partida, quero dizer algumas coisas dirigidas a você em especial.

— Tudo bem.

— Em primeiro lugar, você é o cliente aqui. Isto significa que, dentro dos limites possíveis, é você quem toma as decisões. Não seus pais, não eu, nem qualquer outra pessoa. Este é *seu* caso. *Você* estará sempre no controle. Nada acontecerá aqui sem que *você* concorde. Certo?

— Certo.

— Caso deseje, pode deixar a tomada de decisões a cargo de sua mãe e seu pai ou a mim, isso é perfeitamente compreensível. Mas você não deve sentir que não tem direito a opinar quanto ao próprio caso. A lei está tratando você como adulto. Para o bem ou para o mal, pela lei de Massachusetts, todo garoto de sua idade acusado de homicídio qualificado é acusado como adulto. Portanto, farei o melhor para também tratá-lo como adulto. Certo?

Jacob disse:

— Tá.

Nem uma sílaba sequer desperdiçada. Se Jonathan esperava uma efusão de gratidão, tinha o garoto errado.

— A segunda coisa é que não quero que se sinta oprimido. Gostaria de lhe avisar: em todo caso como este, há um momento "ah, merda". É quando você olha para o caso contra você, vê todas as provas, todas as pessoas na equipe da promotoria, ouve todas as coisas que o promotor está dizendo no tribunal e entra em pânico. Você fica desesperado. Lá no fundo, uma vozinha diz: "Ah, merda!" Quero que entenda, isso acontece sempre. Se ainda não aconteceu com você, acontecerá. E quero que se lembre, quando for acometido pela sensação "ah, merda!", será justamente quando teremos recursos suficientes aqui dentro desta sala para vencer. Não há motivo para entrar em pânico. Não importa o quanto a equipe da promotoria seja grande, não importa o quanto o caso da promotoria pareça forte ou o quanto Logiudice pareça confiante. Não estamos menos preparados que ele. O que precisamos é manter a calma. E, se fizermos isso, temos tudo para vencer. Agora, acredita nisso?

— Não sei. Na verdade, acho que não.

— Bem, estou lhe dizendo que é verdade.

Os olhos de Jacob caíram para o próprio colo.

Uma ligeira expressão, uma ruga de decepção, cruzou o rosto de Jonathan.

E foi o fim do discurso estimulante.

Desistindo, Jonathan colocou os óculos de meia-lua e folheou os documentos à sua frente, a maioria cópias de relatórios policiais e a "declaração formal do caso" preenchida por Logiudice, o qual definia o essencial das provas do Estado. Sem o paletó, usando a mesma camisa preta de rulê que usara no tribunal, os ombros de Jonathan pareciam fracos e ossudos.

— A teoria — disse ele — parece ser a de que Ben Rifkin estava praticando *bullying* contra você, portanto você pegou uma faca e, quando surgiu a oportunidade ou talvez quando a vítima abusou de você além da conta, você se vingou. Não parece haver nenhuma testemunha direta. Uma mulher que caminhava no parque Cold Spring situa você na área naquela manhã. Outra transeunte ouviu a vítima gritar "Pare, está me machucando", mas na verdade não viu nada. E um colega estudante... esta é a expressão usada por Logiudice, *um colega estudante...* alega que você tinha uma faca. Esse colega estudante não é mencionado nos relatórios que tenho aqui. Jacob, alguma ideia de quem seja?

— É o Derek. Derek Yoo.

— Por que diz isso?

— Ele disse a mesma coisa no Facebook. Anda dizendo isso há algum tempo.

Jonathan concordou com a cabeça mas não fez a pergunta óbvia: *É verdade?*

— Bem — disse ele —, é um caso muito circunstancial. Há a impressão digital, sobre a qual quero conversar. Mas impressões digitais são um tipo de prova muito limitado. Não há como dizer com exatidão quando ou como uma impressão foi deixada. Em geral, há uma explicação inocente.

Ele encerrou a observação abruptamente, sem levantar os olhos.

Contorci-me.

Laurie disse:

— Há algo a mais.

Um instante de silêncio, uma estranha sensação na sala.

Laurie olhou com apreensão ao redor da mesa. Sua voz estava momentaneamente rouca, congestionada.

— E se disserem que Jacob herdou algo, como uma doença?

— Não compreendo. Herdou o quê?

— Violência.

Jacob:

— O quê!?

— Não sei se meu marido lhe contou: há um histórico de violência na nossa família. Aparentemente.

Reparei que ela disse *nossa família*, no plural. Agarrei-me àquilo para evitar despencar em um penhasco.

Jonathan recostou-se e retirou os óculos, deslizando-os pelo nariz, deixando-os pendendo pela corrente de contas. Ele olhou para Laurie com uma expressão intrigada.

— Não Andy e eu — continuou Laurie. — O avô de Jacob, o bisavô, o tataravô. Et cetera.

Jacob:

— Mãe, sobre o que está *falando*?

— Estou apenas me perguntando, poderiam dizer que Jacob possui uma... uma tendência? Uma... tendência genética?

— Que tipo de tendência?

— À violência.

— Uma tendência *genética* à violência? Não. É claro que não. — Jonathan abanou a cabeça, depois foi vencido pela curiosidade. — Estamos falando sobre o pai e o avô de quem?

— Os meus.

Senti-me ruborizar, o calor subir pelas minhas bochechas, minhas orelhas. Estava envergonhado, depois envergonhado por sentir vergonha, pela minha falta de autocontrole. Depois, novamente envergonhado por Jonathan estar assistindo ao meu filho descobrir aquilo em tempo real, desmascarando-me como mentiroso, um mau pai. Apenas por fim senti vergonha diante dos olhos do meu filho.

Jonathan desviou o olhar de mim, intencionalmente, permitindo-me que me recompusesse.

— Não, Laurie, esse tipo de prova definitivamente não seria admissível. De todo modo, até onde sei, não existe tal coisa como uma tendência genética à violência. Caso Andy realmente tenha violência no histórico familiar, então sua própria boa natureza e sua vida provam que a tendência não existe. — Ele me olhou rapidamente para se assegurar de que eu captara a segurança em sua voz.

— Não é de Andy que duvido. É do promotor, Logiudice. E se ele descobrir? Pesquisei sobre o assunto hoje de manhã no Google. Houve casos nos quais este tipo de prova de DNA foi utilizada. Dizem que torna o réu agressivo. Chamaram-no de "o gene assassino".

— Isso é ridículo. "O gene assassino"! Você certamente não encontrou nenhum caso assim em Massachusetts.

— Não.

Falei espontaneamente:

— Jonathan, ela está irritada. Acabamos de falar sobre isso ontem à noite. A culpa é minha. Eu não deveria ter despejado tudo sobre ela neste momento.

Laurie colocou-se ereta para demonstrar o quanto eu estava errado: ela estava no controle, e não reagindo impulsivamente, seguindo as emoções.

Em um tom confortável, Jonathan disse:

— Laurie, tudo que posso lhe dizer é que, caso tentem tornar isto um problema, lutaremos com unhas e dentes. É loucura. — Jonathan fungou e abanou a cabeça, o que, para um cara de fala suave como ele, era uma explosão bastante violenta.

E mesmo agora, olhando em retrospecto aquele momento no qual a ideia de um "gene assassino" foi levantada pela primeira vez, e logo por Laurie, sinto minhas costas enrijecerem, sinto a raiva fluir espinha acima. O gene assassino não era somente uma ideia desprezível e uma difamação — apesar de certamente ser essas duas coisas. Também me ofendia como advogado. Eu via imediatamente o retrocesso do conceito, a maneira pela qual distorcia a ciência real do DNA e o componente genético do comportamento e os encobria com a ciência vagabunda de advogados incompetentes, a cínica linguagem pseudocientífica cujo propósito real era manipular jurados, enganá-los com o resplendor da certeza e da exatidão da ciência. O gene assassino era uma mentira. Uma trapaça de advogados.

Era também uma ideia profundamente subversiva. Ela minava toda a premissa do direito penal. No tribunal, o que punimos é a intenção criminal — a *mens rea*, a mente culpada. Existe uma regra antiga: *actus non facit reum nisi mens sit rea* — "o ato não cria a culpa a menos que a mente também seja culpada". É por isso que não condenamos crianças, alcoólatras e esquizofrênicos: eles são incapazes de *decidir* cometer seus crimes com uma compreensão verdadeira do significado de suas ações. Livre-arbítrio é tão importante para a lei quanto para a religião ou qualquer outro código de moralidade. Não punimos o leopardo por sua selvageria. Logiudice teria colhões para defender tal argumento? "Nascido mau"? Eu tinha certeza de que tentaria. Fosse ou não boa ciência ou bom direito, ele sussurraria no ouvido do juiz como uma fofoca contendo um segredo. Ele encontraria um jeito.

No final, Laurie estava certa, é claro: o gene assassino nos assombraria, ainda que não exatamente da maneira que ela previra. Mas, naquela primeira reunião, Jonathan — e eu —, treinados na tradição humanista do direito, rejeitamos o conceito instintivamente. Nós o descartamos às gargalhadas. No entanto, a ideia capturara a imaginação de Laurie, e também a de Jacob.

O queixo de meu filho estava literalmente caído.

— Alguém vai me dizer sobre que diabos estão falando?

— Jake — comecei. Mas as palavras não vieram.

— O quê? Alguém me diga!

— Meu pai está na prisão. Está lá há muito tempo.

— Mas você nunca conheceu seu pai.

— Isto não é totalmente verdade.

— Mas você *disse*. Você sempre disse isso.

— É verdade, eu *disse*. Sinto muito por isso. Nunca o conheci *realmente*, isto foi verdade. Mas sabia quem ele era.

— Você mentiu para mim?

— Não lhe contei toda a verdade.

— Você mentiu.

Abanei a cabeça. Todas as razões, todas as coisas que sentira quando criança pareciam ridículas e inadequadas agora.

— Eu não sei.

— Nossa. O que ele fez?

Respirei fundo.

— Matou uma garota.

— Como? Por quê? O que aconteceu?

— Na verdade, não quero falar sobre isso.

— Não quer falar sobre isso? Que merda, não me diga que não quer falar sobre isso!

— Ele era um cara mau, Jacob, isso é tudo. Apenas paremos por aqui.

— Como pôde nunca ter me contado?

— Jacob — interrompeu Laurie delicadamente —, eu tampouco sabia. Só descobri ontem à noite. — Ela colocou a mão sobre a de Jacob e a acariciou. — Está tudo bem. Ainda estamos meio que descobrindo como processar tudo isso. Tente permanecer calmo, certo?

— Só que... não pode ser verdade. Como é possível que você nunca tenha me contado? Ele é meu... o quê?... meu avô? Como pôde esconder isso de mim? Quem você pensa que é?

— Jacob. Veja como fala com seu pai.

— Não, está tudo bem, Laurie. Ele tem o direito de estar irritado.

— Eu *estou* irritado!

— Jacob, jamais lhe contei... jamais contei a ninguém... porque temia que as pessoas passassem a me ver de um jeito diferente. E agora temo que seja como as pessoas também passem a ver você. Eu não queria que isto acontecesse. Algum dia, talvez muito em breve, você entenderá.

Ele me encarou boquiaberto e com um ar estúpido durante um bom tempo, insatisfeito.

— Eu não pretendia que as coisas chegassem a este ponto. Eu queria... queria deixar isso para trás.

— Mas, pai, isto é quem sou.

— Não foi como vi as coisas.

— Eu tinha o direito de saber.

— Não era como eu via a situação, Jake.

— Eu *não* tinha o direito de saber? Sobre minha própria família?

— Você tinha o direito de *não* saber. Tinha o direito de começar a partir de uma lousa em branco, de ser quem quisesses ser, igual a todos os outros garotos.

— Mas eu *não era* igual a todos os outros garotos.

— É claro que era.

Laurie desviou o olhar.

Jacob atirou o corpo para trás, sentando na cadeira. Parecia mais chocado do que magoado. As perguntas, as reclamações eram apenas um meio de canalizar a emoção. Ele ficou sentado ali algum tempo, imerso em seus pensamentos.

— Não *acredito* nisso — disse ele, desconcertado. — Apenas não acredito. Não acredito que você tenha *feito* isto.

— Escute, Jacob, se quiser ficar com raiva de mim porque menti, tudo bem. Mas minhas intenções eram boas. Fiz por você. Mesmo antes de nascer, fiz por você.

— Ah, vamos *lá*. Você fez para si mesmo.

— Fiz para mim, sim, e para meu filho, para o filho que esperava ter algum dia, para tornar as coisas um pouco mais fáceis para ele. Para *você*.

— Não deu tão certo assim, não é mesmo?

— Acho que deu. Acho que sua vida foi mais fácil do que teria sido. Certamente, espero que sim. Tem sido mais fácil do que foi a minha, com certeza.

— Pai, veja onde estamos.

— E daí?

Ele não disse nada.

Laurie sugeriu com uma voz melosa:

— Jacob, precisamos tomar cuidado com a maneira como falamos uns com os outros, certo? Tente compreender a posição de seu pai, ainda que discorde dela. Coloque-se no lugar dele.

— Mãe, foi você quem disse: tenho o gene assassino.

— Eu não disse isso, Jacob.

— Mas insinuou. É claro!

— Jacob, você sabe que eu não disse isso. Nem acho que exista tal coisa. Eu estava falando de outros julgamentos sobre os quais li.

— Mãe, tudo bem. É apenas um *fato*. Se não estivesse preocupada, não teria pesquisado sobre o assunto no Google.

— Um fato? Como sabe que é um fato, tão de repente?

— Mãe, me deixa fazer uma pergunta: por que as pessoas só querem falar sobre herdar coisas boas? Quando um atleta tem um filho bom em esportes, ninguém tem nenhum problema em dizer que a criança herdou o talento. Quando um músico tem um filho musical, quando um professor tem um filho inteligente, o que for. Qual é a diferença?

— Não sei, Jacob. Apenas é diferente.

Jonathan — que não falava havia tanto tempo que eu quase esquecera que estava presente — interveio tranquilamente:

— A diferença é que não é um crime ser atlético, musical ou inteligente. Precisamos ser muito cautelosos para não prendermos pessoas pelo que *são* em vez de pelo que *fazem*. Existe uma história longa e desagradável sobre esse tipo de coisa.

— Então, o que faço se isso for o que *sou*?

Eu:

— Jacob, o que está dizendo exatamente?

— E se eu tiver essa coisa dentro de mim e não puder fazer nada?

— Não há nada dentro de você.

Ele abanou a cabeça.

Houve um silêncio muito longo, cerca de dez segundos que pareceram durar muito mais.

— Jacob — declarei —, o "gene assassino" é apenas uma expressão. É uma metáfora. Você entende isso, certo?

Ele deu de ombros.

— Não sei.

— Jake, você apenas entendeu errado, compreende? Mesmo que um assassino tivesse um filho que também fosse assassino, não seria necessário recorrer à genética para explicar isso.

— Como *você* sabe?

— Ah, já pensei sobre isso, Jacob, acredite em mim, pensei sobre o assunto. Mas simplesmente não pode ser assim. Penso sobre o assunto da seguinte maneira: se Yo-Yo Ma tivesse um filho, o garoto não nasceria sabendo tocar violoncelo. Ele precisaria aprender a tocar violoncelo como todo mundo. O máximo que se pode herdar é talento, potencial. O que você faz com isso, o que você se torna, tudo isso cabe a você.

— Você herdou o talento de seu pai?

— Não.

— Como sabe?

— Olhe só para mim. Veja a minha vida, como disse Jonathan. Você me conhece. Já vive comigo há 14 anos. Já fui violento, uma única vez sequer?

Ele encolheu os ombros de novo, sem se deixar impressionar.

— Talvez você apenas nunca tenha aprendido a tocar seu violoncelo. Não quer dizer que não tenha esse talento.

— Jacob, o que quer que eu diga? É impossível provar algo assim.

— Eu sei. Este também é meu problema. Como sei o que há dentro de mim?

— Não há nada dentro de você.

— Vou lhe dizer o seguinte, pai: acho que você sabe exatamente como estou me sentindo neste instante. Sei exatamente por que não contou a ninguém sobre isso durante tanto tempo. Não foi por causa do que *eles* poderiam pensar que você era.

Jacob recostou-se e cruzou as mãos sobre a barriga, encerrando o assunto. Ele se agarrou à ideia de um gene assassino e acho que nunca a abandonou. Também deixei o assunto morrer. Não havia sentido em pregar para ele sobre a ilimitabilidade do potencial humano. Ele tinha a preferência instintiva de sua geração por explicações científicas às antigas verdades. Ele sabia o que acontece quando a ciência enfrenta pensamentos mágicos.

11 | Correndo

Não sou um corredor natural. Pernas muito pesadas, grande e corpulento demais. Tenho o tipo físico de um açougueiro. E, honestamente, obtenho pouco prazer ao correr. Corro porque preciso. Se não correr, fico gordo, uma infeliz tendência herdada da família da minha mãe, todos camponeses atarracados do Leste Europeu, da Escócia e de locais desconhecidos. Portanto, quase todas as manhãs, em torno das 6h ou 6h30, eu corria pesadamente pelas ruas e pelas trilhas de jogging do parque Cold Spring até terminar de marretar meus 5 quilômetros diários.

Eu estava determinado a manter a rotina mesmo após a acusação formal contra Jacob. Sem dúvida, os vizinhos prefeririam que nós, os Barber, não mostrássemos a cara, especialmente no parque Cold Spring. Eu os atendi de certo modo. Corria bem cedo pela manhã, mantinha distância dos outros, abaixava a cabeça como um fugitivo quando cruzava por outro corredor vindo na direção contrária. E, é claro, jamais corria perto do local do homicídio. Mas decidi desde o início que, em prol da minha própria sanidade, preservaria esse aspecto da vida de antes.

Na manhã seguinte à conferência inicial com Jonathan, experimentei aquela coisa vaga, paradoxal, uma "boa corrida". Senti-me leve e veloz. Pelo menos uma vez, correr não foi uma série de saltos e baques, foi — e não pretendo ser poético demais a respeito — como voar. Senti meu corpo avançar rapidamente com uma espécie de facilidade natural e velocidade predatória, como se eu tivesse sido feito para me sentir daquela maneira. Não sei exatamente por que aquilo aconteceu, apesar de suspeitar de que a ansiedade adicional gerada pelo caso inundara meu sistema nervoso de adrenalina. Movimentei-me rapidamente através do parque Cold Spring no frio úmido, contornando o círculo que acompanha o perímetro do parque, saltando sobre raízes de árvores e pedras, pulando as pequenas poças d'água de chuva e os lamaçais chapinhantes que salpicam o parque na primavera. Sentia-me tão bem, na verdade, que passei correndo pela minha saída habitual do parque e segui um pouco adiante pela floresta, até a entrada, apenas com a mais vaga das intenções ou propósito em mente, mas com uma convicção — crescendo rapidamente até se transformar em uma certeza — de que Leonard Patz era o culpado, e cheguei ao estacionamento do condomínio Windsor Apartments.

Corri um pouco pelo estacionamento. Eu não tinha a menor ideia de onde ficava o apartamento de Patz. Os prédios eram blocos simples de tijolos vermelhos com três andares.

Encontrei o carro de Patz, um enferrujado Ford Probe cor de ameixa do final dos anos 1990, cuja descrição eu recordava do arquivo sobre ele, entre os detalhes que Paul Duffy começara a reunir. Era justamente o tipo de carro que um pedófilo deveria dirigir. A personificação veicular de um pedófilo é precisamente um Ford Probe enferrujado cor de ameixa do final dos anos 1990. Só faltava a bandeirinha da NAMBLA* presa à antena. Fora isso, o carro não poderia ser mais apropriado para o sujeito. Patz adornara seu pedomóvel com vários ícones apaziguadores: uma placa personalizada de Massachusetts com a inscrição "Ensine as crianças", adesivos nos para-choques do time de beisebol Red Sox e do WWF, com seu logotipo fofinho de panda. As duas portas estavam trancadas. Cobri os olhos com as mãos sobre a janela do motorista para espiar o interior do veículo: estava imaculado, ainda que surrado.

---

* Sigla em inglês da Associação Americana pelo Amor entre Homens e Meninos. (*N. do T.*)

Na entrada do bloco de apartamentos mais próximo, encontrei o interfone do apartamento dele, "PATZ, L.".

O condomínio começava a acordar. Alguns moradores saíam sozinhos dos blocos de apartamentos e seguiam para seus carros ou percorriam a curta caminhada até o Dunkin' Donuts logo no final da rua. A maioria usava roupas executivas. Uma mulher que saía do prédio de Patz manteve educadamente a porta aberta para mim — não há disfarce melhor para alguém à espreita do que se apresentar como um caucasiano com a barba bem-feita em roupas de jogging —, mas declinei com uma expressão de gratidão. O que eu faria dentro do prédio? Bater na porta de Patz? Não. Ainda não, pelo menos.

A ideia de que a abordagem de Jonathan era tímida demais ainda estava apenas tomando forma em minha mente. Ele pensava demais como um advogado de defesa, satisfeito por deixar o ônus para o Estado, por vencer na cruz, perfurar alguns buracos no caso de Logiudice e depois argumentar para o júri que, sim, havia algumas provas contra Jacob, mas elas não eram suficientes. Eu preferia atacar, sempre. Para ser justo, isto foi uma interpretação errônea do que Jonathan dissera e o subestimava gravemente. Mas eu sabia — assim como Jonathan, com certeza — que a melhor estratégia é oferecer ao júri uma história alternativa. Os jurados teriam vontade de saber, naturalmente: se Jacob não cometeu o crime, quem o cometeu? Precisávamos oferecer a eles uma narrativa para satisfazer tal desejo. Nós, humanos, somos mais tocados por histórias do que por conceitos abstratos como "ônus da prova" ou "presumidamente inocente". Somos animais que tentam identificar padrões, contadores de histórias, e somos assim desde quando começamos a desenhar nas paredes das cavernas. Patz seria a nossa história. Isto soa calculista e desonesto, compreendo, como se toda a coisa fosse uma questão de táticas de julgamento, portanto permita-me acrescentar que, neste caso, o que ocorria era que a contranarrativa era verdadeira: Patz realmente cometera o crime. Eu sabia. Era apenas uma questão de mostrar a verdade ao júri. Era tudo o que eu sempre quis fazer em relação a Patz: seguir as provas, jogar limpo, como sempre fiz. Você dirá que estou protestando demais, querendo soar excessivamente virtuoso — defendendo meu próprio caso diante de um júri.

Bem, admito a falta de lógica: Patz cometeu o crime porque Jacob não o cometeu. Mas o ilógico não me era evidente naquele momento. Eu era o pai do garoto. E a verdade é que eu estava certo ao suspeitar de Patz.

12 | Confissões

Convocar uma psiquiatra foi ideia de Jonathan. Era um procedimento-padrão, ele nos disse, buscar uma "avaliação de competência e de imputabilidade penal". Mas uma rápida pesquisa no Google revelou que a psiquiatra que ele escolheu era uma autoridade no papel da herança genética no comportamento. Apesar do que dissera sobre o absurdo do conceito do "gene assassino", Jonathan se preparava para confrontar a questão caso fosse necessário. Eu estava convencido de que, independentemente do mérito científico da teoria, Logiudice jamais teria permissão para defendê-la diante do júri. O argumento era furado, apenas uma versão lustrosa e com verniz científico de um antigo truque de tribunal, o qual os advogados chamam de "prova de propensão": o réu tende a fazer este tipo de coisa, portanto provavelmente também o fez aqui, ainda que a acusação não consiga provar tal argumento. É simples: o réu é um ladrão de bancos; um banco foi roubado — todos sabemos o que aconteceu aqui. É um meio para a acusação seduzir o júri com uma piscadela e uma cutucada a fim de que declarem o réu culpado apesar do caso fraco. Nenhum juiz permitiria que Logiudice se safasse com aquilo. Igualmente importante, a ciência da influência genética sobre o comportamento simplesmente não amadurecera o suficiente para ser aceitável no tribunal. Era um campo novo, e a lei é propositalmente defasada em relação à ciência. Os tribunais não podem se dar ao luxo de cometer erros assumindo riscos em função de teorias inovadoras que podem não ser confirmadas posteriormente. Eu não responsabilizei Jonathan por se preparar para desafiar a teoria do gene assassino. Uma boa preparação para um julgamento é, na verdade, uma preparação excessiva; Jonathan precisava estar preparado para tudo, até mesmo para a possibilidade de um por cento de que o juiz admitisse a evidência do gene assassino. O que me incomodava era que ele não me confidenciava o que planejava. Jonathan não confiava em mim. Eu enganara a mim mesmo ao pensar que trabalharíamos como uma equipe, camaradas advogados, colegas. Mas, para Jonathan, eu era apenas um cliente. Pior, eu era um cliente louco e pouco confiável que deveria ser enganado.

Os encontros com a psiquiatra ocorreram no campus do hospital McLean, a instituição psiquiátrica na qual a Dra. Elizabeth Vogel trabalhava. As reuniões eram realizadas em uma sala vazia, sem livros, esparsamente mobiliada, com poucas cadeiras e mesas baixas. Máscaras africanas decoravam as paredes.

A Dra. Vogel era uma mulher grande. Não era flácida; pelo contrário, não tinha nada da maciez pálida das acadêmicas, apesar de ser uma. (Era professora e pesquisadora na Faculdade de Medicina de Harvard e também no McLean.) Na verdade, a Dra. Vogel tinha ombros largos e uma grande cabeça quadrada e esculpida. Sua pele era de um tom oliváceo e, em maio, já estava muito bronzeada. O cabelo dela, quase todo grisalho, era curto. Nada de maquiagem. Uma constelação de três brincos de diamantes enfileirados em um lóbulo moreno. Imaginei-a subindo a pé trilhas em montanhas castigadas pelo sol todo final de semana ou enfrentando as ondas perto de Truro. Ela também era grande no sentido de proeminente, uma figura importante, o que apenas ampliava sua qualidade impositiva. Não estava claro para mim por que uma mulher como aquela escolheria o trabalho tranquilo e paciente da psiquiatria. Seus modos sugeriam uma baixa tolerância para baboseiras, as quais certamente já ouvira em excesso. Ela não ficava apenas sentada ali e concordava com a cabeça, como os psiquiatras devem fazer. Curvava-se para a frente, inclinava a cabeça como que para ouvir melhor, como se estivesse ávida por uma conversa boa e franca, pela história real.

Laurie confessou tudo para ela de pronto, ansiosamente. Na figura dessa Mãe Terra, ela sentia que tinha uma aliada natural, uma especialista que explicaria os problemas de Jacob. Como se a médica estivesse do nosso lado. Em longas conversas baseadas em perguntas e respostas, Laurie tentou se beneficiar do conhecimento da Dra. Vogel. Ela apresentou um questionário para a médica: Como compreender Jacob? Como ajudá-lo? Laurie carecia do vocabulário, do conhecimento específico. Ela desejava extrair essas coisas da Dra. Vogel. Parecia ignorar, ou talvez fosse apenas indiferença, que a psiquiatra Vogel também extraía informações dela. Para deixar claro, não culpo Laurie. Ela amava o filho e acreditava na psiquiatria, no poder da conversa. E, é claro, estava abalada. Depois de algumas semanas vivendo com a realidade da acusação contra Jacob, o desgaste começava a ficar evidente; ela estava vulnerável a um ouvido compreensivo como o da médica. No entanto, apesar de todos esses fatores, eu não podia simplesmente ficar sentado ali e permitir que aquilo acontecesse. Laurie estava tão determinada a ajudar Jacob que quase o enforcou.

No primeiro encontro com a psiquiatra, Laurie ofereceu esta confissão "um tanto" chocante:

— Quando Jacob era bebê, eu conseguia discernir pelo som de seu engatinhar quando estava com medo. Sei que soa absurdo, mas é verdade. Ele vinha todo apressado de quatro pelo corredor, e eu simplesmente sabia.

— Sabia o quê?

— Sabia que ele não tinha como evitar. Ele tinha ataques. Atirava coisas, gritava. Não havia nada que eu pudesse fazer com ele. Eu apenas o colocava no berço ou no cercadinho e me afastava. Deixava-o gritar e se debater até ficar calmo.

— Mas todos os bebês não gritam e se debatem, Laurie?

— Não daquele jeito. Não daquele jeito.

Eu disse:

— Isto é ridículo. Ele era um bebê. Bebês choram.

— Andy — ronronou a médica —, deixe-a falar. Você terá sua vez. Prossiga, Laurie.

— Sim, prossiga, Laurie. Conte a ela como Jacob arrancava as asas de moscas.

— Doutora, você deve perdoá-lo. Ele não acredita nisso... Em falar honestamente sobre assuntos privados.

— Não é verdade. Eu acredito nisso.

— Então por que você nunca fala?

— É um talento que não possuo.

— Falar?

— Reclamar.

— Não, isso se chama falar, Andy, e não reclamar. E isso é uma habilidade, não um talento; você poderia aprender se quisesse. Consegue falar por horas no tribunal.

— É diferente.

— Porque um advogado não precisa ser honesto?

— Não, é apenas uma situação diferente, Laurie. Existe hora e lugar para cada coisa.

— Meu Deus, Andy, estamos no consultório de uma psiquiatra. Se esta não é a hora e o lugar...

— Sim, mas estamos aqui por Jacob, e não por nós. Não é por você. Precisa se lembrar disso.

— Acho que me lembro por que estamos aqui, Andy. Não se preocupe. Sei exatamente por que estamos aqui.

— Sabe mesmo? Não está falando como se soubesse.

— Não me dê um sermão, Andy.

A Dra. Vogel disse:

— Calma. Quero esclarecer uma coisa. Andy, fui contratada pela equipe de defesa. Trabalho para vocês. Não há necessidade de esconder nada de mim. Estou do lado de Jacob. Minhas descobertas aqui só podem ajudar seu filho. Entregarei meu relatório a Jonathan, depois todos vocês podem decidir o que fazer com ele. A decisão cabe inteiramente a vocês.

— E se quisermos jogá-lo no lixo?

— Vocês podem. O que importa é que nossa conversa aqui é inteiramente confidencial. Não há razão para se retrair. Não precisam defender seu filho, não nesta sala. Apenas quero a verdade sobre ele.

Fiz uma cara azeda. A verdade sobre Jacob. Quem poderia dizer qual seria? Qual seria a verdade sobre qualquer um?

— Muito bem — disse a Dra. Vogel. — Laurie, você estava descrevendo Jacob quando era bebê. Eu gostaria de ouvir mais sobre isso.

— Desde quando Jacob tinha 2 anos, outras crianças começaram a se machucar perto dele.

Dei uma olhada repressora a Laurie. Ela parecia etereamente alheia ao perigo da franqueza.

Mas Laurie reagiu ao meu olhar encarando-me com um ar feroz. Não posso dizer com certeza o que ela estava pensando; Laurie e eu não conversávamos mais tanto assim nem tão facilmente desde a noite na qual confessei minha história secreta. Uma pequena cortina descera entre nós. Mas, claramente, ela não estava com humor para aconselhamento legal. Ela pretendia dizer o que pensava.

Laurie continuou:

— Aconteceu várias vezes. Certa vez, na creche, Jacob estava tentando dar alguns passinhos em cima de uma estrutura de brinquedo quando outro garoto caiu dela. O menino precisou levar pontos. Em outra ocasião, uma garotinha caiu de um trepa-trepa e quebrou o braço. Um garoto da rua desceu uma ladeira íngreme em seu triciclo. Também precisou levar pontos. Ele disse que foi Jake quem o empurrou.

— Com que frequência estas coisas ocorriam?

— Quase todos os anos. As professoras da creche de Jacob nos diziam sempre que não podiam desviar os olhos dele, pois era bruto demais. Fiquei morta de medo de que fosse expulso da creche. Caso isso acontecesse, o que faríamos? Na época, eu ainda trabalhava como professora; precisávamos de uma creche. Havia longas listas de espera em todas as outras creches. Se Jacob fosse expulso, eu precisaria parar de trabalhar. Na verdade, chegamos a colocar nosso nome na lista de espera de outra creche, só por garantia.

— Ah, meu Deus, Laurie, ele tinha 4 anos! Isto aconteceu há *anos*! Sobre o que está falando?

— Andy, é sério, você precisa deixá-la falar ou isto simplesmente não dará certo.

— Mas a época sobre a qual ela está falando, Jacob tinha 4 anos de idade!

— Andy, entendo o que está pensando. Apenas permita que ela termine de falar, depois será a sua vez, tudo bem? Certo. Laurie, estou curiosa: o que as outras crianças da creche achavam dele?

— Ah, as crianças, não sei. Jacob raramente era convidado para brincar com outras crianças, imagino que não gostassem particularmente dele.

— E os pais?

— Tenho certeza de que não queriam que os filhos ficassem a sós com ele. Mas nenhuma mãe jamais falou comigo sobre o assunto. Éramos todas simpáticas demais para isso. Não criticávamos os filhos dos outros. Pessoas simpáticas não fazem isso, exceto pelas costas.

— E quanto a você, Laurie? O que achava do comportamento de Jacob?

— Eu sabia que tinha um filho difícil. Estava ciente disso. Sabia que ele apresentava alguns problemas comportamentais. Era bravio, um pouco bruto demais, um pouco agressivo demais.

— Ele praticava *bullying*?

— Não. Não exatamente. Apenas não pensava nas outras crianças, sobre como se sentiriam.

— Ele era esquentado?

— Não?

— Malvado?

— Malvado? Não, *malvado* também não é a palavra adequada. Era mais como... Não sei como definir exatamente o que era. Ele simplesmente não parecia imaginar como outras crianças se sentiriam caso as derrubasse, de modo que era... difícil de controlar. Acho que é isso: ele era difícil de controlar. Mas muitos meninos são assim. Era como falávamos sobre o problema na época: "Muitos garotos passam por isso. É uma fase. Jacob vai superá-la." Era assim que víamos a questão. Eu ficava horrorizada quando outras crianças se machucavam, é claro, mas o que eu podia fazer? O que *nós* podíamos fazer?

— O que você *fez*, Laurie? Alguma vez tentou procurar ajuda?

— Ah, falávamos o tempo todo sobre isso, Andy e eu. Andy sempre dizia que não me preocupasse. Indaguei ao pediatra a respeito e ele me disse o mesmo: "Não se preocupe, Jake ainda é muito pequeno, isso passará." Eles fizeram com que eu me sentisse um pouco louca, como se fosse uma daquelas mães malucas e nervosas rondando os filhos a todo momento, surtando por causa de Band-Aids e alergias. E ali estavam Andy e o pediatra dizendo: "Vai passar, vai passar."

— Mas *passou*, Laurie. Você *estava* reagindo exageradamente. O pediatra estava certo.

— Estava? Querido, veja onde estamos. Você nunca vai querer encarar isso.

— Encarar o quê?

— Que talvez Jacob precisasse de ajuda. Talvez a culpa seja nossa. Deveríamos ter feito algo.

— Feito o quê? Do contrário, o quê?

A cabeça dela pendeu para baixo, desesperada. A memória daqueles primeiros incidentes na infância de Jacob a assombrava, como se ela tivesse visto uma barbatana de tubarão que desaparecera sob a água. Era insanidade.

— Laurie, o que está insinuando? Estamos falando de nosso filho.

— Não estou insinuando nada, Andy. Não faça disso um campeonato de lealdade ou uma... uma briga. Estou apenas me perguntando sobre o que fizemos na época. Quero dizer, não sei qual era a resposta, não tenho ideia do que deveríamos ter feito. Talvez Jake precisasse ser medicado. Ou de aconselhamento. Sei lá. Simplesmente não consigo deixar de pensar que cometemos erros. Certamente cometemos. Tentamos com tanto esforço e com intenções tão boas. Não merecemos tudo isso. Éramos pessoas boas, responsáveis. Entende? Fazíamos tudo direito. Não éramos jovens demais. Aguardamos. Na verdade, quase esperamos demais; eu estava com 36 anos quando tive Jacob. Não éramos ricos, mas nós dois trabalhávamos duro e tínhamos dinheiro suficiente para dar ao bebê tudo de que precisava. Fizemos tudo direito mas, ainda assim, aqui estamos. Não é justo. — Ela balançou a cabeça e murmurou. — Não é justo.

Ao meu lado, a mão de Laurie descansou no braço de sua cadeira. Pensei que poderia colocar minha mão sobre a dela para acalmá-la, mas, no instante necessário para considerar a ideia, ela tirou a mão e cruzou os braços, apertando-os sobre a barriga.

Ela disse:

— Lembro-me de nós naquela época e vejo que não estávamos nada preparados. Quero dizer, ninguém nunca está, não é mesmo? Éramos muito jovens. Não me importa quantos anos tínhamos; éramos jovens. E não tínhamos noção de nada e estávamos nos borrando de medo, como todos que acabam de se tornar pais. E não sei, talvez tenhamos cometido erros.

— Que erros, Laurie? Sério. Está sendo dramática. Simplesmente não foi tão ruim assim. Jacob era um pouco tempestuoso e bruto. Isso é realmente um grande problema? Ele era um garotinho! Algumas crianças se machucaram porque crianças de 4 anos se machucam! Ficam tentando andar, e três quartos do peso corporal delas está em suas cabeças enormes, então elas caem e batem nas coisas. Elas caem de brinquedos, caem de bicicletas. Acontece. Igual a bêbados. De todo modo, o pediatra estava certo: Jacob acabou superando essa fase. Todas essas coisas cessaram quando ele cresceu. Você está se martirizando, mas não há nada de que deva se sentir culpada, Laurie. Não fizemos nada errado.

— É justamente o que você costumava dizer. Você nunca quis admitir que algo estivesse fora do lugar. Ou talvez apenas jamais tenha visto. Quero dizer, não estou te culpando. Não foi culpa sua. Vejo isso agora. Compreendo com o que estava lidando, o que devia estar carregando dentro de você.

— Ah, não ponha a culpa nisso.

— Andy, deve ter sido um fardo.

— Não era. Nunca foi. Juro.

— Tudo bem, diga o que quiser. Mas você precisa pensar sobre a possibilidade de que não olhe para Jacob objetivamente. Você não é confiável. A Dra. Vogel precisa saber disso.

— *Eu* não sou confiável?

— Não, não é.

A Dra. Vogel observava calada. Ela conhecia minha história, é claro. Fora esse o motivo que nos levara a contratá-la, uma especialista em perversidade. Ainda assim, o assunto me constrangia. Fiquei em silêncio, envergonhado.

A psiquiatra disse:

— É verdade, Laurie? O comportamento de Jacob melhorou à medida que ele foi crescendo?

— Sim, de alguma forma. Quero dizer, estava *melhor*, com certeza. As crianças não se machucavam mais quando estavam perto dele. Mas ele continuava se comportando mal.

— Como?

— Bem, ele roubava. Sempre roubou, durante toda a infância. De lojas, da farmácia, até da biblioteca. Chegava a roubar de mim. Ia direto para a minha bolsa. Peguei-o roubando em lojas umas duas vezes quando era pequeno. Conversei com ele a respeito, mas não fez diferença. O que eu deveria fazer? Decepar as mãos dele?

Eu disse:

— Isto é completamente injusto. Você não está sendo justa com Jacob.

— Por quê? Estou sendo honesta.

— Não, está sendo honesta quanto ao que *sente*, porque Jacob está com problemas e você se sente responsável de alguma maneira, por isso está relendo a vida dele com todas essas coisas terríveis que simplesmente não existiam. Quero dizer, de verdade: ele roubou da sua bolsa? E daí? Você apenas não está apresentando à doutora um quadro preciso. Estamos aqui para falar sobre o julgamento do caso de Jacob.

— E?

— E qual é a relação entre pequenos roubos em lojas e homicídios? Qual é a diferença se ele pegou uma barra de chocolate ou uma caneta ou algo na farmácia? O que isso tem a ver com Ben Rifkin ser brutalmente morto a facadas? Você está amontoando essas coisas como se pequenos furtos e um homicídio sangrento fossem a mesma coisa. Não são.

A Dra. Vogel disse:

— Acho que o que Laurie está descrevendo é um padrão de desrespeito às regras. Ela está sugerindo que Jacob, seja qual for o motivo, não parece conseguir permanecer dentro dos limites aceitáveis de comportamento.

— Não. Isto é um sociopata.

— Não.

— O que está descrevendo...
— Não.
— ... é um sociopata. É o que está dizendo? Jacob é sociopata?
— Não. — A Dra. Vogel ergueu as mãos. — Não falei isso, Andy. Não usei essa palavra. Estou aqui tentando somente obter um quadro completo de Jacob. Não cheguei a nenhuma conclusão sobre coisa alguma. Minha mente está totalmente aberta.

Laurie falou, sincera e grave:
— Acho que Jacob pode ter problemas. Pode ser que precise de ajuda.

Encarei-a boquiaberto, balancei a cabeça.
— Ele é nosso filho, Andy. É nossa responsabilidade cuidar dele.
— É o que estou tentando fazer.

Os olhos de Laurie cintilaram, mas nenhuma lágrima surgiu. Ela já chorara a sua dose. Aquele era um pensamento que ela estivera guardando dentro de si havia algum tempo, trabalhando-o, chegando a esta conclusão terrível. *Acho que Jacob pode ter problemas.*

A Dra. Vogel falou, com uma compaixão traiçoeira:
— Laurie, você tem dúvidas quanto à inocência de Jacob?

Laurie secou os olhos e sentou-se ereta, com as costas rígidas.
— Não.
— Tem certeza?
— Sim. Ele não seria capaz daquilo. Uma mãe conhece o filho. Jacob não seria capaz daquilo.

A psiquiatra concordou com a cabeça, aceitando a afirmação mesmo que não acreditasse plenamente nela. Mesmo, diga-se de passagem, que não acreditasse que Laurie acreditasse nela.

— Doutora, seria incômodo se eu lhe fizesse uma pergunta? *Você acha que cometi erros? Havia ali algum padrão que não percebi? Havia algo mais que eu pudesse ter feito, se eu fosse uma mãe melhor?*

A médica hesitou por apenas um instante. Na parede acima dela, duas máscaras africanas uivavam.

— Não, Laurie. Não creio que tenha feito absolutamente nada de errado. Honestamente, acho que deve parar de se punir. Caso houvesse algum padrão, caso houvesse algum meio de prever que Jacob trilhava rumo ao perigo, não vejo como qualquer pai poderia ter percebido. Não baseado no que me contou até agora. Muitas crianças têm os mesmos tipos de problemas que Jacob teve e isso não significa absolutamente nada.

— Fiz o melhor que pude.

— E saiu-se bem, Laurie. Não faça isso consigo mesma. Andy não está errado: o que descreveu até agora? Você fez o que qualquer mãe teria feito. Fez o melhor para seu filho. É tudo que qualquer um pode pedir.

Laurie ergueu a cabeça, mas havia uma certa fragilidade nela. Era como observar minúsculas rachaduras finas como linhas de costura começarem a se espalhar e fissurar. A Dra. Vogel aparentou também perceber aquela qualidade frágil, mas não tinha como saber quanto tal fragilidade era inteiramente nova. Quanto Laurie já mudara. Você precisaria realmente conhecer Laurie e estimá-la para perceber o que estava acontecendo. Durante uma época, minha esposa lia tão constantemente que segurava um livro com a mão esquerda e escovava os dentes com a direita; agora, nunca pegava um livro, era incapaz de manter a concentração ou até mesmo o interesse. Antes, ela tinha um jeito de manter o foco na pessoa com quem estivesse falando, o que fazia com que a pessoa se sentisse a mais cativante na sala; agora, os olhos dela vagavam a esmo e ela própria parecia não estar na sala. Suas roupas, o cabelo, a maquiagem, tudo era um pouco errado, um pouco descombinado e desajeitado. A qualidade que sempre a fizera brilhar — um otimismo jovial, ávido — começara a desvanecer. Mas, é claro, você precisaria tê-la conhecido antes para ser capaz de ver o que Laurie perdera. Eu era o único na sala que compreendia o que estava acontecendo com ela.

Ainda assim, ela não estava sequer próxima da rendição.

— Fiz o melhor que pude — anunciou com uma determinação repentina e nada convincente.

— Laurie, conte-me agora sobre Jacob. Como ele é?

— Hum. — Ela sorriu ao pensar nele. — Ele é muito esperto. Muito engraçado, muito charmoso. Bonito. — Laurie efetivamente chegou a ruborizar um pouco com a palavra *bonito*. Amor de mãe é amor, afinal de contas. — Ele gosta de computadores, ama equipamentos eletrônicos, videogames, música. Lê muito.

— Algum problema de temperamento de caráter violento?

— Não.

— Você estava nos contando que Jacob tinha problemas com violência na fase pré-escolar.

— Eles cessaram assim que entrou no jardim de infância.

— Estou apenas me perguntando se você ainda tem alguma preocupação quanto a isso. Ele ainda se comporta de um modo que lhe incomode ou preocupe?

— Ela já disse que não, doutora.

— Bem, quero explorar isso um pouco mais profundamente.

— Está tudo bem, Andy. Não, Jacob nunca mais foi violento. Eu até gostaria que ele se expressasse *mais*. Ele pode ser muito difícil quanto a se comunicar. É difícil interpretar o que está pensando. Jacob não fala muito. Fica ruminando. É muito introvertido. Não é apenas tímido; quero dizer, ele guarda os sentimentos, sua energia é toda voltada para dentro. É muito distante, muito reservado. Ele suprime as emoções fortes. Mas não, não é violento.

— Ele tem outras formas de se expressar? Música, amigos, esportes, clubes, qualquer coisa?

— Não. Ele não é muito de se juntar aos outros. E tem apenas poucos amigos. Derek e mais uns dois.

— Namoradas?

— Não, é novo demais para isso.

— É mesmo?

— Não é?

A médica deu de ombros.

— De todo modo, Jacob não é perverso. Pode ser muito crítico, cáustico, sarcástico. Ele é cínico. Quatorze anos e já é cínico! Ele não tem experiência suficiente para ser cínico, tem? Ele não tem bagagem para isso. Talvez seja apenas pose. As crianças de hoje são assim. Maliciosas, irônicas.

— Soam como qualidades desagradáveis.

— É mesmo? Não é a minha intenção. Jacob é apenas complicado, eu acho. É temperamental. Você sabe, gosta de ser o garoto com raiva, o garoto "ninguém entende merda nenhuma a meu respeito".

Aquilo era demais.

Ralhei:

— Laurie, deixa de besteira, todo adolescente é assim, o garoto furioso, o garoto "ninguém entende merda nenhuma a meu respeito". Deixa disso! O que acaba de descrever é todo adolescente na Terra. Não é uma criança; é um código de barras.

— Talvez. — Laurie baixou a cabeça. — Não sei. Sempre achei que talvez Jacob devesse consultar um psiquiatra.

— Você *nunca* disse que ele precisava consultar um psiquiatra!

— Eu não falei que disse. Falei que me perguntava se seria a coisa certa a se fazer, apenas para que ele tivesse alguém com quem conversar.

A Dra. Vogel rosnou:

— Andy.

— Bem, não posso só ficar aqui sentado!

— Tente. Estamos aqui para ouvirmos uns aos outros, para nos apoiarmos mutuamente, e não para discutir.

— Olhe — falei exasperado. — Já é o bastante. Toda a premissa desta conversa é a de que Jacob deve responder por algo, explicar. Isto simplesmente não é verdade. Aconteceu algo horrível, certo? Horrível. Mas não é nossa culpa. Certamente, não é culpa de Jake. Sabe, estou sentado aqui escutando e pensando: sobre que diabos estamos falando? Jacob não teve nada a ver com Ben Rifkin ter sido morto, nada, mas estamos todos aqui conversando sobre Jake como se ele fosse alguma espécie de aberração ou monstro ou algo do gênero. Ele não é nada disso. É apenas um garoto comum. Tem suas falhas, como todos os outros garotos, mas não teve nada a ver com aquilo. Lamento, mas alguém aqui precisa defender Jacob.

Dra. Vogel:

— Andy, em retrospecto, o que *você* pensa sobre todas as crianças que se machucaram quando estavam perto de Jacob? Todas as crianças caindo de brinquedos e sofrendo acidentes com bicicletas? Foi tudo azar? Coincidência? O que pensa a respeito disso?

— Jacob tinha muita energia; seu jeito de brincar era bruto demais. Reconheço isso. Foi algo com que tivemos de lidar quando ele era criança. Mas era tudo. Quero dizer, tudo aconteceu antes de Jake entrar no jardim de infância. No jardim de infância!

— E a raiva? Não acha que Jacob tem um problema com raiva?

— Não, não acho. As pessoas ficam com raiva. Não é um *problema*.

— Tenho aqui um relatório da pasta de Jacob que diz que ele abriu um buraco socando a parede do próprio quarto. Vocês precisaram chamar um pedreiro. Aconteceu recentemente, no verão passado. É verdade?

— Sim, mas... como obteve isso?

— Jonathan.

— Isso era somente para a defesa de Jacob!

— Que é o que estamos fazendo aqui, preparando a defesa dele. É verdade? Ele abriu um buraco na parede com um soco?

— Sim. E daí?

— E daí que pessoas geralmente não abrem buracos nas paredes com socos, ou abrem?

— Às vezes abrem, sim.

— Você abre?

Respiração profunda.

— Não.

— Laurie acredita que você possa ter um ponto cego em relação à possibilidade de Jacob ser... violento. O que acha disso?

— Ela pensa que estou em um estado de negação.

— E está?

Balancei a cabeça de um jeito teimoso, melancólico, como um cavalo balançando reagindo a uma rédea apertada.

— Não. Exatamente o contrário. Sou hiperalerta quanto a esse tipo de coisa; sou hiperconsciente. Quero dizer, você conhece minha história. Toda a minha vida... — Respiração profunda. — Entenda, você sempre fica preocupado quando crianças se machucam; mesmo que seja um acidente, você jamais quer ver algo assim. E sempre fica preocupado quando seu filho se comporta de maneira... perturbadora. Portanto, sim, eu estava ciente dessas coisas, estava preocupado. Mas conhecia

Jacob, conhecia meu filho, e o amava e acreditava nele. E ainda sinto o mesmo. Permanecerei do lado dele.

— Todos permaneceremos do lado dele, Andy. Isso é totalmente injusto! Eu também o amo. Não tem nada a ver com isso.

— Jamais disse que você não ficaria, Laurie. Você me ouviu dizer que não o ama?

— Não, mas você sempre procura se proteger com isso: *eu o amo*. É claro que ama. Ambos o amamos. Estou apenas dizendo que é possível amar seu filho e ainda assim ver as falhas dele. Você *deve* ver as falhas dele. Do contrário, como pode ajudá-lo?

— Laurie, ouviu-me ou não falar que você não o amava?

— Andy, não é disso que estou falando! Você não está me escutando!

— Estou escutando! Apenas não concordo com você. Você está descrevendo uma imagem de Jacob como sendo violento e temperamental e... e perigoso, baseando-se em nada, e eu apenas discordo. Mas, quando discordo, você diz que estou sendo desonesto. Ou "não confiável". Está me chamando de mentiroso.

— Eu *não* chamei você de mentiroso! Nunca chamei você de mentiroso.

— Não, não usou a palavra.

— Andy, ninguém está atacando você. Não há nada de errado em admitir que seu filho pode precisar de um pouco de ajuda. Isso não diz nada sobre você.

O comentário foi uma baionetada. Pois *é claro* que Laurie estava falando de mim. A coisa toda era completamente sobre mim. Eu era a razão, a única razão, que a levara a imaginar que nosso filho poderia ser perigoso. Se ele não fosse um Barber, ninguém jamais teria analisado tão minuciosamente sua infância em busca de indícios de problemas.

Mas permaneci calado. Que sentido fazia? Não havia defesa por ser um Barber.

A Dra. Vogel falou com cautela:

— Bem, talvez devamos apenas parar por aqui. Não tenho certeza de que seria produtivo continuarmos. Isto não é fácil para ninguém, eu compreendo. Realizamos algum progresso. Podemos tentar de novo semana que vem.

Abaixei o olhar para meu colo, evitando os olhos de Laurie, envergonhado, apesar de não estar absolutamente certo do quê.

— Permitam-me fazer a ambos uma última pergunta. Talvez consigamos encerrar por hoje em um tom mais feliz, certo? Portanto, imaginemos por um momento que este caso passe. Presumam que em poucos meses o caso será arquivado e Jacob estará livre para fazer o que bem entender e ir para onde quiser. Será simplesmente como se o caso jamais tivesse ocorrido. Sem qualificações, sem sombras remanescentes, absolutamente nada. Agora, se isso acontecesse, onde veriam seu filho daqui a dez anos? Laurie?

— Uau. Simplesmente não consigo pensar desta forma. Estou apenas superando um dia após o outro, entende? Dez anos são... difíceis demais de imaginar.

— Certo, eu compreendo. Mas tente, apenas como um exercício mental. Onde vê seu filho daqui a dez anos?

Laurie ponderou. Ela sacudiu a cabeça.

— Não consigo. Nem gosto de pensar a respeito. Simplesmente não consigo vislumbrar nada de bom. Penso constantemente na situação de Jacob, doutora, *constantemente*, e não vejo como esta história pode ter um final feliz. Pobre Jacob. Eu apenas *tenho esperanças*, entende? É tudo que posso fazer. Mas se penso sobre quando ele for mais velho e não estivermos mais aqui? Não sei, apenas tenho esperanças de que ele fique bem.

— Isso é tudo?

— É tudo.

— Certo, e quanto a você, Andy? Se o caso desaparecesse, onde você veria Jacob daqui a dez anos?

— Se ele for considerado inocente?

— Isso mesmo.

— Vejo-o feliz.

— Feliz, certo.

— Talvez com alguém, uma esposa que o faça feliz. Talvez como pai. Com um filho.

Laurie mudou de posição.

— Mas com toda esta porcaria adolescente deixada para trás. Toda a autocomiseração, o narcisismo. Se Jacob tem uma fraqueza, é não possuir a disciplina necessária. Ele é... autoindulgente. Não possui a... não sei... a resiliência.

Dra. Vogel:

— Resiliência para fazer o quê?

Laurie olhou-me de lado, curiosa.

Todos ouvimos a resposta em nossas mentes, imagino, até a Dra. Vogel: *a resiliência para ser um Barber*.

— Para crescer — declarei com a voz fraca. — Para ser adulto.

— Como você?

— Não. Não como eu. Jake precisa fazer isso do próprio jeito, eu sei. Não sou um daqueles pais.

Puxei os cotovelos em direção ao meu colo, como que tentando me espremer através de uma passagem estreita.

— Jacob não possui o tipo de disciplina que você tinha quando criança?

— Não, não possui.

— Por que isso tem importância, Andy? A quê ele está ficando mais resistente? Ou contra o quê?

As duas mulheres trocaram um olhar, o mais breve toque entre os olhos. Estavam me estudando, juntas, entendendo-se mutuamente. Julgando-me *não confiável*, nas palavras de Laurie.

— Vida — murmurei. — Jacob precisa ser mais resiliente para enfrentar a vida. Assim como toda criança.

Laurie inclinou-se para a frente, cotovelos apoiados nos joelhos, e pegou a minha mão.

13 | 179 dias

Depois da catástrofe da detenção da Jacob, todo dia era de uma urgência insuportável. Uma ansiedade triste e constante instalou-se. Em alguns aspectos, as semanas que seguiram à prisão foram piores do que o evento em si. Todos contávamos os dias, acho. O julgamento de Jacob estava agendado para 17 de outubro, e a data tornou-se uma obsessão. Era como se o futuro, o qual anteriormente medíamos em função da extensão de nossas vidas, como todos fazem, agora tivesse um ponto final específico. O que quer que existisse além do julgamento era, para nós, inimaginável. Tudo — o universo inteiro — terminaria em 17 de outubro. Tudo que podíamos era fazer a contagem regressiva dos 179 dias que faltavam até a data. Aquilo era algo que eu não compreendia quando era como você, quando nada jamais acontecera comigo: como era mais fácil suportar os grandes momentos do que os momentos intermediários, os não eventos, a espera. O grande drama da detenção de Jacob, sua acusação no tribunal, e daí em diante — apesar do quanto foram ruins, passaram rapidamente e estavam encerrados. O sofrimento real vinha quando ninguém estava olhando, durante aqueles 179 longos dias. As tardes ociosas em uma casa silenciosa, quando a preocupação nos engolia em silêncio. A intensa consciência do tempo, o peso dos minutos que passavam, a sensação estonteante e alucinante de que os dias eram ao mesmo tempo muito poucos e muito longos. No final, estávamos ansiosos pelo julgamento, ainda que somente porque não conseguíamos suportar a espera. Era como uma vigília.

Certa noite, em maio — 28 dias depois da detenção, faltando ainda 151 —, estávamos os três sentados à mesa de jantar.

Jacob estava emburrado. Raramente levantava os olhos do prato. Mastigava a comida fazendo barulho, como uma criança pequena, emitindo sons molhados, chapinhantes, hábito que mantinha desde pequeno.

— Não entendo por que precisamos fazer isso toda noite — disse ele de repente.

— Fazer o quê?

— Termos, tipo, um grande jantar com todos sentados à mesa, como se fosse uma festa ou algo parecido. Somos apenas nós três.

Laurie explicou, e não pela primeira vez:

— É muito simples, na verdade. É o que as famílias fazem. Sentam-se e jantam juntas, apropriadamente.

— Mas somos só nós.

— E daí?

— E daí que, tipo, todas as noites você passa todo esse tempo cozinhando para *três pessoas*. Depois nos sentamos e comemos durante, tipo, 15 minutos. Depois temos que perder ainda mais tempo lavando toda a louça, o que nem mesmo *teríamos* que fazer se as pessoas em geral não dessem tanta importância a isso toda noite.

— Não é tão ruim. Não vejo você lavando muita louça, Jacob.

— A questão não é esta, mãe. É apenas desperdício. Poderíamos simplesmente comer uma pizza ou comida chinesa ou qualquer outra coisa e tudo estaria encerrado em 15 minutos.

— Mas não quero que tudo termine em 15 minutos. Quero desfrutar o jantar com a minha família.

— Você realmente *quer* perder uma hora toda noite?

— Eu preferiria duas horas. Aceito o que consigo obter.

Ela abriu um sorriso malicioso, bebericou um pouco d'água.

— Nunca demos importância ao jantar antes.

— Bem, agora damos.

— Sei por que realmente está fazendo isso, mãe.
— É? Por quê?
— Para que eu não fique deprimido. Você acha que, se eu tiver um jantar agradável em família toda noite, meu caso simplesmente vai desaparecer.
— Bem, com certeza não penso isso.
— Ótimo, porque ele não vai desaparecer.
— Apenas desejo que isso suma durante um tempo, Jacob. Apenas uma hora por dia. Isto é realmente tão horrível?
— É! Porque não funciona. Piora as coisas. É, tipo, quanto mais você finge que tudo está tão normal, mais me lembra do quanto as coisas *não* estão normais. Quero dizer, veja isso. — Ele meneou os braços ao redor, pasmado com o jantar *haimish* antiquado que Laurie preparara: torta de frango, vagem, limonada e uma vela cilíndrica decorando o centro da mesa. — É um normal *falso*.
— Como camarões VG — disse eu.
— Andy, silêncio. Jacob, o que quer que eu faça? Nunca estive nesta situação. O que uma mãe deve fazer? Diga-me e farei.
— Não sei. Se quiser evitar que eu fique deprimido, dê-me drogas, e não... empadão de frango.
— Receio estar totalmente sem drogas no momento.
— Jake — falei entre garfadas —, Derek provavelmente poderia conseguir para você.
— Isso ajuda muito, Andy. Jacob, já lhe ocorreu alguma vez que a razão pela qual preparo o jantar todas as noites e a razão pela qual não permito que coma diante da TV e a razão pela qual não deixo que fique em pé na cozinha jantando num pote, ou que deixe de jantar totalmente e fique lá em cima no seu quarto jogando videogame, seja por *minha* causa? Talvez isso seja tudo para mim, e não para você. Isso também não é fácil para mim.
— Porque você não acha que serei absolvido.
— Não.
O telefone tocou.
— Sim! Quero dizer, *obviamente*. Do contrário, você não precisaria contar cada jantar.

— Não, Jacob. É porque quero a minha família ao meu redor. Quando as coisas estão difíceis, é o que as famílias fazem. Elas se reúnem, e todos se apoiam mutuamente. Nem tudo gira em torno de você, sabe? *Você* também precisa estar presente para *mim*.

Houve um momento de silêncio. Jacob parecia impassível em seu narcisismo adolescente egocêntrico; ele simplesmente não conseguia pensar em uma resposta adequadamente mordaz.

O telefone tocou outra vez.

Laurie deu a Jacob um olhar contrariado — sobrancelhas erguidas, queixo contraído —, depois levantou para atender o telefone, apressando-se um pouco para alcançá-lo antes do quarto toque, quando a secretária eletrônica interceptaria a ligação.

Jacob parecia alerta. Por que a mãe está atendendo o telefone? Já tínhamos aprendido a não atender aos chamados. Jacob sabia, certamente, que a ligação não era para ele. Os amigos o abandonaram totalmente. De todo modo, ele nunca usara muito o telefone. Considerava-o invasivo, desconfortável, arcaico, ineficiente. Qualquer amigo que quisesse falar com Jake simplesmente lhe enviava uma mensagem de texto ou conversava com ele pelo Facebook. As novas tecnologias eram mais confortáveis porque eram menos íntimas. Jake preferia teclar a falar.

Senti um impulso instintivo de avisar a Laurie para não atender, mas me contive. Eu não queria estragar a noite. Queria apoiá-la. Aqueles jantares em família eram importantes para Laurie. Jacob estava essencialmente certo: ela queria preservar o máximo possível de normalidade. Presumivelmente, foi por isso que ela baixou a guarda: estávamos trabalhando para manter o comportamento de uma família normal, e famílias normais não têm medo do telefone.

Como um lembrete em código, perguntei:

— O que diz o identificador de chamadas?

— "Número não identificado."

Ela pegou o telefone, que estava na cozinha, no campo da visão da mesa da sala de jantar. As costas dela estavam voltadas para mim e Jacob. Ela disse "alô", depois ficou em silêncio. No decorrer dos poucos segundos seguintes, os ombros e as costas dela caíram em graus infinitesimais, quase de forma imperceptível. Era como se murchasse levemente enquanto ouvia.

Perguntei:

— Laurie?

Com a voz trêmula, ela disse para quem ligou:

— Quem é você? Onde conseguiu este número?

Mais tempo ouvindo.

— Não telefone de novo para cá. Está me ouvindo? Não ouse ligar novamente para cá. — Peguei delicadamente o telefone da mão dela e desliguei.

— Ah, meu Deus, Andy.

— Você está bem?

Ela assentiu.

Voltamos para a mesa e ficamos sentados em silêncio por um momento.

Laurie pegou um garfo e colocou um pedacinho de frango na boca. Seu rosto estava rígido, o corpo ainda murcho e com os ombros curvos.

— O que ele disse? — perguntou Jacob.

— Apenas jante, Jacob.

Eu não conseguia alcançá-la sobre a mesa. Tudo o que pude oferecer foi uma expressão de preocupação.

— Você poderia ligar de volta para ele. Basta discar asterisco 69 — sugeriu Jacob.

— Vamos apenas desfrutar do nosso jantar — disse Laurie. Ela pegou outro pedacinho e mastigou rapidamente, depois se sentou absolutamente imóvel.

— Laurie?

Ela limpou a garganta, murmurou "com licença" e deixou a mesa.

Ainda faltavam 151 dias.

14 | Interrogatório

Jonathan:
— Conte-me a respeito da faca.

Jacob:
— O que quer saber?

— Bem, a promotoria dirá que a comprou porque estava sendo vítima de *bullying*. Dirão que este é seu motivo. Mas disse aos seus pais que a comprou sem ter um motivo.

— Não disse que a comprei sem ter um motivo. Disse que a comprei porque a queria.

— Sim, mas *por que* a queria?

— Por que você queria esta gravata? Você tem um motivo para tudo que compra?

— Jacob, uma faca é um pouco diferente de uma gravata, não é?

— Não. Tudo são apenas coisas. É como nossa sociedade funciona: você passa todo esse tempo trabalhando por dinheiro para que possa trocá-lo por coisas, depois...

— E agora você não está mais com ela?

— ... depois você vai e trabalha por *mais* dinheiro para que possa trocá-lo por *mais* coisas...

— Jacob, você não está mais com a faca?

— Não. Meu pai a pegou.

— Está com a faca, Andy?
— Não. Eu não estou mais com ela.
— Livrou-se dela?
— Era perigosa. Não era uma faca apropriada para um garoto. Não era um brinquedo. Qualquer pai teria...
— Andy, não estou lhe acusando de nada. Estou apenas tentando confirmar o que ocorreu.
— Desculpe-me. Sim, joguei-a fora.

Jonathan concordou com a cabeça mas não ofereceu comentário algum. Estávamos sentados em torno da mesa redonda de carvalho no escritório dele, a única sala de Jonathan grande o bastante para acomodar toda a nossa família. A jovem sócia, Ellen, também estava presente, rabiscando anotações diligentemente. Ocorreu-me que estava lá para testemunhar a conversa com o propósito de proteger Jonathan, e não de nos ajudar. Ele estava criando um registro apenas para o caso de se desentenderem com os clientes e haver uma discordância em relação ao que lhe fora dito.

Laurie observava com as mãos dobradas no colo. Sua compostura, antes tão natural, agora exigia mais esforço para ser mantida. Ela falava um pouco menos, envolvia-se um pouco menos naquelas sessões de estratégia jurídica. Era como se guardasse energia para o esforço constante de simplesmente evitar desmoronar.

Jacob estava emburrado. Cutucava a superfície da mesa com a unha, seu orgulho pateta de adolescente ferido pela falta de entusiasmo de Jonathan por seus *insights* quanto aos rudimentos do capitalismo.

Jonathan acariciou sua barba curta, absorto nos próprios pensamentos.

— Mas você tinha a faca no dia em que Ben Rifkin foi assassinado?
— Sim.
— Você estava com ela no parque naquela manhã?
— Não.
— Você estava com ela quando saiu de casa?
— Não.
— Onde ela estava?

— Em uma gaveta no meu quarto, como sempre.
— Tem certeza?
— Tenho.
— Bem, quando saiu para a escola, houve algo de incomum em relação àquela manhã?
— Quando saí? Não.
— Seguiu o trajeto habitual para a escola? Através do parque?
— Sim.
— Portanto, o local onde Ben foi morto ficava no meio do caminho que normalmente percorre através do parque?
— Acho que sim. Na verdade, não tinha pensado nisso desta forma.
— Antes de encontrar o corpo, você viu ou ouviu algo enquanto caminhava pelo parque?
— Não. Eu estava apenas caminhando e de repente lá estava ele, deitado.
— Descreva-o. Como estava deitado logo que o viu?
— Estava apenas deitado. Estava, tipo, deitado sobre a barriga em um, tipo, pequeno declive, em um monte de folhas.
— Folhas secas ou molhadas?
— Molhadas.
— Tem certeza?
— Acho que sim.
— Acha? Ou está deduzindo?
— Na verdade, não me lembro muito bem desta parte.
— Então por que respondeu à pergunta?
— Não tenho certeza.
— A partir de agora, responda com honestidade absoluta, tudo bem? Se a resposta exata for "Eu não sei", diga isso, certo?
— Certo.
— Então você vê um corpo estirado no chão. Havia algum sangue?
— Não vi nenhum naquele instante.
— O que fez ao se aproximar do corpo?
— Eu meio que o chamei pelo nome. Tipo "Ben, Ben. Você está bem?". Algo assim.

— Então você o reconheceu de imediato?
— Sim.
— Como? Achei que ele estivesse deitado com o rosto para baixo com a cabeça no pé de um declive e você estivesse olhando para baixo, do alto.
— Acho que apenas reconheci, tipo, as roupas dele, o visual dele.
— Visual?
— É. Tipo, a aparência dele.
— Tudo que conseguia ver eram as solas dos tênis de Ben.
— Não, conseguia ver mais que isso. Você simplesmente sabe, entende?
— Muito bem, portanto você encontra o corpo e diz "Ben, Ben". E depois?
— Bem, ele não respondeu e não estava se mexendo, então deduzi que deveria estar muito machucado, por isso meio que desci até ele para ver se estava bem.
— Você pediu ajuda?
— Não.
— Por que não? Você tinha um telefone celular?
— Tinha.
— Então você encontra a vítima de um homicídio sangrento e tem um telefone no bolso, mas não lhe passa pela cabeça chamar a emergência?
Jonathan foi cuidadoso ao fazer todas as perguntas em um tom curioso, como se estivesse apenas tentando decifrar a coisa toda. Era um interrogatório, mas não hostil. Não claramente hostil.
— Você tem algum conhecimento de primeiros socorros?
— Não, apenas achei que deveria ver se ele estava bem primeiro.
— Ocorreu-lhe que um crime fora cometido?
— Sim, eu acho, mas eu não tinha certeza absoluta. Poderia ter sido um acidente. Como se ele apenas tivesse caído ou algo parecido.
— Caído onde? Por quê?
— Por nada. Estou apenas dizendo.
— Então você não tinha razão para achar que ele teria apenas caído?
— Não. Você está distorcendo as coisas.

— Estou apenas tentando compreender, Jacob. Por que não pediu alguma ajuda? Por que não chamou seu pai? Ele é advogado, trabalha para a promotoria... Ele saberia o que fazer.

— É só que... Não sei, não pensei nisso. Era uma espécie de emergência. Eu não estava, tipo, *preparado* para aquilo. Não sabia o que deveria fazer.

— Certo, o que aconteceu depois?

— Meio que desci o declive e me agachei ao lado dele.

— Ajoelhou-se, é o que quer dizer?

— Acho que sim.

— Nas folhas molhadas?

— Não sei, talvez tenha ficado de pé.

— Você ficou de pé. Portanto, estava olhando para ele de cima para baixo, certo?

— Não. Não me lembro exatamente. Dito desta maneira, acho que provavelmente eu estava apoiado em um joelho.

— Derek viu você alguns minutos depois na escola e não disse nada sobre suas calças estarem molhadas ou enlameadas.

— Acho que devo ter ficado de pé, então.

— Pois bem, de pé. Portanto, está de pé sobre ele, olhando-o de cima para baixo. E depois?

— Como disse, meio que o virei para ver como ele estava.

— Antes disso, falou qualquer coisa com ele?

— Acho que não.

— Você vê um colega de turma caído de bruços, inconsciente, e apenas o vira sem dizer nenhuma palavra?

— Não. Quero dizer, talvez tenha dito algo, não tenho certeza absoluta.

— No momento em que estava de pé sobre Ben na base do declive, você viu qualquer evidência de um crime?

— Não.

— Havia uma longa trilha de sangue descendo toda a colina, deixada pelos ferimentos de Ben. Você não reparou?

— Não. Quero dizer, eu estava, tipo, surtando, entende?

— Surtando como? O que isso quer dizer, exatamente?

— Não sei. Eu estava, tipo, entrando em pânico.

— Entrando em pânico por quê? Você disse que não sabia o que ocorrera, não sabia que ocorrera um crime. Pensara que pudesse ter sido um acidente.

— Eu sei, mas aquele garoto estava apenas deitado ali. Era simplesmente uma situação assustadora.

— Quando Derek viu você apenas poucos minutos depois, você não estava surtando.

— Não, eu estava. Apenas não demonstrei. Estava surtando por dentro.

— Muito bem. Então você está de pé sobre o corpo. Ben já está morto. Ele sangrou de três ferimentos no peito e há um rastro de sangue conduzindo colina abaixo até o corpo, mas você não viu *nenhum* sangue e não teve a menor ideia do que aconteceu. E está surtando, mas apenas por dentro. E depois?

— Parece que não acredita em mim.

— Jacob, permita-me lhe contar uma coisa: não importa se acredito em você. Sou seu advogado, não sua mãe ou seu pai.

— É, mas ainda assim. Eu realmente não gosto de como está fazendo com que tudo isto soe. Esta é minha história, certo? E você está fazendo com que pareça que estou mentindo.

Laurie, que não falara durante toda a reunião, disse:

— Por favor, já chega, Jonathan. Lamento. Apenas pare, por favor. Já mostrou aonde quer chegar.

Jonathan se interrompeu repentinamente, disciplinado.

— Muito bem, Jacob, sua mãe tem razão. Talvez seja melhor mesmo pararmos aqui. Não quero incomodá-lo. Mas quero que reflita sobre uma coisa. Toda esta sua história pode ter parecido boa quando a contou dentro de sua cabeça, sozinho no seu quarto. Mas as coisas tendem a soar diferentes sob interrogatório. E juro a você que o que estamos fazendo aqui é moleza perto do que Neal Logiudice fará com você caso venha a depor. Eu estou do *seu* lado; Logiudice não. Sou também um cara legal; já Logiudice... bem, ele tem um trabalho a fazer. Agora, acho que o que está prestes a me contar é que, diante daquele corpo caído de bruços com sangue escorrendo de três ferimentos no peito, você de alguma maneira conseguiu enfiar o braço por baixo do corpo de modo que conseguisse deixar uma única impressão digital do polegar *dentro* do agasalho de Ben... mas, quando puxou o braço de volta, não havia nenhum vestígio de sangue nele, de forma que, quando apareceu na escola alguns minutos depois, ninguém pensou que houvesse nada de errado. Agora, se você fosse um jurado, o que pensaria desta história?

— Mas é verdade. Não os detalhes... Você me confundiu nos detalhes. Ele não estava deitado, tipo, totalmente de bruços, e não era como se o sangue estivesse jorrando por todos os lados. Simplesmente não foi assim. Isto é apenas você, sabe, jogando. Estou contando a verdade.

— Jacob, lamento ter irritado você. Mas não estou jogando.

— Juro por Deus, é a verdade.

— Tudo bem. Entendo.

— Não. Está me chamando de mentiroso.

Jonathan não respondeu. É, obviamente, o último recurso de um mentiroso desafiar seu inquisidor a chamá-lo diretamente de mentiroso. Pior, havia uma rispidez na voz de Jacob. Poderia ter sido o indício de uma ameaça ou poderia ter sido um menino aterrorizado à beira das lágrimas.

Eu disse:

— Jake, está tudo bem. Jonathan tem um trabalho a fazer.

— Eu sei, mas ele não acredita em mim.

— Está tudo bem. Ele será seu advogado, acreditando ou não em você. Advogados de defesa são assim. — Pisquei um olho para Jacob.

— E quanto ao meu julgamento? Como eu vou testemunhar?

— Não vai — declarei. — Você não vai chegar nem perto do banco de testemunhas. Ficará sentado na mesa da defesa e só se levantará para ir para casa à noite.

Jonathan intrometeu-se delicadamente:

— Creio que isto seja sábio.

— Mas como contarei a minha história?

— Jacob, não sei se tem ouvido a si próprio nos últimos minutos. Você não pode depor.

Jonathan disse:

— Não precisamos apresentar uma defesa. Não temos nenhum ônus. O ônus é inteiramente da acusação. Atacaremos o caso deles a cada rodada, Jacob, até que não reste mais nada dele. Esta é a nossa defesa.

— Pai?

Hesitei.

— Não tenho certeza de que será o bastante, Jonathan. Não podemos apenas ficar rebatendo suavemente as acusações de Logiudice. Ele possui a impressão digital, tem a testemunha que coloca uma faca na mão de Jacob. Precisaremos fazer mais. Precisaremos dar *algo* aos jurados.

— E o que sugere que eu faça, Andy?

— Apenas acho que talvez devamos considerar apresentar uma defesa real, afirmativa.

— Eu adoraria. O que tem em mente? Até onde posso ver, todas as provas apontam em uma direção.

— E quanto a Patz? O júri deveria ao menos *ouvir* a respeito dele. Daremos a eles o verdadeiro assassino.

— O verdadeiro assassino? Ah, caramba. Como provamos isso?

— Contrataremos um detetive para investigar o assunto.

— Qual assunto? Patz? Não há nada ali. Quando você estava na promotoria, tinha a polícia estadual, todos os departamentos de polícia locais, o FBI, a CIA, a KGB, a NASA.

— Sempre tivemos menos recursos do que vocês da defesa imaginavam.

— Talvez. Mas você tinha mais do que tem agora, e nunca descobriu nada. O que um detetive particular fará que uma dezena de investigadores da polícia estadual não conseguiu fazer?

Fiquei sem resposta.

— Olhe, Andy, sei que *você* compreende que a defesa não tem nenhum ônus da prova. Você sabe, mas não estou inteiramente certo de que acredita nisso. É assim que se joga do outro lado. Não escolhemos nossos clientes, não podemos simplesmente abandonar um caso se não houver provas. Portanto, este é o nosso caso. — Ele gesticulou para os documentos à sua frente. — Jogamos com as cartas que recebemos. Não temos escolha.

— Então, precisamos encontrar algumas cartas novas.
— Onde?
— Não sei. Nas nossas mangas.
— Percebo — disse Jonathan com a voz arrastada — que está vestindo uma camisa de mangas curtas.

15 | Brincando de detetive

No Starbucks do Newton Centre, Sarah Groehl se conectou a um MacBook. Ao me ver, desviou a atenção do computador, inclinando a cabeça para a esquerda e depois para a direita a fim de remover os fones de ouvido, do mesmo modo que as mulheres fazem quando tiram os brincos. Ela olhou para mim com um ar de sono, piscando os olhos, despertando de um transe induzido pela web.

— Oi, Sarah. Estou incomodando?
— Não, eu estava apenas... Não sei.
— Posso falar com você?
— Sobre o quê?
Olhei para ela: *Vamos lá.*
— Podemos ir para outro lugar, se quiser.

Ela não respondeu de imediato. As mesas estavam muito próximas umas das outras e as pessoas fingiam não estar ouvindo, respeitando a etiqueta dos cafés. Mas o constrangimento normal de ter uma conversa ao alcance dos ouvidos dos outros era multiplicado pela infâmia da minha família e pelo próprio constrangimento de Sarah. Ela estava constrangida por ser vista comigo. Poderia também estar com medo de mim, depois de tudo que ouvira. Com tanto a considerar, ela parecia incapaz de responder. Sugeri que nos sentássemos no banco do parque do outro lado da rua, onde imaginei que se sentiria segura sob a vista dos outros, mas fora do alcance dos ouvidos deles, e ela curvou a cabeça para tirar a franja da testa, descobrindo os olhos, e respondeu que tudo bem.

— Posso lhe pagar outro café?

— Não bebo café.

Sentamos lado a lado no banco de ripas verdes no outro lado da rua. Sarah manteve-se totalmente ereta. Não era gorda, mas não era suficientemente magra para a camiseta apertada que usava. Um pequeno pneu escapava acima de seu short — uma "pochete", os garotos chamavam assim sem constrangimento. Pensei que poderia ser um bom par para Jacob quando tudo aquilo terminasse.

Eu segurava meu copo de papel da Starbucks. Perdera o interesse por ele, mas não havia onde jogá-lo agora. Girei-o nas mãos.

— Sarah, estou tentando descobrir o que realmente aconteceu com Ben Rifkin. Preciso encontrar o cara que realmente fez aquilo.

Ela me olhou de esguelha demoradamente, com um ar cético.

— O que quer dizer por "o cara que realmente fez aquilo"?

— Jacob não é culpado. Pegaram o cara errado.

— Pensava que esse não fosse mais o seu trabalho. Está brincando de detetive?

— É meu trabalho como pai, agora.

— Tudo *bem*. — Ela sorriu maliciosamente e abanou a cabeça.

— Parece loucura dizer que ele é inocente?

— Não, acho que não.

— Acho que talvez você também saiba que Jacob é inocente. As coisas que disse...

— Eu nunca disse *isso*.

— Sarah, você sabe que nós, adultos, na verdade não temos a mínima ideia do que está acontecendo nas vidas de vocês. Como poderíamos? Mas alguém precisa se abrir um pouquinho conosco. Alguns de vocês precisam ajudar.

— Já ajudamos.

— Não o bastante. Não percebe, Sarah? Um amigo seu irá para a prisão por um crime que não cometeu.

— Como posso saber que não o cometeu? Não é justamente essa, tipo, toda a questão? Tipo, como qualquer um pode saber? Inclusive você.

— Bem, você acha que ele é culpado?

— Não sei.

— Portanto, tem dúvidas.

— Apenas disse que não sei.

— Eu sei, Sarah. Entende? Faço isso há muito tempo e sei: Jacob não cometeu o crime. Juro a você. Ele não o cometeu. Ele é completamente inocente.

— É claro que acha isso. Você é o pai dele.

— Sou, é verdade. Mas não sou apenas o pai dele. Há provas, Sarah. Você não as viu, mas eu sim.

Sarah olhou-me com um pequeno sorriso condescendente, e por um breve instante ela era a adulta e eu a criança tola.

— Não sei o que quer que eu diga, Sr. Barber. O que *eu* sei? Não é como se eu fosse íntima de nenhum dos dois, Jacob ou Ben.

— Sarah, foi você quem me disse para olhar no Facebook.

— Não fui eu.

— Certo, bem, digamos apenas se... *se* você fosse a pessoa que me disse para olhar no Facebook. Por que faria isso? O que queria que eu encontrasse?

— Certo, não estou dizendo que tenha sido eu quem lhe contou nada, tudo bem?

— Tudo bem.

— Porque não quero estar, tipo, envolvida, certo?

— Certo.

— Foi só que, você sabe, havia uns boatos circulando e achei que você deveria saber o que os garotos estavam dizendo. Porque ninguém parecia saber, entende? Tipo, ninguém no comando. Sem querer ofender, mas todos vocês pareciam meio perdidos. Os garotos sabiam. Diziam que Jacob tinha uma faca, e Jake e Ben haviam brigado. Mas vocês perambulavam por aí totalmente perdidos. Na verdade, Jake sofria, tipo, *bullying* de Ben há muito tempo, entende? Não quer dizer que isso transforme ninguém em um assassino, certo? Mas era apenas, tipo, algo que achei que vocês deveriam saber.

— Então Ben implicava com Jake?
— Por que simplesmente não pergunta a Jake? Ele é seu filho.
— Já perguntei. Ele jamais mencionou que Ben praticava *bullying*. Tudo que me diz é que estava tudo bem, que não tinha problemas com Ben ou com qualquer outra pessoa.
— Certo, então talvez... Não sei, quero dizer, talvez eu simplesmente esteja errada.
— Ah, vamos lá, você não acha que está errada, Sarah. Por que estavam implicando com Jake?
Ela deu de ombros.
— Escute, não é como se fosse algo tão importante. Todos sofrem abusos. Bem, não exatamente abusos... provocações, certo? Vejo como seus olhos se iluminam quando digo "abusos", como se fosse uma grande coisa. Adultos adoram falar sobre *bullying*. Tivemos todas aquelas aulas de treinamento sobre *bullying* e tudo o mais.
Ela balançou a cabeça.
— Certo, então não abusos... provocações. Por quê? Estavam provocando-o por quê?
— O de sempre: ele é gay, é um *geek*, é um perdedor.
— Quem dizia isso?
— Só uns garotos. Todo mundo. Não era nada de mais. Acontece durante um tempo, depois passa para o garoto seguinte.
— Ben estava provocando Jacob?
— Sim, mas não era tipo, *só* o Ben. Não me interprete mal, mas Jacob não é exatamente parte da galera popular.
— Não? De qual galera ele é?
— Não sei. Ele não pertence realmente a nenhum grupo. É apenas uma espécie de nada. É difícil de explicar. Jacob é tipo um *geek* legal, eu diria, só que, tipo, isso não existe. Isso faz sentido?
— Não.
— Bem, tipo assim, não existem os atletas? Ele definitivamente não é um deles. E não existem os garotos inteligentes? Só que ele também não é inteligente o bastante para ser um deles. Quero dizer, ele é inteligente, certo? Mas não é *tão* inteligente. É como, tipo, você precisa ter alguma *coisa*, entende? Precisa tocar um instrumento ou fazer parte de

algum time ou participar de uma peça ou seja lá o que for, ou tipo ser étnico ou lésbica ou retardado ou alguma coisa... não que haja nada de errado com essas coisas. É só que, tipo, se você não tiver nenhuma dessas coisas, então é apenas, tipo, um daqueles garotos, sabe? Tipo, apenas um garoto comum, e ninguém sabe do que chamar você... Você não é nada, mas não de uma maneira *ruim*. E isso é mais ou menos, tipo, como Jacob era, entende? Ele era apenas um garoto normal. *Isso* faz sentido?

— Perfeitamente.

— De verdade?

— Sim. E o que é *você*, Sarah? Qual é a sua "coisa"?

— Não tenho nenhuma. Igual a Jacob. Não sou nada.

— Mas não de uma maneira ruim.

— Isso mesmo.

— Bem, não quero dar uma de Cliff Huxtable aqui, mas não acho que você não seja nada.

— Quem é Cliff Huxtable?

— Deixe para lá.

No outro lado da rua, pessoas olhavam de relance para nós quando entravam ou saíam do Starbucks, apesar de não ficar claro se estavam me reconhecendo ou não. Talvez eu estivesse paranoico.

— Só quero dizer, tipo — ela procurou as palavras —, acho realmente legal o que está tentando fazer. Tipo, tentando provar que Jacob é inocente e tudo o mais. Você parece um pai realmente bom. Só que Jacob não é como você. Sabe disso, não sabe?

— Não? Por quê?

— É só, tipo, o jeito dele... Ele é meio quieto. Ele é muito tímido. Não estou dizendo que seja um mau garoto. Quero dizer, de jeito *nenhum*. Mas não tem muitos amigos, entende? Ele tem, tipo, um pequeno círculo? Tipo Derek e aquele garoto, Josh? (Aquele garoto é totalmente esquisito, diga-se de passagem, quero dizer, tipo, totalmente louco.) Mas, na verdade, Jacob não tem muitos amigos, tipo, entre seus conhecidos. Quero dizer, acho que ele gosta que seja assim, entende? O que está tudo bem, *totalmente bem*. Não estou dizendo nada. É só que, tipo, deve haver muita coisa acontecendo lá dentro, na... você sabe, lá dentro. Eu apenas... não sei se ele é feliz.

— Ele parece infeliz para você, Sarah?

— Sim, um pouco. Mas, quero dizer, todos são infelizes, certo? Quero dizer, às vezes?

Não respondi.

— Você precisa conversar com Derek. Derek Yoo. Ele sabe mais sobre tudo isso do que eu.

— Neste instante, estou conversando com você, Sarah.

— Não, fale com Derek. Não quero me envolver, entende? Derek e Jacob são muito íntimos, tipo, desde bem pequenos. Tenho certeza de que Derek pode lhe dizer mais do que eu. Quero dizer, tenho certeza de que ele vai *querer* ajudar Jacob. Ele é, tipo, o melhor amigo de Jacob.

— E por que *você* não quer ajudar Jacob, Sarah?

— Mas eu quero. É só que realmente não sei como. Não sei o bastante. Mas Derek sabe.

Eu queria dar um tapinha na mão dela, ou então no ombro ou algo parecido, mas aquele tipo de contato paternal desaparecera entre nós. Portanto, inclinei meu copo de papel na direção dela em uma espécie de brinde e disse:

— Há algo que sempre perguntávamos quando encerrávamos uma entrevista no meu antigo emprego: há qualquer coisa que você ache que eu deva saber sobre a qual eu não tenha perguntado? Qualquer coisa?

— Não. Não que eu consiga imaginar.

— Tem certeza?

Ela ergueu o dedo mindinho.

— Juro.

— Certo, Sarah, obrigado. Sei que Jacob provavelmente não é o garoto mais popular no momento, e acho que foi muito corajoso de sua parte conversar comigo desta maneira.

— Não é coragem. Se fosse coragem, eu não o faria. Não sou uma pessoa corajosa. É mais, tipo, eu gosto de Jake. Quero dizer, não sei sobre o caso e tudo o mais, mas eu gostava de Jake, entende, tipo *antes*. Ele era um bom garoto.

— É. Ele é um bom garoto.

— É. Certo.

— Obrigado.
— Sabe de uma coisa, Sr. Barber? Aposto que teve um pai muito bom. Porque, você sabe, você é um pai muito bom, então aposto que teve um bom pai que, tipo, ensinou a você. Estou certa?
Nossa, aquela garota não lia os jornais?
— Não exatamente — respondi.
— Não exatamente, mas quase?
— Não tive pai.
— Padrasto?
Balancei a cabeça.
— Todos têm pai, Sr. Barber. Exceto, tipo, Deus, ou algo parecido.
— Eu não, Sarah.
— Ah. Bem, então talvez isto seja, tipo, uma coisa *boa*. Apenas, tipo, remova totalmente os pais da equação.
— Talvez. Provavelmente eu não sou o melhor cara a quem fazer esta pergunta.

Os Yoo moravam em uma das ruas labirínticas e sombrias atrás da biblioteca, perto da escola primária onde todas as crianças se conheceram. A casa era pequena e arrumada, no estilo colonial, branca com persianas pretas e com a entrada no centro, e localizava-se em um pequeno terreno. Um proprietário anterior construíra um abrigo de tijolos ao redor da porta da frente, o qual se destacava da fachada branca da construção como uma boca vermelha de batom. Lembrei-me das ocasiões em que nos apertamos sob a pequena cobertura quando Laurie e eu visitávamos os Yoo durante os meses de inverno. Aquilo fora quando Jacob e Derek estavam nos primeiros anos do ensino fundamental. Nossas famílias se davam bem na época. Foi numa fase em que os pais dos amigos de Jacob tenderam a se tornar nossos amigos também. Costumávamos alinhar outras famílias como peças de quebra-cabeça, pai com pai, mãe com mãe, criança com criança, para ver se encontrávamos uma combinação. Os Yoo não eram uma combinação perfeita para nós — Derek tinha uma irmã chamada Abigail, três anos mais nova que os garotos —, mas a amizade entre nossas famílias fora conveniente durante algum tempo. Que os encontrássemos menos agora não era resultado de um rompimento. Nossos filhos simplesmente cresceram e não precisavam mais de nós. Eles socializavam entre si agora, e não restara muito da amizade familiar para fazer com que qualquer um dos casais procurasse o outro. Ainda assim, eu sentia que éramos amigos, mesmo agora. Fui ingênuo.

Foi Derek quem atendeu a porta quando toquei. Ele congelou. Apenas me encarou boquiaberto com seus grandes olhos castanhos e melosos até que, finalmente, eu disse:

— Oi, Derek.

— Oi, Andy.

Os filhos dos Yoo sempre chamaram a mim e Laurie pelos primeiros nomes, uma prática permissiva com a qual eu nunca propriamente me acostumara e a qual, dadas as circunstâncias, me irritava ainda mais.

— Posso falar um minuto com você?

Novamente, Derek pareceu incapaz de formular qualquer tipo de resposta. Ele ficou me encarando.

Da cozinha, o pai de Derek, David Yoo, gritou:

— Derek, quem é?

Ouvi uma cadeira raspar contra o chão da cozinha. David Yoo apareceu no saguão e, com a mão firme atrás do pescoço de Derek, puxou o próprio filho, afastando-o da porta.

— Olá, Andy.

— Oi, David.

— Há algo que possamos fazer por você?

— Eu apenas queria conversar com Derek.

— Conversar sobre o quê?

— Sobre o caso. O que aconteceu. Estou tentando descobrir quem realmente cometeu o crime. Jacob é inocente, você sabe. Estou ajudando na preparação para o julgamento.

David concordou com a cabeça, compreensivo.

A esposa dele, Karen, saiu da cozinha e cumprimentou-me brevemente, e todos ficaram de pé na entrada da casa, como um retrato de família.

— Posso entrar, David?

— Não creio que seja uma boa ideia.
— Por que não?
— Estamos na lista de testemunhas, Andy. Não acho que devamos falar com ninguém.
— Isto é ridículo. Estamos na América... vocês podem falar com quem quiserem.
— O promotor nos disse que não falássemos com ninguém.
— Logiudice?
— Isso mesmo. Ele disse, não falem com ninguém.
— Bem, ele se referia a repórteres. Ele não queria vocês por aí fazendo declarações conflitantes. Ele está apenas pensando no depoimento. Estou tentando descobrir a verda...
— Não foi o que ele disse, Andy. Ele disse: "Não falem com ninguém."
— Sim, mas ele não pode dizer isso. Ninguém pode dizer que não falem com ninguém.
— Lamento.
— David, trata-se do meu *filho*. Você conhece Jacob. Conhece ele desde criança.
— Sinto muito.
— Bem, posso ao menos entrar para conversarmos sobre isso?
— Não.
— Não?
— Não.
Nossos olhares se encontraram.
— Andy — disse ele —, este é o tempo que temos para passar em família. Realmente não aprecio sua presença.
Ele se moveu para fechar a porta. A esposa impediu-o, segurando a beira da porta, implorando a ele com os olhos.
— Por favor, não volte aqui — disse David Yoo para mim. Ele acrescentou, sem entusiasmo: — Boa sorte.
Ele removeu a mão de Karen da porta e fechou-a delicadamente, e pude ouvi-lo passando a corrente do trinco.

16 | Testemunha

Fui recebido na porta do apartamento dos Magrath por uma mulher atarracada de rosto redondo, com o cabelo preto crespo e alisado. Vestia calças *legging* pretas e uma camiseta grande demais com uma mensagem igualmente enorme estampada na frente: *Não me venha com atitude, tenho a minha própria*. A frase ocupava seis linhas inteiras, atraindo meus olhos para o sul, do peito balançante até a barriga flácida, jornada da qual ainda me arrependo.

Perguntei:
— Matthew está?
— Quem quer saber?
— Represento Jacob Barber.
Um olhar inexpressivo.
— O homicídio no parque Cold Spring.
— Ah. Você é advogado dele?
— Pai, na verdade.
— Já estava na hora. Eu começava a pensar que aquele garoto estava completamente sozinho no mundo.
— Como assim?
— É que estivemos esperando que alguém aparecesse por aqui. Já se passaram semanas. Onde estão os policiais?

— Posso apenas... Matthew Magrath está? Ele é seu filho, presumo?
— Você realmente não é policial?
— Juro que não.
— Agente da condicional?
— Não.

Ela colocou a mão na cintura, enfiando-a sob a pequena saia de gordura que a circulava.

— Eu gostaria de perguntar a ele sobre Leonard Patz.
— Eu sei.

O comportamento da mulher era tão estranho — não somente suas respostas enigmáticas, mas o jeito esquisito com o qual me olhava — que demorei a entender o que dizia sobre Patz.

— Matt está aqui? — repeti, ansioso por me livrar dela.
— Está. — Ela abriu a porta. — Matt! Tem alguém aqui querendo ver você.

Ela entrou de volta no apartamento, arrastando os pés como se tivesse perdido o interesse por tudo. O apartamento era pequeno e apertado. Por mais chique que possam ser os arredores de Newton, ainda há cantos que trabalhadores conseguem bancar. Os Magrath moravam em um pequeno apartamento de dois quartos em uma casa revestida de vinil branco subdividida em quatro unidades. Acabara de anoitecer, e a luz no interior era fraca. Passava um jogo do Red Sox em uma enorme televisão antiga de tubo. Diante da TV havia uma poltrona mostarda mosqueada, sobre a qual a senhora Sra. Magrath deixou seu corpo desabar.

— Gosta de beisebol? — perguntou ela sobre o ombro. — Porque eu gosto.
— Claro.
— Sabe contra quem estão jogando?
— Não.
— Achei que tivesse dito que gostasse de beisebol.
— Estava com outras coisas na cabeça.
— É contra os Blue Jays.
— Ah. Os Blue Jays. Como pude esquecer?

— Matt! — berrou ela. Depois, para mim: — Ele está lá dentro com a namorada fazendo Deus sabe o quê. Kristin, este é o nome da namorada. A garota não me disse duas palavras somando todas as vezes que esteve aqui. Trata-me como se eu fosse um monte de merda. Só quer sair com Matt como se eu nem existisse. Ele também. Só quer ficar com a Kristin. Não têm tempo para mim, nenhum deles.

Concordei com a cabeça.

— Ah.

— Como conseguiu meu nome? Pensei que vítimas de abuso sexual fossem mantidas em sigilo.

— Eu trabalhava no gabinete da promotoria.

— Ah, é, isso mesmo, eu sabia disso. Você é o cara. Li sobre você nos jornais. Então viu o arquivo inteiro?

— Vi.

— Então sabe sobre esse cara, Leonard Patz? O que fez com meu filho?

— Sei. Parece que ele o acariciou na biblioteca.

— Ele o apalpou no saco.

— Bem, o... certo, ali também.

— Matt!

— Se este for um momento inadequado...

— Não. Está com sorte por encontrá-lo aqui. Geralmente, ele sai com a namorada e nunca o vejo. O horário estabelecido para que chegue em casa é 20h30, mas ele não dá a mínima. Simplesmente sai. O agente da condicional de Matt sabe tudo a respeito. Acho que posso lhe contar isso, não posso, que ele tem um agente de condicional? Não sei o que fazer com ele. Não sei mais o que dizer a ninguém, entende? O Departamento de Serviços para os Jovens ficou com ele durante um tempo, depois o mandaram de volta. Mudei-me de Quincy para cá para que ele não ficasse rodeado pelos amigos, que não eram boas companhias. Então vim para cá, porque pensei que o ajudaria, sabe? Tente encontrar um apartamento que possa ser subsidiado pelo governo nesta cidade. *Putz.* Quanto a mim, não me importa onde *eu* more. Não faz diferença para mim. Então, sabe de uma coisa? Sabe o que ele me diz agora? Depois de ter feito tudo isso por ele? Ele diz: "Ah, você mudou, mãe. Agora que mora em Newton acha que é chique. Usa óculos chiques, roupas chiques, acha que é como as pessoas de Newton." Sabe por que uso estes óculos? — Ela pegou os óculos de uma mesa ao lado do apoio para o braço da poltrona. — Porque não enxergo! Só que agora ele me enlouqueceu tanto que não uso óculos nem mesmo na minha própria casa. Usava os mesmos óculos em Quincy e ele não dizia nada. É como se, não importe o que eu faça por ele, nunca seja o bastante.

— Não é fácil ser mãe — arrisquei.

— Ah, bem, ele diz que não me quer mais como mãe. Diz isso toda hora. Sabe por quê? Acho que é porque sou gorda, porque não sou atraente. Não tenho um corpo magro como Kristin e não vou à academia e meu cabelo não é bonito. Não posso evitar essas coisas! É assim que eu sou! Mas ainda sou a mãe dele! Sabe do que ele me chama quando fica com raiva? De merda gorda. Imagine dizer algo assim para sua mãe, chamá-la de merda gorda. Faço tudo pelo garoto, tudo. E ele alguma vez me agradece? Alguma vez me diz "ah, eu te amo, mãe, obrigado"? Não. Apenas me diz: "Preciso de dinheiro." Pede dinheiro e digo a ele: "Não tenho nenhum dinheiro para te dar, Matty." E ele diz: "Por favor, mãe, nem umas duas pratas?" E digo a ele que preciso do dinheiro para comprar para ele todas as coisas de que ele gosta, como o casaco do Celtics que ele precisava ter, por 150 pratas, e feito uma otária eu vou e compro para ele, apenas para deixá-lo feliz.

A porta do quarto foi aberta e Matt Magrath saiu, descalço, vestindo apenas *shorts* de ginástica Adidas e uma camiseta.

— Mãe, dá um tempo, por favor. Está deixando o cara apavorado.

Os relatórios policiais do caso de atentado ao pudor de Leonard Patz descreviam a vítima como tendo 14 anos, mas Matt Magrath aparentava ser alguns anos mais velho. Era bonito, de queixo quadrado, com uma postura relaxada, de quem sabe tudo.

A namorada, Kristin, seguiu-o pela porta do quarto. Não era tão bonita quanto Matt. Tinha um rosto magro, boca pequena, sardas, peito chato. Usava uma camisa de gola larga que pendia de um lado, revelando um ombro leitoso e uma alça de sutiã cor de lavanda com ar de *vamp*. Percebi no mesmo instante que aquele garoto não se importava com ela. Senti pena da menina antes mesmo que ela atravessasse totalmente a porta do quarto. Aparentava ter 13 ou 14 anos. Quantos homens machucariam seu coração até que ela chegasse ao fim da linha?

— *Você* é Matthew Magrath?

— Sou. Por quê? Quem é você?

— Quantos anos você tem, Matthew? Qual é sua data de nascimento?

— Dezessete de agosto de 1992.

Fui distraído por um instante ao pensar a respeito: 1992. Como soava recente, o quanto eu já avançara na minha própria vida. Em 1992, eu já era advogado havia oito anos. Laurie e eu tentávamos conceber Jacob, em ambos os sentidos.

— Você ainda não completou 15 anos.

— E daí?

— E daí, nada. — Olhei de relance para Kristin, que me observava com os olhos semicerrados, como deveria fazer uma *bad girl*. — Vim lhe fazer algumas perguntas sobre Leonard Patz.

— Len? O que quer saber?

— "Len"? É assim que o chama?

— Às vezes. Quem é você mesmo?

— Sou pai de Jacob Barber. O garoto acusado pelo homicídio no parque Cold Spring.

— É. — Ele concordou com a cabeça. — Imaginei que fosse algo do gênero. Pensei que fosse um policial ou algo assim. O jeito como estava olhando para mim. Como se eu tivesse feito algo errado.

— *Você* acha que fez algo errado, Matt?

— Não.

— Então não há nada com que se preocupar, não é mesmo? Não importa se eu for ou não um policial.

— E quanto a ela? — Ele inclinou a cabeça na direção da garota.

— O que tem ela?

— Não é um crime se você fizer sexo com uma garota e ela for, tipo, jovem demais... Isso não é, tipo, como é que chamam mesmo?

— Estupro de vulnerável.

— Isso. Só que não se aplica se eu também for jovem demais, certo? Tipo, se *dois* jovens fazem sexo, você sabe, entre si, e *ambos* estão abaixo da idade determinada e estão trepando um com o outro...

A mãe arfou:

— Matt!

— A idade para consentimento em Massachusetts é 16 anos. Se duas crianças de 14 anos fazem sexo, ambos estão cometendo estupro.

— Quer dizer que estão se estuprando um ao outro?

— Tecnicamente, sim.

Ele deu um olhar conspiratório para Kristin.

— Quantos anos você tem, garota?

— Dezesseis — disse ela.

— Meu dia de sorte.

— Eu não iria tão longe, filho. O dia ainda não terminou.

— Sabe de uma coisa? Acho que seria melhor eu não falar com você, sobre Len ou qualquer outra coisa.

— Matt, não sou um policial. Não me importo com a idade de sua namorada, não me importo com o que faça. Só me importa Leonard Patz.

— Você é o pai daquele garoto. — Um toque do sotaque de Boston: *pah*.

— Sou.

— Seu filho não fez aquilo, você sabe.

Aguardei. Meu coração começou a bater mais forte.

— Foi Len.

— Como sabe disso, Matt?

— Apenas sei.

— *Como* sabe? Pensei que fosse a vítima em um caso de atentado ao pudor. Não sabia que conhecia... Len.

— Bem, é complicado.

— É mesmo?

— É. Lenny e eu somos amigos, mais ou menos.

— Ele é o tipo de amigo que você denuncia à polícia por um atentado violento ao pudor?

— Serei honesto com você. Por que o denunciei? Lenny nunca fez aquilo.

— Não? Então por que o denunciou?

Um pequeno sorriso.

— É complicado.
— Ele agarrou você ou não?
— Sim, agarrou.
— Sendo assim, o que é complicado?
— Ei, sabe de uma coisa? Não me sinto realmente confortável com isso. Não acho que deveria estar falando com você. Tenho o direito de permanecer em silêncio. Acho que seguirei em frente e vou recorrer, sacou?
— Você tem o direito de permanecer calado diante da polícia. Não sou um policial. A Quinta Emenda não se aplica a mim. Nesta sala, neste instante, não existe a Quinta Emenda.
— Eu poderia ter problemas.
— Matt... filho. Escute. Sou um homem muito paciente. Mas você está começando a testar a minha paciência. Estou começando a sentir — respiração profunda — raiva, Matt, entende? Sentir isso não é algo que me agrade. Portanto, vamos parar de brincar aqui, combinado?

Senti a enormidade do corpo que me abriga. O quanto eu era maior que aquele garoto. Senti como se estivesse expandindo, ficando grande demais para caber na sala.

— Caso saiba algo sobre o homicídio no parque Cold Spring, Matt, irá me contar. Porque, filho, você não tem ideia do que tenho passado.
— Não quero falar na frente delas.
— Ótimo.

Fechei a mão em torno da parte superior do braço do garoto e a torci — mas não a torci nem um pouco perto dos limites da minha força naquele instante, pois sentia a facilidade com a qual conseguiria separar aquele braço do corpo dele torcendo apenas um pouco mais forte, como poderia arrancá-lo, pele, músculo e osso —, e o conduzi ao quarto da mãe, o qual era mobiliado, memoravelmente, com uma mesa de cabeceira feita com duas caixas de leite empilhadas e viradas de ponta cabeça e uma montagem de fotografias de astros de cinema recortadas de revistas e coladas à parede com fita adesiva. Fechei a porta e parei diante dela com os braços cruzados. Tão rapidamente quanto surgira, a adrenalina já recuava dos meus braços e ombros, como se meu corpo sentisse que a crise já passara do auge, o garoto já cedera.

— Conte-me sobre Leonard. De onde o conhece?

— Leonard abordou-me certa vez no McDonald's, tipo, todo sebento e patético, e perguntou se eu não queria nada, tipo um hambúrguer ou alguma outra coisa. Disse que compraria para mim o que eu quisesse se eu apenas comesse com ele, tipo, apenas sentar à mesa com ele. Eu sabia que ele era bicha, mas se queria me pagar um Big Mac, por que deveria me importar? Sei que *eu* não sou gay, então de que me importava? Então eu disse tudo bem, e estávamos comendo, com ele tentando ser o máximo, como se fosse um cara legal, como se fosse meu amigo, e ele me perguntou se eu queria conhecer o apartamento dele. Ele disse que tinha um monte de DVDs lá e que poderíamos assistir a um filme ou fazer outra coisa. Mas eu sabia o que ele queria, então falei diretamente que não faria nada com ele, mas, caso tivesse algum dinheiro, poderíamos chegar a um acordo. Foi quando ele me revelou que me daria 50 pratas se pudesse, tipo, tocar nas minhas partes ou alguma outra coisa, tipo, por cima das minhas calças. Eu disse que poderia se me desse 100 pratas. Então, ele me deu o dinheiro.

— Ele deu 100 pratas para você?

— Deu. Só, tipo, para tocar na minha bunda e coisas assim.

O garoto bufou diante do preço que extorquira por algo tão sem importância.

— Prossiga.

— Bem, depois disso, ele ficou dizendo que queria continuar fazendo aquilo. Para isso, iria me dar 100 pratas todas as vezes.

— E o que você fez para ele?

— Nada. Juro.

— Vamos lá, Matt. Por 100 pratas?

— É verdade. Tudo que fiz foi deixá-lo tocar na minha bunda e, tipo... na frente.

— Você tirou alguma peça de roupa?

— Não. Fiquei vestido o tempo todo.

— Todas as vezes?

— Todas as vezes.

— Quantas vezes foram?

— Cinco?

— Quinhentas pratas?
— Isso mesmo. — O garoto riu com escárnio outra vez. Grana fácil.
— Ele colocou a mão dentro das suas calças?
Hesitação.
— Uma vez.
— Uma vez?
— Verdade. *Uma vez*.
— Isso se repetiu durante quanto tempo?
— Algumas semanas. Ele disse que não tinha condições de pagar mais.
— E o que aconteceu na biblioteca?
— Nada. Jamais fui à biblioteca. Nem sei onde fica.
— Então por que o denunciou?
— Ele disse que não queria mais me pagar. Que não gostava de pagar, que não deveria pagar se éramos, tipo, amigos. Falei para ele que, se não me pagasse, faria uma denúncia contra ele. Eu sabia que ele estava em liberdade condicional, sabia que estava na lista de criminosos sexuais. Se fosse pego violando a condicional, iria para a prisão. Até ele sabia disso.
— E ele não queria pagar?
— Pagou alguma coisa. Ele veio para mim e disse, tipo, "pagarei metade a você". Então respondi: "Você vai me pagar *tudo*." Ele tinha a grana. Ele tem muito dinheiro. De todo modo, não é como se eu *quisesse*. Mas preciso de *dinheiro*, entende? Quero dizer, veja só este lugar. Sabe como é não ter dinheiro? É, tipo, você não pode *fazer* nada.
— Então você o estava extorquindo. E daí? O que isto tem a ver com o parque Cold Spring?
— Esta foi toda a razão para ele, tipo, me largar. Ele disse que havia um garoto mais velho de quem gostava, algum garoto que caminhava pelo parque de manhã perto de seu apartamento.
— Que garoto?
— O que foi assassinado.
— Como sabe que se trata do mesmo garoto?
— Porque Leonard disse que tentaria encontrá-lo. Ele estava, tipo, vigiando o garoto. Tipo, caminhando pelo parque de manhã tentando

encontrá-lo. Ele até sabia o nome do garoto. Chamava-se Ben. Ele disse que tentaria falar com ele. Ficava dizendo essas coisas antes do que aconteceu. Nem cheguei a pensar nada sobre aquilo até o garoto ser morto.

— O que Leonard disse sobre ele?

— Disse que ele era lindo. Foi esta a palavra que usou: "lindo".

— O que faz você achar que ele poderia ser violento? Ele ameaçou você alguma vez?

— Não. Está brincando? Eu foderia com ele. É simples assim. Lenny é um pouco frouxo. É por isso que gosta de garotos, porque é um cara grandalhão mas deduz que os garotos sejam menores.

— Então por que ser violento com Ben Rifkin se o encontrou no parque?

— Não sei. Eu não estava lá. Mas sei que Lenny tinha uma faca e a carregava quando achava que poderia encontrar outras pessoas, porque dizia que às vezes, você sabe, quando você é bicha e aborda o cara errado, isso pode ser ruim.

— Você viu a faca?

— Vi, ele estava com ela no dia em que o conheci.

— Como ela era?

— Apenas, não sei, era uma faca.

— Como uma faca de cozinha?

— Não, era mais uma faca de combate, imagino. Tinha, tipo, serra. Quase a tomei dele. Era bem legal.

— Por que nunca contou a ninguém sobre isso? Sabia que aquele garoto foi assassinado.

— Também estou em condicional. Não posso realmente contar a ninguém que estava, tipo, tirando dinheiro dele ou, tipo, que menti quanto a ele ter me agarrado na biblioteca. É tipo um crime.

— Pare de dizer "tipo". Não é *tipo* um crime. É um crime.

— Isso. Exatamente.

— Matt, quanto tempo você esperaria até contar isto a alguém? Permitiria que meu filho fosse condenado por um crime que não cometeu apenas para não ficar constrangido por deixar um cara agarrar seu saco toda semana? Ficaria de boca fechada enquanto enviavam meu filho para Walpole?

O garoto não respondeu.

A raiva que eu sentia agora era meio que antiga, familiar. Uma raiva simples, virtuosa e calmante que eu conhecia como uma velha amiga. Não estava com raiva daquele vagabundo metido a espertinho. A vida tende a punir idiotas como Matt Magrath, mais cedo ou mais tarde. Não, estava com raiva do próprio Patz, pois era um assassino — e o pior tipo de assassino, um assassino de crianças, categoria pela qual policiais e promotores nutrem especial desprezo.

— Deduzi que ninguém acreditaria em mim. Porque todo o meu problema era, tipo, eu não podia contar sobre o garoto que foi assassinado porque já havia mentido sobre toda a história da biblioteca. Portanto, caso falasse a verdade, eles apenas diriam: "Bem, você já mentiu uma vez. Por que deveríamos acreditar em você agora?" Sendo assim, falaria por quê?

Ele estava certo, é claro. Matt Magrath era a pior testemunha com a qual se poderia sonhar. Um mentiroso confesso, nenhum jurado jamais confiaria nele. O único problema, assim como no caso do garoto que gritava "lobo!", era que, por acaso, desta vez ele dizia a verdade.

17 | Não há nada de errado comigo!

O Facebook congelou a conta de Jacob, provavelmente por causa de alguma ordem judicial que obrigava o site a fornecer tudo o que ele havia postado. Contudo, com uma persistência suicida, ele abriu uma nova conta no Facebook sob o nome "Marvin Glasscock" e recomeçou a fazer amizades com os integrantes de seu círculo íntimo. Ele não manteve qualquer segredo quanto a isso, e fiquei furioso. Para minha surpresa, Laurie ficou do lado de Jacob.

— Ele está totalmente sozinho — disse ela. — Ele precisa de *pessoas*.

Tudo o que Laurie fazia — tudo o que sempre fez — foi ajudar o filho. Insistia que Jacob estava agora completamente isolado e que a "vida on-line" dele era uma parte tão necessária, integral e "natural" de como os garotos socializavam que seria cruel negar a ele até mesmo aquele contato humano mínimo. Lembrei-a de que o Povo de Massachusetts pretendia privá-lo de muito mais do que aquilo, até que, finalmente, concordamos em estabelecer alguns limites para a nova conta. Jacob não poderia alterar a senha, o que nos impediria o acesso e a possibilidade de editá-la; ele não deveria postar absolutamente nada nem mesmo remotamente relacionado ao caso; e estava estritamente proibido de postar fotos ou vídeos, pois seria impossível evitar que se disseminassem pela internet e poderiam ser facilmente mal interpretados. Com isso, teve início um jogo de gato e rato no qual uma criança normalmente inteligente se empenhava em fazer piadas sobre a própria situação em termos apenas suficientemente vagos para que o pai não censurasse o que escrevia.

Incluí nas minhas rondas matinais pela internet conferir o que Marvin Glasscock escrevera no Facebook na noite anterior. Todas as manhãs: primeira parada, Gmail, segunda, Facebook. Depois, pesquisar no Google por "Jacob Barber" em busca de notícias sobre o caso. Depois, se tudo estivesse bem, eu desaparecia na toca do coelho da internet durante alguns minutos para esquecer a furiosa tempestade de merda na qual me encontrava.

O que mais me impressionava em relação à reencarnação de meu filho no Facebook era que qualquer um estava disposto a "ser amigo" dele. No mundo real, ele não tinha amigos. Encontrava-se agora completamente sozinho. Ninguém jamais telefonava para ele ou o visitava. Ele fora suspenso da escola e, em setembro, a cidade seria obrigada a contratar um tutor para ele. A lei exigia. Laurie vinha negociando havia semanas com o departamento educacional, discutindo sobre o tutoreamento em casa a que Jake tinha direito. Nesse meio-tempo, ele parecia completamente sem amigos. Os mesmos garotos que estavam dispostos a se conectar on-line com Jacob recusavam-se a reconhecê-lo pessoalmente. Admito que foi apenas um punhado de garotos que aceitaram "Marvin Glasscock" em seus círculos on-line. Antes do assassinato de Rifkin, a rede de Jacob no Facebook — o número de garotos que liam os comentários escritos às pressas por Jacob, que por sua vez acompanhava os comentários deles — totalizava 474 contatos, a maioria colegas da escola, quase todos garotos sobre os quais eu jamais ouvira coisa alguma. Depois do homicídio, tinha apenas quatro, um dos quais era Derek Yoo. Pergunto-me se aqueles quatro, ou Jacob, jamais compreenderam propriamente que cada movimento que faziam on-line gerava um registro, cada tecla pressionada era registrada e armazenada em um servidor em algum lugar. Nada do que faziam na internet — nada — era privado. E, diferentemente de um telefonema, aquela era uma forma de comunicação escrita: estavam gerando uma transcrição de cada conversa. A web é o sonho de um promotor, um dispositivo de monitoração e gravação que ouve os segredos mais íntimos e sombrios, até os que jamais são ditos em voz alta. É melhor que uma escuta. É uma escuta implantada dentro das cabeças de todas as pessoas.

Era uma questão de tempo, é claro. Mais cedo ou mais tarde, teclando em seu laptop tarde da noite no transe de estar navegando na internet, em algum momento Jacob cometeria a merda de um deslize estúpido típico dos adolescentes. Aconteceu finalmente no meio de agosto. Cedo em uma manhã de domingo, fui checar a página de Marvin Glasscock no Facebook e deparei-me com uma fotografia de Anthony Perkins em *Psicose*, a famosa silhueta com uma faca erguida acima do ombro para esfaquear Janet Leigh no chuveiro, só que agora com o rosto de Jacob inserido nela com Photoshop — Jacob como Norman Bates. O rosto fora recortado de um retrato de Jacob, aparentemente tirado em uma festa. Mostrava-o sorrindo. Ele postara a fotomontagem com a legenda: "O que as pessoas pensam de mim." Os amigos responderam com os seguintes comentários: "Cara, parece até uma velha." "Ótimo trabalho. Deveria usá-la como uma nova foto para seu perfil." "*Wee-wee-wee* [Música de *Psicose*]." "Marvin Glasscock! Lá vem o cara com o derretedor total de rostos!!!"

Não apaguei a foto de imediato. Queria confrontar Jacob com ela. Carreguei o laptop para o andar de cima comigo, a máquina murmurando na minha mão.

Ele estava em seu quarto, ainda dormindo. Um de seus livros de literatura para jovens adultos estava aberto, páginas para baixo, na mesa de cabeceira. Invariavelmente, eram de ficção científica futurista ou fantasias militares sobre unidades ultrassecretas do exército com nomes como "Força Alfa" (nada de vampiros contemplativos para Jacob: não era escapista o *bastante*).

Eram cerca de 7 horas. As persianas estavam abaixadas, suavizando a luz no quarto.

Enquanto eu andava com passos pesados até o lado da cama, Jacob despertou e girou o corpo para olhar para mim. Sem dúvida, eu parecia zangado. Virei o computador para mostrar-lhe o monitor, a prova do crime que cometera.

— O que é isso?

Ele grunhiu, ainda não propriamente desperto.

— O que é isso?
— O quê?
— Isto!
— Não sei. Do que você está falando?
— Esta imagem no Facebook. De ontem à noite? Você a postou?
— É uma piada.
— Uma piada?
— É só uma piada, pai.
— Uma piada? O que há de errado com você?
— Precisa criar tanto caso...
— Jacob, sabe o que farão com esta imagem? Vão colocá-la diante do júri e sabe o que dirão? Que representa a consciência da culpa. É justamente esta a frase que usarão, *consciência da culpa*. Eles dirão: "É assim que Jacob Barber vê a si próprio. Psicopata. Quando se olha no espelho, este é o reflexo que vê: Norman Bates." Usarão incansavelmente a palavra *psicopata*, e erguerão esta imagem e o júri olhará para ela. Olharão para a foto e sabe de uma coisa? Jamais conseguirão esquecê-la, jamais conseguirão apagá-la totalmente de suas mentes. Ela irá se fixar dentro das cabeças deles. Irá afetá-los. Mexerá com eles, deixará uma mácula neles. Talvez não em todos, talvez não muito. Mas moverá a agulha apenas um pouquinho mais contra você. É assim que funciona. Foi o que você fez: deu isto a eles. Que puta presente você deu a eles. Um presente. Sem nenhum bom motivo. Se Logiudice descobrir, isto jamais será esquecido. Não consegue entender isto? Não sabe o que está em jogo, Jacob?
— Sim!
— Sabe o que querem fazer com você?
— É claro que sei.
— Então, por quê? Diga-me. Porque não faz o menor sentido. Por que você faria isto?
— Já disse, foi uma piada. Significa o contrário do que você está dizendo. É como as outras pessoas me veem. Não é como vejo a mim mesmo. Nem sequer é sobre mim.
— Ah. Bem, isto é perfeitamente racional. Você apenas estava sendo esperto e irônico. E, é claro, todos da promotoria e do júri também compreenderão. Nossa. Você é burro, por acaso?

— Não sou burro.
— Então, o que há de errado com você?
A voz de Laurie, atrás de mim:
— Andy! Chega.
Os braços dela estavam cruzados, olhos ainda sonolentos.
Jacob disse, tristonho:
— Não há nada de errado comigo.
— Então o que possuiu você para...
— Andy, pare.
— Por que, Jacob? Apenas me diga, por quê? — Minha raiva atingira o ápice. Ainda assim, sentia-me furioso o bastante para também disparar alguns petardos na direção de Laurie. — Posso perguntar isto a ele? Ou é demais?
— Foi só uma piada, pai. Podemos simplesmente apagá-la?
— Não! Não podemos simplesmente apagá-la. Aí é que está todo o problema! Ela não desaparece, Jacob. Podemos apagá-la, mas ela não desaparece. Quando seu amiguinho Derek procurar o promotor e lhe contar que você possui uma conta no Facebook chamada Melvin Glasscock ou seja lá o que for e que você postou esta imagem, tudo o que o promotor precisará fazer será conseguir uma ordem judicial e receber a imagem. O Facebook simplesmente a entregará a ele, absolutamente tudo. Estas coisas grudam em você. É como napalm. Você não pode fazer isso. Não pode fazer.
— Tudo bem.
— Não pode fazer esse tipo de coisa. Não agora.
— Tudo *bem*, já disse. Lamento ter feito isso.
— Não lamente. Lamentar não solucionará o problema.
— Andy, pare já. Está me assustando. O que quer que ele faça? Agora já está feito. Ele disse que sente muito. Por que continua dando sermão?
— Continuo com o sermão porque isto é importante!
— Já está feito. Ele cometeu um engano. Ele é um garoto. Por favor, acalme-se, Andy. Por favor.
Ela atravessou o quarto, tirou o laptop das minhas mãos — eu mal estava ciente de que ainda o segurava — e examinou atentamente a fo-

tografia. Ela segurava o laptop com uma das mãos em cada lateral, como uma bandeja de refeitório.

— Muito bem. — Ela deu de ombros. — Então vamos apenas apagar a foto e dar o caso por encerrado. Como a apago? Não vejo nenhum botão.

Peguei o laptop e vasculhei a página.

— Também não vejo nenhum. Jacob, como se faz para apagar este negócio?

Ele pegou o laptop e, agora sentado na beira da cama, clicou algumas vezes.

— Pronto. Já se foi.

Ele fechou o laptop, entregou-o de volta para mim, depois se deitou e se virou, voltando-nos as costas.

Laurie olhou-me como se *eu* fosse o maluco.

— Vou voltar para a cama, Andy.

Ela saiu do quarto com passos silenciosos, depois ouvi nossa cama ranger quando ela se deitou novamente. Laurie sempre fora de despertar cedo, mesmo aos domingos, até aquilo acontecer conosco.

Fiquei ali de pé por um instante, o computador agora ao meu lado, apoiado na coxa como um livro fechado.

— Desculpe por ter gritado.

Jacob fungou. Não consegui distinguir o que a fungada indicava, se ele estaria à beira das lágrimas ou furioso comigo. Mas ela atingiu algo em mim e fiquei sentimental. Lembrei-me de Jake bebê, nosso pequeno, precioso e lindo bebê louro de olhos arregalados. Que aquele garoto, aquela criança-homem, fosse a mesma pessoa que aquele bebê — foi algo que me ocorreu como uma nova ideia, algo que eu nunca soubera. O bebê não se tornara o garoto; o bebê *era* o garoto, a mesma criatura, imutado no âmago. Aquele era exatamente o mesmo bebê que eu segurara em meus braços.

Sentei-me na cama ao lado de Jacob e pousei a mão em seu ombro nu.

— Desculpe por ter gritado. Eu não deveria perder a cabeça. Só estou tentando cuidar de você. Sabe disso, não sabe?

— Vou dormir mais.

— Tudo bem.
— Apenas me deixe em paz.
— Certo.
— Certo, então vá embora.

Concordei com a cabeça, esfreguei o ombro dele algumas vezes, como se pudesse pressionar o pensamento para dentro dele através de sua pele, *eu te amo*, mas ele ficou ali deitado como uma rocha e levantei-me para partir.

A silhueta na cama disse:

— Não há nada de errado comigo. E sei exatamente o que farão comigo. Não preciso que me diga.

— Eu sei, Jake. Eu sei.

Depois, com a arrogância e a inconsequência de uma criança, Jacob adormeceu.

18 | O gene assassino, revisitado

Certa manhã de terça-feira, quando o final do verão se aproximava, Laurie e eu nos sentamos no consultório da Dra. Vogel para nosso encontro semanal sob os olhares daquelas máscaras africanas uivantes. A sessão não começara — ainda estávamos nos acomodando em nossas cadeiras habituais, fazendo comentários ritualísticos sobre o clima quente lá fora, Laurie tremendo um pouco por causa do ar-condicionado — quando a doutora anunciou:

— Andy, preciso lhe dizer, creio que esta será uma hora difícil para você.

— É? Por quê?

— Precisamos conversar sobre algumas das questões biológicas relacionadas ao caso, a genética. — Ela hesitou. A Dra. Vogel mantinha de forma calculada uma expressão impassível durante as sessões, presumivelmente para impedir que as próprias emoções influenciassem as nossas. Contudo, desta vez, sua boca e sua mandíbula se contraíram visivelmente. — É preciso obter uma amostra de DNA sua. Apenas passarei um cotonete rapidamente na sua boca. Nada de agulhas, nada invasivo. Apenas esfrego um cotonete estéril na sua gengiva e coleto uma amostra da sua saliva.

— Uma amostra de DNA? Você só pode estar de brincadeira. Achei que eliminaríamos tudo isso.

— Andy, veja bem, sou médica, e não advogada; não tenho como lhe dizer o que será admitido como prova ou o que será excluído. Isso fica entre você e Jonathan. O que posso lhe dizer é que a genética comportamental, e refiro-me à ciência que estuda como o comportamento é influenciado por nossos genes, é uma faca de dois gumes. A acusação pode querer introduzir esse tipo de prova para mostrar que Jacob é violento por natureza, um assassino nato, pois isso, obviamente, torna mais provável a possibilidade de que Jacob tenha cometido o assassinato. Mas nós também podemos querer introduzir o tema. Se chegarmos ao ponto no qual o promotor consiga mostrar que Jacob provavelmente matou aquele garoto... estou dizendo *se*, não estou fazendo previsões, não estou dizendo que é nisso que acredito, estou dizendo apenas *se*... então talvez possamos querer introduzir a prova genética como atenuante.

Laurie disse:
— Atenuante?

Expliquei:
— Para reduzir a acusação de homicídio qualificado para simples ou para homicídio culposo.

Laurie contraiu-se. Os termos técnicos eram desencorajadores, um lembrete de como o sistema funcionava com eficiência. Um tribunal é uma fábrica que separa a violência em uma taxonomia de crimes e transforma suspeitos em criminosos.

Eu também estava desencorajado. O advogado em mim soube, instantaneamente, as conjecturas que Jonathan fazia. Tal qual um general se preparando para a guerra, estava planejando as posições para as quais pudesse recuar, uma retirada tática controlada.

Falei para a mãe de meu filho em um tom delicado:
— Homicídio qualificado significa prisão perpétua sem condicional. É uma sentença obrigatória. O juiz não tem direito de escolha. Com o simples, Jake seria elegível à condicional em vinte anos. Estaria com apenas 34 anos. Ainda teria toda uma vida pela frente.

— Jonathan me pediu que pesquisasse sobre a questão, que me preparasse para ela, só por cautela. Laurie, creio que o ponto principal, a maneira mais fácil de pensar sobre o assunto, é a seguinte: a lei pune crimes dolosos. Presume que todo ato seja doloso, um produto do livre-arbítrio. Se você fez algo, presume-se que desejava realizar tal ato. A lei é muito impiedosa em relação a defesas do tipo "sim, mas...". *Sim, mas tive uma infância difícil. Sim, mas sofro de uma doença mental. Sim, mas eu estava bêbado. Sim, mas fui dominado pela raiva.* Se você cometer um crime, a lei dirá que é culpada, apesar dessas coisas. Mas *levará* essas coisas em consideração na hora de definir com precisão o crime e de determinar a sentença. Nesse ponto, qualquer coisa que afete seu livre-arbítrio, inclusive uma predisposição genética à violência ou baixo controle dos impulsos, ao menos teoricamente, pode ser levada em consideração.

— É ridículo — caçoei. — Nenhum jurado jamais engoliria isso. Você dirá a eles: "Matei um garoto de 14 anos mas me soltem mesmo assim?" Esqueça. Não vai acontecer.

— É possível que não tenhamos opção, Andy, *se*.

— Isso é pura bobagem — falei para a Dra. Vogel. — Você coletará uma amostra do *meu* DNA? Jamais fiz mal a uma mosca.

A doutora concordou com a cabeça. Sem reação. Uma psiquiatra perfeita, apenas ficava ali sentada e deixava as palavras quebrarem sobre ela como ondas em um quebra-mar porque aquela era a maneira de me manter falando. Em algum lugar, ela aprendera que, se um entrevistador permanecer calado, o entrevistado preencherá o silêncio apressadamente.

— Jamais fiz mal a ninguém. Não sou irascível. Simplesmente não sou assim. Nem sequer joguei futebol americano. Minha mãe nunca permitiu. Sabia que eu não gostaria. Ela sabia. Não havia violência em nossa casa. Quando era criança, sabe o que eu fazia? Tocava clarinete. Enquanto todos os meus amigos jogavam futebol americano, eu tocava clarinete.

Laurie deslizou sua mão sobre a minha para aplacar minha agitação crescente. Tais gestos entre nós tornavam-se cada vez mais raros, e aquele me tocou. Acalmou-me.

A Dra. Vogel disse:

— Andy, sei que tem muita coisa investida nisto. Sua identidade, sua reputação, o homem no qual se tornou, o homem que você fez de si próprio. Já conversamos sobre isso, e compreendo perfeitamente. Mas o que importa é justamente isso. Não somos apenas produtos de nossos genes. Todos somos produtos de muitas, muitas coisas: genes e ambiente, natureza e criação. Que você seja quem é constitui o melhor exemplo que conheço do poder do livre-arbítrio, do indivíduo. Não importa o que encontremos codificado em seus genes, o resultado não dirá nada sobre quem você é. O comportamento humano é muito mais complexo que isso. A mesma sequência genética em um indivíduo pode produzir um resultado completamente diferente em indivíduos diferentes e em ambientes diferentes. Estamos falando aqui apenas sobre uma predisposição genética. Predisposição não é predestinação. Nós, humanos, somos muito, muito mais que nosso DNA. O engano que as pessoas costumam cometer com uma ciência nova como esta é o excesso de determinismo. Já discutimos isso anteriormente. Não estamos falando aqui sobre os genes que possuem o código para olhos azuis. O comportamento humano possui muito, muito mais causas do que simples características físicas.

— Mas que discurso adorável... contudo, você ainda quer enfiar um cotonete na minha boca. E se eu não quiser saber o que há no meu DNA? E se eu não gostar daquilo para o que fui programado?

— Andy, por mais difícil que seja para você, isto não é sobre você. É sobre Jacob. A pergunta é: até que ponto você está disposto a ir por Jacob? O que fará para proteger seu filho?

— Isto não é justo.

— Mas é assim. Eu não coloquei você aqui.

— Não. Foi Jonathan. Ele é quem deveria estar me contando essas coisas, não você.

— Provavelmente ele não quer brigar com você sobre isso. Ele nem mesmo sabe se utilizará o conceito no julgamento. É apenas algo que ele quer ter guardado na manga, no caso de qualquer eventualidade. Além disso, ele pode pensar que você diria não para ele.

— E está certo. É por isso que ele próprio deveria ter esta conversa comigo.

— Ele está apenas fazendo o trabalho dele. Você, mais que todas as outras pessoas, deveria entender isso.

— O trabalho dele é fazer o que o cliente quiser.

— O trabalho dele é vencer, Andy, e não poupar os sentimentos de ninguém. De todo modo, o cliente não é você; é Jacob. A única coisa que importa aqui é Jacob. É por isso que estamos todos aqui, para ajudar Jacob.

— Portanto, Jonathan quer argumentar no tribunal que Jacob *realmente* possui o gene assassino?

— Se chegar a tal ponto, se ficarmos desesperados, sim, poderemos precisar argumentar que Jacob possui certas variações genéticas específicas que o tornam mais propenso a apresentar comportamentos agressivos ou antissociais.

— Para as pessoas comuns, todas essas qualificações e nuances não passam de asneiras. Os jornais usarão o termo gene assassino. Dirão que somos assassinos natos. Toda a nossa família.

— Tudo que podemos fazer é contar a eles a verdade. Caso queiram distorcê-la, fazer sensacionalismo, o que podemos fazer?

— Pois bem, digamos que eu aceite, que permita que colete a amostra de DNA. Diga-me exatamente o que está procurando.

— Você tem algum conhecimento de biologia?

— Apenas o que aprendi no ensino médio.

— Era bom aluno em biologia na escola?

— Era melhor no clarinete.

— Pois bem, resumindo... Tendo em mente que as causas por trás do comportamento humano são infinitamente complexas e que não existe nenhum simples gatilho genético para comportamentos humanos específicos, estamos sempre falando sobre uma interação genético-ambiental; e, de todo modo, comportamento "criminoso" não é um termo científico, e sim jurídico, e certos comportamentos que podem ser definidos como criminosos em uma situação podem não ser criminosos em outras, como em guerras...

— Tudo bem, tudo bem, entendi. É complicado. Simplifique para mim. Apenas me diga: o que procura na minha saliva?

Ela sorriu, condescendente.

— Certo. Existem duas variantes genéticas específicas que foram ligadas ao comportamento antissocial masculino, as quais poderiam ajudar a responder pelos padrões multigeracionais de violência em famílias como a sua. A primeira é um alelo de um gene chamado MAOA. O gene MAOA localiza-se no cromossomo X. Ele controla uma enzima que metaboliza certos neurotransmissores como serotonina, noradrenalina e dopamina. Tem sido chamado de "gene guerreiro" por causa da associação com comportamentos agressivos. A mutação é chamada *MAOA Nocaute*. Já foi usado em julgamento como um gatilho para a violência, mas o argumento era simplista demais e foi rejeitado. Nosso entendimento da interação entre os genes e o ambiente aumentou desde então. A ciência está melhorando muito rapidamente. E agora podemos ter melhores testemunhos.

"A segunda mutação encontra-se no gene chamado transmissor de serotonina. O nome oficial do gene é SLC6A4. Ele está localizado no cromossomo 17 e codifica uma proteína que facilita a atividade do sistema transmissor de serotonina, o qual possibilita a recaptação de serotonina da sinapse de volta para o neurônio."

Ergui a mão: *é o suficiente*.

Ela disse:

— O importante é que a ciência é boa e está melhorando a cada dia. Apenas imagine. Até agora, sempre nos perguntamos: o que gera o comportamento humano? Natureza ou criação? E temos sido muito bons no estudo do lado da equação relativo à criação. Há muitos, muitos estudos de qualidade sobre como o ambiente afeta o comportamento. Mas agora, pela primeira vez na história da humanidade, podemos olhar para o lado da natureza. Trata-se de pesquisas de ponta. A estrutura do DNA só foi descoberta em 1953. Estamos apenas começando a compreender. Estamos apenas começando a olhar para o que somos. Não como alguma abstração como a "alma" ou alguma metáfora como o "coração humano", mas para a mecânica real dos seres humanos, as porcas e os parafusos. Isto — ela beliscou a pele do próprio braço e puxou para cima um pedaço da própria carne —, o corpo humano, é uma máquina. É um sistema, um sistema muito complexo feito de moléculas e conduzido por reações químicas e impulsos elétricos. Nossas mentes são parte desse sistema. As pessoas não têm problemas em aceitar que a criação afete o comportamento. Por que não a natureza?

— Doutora, isso impedirá que meu filho vá para a prisão?

— É possível.
— Então vá em frente.
— Tem mais.
— Por que será que isto não me surpreende?
— Também preciso de uma amostra de seu pai.
— Meu pai? Está de brincadeira. Não falo com meu pai desde que eu tinha 5 anos. Não tenho a mais remota ideia se ele ainda está vivo.
— Ele está vivo. Está no Northern Correctional Institution, em Somers, Connecticut.

Um momento de silêncio.
— Então vá testá-lo.
— Eu tentei. Ele se recusa a me ver.

Pisquei os olhos. Sentia-me desconcertado tanto pela notícia de que meu pai estava vivo quanto pelo fato de que ela já recebera notícias dele. Ela tinha uma vantagem sobre mim. Não apenas conhecia a minha história; nem mesmo a considerava uma história. Não era um fardo para ela. Para a Dra. Vogel, tentar contatar Billy Barber não era mais difícil que atender o telefone.

— Ele disse que você precisa pedir.
— Eu? Ele não me reconheceria nem se eu plantasse bananeiras na frente dele.
— Aparentemente, ele quer mudar isso.
— Ele quer? Por quê?
— Um pai envelhece, deseja conhecer um pouco o filho. — Ela encolheu os ombros. — Quem pode compreender o coração humano?
— Quer dizer que ele sabe a meu respeito?
— Ah, ele sabe tudo sobre você.

Senti-me ruborizar como uma criancinha com tal emoção: um pai! Depois, com a mesma rapidez, meu humor despencou, a ideia de Billy Barber, o Sanguinário, se transformou em ácido.

— Mande ele se foder.
— Não posso dizer isso a ele. Precisamos da ajuda dele. Precisamos de uma amostra para argumentarmos que uma mutação genética é mais do que uma ocorrência única, e sim uma característica familiar passada de pai para filho e para neto.

— Poderíamos obter uma ordem judicial.
— Não sem revelar ao promotor o que estamos planejando.
Balancei a cabeça.
Laurie finalmente falou.
— Andy, você precisa pensar em Jacob. Até onde iria por ele?
— Iria ao inferno e voltaria de lá.
— Pois bem. É o que fará.

19 | A Sala dos Cortes

Na última semana de agosto — aquela não semana, a semana de domingos quando todos nos movemos um pouco mais devagar e velamos o fim do verão e nos preparamos para o outono —, a temperatura subiu e o ar ficou cada vez mais úmido até que o calor se tornou o único assunto sobre o qual se conseguia falar: quando passaria, até que ponto chegaria, como a umidade era insuportável. O calor levava as pessoas a permanecer em locais fechados, como se fosse o inverno. As calçadas e as lojas estavam estranhamente calmas. Para mim, o calor não era uma aflição, era meramente um sintoma, como a febre é um sintoma da gripe. Era somente a mais óbvia das razões pelas quais o mundo estava rapidamente se tornando insuportável.

Estávamos todos um pouco desconcertados pelo calor naquela altura, Jacob, Laurie e eu. Em retrospecto, é difícil acreditar o quanto eu me tornara absorto em mim mesmo, como toda a história parecia ser sobre *mim*, e não sobre Jacob, sobre toda a nossa família. A culpa de Jacob e a minha estavam emaranhadas na minha mente, apesar de ninguém jamais ter me acusado explicitamente de coisa alguma. Eu estava desabando, é claro. E sabia disso. Recordo-me distintamente de me exortar a segurar firme, a manter as aparências, a não desmoronar.

Mas não compartilhei meus sentimentos com Laurie, e tampouco tentei extrair os dela, pois estávamos todos desabando. Eu desencorajava qualquer tipo de conversa emocional franca e logo parei completamente de reparar na minha esposa. Nunca perguntei — nem sequer perguntei! — como era a experiência para a mãe de Jacob, o assassino. Era mais importante ser — ao menos aparentar ser — uma torre de força e estimulá-la a também ser forte. Era a única abordagem sensata: ser forte, suportar o julgamento, fazer o que fosse necessário para manter Jacob em segurança e consertar os danos emocionais posteriormente. Depois. Como se houvesse um lugar chamado Depois e eu pudesse simplesmente empurrar a minha família até a costa daquele lugar, então tudo ficaria bem. Haveria tempo para aqueles problemas "pequenos" na terra de Depois. Eu estava errado. Penso a respeito agora, sobre como eu deveria ter percebido Laurie na época, deveria ter prestado mais atenção. Ela salvara a minha vida, certa vez. Ela me conheceu quando eu estava perdido e me amou mesmo assim. E, quando ela estava perdida, fui incapaz de ajudá-la. Apenas percebi que seu cabelo estava ficando mais grisalho e descuidado e que seu rosto estava sendo rachado por linhas finas, como um vaso de cerâmica antigo. Ela perdera tanto peso que os ossos da cintura ficaram protuberantes e, quando estávamos juntos, falava cada vez menos. Apesar de tudo, nunca perdi a determinação de salvar Jacob primeiro e curar Laurie depois. Tento racionalizar agora tal intransigência impiedosa: àquela altura, eu era um mestre em internalizar emoções perigosas; minha mente estava superaquecida com o desgaste daquele verão interminável. É tudo verdade e tudo também é bobagem. A verdade é que fui um tolo. Laurie, fui um tolo. Sei disso agora.

 Certa manhã, fui à casa dos Yoo em torno das 10 horas. Tanto o pai quanto a mãe de Derek trabalhavam, mesmo durante aquela semana de pseudoférias. Eu sabia que Derek estaria sozinho em casa. Ele e Jacob ainda trocavam regularmente mensagens de texto. Até conversavam ao telefone, mas apenas de dia, quando os pais de Derek não estavam por perto para ouvir. Eu estava convencido de que Derek teria vontade de ajudar o amigo, de conversar comigo, de me contar a verdade, mas, ainda assim, temia que não me deixasse entrar. Era um bom garoto. Faria o que lhe tivessem mandado, como sempre fazia, sempre fizera. Portanto, eu estava preparado para tentar entrar na casa pela conversa, até mesmo a entrar à força para encontrá-lo. Lembro-me de me sentir bastante capaz dessas coisas. Vesti uma bermuda cargo larga e uma camiseta que grudava nas minhas costas suadas. Eu ganhara algum peso desde que tudo aquilo começara, e lembro-me de que a bermuda caía pela minha cintura sacudindo sem parar, empurrada pela minha barriga. Eu precisava levantá-la constantemente. Eu sempre estivera em forma. Meu novo corpo descuidado me envergonhava, mas eu não tinha ânimo para consertá-lo. Novamente, haveria tempo *depois*.

Ao chegar à casa dos Yoo, não bati na porta. Não queria dar ao garoto a oportunidade de se esconder de mim, de me ver e se recusar a atender, fingir que não estava em casa. Em vez disso, contornei a casa até os fundos, passando pelo pequeno jardim de flores, por uma hortênsia disparando cachos brancos cônicos de flores em todas as direções como fogos de artifícios, um desabrochar pelo qual David Yoo aguardava o ano inteiro, me lembrei.

Os Yoo tinham construído uma extensão a partir dos fundos da casa. Ela continha um vestíbulo e uma sala para o café da manhã. As paredes eram todas envidraçadas. Pelo deque dos fundos, eu podia ver dentro da casa, através da cozinha, até uma pequena sala de estar na qual Derek estava estirado em um sofá diante da TV. Havia móveis de jardim no deque, uma mesa com guarda-sol e seis cadeiras. Se Derek se recusasse a me deixar entrar, eu poderia arremessar uma daquelas pesadas cadeiras de jardim através da porta francesa, como William Hurt em *Corpos ardentes*. Mas a porta estava destrancada. Entrei normalmente na casa, como se fosse minha, como se acabasse de voltar da garagem tendo jogado o lixo fora.

Dentro, a casa estava fresca, com o ar-condicionado ligado.

Derek levantou-se desajeitadamente mas não veio na minha direção. Ficou de pé com os tornozelos magrelos apoiados no sofá, com shorts de ginástica e uma camiseta preta com o logotipo da Zildjian no peito. Seus pés descalços eram compridos e ossudos. Os dedos dos pés pressionavam o carpete, arqueando como pequenas centopeias. Nervos. Quando conheci Derek, ele tinha 5 anos e ainda era atarracado. Agora, era mais um adolescente esquelético, desengonçado, levemente avoado, como o meu. Era como Jacob em todos os aspectos, exceto um: não havia uma nuvem no futuro de Derek, nada para atrapalhá-lo. Ele atravessaria a adolescência com o mesmo ar desligado de Jacob, as mesmas roupas largadas, o mesmo jeito de arrastar os pés, o jeito de não fazer contato visual, e seguiria diretamente para a vida adulta. Era o garoto sem culpa que Jacob poderia ter sido, e pensei brevemente como seria bom ter um filho tão descomplicado. Senti inveja de David Yoo, mesmo considerando-o, naquele momento, um babaca sem igual.

— Olá, Derek.
— Oi.
— O que há de errado, Derek?
— Você não devia estar aqui.
— Estive aqui umas cem vezes.
— É, mas não devia estar aqui agora.
— Só quero conversar. Sobre Jacob.
— Eu não deveria.
— Derek, o que há de errado com você? Você está todo... inquieto.
— Não.
— Está com medo de mim?
— Não.
— Então, por que está agindo assim?
— Assim como? Não estou fazendo nada.
— Parece que está vendo um fantasma.
— Não. É que... você não devia estar aqui.
— Relaxe, Derek. Sente-se. Só quero saber a verdade, é tudo. Mas o que diabos está acontecendo aqui? O que está *realmente* acontecendo? Eu apenas gostaria que alguém me contasse.

Passei da cozinha para a sala de TV com cautela, como se me aproximasse de um animal medroso.

— Não me importa o que seus pais digam, Derek. Seus pais estão errados. Jacob merece sua ajuda. Ele é seu amigo. Seu *amigo*. Eu também. Sou seu amigo e isto é o que amigos fazem, Derek. Eles ajudam uns aos outros. É só o que desejo, que seja amigo de Jacob neste instante. Ele precisa de você.

Sentei-me.

— O que contou a Logiudice? O que possivelmente poderia ter dito para fazê-lo acreditar que meu filho é um assassino?

— Eu não disse que Jacob é um assassino.

— O que contou a ele, então?

— Por que não pergunta a Logiudice? Eu achava que ele deveria contar a você.

— Ele deveria, mas está fazendo disto um jogo. Ele não é um bom sujeito, Derek. Sei que pode ser difícil para você compreender isso. Ele não colocou você diante do grande júri porque depois precisaria me fornecer uma transcrição. Provavelmente, tampouco levou você para conversar com um investigador, pois o policial redigiria um relatório. Portanto, preciso que *você* me conte, Derek. Preciso que faça a coisa certa. Diga-me o que contou a Logiudice que o fez ter tanta certeza de que Jacob é culpado.

— Contei a verdade a ele.

— Ah, eu sei, Derek. Todos contam a verdade. É tão cansativo. Porque nunca é a mesma verdade. Portanto, preciso saber *exatamente* o que disse.

— Não devo...

— Maldição, Derek! O que disse?!

Ele se retraiu e depois desabou no sofá, como se o grito o houvesse empurrado para trás.

Acalmei-me. Falei em voz baixa, à beira do desespero:

— Por favor, Derek. Por favor, conte-me.

— Apenas contei a ele, você sabe, algumas coisas que estavam acontecendo na escola.

— Como o quê?

— Como Jake estava sendo provocado. Ben Rifkin era, tipo, o líder de um grupo de garotos. Tipo, dos garotos folgados. Estavam meio que dificultando a vida de Jake.

— Sobre o que exatamente?

— Tipo, diziam que ele era gay, isso era a principal coisa. Apenas, tipo, boatos. Ben simplesmente inventava as coisas. E, você sabe, nem me importo se Jake *é* gay. De verdade. Só gostaria que ele dissesse caso fosse mesmo.

— Você acha que ele é gay?

— Não sei. Talvez. Mas não importa, porque ele não fez nenhuma das coisas que Ben disse que fez. Ben simplesmente inventava tudo. Ele apenas gostava de provocar Jake, por algum motivo. Como se fosse um jogo para ele ou algo parecido. Jake meio que sofria *bullying*.

— O que Ben dizia?

— Não sei. Apenas, tipo, iniciava boatos. Como quando disse que Jake se ofereceu para chupar um garoto em uma festa... o que ele não fez. Ou que ficou de pau duro no chuveiro certo dia depois da aula de corrida. Ou que, certo dia, um dos professores voltou à escola durante o recreio e pegou Jake se masturbando em uma das salas de aula. Nada disso é verdade.

— Por que ele disse essas coisas, então?

— Porque Ben era um babaca. Simplesmente havia algo em Jake que Ben não gostava, e aquilo meio que o animava, entende? Era como se Ben não conseguisse se controlar. Quando via Jake, descarregava um monte de merda contra ele. Todas as vezes. Acho que ele descobriu que também poderia se safar com aquilo. Era só um babaca. Sinceramente? Ninguém gosta de dizer isto porque ele foi assassinado e tudo o mais. Mas Ben era um garoto cruel. Quem quer que tenha feito isso... Bem, não sei, não quero dizer... que seja. Ben era apenas um garoto cruel.

— Mas por que ele era cruel com *Jacob*? Isto eu não entendo.

— Ben só não gostava dele. Jake é tipo... quero dizer, eu conheço Jake, entende? E gosto dele. Mas, falando sério. Quero dizer, você deve saber que Jake não é, tipo, um garoto normal, né?

— Por que não? Por que os garotos achavam que era gay?

— Não.

— Então o que "normal" quer dizer?

Ele me olhou inquisitivamente.

— Jake tem um elemento cruel próprio.

Derek manteve os olhos fixos nos meus.

Tentei não revelar nenhuma emoção. Tentei impedir meu pomo de adão de descer e subir.

Derek disse:

— Acho que talvez Ben não soubesse disso. Ben meio que escolheu o esquisitinho errado para provocar. Ele não tinha a menor ideia.

— Então foi por isso que você entrou no Facebook e contou a todos sobre a faca?

— Não. Foi mais do que isso. Quero dizer, a única razão para ele ter comprado a faca foi que estava com medo de Ben. Ele achava que Ben iria atrás dele algum dia e tentaria machucá-lo, portanto Jake iria se defender. Você nunca soube nada disso?
— Não.
— Jacob nunca lhe contou sobre *nada* disso?
— Não.
— Bem, eu contei porque sabia que Jake tinha a faca e sabia que o motivo era porque temia que Ben tentasse fazer algo. Talvez eu não devesse ter dito nada. Não sei. Não sei por que contei.
— Contou porque era a verdade. Você queria dizer a verdade.
— Acho que sim.
— Mas aquela faca não era a arma do crime. A faca que viu, a que Jacob tinha? Não foi a que matou Ben. Encontraram outra faca no Parque Cold Spring. Sabe disso, certo?
— Sim, mas quem sabe? Encontraram uma faca... — Deu de ombros. — De todo modo, foi, tipo, na hora todo mundo ainda estava falando sobre "onde está a faca?". E Jake sempre costumava dizer, tipo, "meu pai é promotor e sei a respeito da lei", como se soubesse que poderia livrar a cara. Tipo, se alguém algum dia o acusasse, entende?
— Ele alguma vez disse isso?
— Não. Não exatamente.
— Portanto, foi isso o que contou a Logiudice?
— Não! É claro que não. Porque, tipo, essas não são coisas que eu realmente *saiba*, entende? É só, tipo, o que acho.
— Então o que disse exatamente a Logiudice?
— Apenas que Jacob tinha uma faca.
— A faca errada.
— Bem, se é o que quer dizer, que seja. Apenas contei a Logiudice sobre a faca e que Ben andava meio que provocando Jake. E que, na manhã em que aconteceu, Jake chegou na escola sujo de sangue.
— O que Jacob admite. Ele encontrou Ben. Tentou ajudá-lo. Foi assim que se sujou de sangue.
— Eu sei, eu sei, An... Sr. Barber. Não estou dizendo nada a respeito de Jake. Estou apenas lhe dizendo o que contei ao promotor. Jake che-

gou na escola e vi sangue nele, e ele disse a mim que iria lavá-lo porque as pessoas não entenderiam. E estava certo: elas não entenderam.

— Derek, posso lhe fazer uma pergunta? Você realmente acha isso possível? Quero dizer, há qualquer outra coisa que não tenha me contado? Porque, pelo que estou ouvindo, ainda não faz sentido que Jacob tenha feito aquilo. As coisas simplesmente não se encaixam.

Derek contorceu-se. Seu corpo afastou-se de mim em um movimento em parafuso.

— Você acha que foi ele, não acha, Derek?

— Não. Quero dizer, há tipo uma chance de um por cento, sabe? Apenas, tipo, um pouco de... — ele manteve os dedos afastados a uma distância de milímetros —, eu não sei.

— Dúvida.

— É.

— Por quê? Por que você teria até mesmo o mínimo de dúvida? Conhece Jacob durante quase toda a sua vida. Sempre foram melhores amigos.

— Porque Jake... Ele é apenas, tipo, um garoto diferente. Sabe, não estou dizendo nada, tudo bem? Mas ele apenas é tipo... Eu disse que ele tinha, tipo, um elemento cruel, mas não é exatamente isso. Não sei como dizer. Não é que seja temperamental ou que perca a cabeça nem nada do gênero. Ele não fica *furioso*, entende? Ele apenas... é um pouco cruel. Não comigo, porque sou amigo dele. Mas, às vezes, com os outros garotos. Ele apenas diz coisas estranhas. Tipo, coisas racistas, umas piadas. Ou chama garotas gordas de gordas ou diz coisas inadequadas sobre elas; tipo, sobre seus corpos. E lê essas histórias na internet. Tipo pornô, só que sobre tortura. Ele as chama de "cortantes", como "pornô cortante". Ele diz, tipo: "Cara, fiquei acordado até tarde lendo cortantes na internet ontem à noite." Ele me mostrou algumas histórias, tipo, no iPod dele. E eu digo, tipo, "cara, isso é doente". Você sabe, são, tipo, histórias sobre... você sabe, cortar pessoas. Tipo, amarrar mulheres, cortá-las e matá-las e coisas assim. E amarrar homens e decepar partes deles e... — Ele fez uma careta. — Você sabe, castrando-os? É totalmente doentio. Ele ainda faz isso.

— O que quer dizer por ainda faz isso?

— Ele lê essas histórias.

— Não é verdade. Tenho conferido o computador. Coloquei nele um programa que me diz o que Jacob faz e aonde vai na internet.

— Ele usa o iPod. Aquele iPod Touch.

Por um instante, fui o pai burro, desantenado.

Derek disse, de maneira prestativa.

— Ele as encontra em fóruns na internet. Em um site chamado Sala dos Cortes. As pessoas trocam histórias, imagino. Escrevem e postam as histórias para que outras pessoas as leiam.

— Derek, garotos veem pornografia. Sei disso. Tem certeza de que não é apenas disso que estamos falando?

— Tenho certeza absoluta, totalmente absoluta. Aquilo *não* é pornografia. Aliás, nem é só isso. Quero dizer, ele pode ler o que bem entender. Não é assunto meu. Mas ele simplesmente tem essa coisa que é, tipo, não se importar.

— Não se importar com o quê?

— Com as pessoas, com os animais, com nada. — Ele balançou a cabeça.

Fiquei sentado em silêncio, aguardando.

— Certa vez, estávamos na rua, éramos um grupo, e estávamos apenas meio que sentados em um muro, sem nada para fazer. Era no meio da tarde. E um cara passava pela calçada, usando uma espécie de, tipo, muletas? Sabe, daquelas que passam por cima do braço e têm, tipo, um círculo que passa por cima do braço? E ele não conseguia realmente controlar as pernas. Ele apenas meio que as arrastava como se estivesse paralisado ou sofresse de alguma doença ou outra coisa. E esse cara passa por nós, e Jake simplesmente começa a gargalhar. Quero dizer, não rir silenciosamente, mas muito alto, como uma gargalhada enlouquecida, tipo "HA HA HA". Ele não parava. O cara deve ter ouvido; passou direto por nós, bem na nossa frente. E todos ficamos meio que olhando para Jacob tipo: "Cara, o que há de errado com você?" E ele meio que disse: "Vocês são todos cegos? Não viram o cara? Ele é um *freak show* total!" Ele foi... cruel. Quero dizer, sei que você é o pai de Jacob e tudo o mais, e não gosto de dizer isso, mas Jake é capaz de ser simplesmente cruel. Não gosto de ficar perto dele quando fica assim. Fico com um pouco de medo dele, para dizer a verdade.

Derek fez uma pequena careta triste, como se estivesse reconhecendo algo muito difícil para si próprio pela primeira vez. Seu amigo, Jake, o decepcionara. Ele passou a expressar um tom menos desgostoso, mais pesaroso.

— Uma vez... foi no último outono, eu acho... Jake encontrou um cachorro. Era apenas, tipo, um pequeno vira-lata. Estava perdido, imagino, mas não era de rua porque tinha uma coleira. Jake o amarrou a um, tipo, um barbante, sabe, em vez de uma coleira?

— Jacob nunca teve um cachorro — comentei.

Derek concordou com a cabeça com aquela mesma expressão triste, como se coubesse a ele a tarefa de explicar aquilo ao pobre e completamente desinformado pai de Jacob. Ele pareceu saber, finalmente, o quanto os pais podem ser distraídos, o que o decepcionou.

— Encontrei-o mais tarde. Perguntei a ele sobre o cachorro, e Jake falou tipo: "Precisei enterrá-lo." Então falei: "Quer dizer que ele morreu?" E ele não respondia diretamente. Ficava apenas, tipo, "cara, precisei enterrá-lo". Não vi Jake por algum tempo depois disso, porque eu meio que sabia, entende? Tipo, eu sabia que era ruim. E ainda tinha aqueles cartazes. Tipo, a família que era dona do cachorro colocou cartazes em todos os lugares, tipo grampeados em postes telefônicos e árvores, sabe como é? Tipo, com fotos do cachorro? E nunca falei nada a respeito, e finalmente a família parou de colocar os cartazes, e apenas meio que tentei esquecer tudo aquilo.

Um momento se passou em silêncio. Quando tive certeza de que ele não tinha nada mais a acrescentar, falei:

— Derek, se sabia tudo isso, como você e Jacob ainda conseguiam ser amigos?

— Não somos amigos como costumávamos ser, como quando éramos crianças. Somos apenas meio que *velhos* amigos, entende? É diferente.

— Velhos amigos, mas ainda amigos?

— Não sei. Às vezes, acho que é como se ele nunca tivesse sido meu amigo de verdade, sabe? Ele era apenas, tipo, um garoto que eu conhecia da escola. Não acho que ele jamais tenha, tipo, se *importado* comigo. Não que não *gostasse* de mim nem nada. Ele simplesmente não dava a menor importância na maior parte do tempo.

— E no resto do tempo?

Derek deu de ombros. A resposta dele foi quase um *non sequitur*, mas vou descrevê-la aqui exatamente como ele a disse:

— Sempre imaginei que ele se meteria em problemas algum dia. Mas achava que seria quando fôssemos adultos.

Ficamos sentados ali durante algum tempo, Derek e eu, sem dizer nada. Ambos compreendíamos, imagino, que não havia mais volta, não era possível desdizer as coisas que ele acabara de dizer.

Dirigi lentamente de volta para casa atravessando o centro da cidade, desfrutando o passeio. Em retrospecto, talvez seja apenas um engano, mas acho que, agora que eu sabia o que estava por vir, sabia que aquele era o final de algo, e prolongar a viagem de carro era um prazer mínimo, permanecer "normal" durante mais algum tempo.

Em casa, continuei a me mover daquela maneira deliberada ao subir a escada até o quarto do meu filho.

O iPod Touch dele estava na escrivaninha, uma lousa pequena e lustrosa que ganhou vida na minha mão. O iPod era protegido por uma senha, mas Jacob a revelara a nós como exigência para permanecer com ele. Digitei a senha de quatro dígitos e abri o browser da internet. Jacob mantinha apenas um punhado de sites óbvios nos favoritos: Facebook, Gmail, alguns blogs dos quais gostava sobre tecnologia e videogames e música. Não havia qualquer vestígio de um site chamado Sala dos Cortes. Precisei fazer uma pesquisa no Google para encontrá-lo.

A Sala dos Cortes era um fórum de internet, um lugar onde visitantes podiam postar mensagens de texto simples para que outros as lessem. O site era repleto de histórias que eram essencialmente o que Derek descrevera: extensas fantasias sexuais envolvendo *bondage* e sadismo, até mesmo mutilações, estupros, assassinatos. Algumas — uma fração mínima — pareciam não conter nenhum elemento sexual; destinavam-se somente a descrever torturas, não muito diferente dos filmes de terror ultraviolentos e explícitos que lotam os cinemas atualmente. O site não continha nenhuma imagem ou vídeo, somente texto, ainda por cima não formatado. Através do browser simplificado do iPod, era impossível saber quais histórias Jacob lera ou quanto tempo ele passara no site. Mas a página mostrava que Jacob era membro do fórum: seu nome no grupo, JoB, aparecia no topo da página. Presumo que "JoB" fosse uma brincadeira com seu nome ou iniciais (apesar da inicial do nome do meio de Jacob não ser "O"), ou talvez fosse uma referência astuta às provações pelas quais estava atravessando.

Cliquei no nome de usuário "JoB" e um link me levou para uma página na qual as histórias favoritas de Jacob no site ficavam gravadas. Havia uma dúzia de histórias listadas. No topo da lista estava uma história chamada "Um passeio na floresta". Era datada de 19 de abril, há mais de três meses. Os campos para autor e *uploader* estavam ambos em branco.

Ela começava:

"*Jason Fears levou uma faca para a floresta naquela manhã pois deduziu que poderia precisar dela. Guardou a faca no bolso de seu agasalho e, enquanto caminhava, envolvia o cabo com os dedos e a faca em sua mão enviava uma descarga que subia por seu braço, passava pelo ombro até alcançar o cérebro e incensava seu plexo solar como fogos de artifício explodindo no céu.*"

A história prosseguia em frases longas e rebuscadas que se expandiam como a primeira. Era um relato lúgubre e parcamente ficcionalizado do assassinato de Ben Rifkin no parque Cold Spring. Na história, o parque foi rebatizado de "parque Rock River". Newton chamava-se "Brooktown". Ben Rifkin se tornou um cara desonesto e vil que praticava *bullying* e era chamado de "Brent Mallis".

Presumi que Jacob a escrevera, mas não era possível ter certeza. Não havia nada na história que revelasse a identidade do autor. A voz soava como a de um adolescente, e Jacob era um garoto que gostava de ler e passara tempo suficiente na Sala dos Cortes para dominar o gênero. O autor possuía ao menos um conhecimento superficial do parque Cold Spring, o qual era descrito com bastante precisão. Contudo, o máximo que eu podia dizer com certeza era que Jacob lera a história, o que não provava nada, na verdade.

Portanto, retomei o trabalho de analisar as provas como advogado. Minimizando-as. Em defesa de Jacob.

A história não era uma confissão. Não havia nada nela que eu reconhecesse como informação não pública. Tudo poderia ter sido elaborado a partir de recortes de jornais e de uma imaginação vívida. Até os detalhes mais arrepiantes, quando Ben — ou "Brent Mallis" — gritou "pare, está me machucando", foram amplamente divulgados nos jornais. Quanto às informações que não foram transmitidas ao público, o quanto delas era preciso? Nem mesmo os investigadores tinham como saber se Ben Rifkin realmente dissera "ei, bichinha" quando vira seu assassino na floresta naquela manhã, como "Brent Mallis" dissera a "Jason Fears". Ou se, quando o assassino esfaqueou Ben no peito, a faca penetrou sem resistência, sem bater em um osso, sem agarrar na pele ou em órgãos cuja textura parecia com borracha, "como se esfaqueasse o ar". Tais informações não foram prestadas em depoimento, eram inconfirmáveis.

De todo modo, Jacob teria se dado conta de que seria idiotice redigir aquele lixo, fosse ou não realmente culpado. Sim, ele postara a foto de *Psicose* no Facebook, mas com certeza não chegaria tão longe.

Mesmo que tivesse escrito a história, ou apenas a lido, o que aquilo provava? Seria burrice, sim, mas garotos fazem burrices. O interior da mente de um adolescente é uma guerra interminável entre Burro e Inteligente; aquele era apenas um caso no qual o Burro vencera uma batalha. Considerando a pressão sob a qual Jacob se encontrava e que ele estava praticamente trancado dentro de casa havia meses, e o clamor crescente à medida que o julgamento se aproximava, era compreensível. Era realmente possível responsabilizar o garoto por todas as coisas de mau gosto, indelicadas e estúpidas que dizia? Qual garoto não começaria a agir de um jeito meio doido na situação de Jacob? De todo modo, quem entre nós poderia ser julgado pelas coisas mais estúpidas que fizemos na adolescência?

Eu dizia essas coisas a mim mesmo, ordenava meus argumentos como fora treinado para fazer, mas não conseguia tirar da cabeça o grito daquele garoto: "Pare, está me machucando." E algo em mim ficou vulnerável. Não sei outra forma de expressar o que aconteceu. Ainda não admitia a dúvida no meu pensamento. Ainda acreditava em Jacob e só Deus sabe o quanto eu ainda o amava, e não havia prova — nenhuma *prova* real — de nada. O advogado em mim compreendia tudo aquilo. Mas a parte de mim que era o pai de Jacob se sentia cortada, ferida. Uma emoção é um pensamento, sim, uma ideia, mas também uma sensação, uma dor em seu corpo. Desejo, amor, ódio, medo, repulsa — você *sente* essas coisas em seus músculos e ossos, não apenas na mente. Foi essa a sensação quando meu coração quebrou um pouco: como um ferimento físico, nas profundezas do meu corpo, uma hemorragia interna, um corte que continuava a sangrar.

Li a história de novo, depois a apaguei da memória do navegador. Recoloquei o iPod sobre a escrivaninha de Jacob e o teria deixado lá e jamais diria nada a ele sobre aquilo, certamente tampouco jamais diria nada a Laurie, mas temi que pudesse haver perigo no iPod. Eu era suficientemente familiarizado com a internet e com o trabalho da polícia para saber que rastros digitais não são apagados com facilidade. Cada clique na web cria um registro em servidores na nuvem e também nos discos rígidos de computadores individuais, e tais registros persistem, não importa o quanto você os tente apagar. E se o promotor descobrisse de algum modo a respeito do iPod de Jacob e o vasculhasse em busca de provas? O iPod também era perigoso em outro aspecto, como um portal para Jacob acessar a internet que eu não podia policiar tão facilmente quanto os computadores da família. O iPod era pequeno e parecido com um telefone, e Jacob utilizava-o na expectativa da mesma privacidade que teria se estivesse falando ao telefone. Era imprudente com o iPod, e talvez também ardiloso. O iPod era uma fonte de vazamento de informações. Era perigoso.

Desci com ele até o porão, coloquei-o sobre minha pequena escrivaninha com o visor voltado para cima, peguei um martelo e o destruí.

20 | Um filho estava presente, o outro se fora

O mercado mais próximo da nossa casa era um Whole Foods, e nós o detestávamos. O desperdício de todas aquelas pirâmides de frutas e legumes imaculados, as quais, sabíamos, só podiam ser criadas jogando no lixo quantidades enormes de alimentos cosmeticamente imperfeitos. A simplicidade falsa, uma pretensão elaborada de que aquele supermercado fosse algo diferente de uma loja de luxo. E, é claro, os preços. Sempre evitáramos fazer compras lá por causa dos preços elevados. Agora, com o caso de Jacob ameaçando nos levar à falência, cogitar tal ideia parecia particularmente ridículo. Não tínhamos o menor direito de fazer compras lá.

Já estávamos arruinados financeiramente. Para começar, nunca fomos ricos. Fomos capazes de morar nesta cidade somente porque compramos a casa quando os preços estavam em baixa e estávamos numa boa situação. Agora, os honorários de Jonathan já chegavam aos seis dígitos. Tínhamos gastado no caso todo o dinheiro guardado para a faculdade de Jacob e já começáramos a usar parte de nossas economias para a aposentadoria. Antes que o caso chegasse ao fim, eu tinha certeza, estaríamos lisos, pedindo empréstimos com a casa como garantia para pagar as contas. Também sabia que minha carreira como promotor havia acabado. Mesmo que o veredito fosse "inocente", eu jamais seria capaz de entrar em um tribunal sem deixar o rastro fétido da acusação.

Talvez, depois do encerramento do caso, Lynn Canavan fizesse a coisa certa e se oferecesse para me manter na folha de pagamento, mas eu não poderia permanecer lá, não por caridade. Laurie talvez conseguisse voltar a lecionar, mas não conseguiríamos pagar as contas somente com a renda dela. Este é um aspecto das histórias criminais que eu jamais apreciara plenamente até me tornar uma delas: é tão arruinadoramente caro preparar uma defesa que, inocente ou culpado, a acusação por si só já é uma punição devastadora. Todo réu paga um preço.

Havia também outro motivo para evitarmos aquele supermercado. Eu estava determinado a não ser visto pela cidade, certamente a não fazer nada que pudesse sugerir que estivéssemos fazendo pouco do caso. Era um questão de imagem. Eu queria que as pessoas vissem nossa família como se estivesse destroçada, pois *estávamos* destroçados. Quando o grupo de jurados se alinhasse no tribunal, eu não queria que nenhum deles cultivasse qualquer memória vaga dos Barber comprando artigos de luxo em lojas caras enquanto o filho dos Rifkin jazia enterrado a sete palmos. Uma menção desdenhosa no jornal, um boato espalhafatoso, uma impressão sem fundamento — tais coisas poderiam facilmente colocar o júri contra nós.

Mas fomos certa noite àquele supermercado, nós três, quando o tempo estava curto e estávamos cansados de tanta preocupação e espera, além de estarmos com fome. Era pouco antes do Dia do Trabalho. A cidade ficara vazia para o feriado.

E que alívio foi estar lá. Fomos tranquilizados pela mesmice maravilhosa, narcótica, de fazer compras no supermercado. Estávamos tão parecidos com nossas personalidades antigas — Laurie, a consumidora competente e planejadora de refeições; eu, o marido desajeitado agarrando um produto aqui ou ali por impulso; Jacob, o garoto lamuriando-se para comer algo imediatamente, antes de chegar ao caixa — que nos esquecemos de nós mesmos. Subimos e descemos os corredores. Desfrutamos das embalagens empilhadas ao nosso redor, fizemos piadinhas sobre os alimentos orgânicos nas prateleiras. Na seção de queijos, Jacob fez uma piada sobre o cheiro de um Gruyère forte que ofereciam aos clientes e as possíveis consequências gástricas de comer aquele queijo em excesso, e todos gargalhamos, nós três, não porque a piada fosse particularmente engraçada (apesar de eu não estar acima de uma boa piada sobre peidos), e sim porque Jacob simplesmente fizera uma piada. No decorrer do verão, ele se tornara tão silencioso, um enigma tão inescrutável para nós, que celebramos simplesmente ver nosso garotinho espiar de novo para fora para nos ver. Ele sorriu e foi impossível acreditar que ele fosse o monstro que todos pareciam crer que fosse.

Ainda sorríamos quando saímos do último corredor para a área dos caixas na frente da loja. Todos os corredores escoavam para lá, e os clientes moviam-se em círculos, organizando-se em filas para pagar as compras. Assumimos nosso lugar no final de uma fila curta com somente duas pessoas na nossa frente. Laurie estava parada com as mãos na barra do carrinho de compras. Eu estava ao lado dela. Jacob, atrás de nós.

Dan Rifkin conduziu seu carrinho até a fila ao lado da nossa. Estava no máximo a 2 metros de distância. Por um momento, não nos viu. Seus óculos escuros descansavam sobre a cabeça, aninhados no cabelo. Ele vestia uma bermuda cáqui bem passada e uma camisa polo para dentro da bermuda. O cinto dele era de lona com uma fita branca bordada com um padrão de pequenas âncoras de navios. Calçava sandálias de sola fina, sem meias. Era o tipo de estilo casual do country clube que sempre achei que parecia ridículo em um homem já crescido. Uma pessoa naturalmente formal costuma parecer esquisita quando tenta se vestir de modo mais simples, assim como um desleixado natural parece deslocado de terno. Dan Rifkin não era o tipo de sujeito que parecia confortável de bermuda.

Voltei as costas para ele e sussurrei para Laurie que ele estava ao nosso lado.

A mão dela cobriu sua boca.

— Onde?

— Bem atrás de mim. Não olhe.

Ela olhou.

Virei-me de volta e vi que a esposa de Rifkin, Joan, aparecera ao lado dele. Ela, assim como o marido, tinha algo que lembrava um boneco, algo de miniatura. Era pequena e magra e tinha um rosto adorável. Seus cabelos louros foscos estavam cortados curtos e desfiados. Ela deveria ter sido muito bela algum dia — ainda tinha aquele jeito vivaz de atriz das mulheres que sabem como usar a própria aparência —, mas agora parecia desvanecer. Seu rosto estava magro, com os olhos levemente arregalados por causa dos anos, do estresse, do pesar. Eu encontrara Joan diversas vezes ao longo dos anos, antes de tudo aquilo acontecer; ela nunca lembrava quem eu era.

Agora, os dois nos encaravam. Dan mal se movia. Suas chaves pendiam de seu indicador sem tilintar. A consternação dele, ou surpresa ou o que quer que estivesse sentindo, mal transparecia em seu rosto.

O rosto de Joan estava mais agitado. Ela nos encarava com ódio, ofendida pela nossa presença ali. Ninguém precisou dizer nada. Era uma questão de números. Éramos três; eles, dois. Um filho estava presente, o outro se fora. O simples fato de Jacob seguir existindo devia lhes parecer profano.

Era tudo tão dolorosamente óbvio e constrangedor que nós cinco ficamos ali desconcertados por um momento, encarando-nos mutuamente enquanto o movimento do supermercado continuava ao nosso redor.

Falei para Jacob:

— Por que não vai esperar no carro?

— Tudo bem.

Ele começou a se afastar.

Os Rifkin ainda nos encaravam.

Eu decidira imediatamente não dizer nada a menos que eles iniciassem a conversa. Era quase impossível imaginar algo que eu pudesse dizer que não fosse doloroso, indelicado ou provocador.

Mas Laurie queria falar. O desejo dela de caminhar até eles era palpável. Com muito esforço, continha-se. Achei tocante e quase ingênuo como era completa a fé da minha esposa em comunicação e contato. Para ela, virtualmente não existe problema que não se beneficie de um pouco de conversa-conversa-conversa. Além do mais, ela acreditava genuinamente que o caso era de alguma maneira um infortúnio compartilhado, que nossa família também sofria, que não era nada fácil ver o filho ser acusado injustamente de homicídio, ver a vida dele arruinada sem um bom motivo. A tragédia do homicídio de Ben Rifkin não minimizava a tragédia da própria vitimização de Jacob. Não creio que Laurie tivesse a intenção de dizer nada disso. Ela é empática demais. Acho que apenas queria transmitir sua simpatia de alguma maneira, conectar-se, com a banalidade habitual do tipo "lamento tanto por sua perda" ou algo parecido.

Laurie disse:

— Eu...

— Laurie — interrompi —, vá esperar no carro com Jacob. Eu pagarei as compras.

Não me ocorreu simplesmente partir. Tínhamos o direito de estar lá. Tínhamos o direito de comer, com certeza.

Laurie passou por mim na direção de Joan Rifkin. Tentei sem muito empenho impedi-la, mas jamais houve algum jeito de convencer minha esposa a desistir de fazer algo depois que se decidia. Ela era uma mula. Uma mulher doce, empática, brilhante, sensível e adorável, mas, ainda assim, uma mula.

Ela caminhou diretamente até eles e fez um gesto com as mãos, estendendo-as com as palmas voltadas para cima como se quisesse tomar nas suas as mãos de Joan, ou talvez apenas indicando que não sabia exatamente o que dizer, ou que não portava nenhuma arma.

Joan recebeu o gesto cruzando os braços.

Dan ergueu levemente o próprio braço. Parecia que estava se preparando para segurar Laurie se, por algum motivo, ela atacasse.

Laurie disse:

— Joan...

Joan cuspiu na cara de Laurie. Ela agiu muito repentinamente, sem se dar ao trabalho de acumular saliva na boca, e a quantidade expelida não foi muita. Foi mais um gesto, talvez o gesto que ela considerara apropriado dadas as circunstâncias — mas, até aí, quem jamais poderia estar preparado para tais circunstâncias?

Laurie cobriu o rosto com as duas mãos e removeu o cuspe com os dedos.

— Assassinos — disse Joan.

Fui até Laurie e coloquei a mão em seu ombro. Ela estava tão imóvel quanto uma rocha.

Joan olhou furiosamente para mim. Se fosse homem ou menos educada, talvez tivesse vindo atrás de mim. Ela tremia de ódio como um diapasão. Eu não conseguia odiá-la de volta. Não conseguia sentir raiva dela, não conseguia encontrar muitos sentimentos por ela, exceto tristeza, tristeza por todos nós.

Falei para Dan "sinto muito", como se não fizesse sentido falar com Joan e coubesse a nós, homens, administrar as emoções que nossas esposas não conseguiam.

Peguei a mão de Laurie e a conduzi para fora da loja com uma polidez elaborada, repetindo delicadamente "com licença... desculpe... com licença" enquanto nos espremíamos ao passar pelos outros clientes e seus carrinhos de compras até sairmos para o estacionamento, onde ninguém nos reconheceu e retornamos ao semianonimato do qual ainda desfrutávamos naquelas poucas últimas semanas antes do julgamento, antes do dilúvio.

— Não pegamos as nossas coisas — disse Laurie.
— Tudo bem. Não precisamos delas.

21 | Cuidado com a fúria de um homem paciente

Ver o lado bom das pessoas é a feliz sina dos advogados de defesa. Não importa o quanto o crime seja perverso ou incompreensível, não importa o quanto as provas da culpa sejam esmagadoras, o advogado de defesa jamais se esquece de que seu cliente é um ser humano como todos nós. Isto, é claro, é o que torna todo réu digno de ser defendido. Não posso lhe dizer quantas vezes um advogado insinuou para mim que o bêbado que estuprou um bebê ou o cliente que espancou a esposa "na verdade não é um mau sujeito". Até mesmo os mercenários que se gabam com seus Rolex de ouro e maletas de couro de crocodilo cultivam essa minúscula partícula redentora de humanismo: todo criminoso continua sendo um homem, um complexo de bem e mal, plenamente merecedor de nossa empatia e piedade. Para os policiais e promotores, as coisas não são tão belas assim. Temos o impulso oposto. Somos rápidos em ver a mácula, o verme, a criminalidade latente, até mesmo nas melhores pessoas. A experiência nos diz que o homem na casa ao lado é capaz de qualquer coisa. O padre pode ser um pedófilo, o policial, um bandido; o marido e pai amoroso pode cultivar um segredo asqueroso. Obviamente, acreditamos nessas coisas pelo mesmo motivo que faz o advogado de defesa ter sua crença: pessoas são apenas seres humanos.

Quanto mais observava Leonard Patz, mais me convencia de que era o assassino de Ben Rifkin. Seguia-o em seus passeios matinais, primeiro ao Dunkin' Donuts e depois à Staples, e também estava presente quando deixava o trabalho. Seu uniforme da Staples deixava-o ridículo. A camisa polo vermelha era justa demais em seu torso flácido. Calças cáqui acentuavam o tipo de pélvis volumosa que Jacob e os amigos chamam de "bunda dianteira". Não ousei entrar na loja para ver o que haviam atribuído a Patz vender. Equipamentos eletrônicos, provavelmente, computadores, telefones celulares — ele parecia fazer o tipo. Obviamente, o promotor tem o privilégio de escolher o réu, mas eu simplesmente não conseguia entender por que Logiudice preferia Jacob àquele homem. Talvez seja o pensamento desejoso de um pai ou o cinismo de promotor, mas ainda não entendo, mesmo agora.

Em agosto, eu já seguia os passos de Patz havia semanas, pelas manhãs e à noite, antes e depois de sua jornada de trabalho. As informações de Matt Magrath eram uma prova conclusiva, mas não se sustentariam no tribunal. Nenhum júri jamais aceitaria a palavra dele. Eu necessitava de provas mais concretas, algo que não dependesse daquele garoto desonesto. Não sei exatamente o que esperava ver seguindo Patz daquela maneira. Esbarrar em algo. Um retorno à cena do crime, um passeio de carro tarde da noite para se livrar de provas. Qualquer coisa.

Contudo, Patz não fez nada particularmente suspeito. Na verdade, não fazia muita coisa. Nas horas livres, parecia satisfeito em vadiar em lojas ou em matar tempo em seu apartamento perto do parque Cold Spring. Gostava de comer no McDonald's na estrada Soldiers Field, em Brighton, onde fazia o pedido no *drive-through* e comia em seu carro cor de ameixa enquanto escutava o rádio. Uma vez, foi sozinho ao cinema. Nada daquilo era remotamente significativo. Mas nada do que fez jamais abalou minha certeza de que Patz era o homem certo. A possibilidade absurda de que meu filho fosse sacrificado para salvar aquele homem tornou-se uma obsessão. Quanto mais o seguia, mais o observava, mais me detinha nessa ideia, mais aturdido ficava. O tédio da vida dele, longe de dissipar minhas suspeitas, me enfurecia ainda mais. Ele estava se escondendo, evitando chamar a atenção, aguardando até que Logiudice fizesse seu trabalho por ele.

Em um fim de tarde abafado de uma quarta-feira de agosto, segui Patz diretamente atrás de seu carro enquanto ele ia para casa pelo Newton

Centre, uma área comercial com jardins para a qual várias vias movimentadas convergiam. Eram cerca de 17 horas e o sol ainda estava forte. O tráfego estava mais leve do que de costume (esse é o tipo de cidade que fica vazia em agosto), mas ainda assim os para-choques dos carros quase se tocavam. A maioria dos motoristas mantinha as janelas dos carros totalmente fechadas para protegê-los do calor úmido. Alguns, incluindo Patz e eu, mantinham as janelas abertas e pendiam os cotovelos esquerdos para fora em busca de um pouco de alívio. Até os que saboreavam sorvete na calçada na frente da sorveteria tinham um ar murcho, arrasado.

Em um sinal vermelho, encostei logo atrás do carro de Patz. Agarrei com força o volante.

Tirei o pé do freio. Não sei por quê. Não tenho certeza de até que ponto pretendia levar aquilo. Mas fiquei feliz, pela primeira vez em muito tempo, enquanto meu carro avançou e bateu no dele com um *tum* satisfatório.

Ele olhou para mim pelo retrovisor e ergueu as mãos. *O que foi isso?*

Dei de ombros, recuei o carro pouco mais de um metro, depois bati de novo em seu para-choques, desta vez um pouco mais forte. *Tum.*

Através da janela traseira do carro dele, vi a silhueta sombria de Patz erguer as mãos novamente, exasperado. Observei-o colocar o carro em ponto morto, abrir a porta e erguer seu corpo volumoso para fora do carro.

E tornei-me outra pessoa. Uma pessoa diferente, mas ainda assim me movia e agia com uma naturalidade e uma fluência que eram selvagens e desconhecidas, além de excitantes.

Eu me encontrava fora do carro e seguindo na direção dele antes de estar realmente ciente do meu próprio movimento, sem nem mesmo decidir de fato confrontá-lo.

Ele ergueu as mãos diante do peito, palmas para a frente, e seu rosto demonstrava surpresa.

Agarrei a camisa dele e empurrei-o contra seu carro, curvando-o para trás. Enterrei meu nariz em seu rosto e rosnei:

— Sei o que você fez.

Ele não respondeu.

— Sei o que você fez.

— Do que está falando? Quem é você?
— Sei sobre o garoto no parque Cold Spring.
— Ah, meu Deus, você está louco.
— Você não tem ideia.
— Não sei do que está falando. Verdade. Pegou o cara errado.
— É mesmo? Lembra-se de ter ido encontrar Ben Rifkin no parque? Lembra-se de ter contado a Matt Magrath que iria fazer isso?
— Matt Magrath?
— Durante quanto tempo observou Ben Rifkin, passou quanto tempo o espreitando? Falou com ele alguma vez? Carregava sua faca naquele dia? O que aconteceu? Ofereceu a ele o mesmo acordo que tinha com Matt, cem pratas por uma bolinada? Ele recusou? Ele debochou de você, xingou você? Tentou bater em você, empurrá-lo, assustá-lo? O que o levou a fazer aquilo?
— Você é o pai, não é?
— Não, não sou o pai de Ben.
— Não, do que foi acusado. Você é o pai. Contaram-me a seu respeito. O promotor avisou-me que tentaria falar comigo.
— Qual promotor?
— Logiudice.
— O que ele disse?
— Disse que você estava com uma ideia fixa e que poderia tentar falar comigo algum dia, e que eu não deveria falar com você. Ele disse que você era...
— O quê?
— Disse que você era maluco. Que poderia ser violento.
Soltei Patz e recuei um passo.
Fiquei surpreso ao descobrir que o levantara do chão. Ele deslizou para baixo pela lateral do carro, pousando nos calcanhares. A camisa vermelha do uniforme da Staples fora puxada para fora de suas calças cáqui da Dockers, expondo uma parte redonda da barriga, mas ele ainda não ousava se endireitar. Patz olhava para mim com cautela.
— Sei o que você fez — assegurei a ele, voltando a mim. — Não há a menor chance de que meu filho vá para a prisão por sua causa.
— Mas eu não fiz nada.

— Sim, você fez. Sim, você fez. Matt me contou tudo a respeito.
— Por favor, apenas me deixe em paz. Não fiz nada. Só estou fazendo o que o promotor me mandou.

Concordei com a cabeça, sentido-me exposto e fora de controle. Constrangido.

— Sei o que você fez — repeti em voz baixa e com certeza, desta vez tanto para mim mesmo quanto para Patz. A frase me confortava, como uma pequena prece.

Sr. Logiudice: E você continuou a seguir Leonard Patz depois deste dia?
Testemunha: Sim.
Sr. Logiudice: Por quê? O que possivelmente desejava fazer?
Testemunha: Estava tentando solucionar o caso, provar que Patz era o assassino.
Sr. Logiudice: Você realmente acreditava nisso?
Testemunha: Sim. Você tomou a decisão errada, Neal. As provas apontavam para Patz, não para Jacob. Aquele era seu melhor caso. Você deveria seguir as evidências aonde quer que elas o levassem. Esse era seu trabalho.
Sr. Logiudice: Nossa, você não desiste, não é mesmo?
Testemunha: Você não tem filhos, não é verdade, Neal?
Sr. Logiudice: Não.
Testemunha: Pois é, imaginei que não. Se tivesse, compreenderia. Você disse a Patz para que não falasse comigo?
Sr. Logiudice: Sim.
Testemunha: Porque sabia que, se o júri ouvisse as evidências contra Patz, jamais acreditaria que Jacob fosse culpado. Você estava marcando as cartas, estou certo?
Sr. Logiudice: Estava processando meu caso. Estava processando o suspeito que eu acreditava que cometera o crime. Este é meu trabalho.
Testemunha: Então por que ficou com medo de permitir que o júri ouvisse a respeito de Patz?
Sr. Logiudice: Porque não foi ele! Eu estava fazendo o que considerava a coisa certa, baseado nas provas que possuía no momen-

	to. Andy, escute, não é você quem está fazendo as perguntas aqui. Este não é mais o seu trabalho. É o meu.
Testemunha:	Só que é estranho, não é? Dizer para um cara daqueles não falar com a defesa. É enterrar provas da defesa, não é? Mas tinha suas razões, não tinha, Neal?
Sr. Logiudice:	Você poderia ao menos... por favor. Chame-me de Sr. Logiudice. Conquistei esse direito, ao menos.
Testemunha:	Conte a eles, Neal. Vamos lá, conte a eles como conhecia Leonard Patz. Conte a eles o que o júri nunca ouviu.
Sr. Logiudice:	Sigamos em frente.

22 | Um coração dois números menor

Sr. Logiudice: Voltando sua atenção para um documento marcado como prova, hum, 22, você reconhece este documento?
Testemunha: Sim. É uma carta da Dra. Vogel para Jonathan Klein, nosso advogado de defesa.
Sr. Logiudice: E a data?
Testemunha: Está datada de 2 de outubro.
Sr. Logiudice: Duas semanas antes do julgamento.
Testemunha: Sim, mais ou menos.
Sr. Logiudice: O final da carta diz "CC: Sr. e Sra. Andrew Barber". A carta foi mostrada a vocês na época?
Testemunha: Sim, foi.
Sr. Logiudice: Mas seu advogado nunca entregou este documento para acesso da parte adversa, estou certo?
Testemunha: Pelo que sei, não.
Sr. Logiudice: Não pelo que ninguém saiba.
Testemunha: Não preste testemunho, Neal. Vamos lá, faça uma pergunta.
Sr. Logiudice: Pois bem. Por que este instrumento nunca foi entregue à promotoria?
Testemunha: Porque é confidencial. É uma comunicação entre médico e paciente e é o produto de um trabalho, o que significa que

foi criado pela equipe de defesa como parte da preparação para o julgamento, o que o torna confidencial. Ele está isento do acesso da parte adversa.

Sr. Logiudice: Mas você o apresentou agora. E em resposta a uma ordem-padrão de instrução. Por quê? Está abrindo mão da prerrogativa?

Testemunha: A prerrogativa de abrir mão não cabe a mim. Mas não importa agora, não é mesmo? A única coisa que importa agora é a verdade.

Sr. Logiudice: E lá vamos nós. Esta é a parte na qual você nos conta o quanto acredita no sistema e tudo o mais.

Testemunha: O sistema é tão bom quanto as pessoas que o mantêm em funcionamento, Neal.

Sr. Logiudice: Você confiava na Dra. Vogel?

Testemunha: Sim. Completamente.

Sr. Logiudice: E confia nela agora? Não aconteceu nada que tenha abalado sua fé nas observações da doutora?

Testemunha: Confio nela. É uma boa médica.

Sr. Logiudice: Portanto, não questiona nada contido nesta carta?

Testemunha: Não.

Sr. Logiudice: E qual era o propósito da carta?

Testemunha: Era uma carta para transmitir uma opinião. Seu propósito era o de resumir as descobertas da médica a respeito de Jacob para que Jonathan pudesse se decidir quanto a convocar a Dra. Vogel como testemunha e até mesmo se desejaria abordar o assunto, a questão da saúde mental de Jacob.

Sr. Logiudice: Você poderia ler o segundo parágrafo para o grande júri, por favor?

Testemunha: "O cliente apresenta-se como um garoto de 14 anos articulado, inteligente e educado. Tem um jeito tímido e é relativamente reticente nas conversas, mas nada em sua conduta sugere uma capacidade comprometida de perceber, recordar ou relacionar os incidentes envolvidos neste caso ou de auxiliar o aconselhamento para o julgamento

	ao tomar decisões informadas, inteligentes e bem-avaliadas relativas à própria defesa jurídica."
Sr. Logiudice:	O que a doutora diz aqui é que, em sua opinião profissional, Jacob estava apto a ser julgado, estou certo?
Testemunha:	Esta é uma opinião legal, e não clínica. Mas sim, obviamente a médica está ciente do padrão.
Sr. Logiudice:	E quanto à imputabilidade penal? A médica também aborda a questão na carta, não é mesmo? Veja o parágrafo três.
Testemunha:	Sim.
Sr. Logiudice:	Leia-o, por favor.
Testemunha:	Abre aspas: Existem provas insuficientes até o momento para que se possa concluir definitivamente se Jacob percebe adequadamente a distinção entre certo e errado e se é capaz de controlar adequadamente o próprio comportamento para agir de acordo com tal distinção. Pode haver provas suficientes, contudo, para sustentar um argumento plausível fiando-se em provas genéticas e neurológicas baseadas em uma teoria sobre "impulsos irresistíveis". Fecha aspas.
Sr. Logiudice:	"Pode haver provas suficientes", "um argumento plausível"... São muitas reservas, não são?
Testemunha:	É compreensível. As pessoas estavam destinadas a serem céticas quanto a criarem desculpas para homicídios. Se a médica depusesse e defendesse tal argumento, seria melhor que tivesse certeza absoluta.
Sr. Logiudice:	Mas ela chegou a dizer, na verdade, pelo menos naquele estágio, que era possível? Era um "argumento plausível"?
Testemunha:	Sim.
Sr. Logiudice:	Um gene assassino?
Testemunha:	Ela nunca usou tal termo.
Sr. Logiudice:	Poderia ler o parágrafo intitulado "Visão Geral do Diagnóstico"? Página três, topo da página.
Testemunha:	Neal, quer que eu leia tudo para eles? O documento já consta como prova. Eles podem ler por conta própria.

Sr. Logiudice: Por favor. Satisfaça o meu desejo.

Testemunha: Abre aspas: Jacob apresenta um comportamento e expressa pensamentos e inclinações, tanto em sessões privadas quanto na sua história fora da observação clínica direta, que sustentariam qualquer um ou todos os seguintes diagnósticos, isolados ou combinados: transtorno de apego reativo, transtorno de personalidade narcisista"... Olhe, se está me pedindo para comentar o diagnóstico clínico de uma psiquiatra...

Sr. Logiudice: Por favor, apenas mais uma. Página quatro, parágrafo dois, a frase que destaquei com um *post-it*.

Testemunha: Abre aspas: A melhor maneira de resumir toda esta constelação de observações — falta de empatia, dificuldades com o controle de impulsos, crueldade ocasional — é dizer que Jacob se parece com o Grinch do Dr. Seuss: "Seu coração é dois números menor". Fecha aspas.

Sr. Logiudice: Você parece desconcertado. Sinto muito. Isto perturba você?

Testemunha: Nossa, Neal. Nossa.

Sr. Logiudice: Foi assim que se sentiu quando ouviu pela primeira vez que seu filho tinha um coração dois números menor?

[A testemunha não respondeu.]

Sr. Logiudice: Foi assim que se sentiu?

Testemunha: Objeção. Relevância.

Sr. Logiudice: Deferida. Agora, responda à pergunta, por favor. Foi assim que se sentiu?

Testemunha: Sim! Como imagina que me senti, pelo amor de Deus? Sou o pai dele.

Sr. Logiudice: Exatamente. Como pôde viver com um garoto que tinha a capacidade para esse tipo de violência durante todos esses anos sem nunca reparar nisto? Jamais suspeitou que houvesse ao menos alguma coisa fora do lugar? Nunca levantou um dedo para abordar tais problemas psicológicos?

Testemunha: O que quer que eu diga, Neal?

Sr. Logiudice: Que sabia. Você sabia, Andy. Você sabia.

Testemunha: Não.
Sr. Logiudice: Como isso é possível, Andy? Como poderia não saber? Como isso é possível?
Testemunha: Não sei. Só sei que é a verdade.
Sr. Logiudice: De novo com isso. Você realmente se prende nos mesmos argumentos, não é mesmo? Fica repetindo "a verdade, a verdade, a verdade" como se dizer isso tornasse o que diz verdadeiro.
Testemunha: Você não tem filhos, Neal. Não espero que compreenda.
Sr. Logiudice: Esclareça-me. Esclareça a todos nós.
Testemunha: Você não consegue enxergar direito os próprios filhos. Ninguém consegue. Você os ama demais, está próximo demais. Se tivesse um filho. Se tivesse um filho.
Sr. Logiudice: Precisa de um minuto para se recompor?
Testemunha: Não. Já ouviu falar em viés confirmatório? Viés confirmatório é a tendência a ver coisas em seu ambiente que confirmem suas ideias preconcebidas e não ver coisas que entrem em conflito com o que você já acredita. Imagino que algo parecido aconteça com os filhos. Você vê o que quer ver.
Sr. Logiudice: E o que não quer ver, você opta por não ver?
Testemunha: Não é optar. Você simplesmente não vê.
Sr. Logiudice: Mas para que isso seja verdade, para que seja um viés confirmatório, você precisaria acreditar genuinamente naquilo. Porque está falando de um processo inconsciente. Portanto, você precisaria acreditar genuinamente, de coração, que Jacob era um garoto normal, que o coração dele não era dois números menor que o normal, correto?
Testemunha: Sim.
Sr. Logiudice: Mas neste caso isso não poderia ser verdade, poderia? Porque você tinha razões para estar atento a indícios de problemas, não tinha? Durante toda a sua vida... toda a sua vida, Andy... você esteve ciente da possibilidade, não é verdade?

Testemunha: Não, não é.
Sr. Logiudice: Não? Esqueceu-se de quem era seu pai?
Testemunha: Sim. Durante quase trinta anos, esqueci. Quis esquecer, esqueci intencionalmente, tinha o direito de esquecer.
Sr. Logiudice: Tinha o direito?
Testemunha: Sim. Era uma questão pessoal.
Sr. Logiudice: Mas era mesmo? Você nunca acreditou realmente nisso. Esqueceu-se de quem era seu pai? Esqueceu em que seu filho poderia se transformar se acabasse se tornando como o avô? Ah, vamos lá, ninguém se esquece de algo assim. Você sabia. "Viés confirmatório!"
Testemunha: Alto lá, Neal.
Sr. Logiudice: Você sabia.
Testemunha: Alto lá. Pare de encher o saco. Comporte-se como um advogado, pelo menos uma vez.
Sr. Logiudice: Pois bem. Eis o Andy Barber que todos conhecemos. De novo no controle de si próprio. Mestre do autocontrole, mestre da autoilusão. Mestre ator. Permita-me lhe fazer uma pergunta: ao longo destes trinta anos nos quais se esqueceu de quem é, de onde veio, estava contando uma história para si mesmo, não estava? Diga-se de passagem, estava contando uma história para todo mundo. Em suma, estava mentindo.
Testemunha: Jamais falei nada que não fosse verdade.
Sr. Logiudice: Não, mas deixou algumas coisas de fora, não deixou? Você deixou algumas coisas de fora.
[A testemunha não respondeu.]
Sr. Logiudice: E, ainda assim, quer que o grande júri acredite em cada palavra que diz.
Testemunha: Sim.
Sr. Logiudice: Pois bem, então. Prossiga com sua história.

23 | Ele

*Northern Correctional Institution,
Somers, Connecticut.*

A cabine de visitas no Northern Correctional Institution (NCI). parecia projetada para desorientar e isolar. Uma caixa branca claustrofóbica e lacrada, com cerca de 2 metros de largura e 3 de profundidade, composta de uma porta com janela atrás de mim e uma janela de vidro laminado na minha frente. Um telefone bege sem discador na parede à direita. Um balcão branco para apoiar os braços. A cabine fora projetada para manter os prisioneiros enjaulados, é claro: o NCI era uma instalação de segurança máxima de nível cinco que só permitia visitas sem contato. Mas era eu que me sentia sepultado.

E, quando ele apareceu na janela — meu pai, Billy Barber, o Sanguinário: mãos algemadas na altura da cintura, uma massa de cabelos grisalhos, sorrindo maliciosamente para mim, entretido, suponho, com seu filho insignificante finalmente aparecendo ali —, fiquei feliz com a placa de vidro espesso entre nós. Feliz por ele poder me ver, mas não me alcançar. O leopardo no zoológico caminha até uma extremidade de sua jaula e, através das barras ou de um fosso intransponível, encara você com desdém pela sua inferioridade, por necessitar daquela barreira entre vocês. Naquele momento, há uma compreensão compartilhada, não verbal mas não menos real: o leopardo é o predador e você a presa, e é somente a barreira que permite que nós, humanos, nos sintamos superiores e seguros. Tal sensação, de pé diante da jaula do leopardo, vinha com uma ponta de vergonha, diante da força superior do animal, de sua arrogância, da baixa estima que ele atribui a você. Para minha própria surpresa, o que senti naqueles primeiros momentos na presença de meu pai foi precisamente a sutil vergonha do visitante no zoológico. A onda de emoções pegou-me de surpresa. Eu não esperava sentir o que quer que fosse. Sejamos honestos: Billy Barber era um estranho para mim. Não o via havia cerca de 45 anos, desde garoto. Mas eu não poderia ter ficado mais paralisado diante dele. Meu pai me segurou com tanta segurança quanto se, de alguma maneira, tivesse se materializado no meu lado do vidro e me envolvido em seus braços.

Ele ficou ali de pé, enquadrado pela janela, um retrato de três quartos do corpo de um velho prisioneiro, seus olhos fixos em mim. Ele deu uma pequena bufada.

Quebrei o contato visual e ele se sentou.

Um guarda estava de pé alguns metros atrás dele, perto da parede em branco. (Tudo era em branco, todas as janelas, todas as portas, todas as superfícies. Pelo que pude ver, o NCI parecia feito inteiramente de paredes lisas de gesso branco e paredes de concreto cinzento. As instalações eram novas, concluídas apenas em 1995, de modo que presumi que a falta de cor fosse parte de alguma estratégia penal enlouquecedora. Afinal de contas, pintar uma parede de amarelo ou azul não é mais difícil do que pintá-la de branco.)

Meu pai pegou o telefone — mesmo ao escrever as palavras *meu pai*, sinto uma pequena agitação, e minha mente volta o filme da minha vida até 1961, quando o vi pela última vez, na sala de visitas da prisão de Whalley Avenue; aquele é o momento de divergência, todo o curso contingente e ramificador das nossas duas vidas começa lá — e peguei meu fone.

— Obrigado por concordar em me ver.

— As visitas não estão exatamente fazendo fila.

No pulso dele estava a tatuagem azul da qual me lembrara durante tantos anos. Na verdade, era bastante pequena e indistinta, um pequeno crucifixo com linhas difusas que envelhecera com a idade para um tom ameixa, como um hematoma profundo. Eu tinha uma lembrança equivocada da tatuagem. Eu tinha uma lembrança equivocada dele: era de estatura apenas mediana, magro, mais musculoso agora do que eu imaginara. Músculos tesos desenvolvidos na prisão, mesmo aos 72 anos. Ele também escolhera uma nova tatuagem, muito mais intricada e artística que a antiga: um dragão que se enrolava em torno do pescoço de modo que o focinho e a cauda se encontravam na base da garganta como o pingente de um colar.

— Já estava na hora de vir me ver.

Torci o nariz. A insinuação risível de que ele estivesse magoado, de que *ele* fosse a vítima aqui, encheu-me de raiva. Que cara de pau. Aquele cara era um vigarista típico: sempre persuadindo, jogando, tentando fisgar você.

— Quanto tempo se passou? — prosseguiu ele. — Uma vida inteira? Estou apodrecendo toda uma vida e você não tem tempo de visitar seu velho. Nem mesmo uma única vez. Que tipo de filho você é? Que tipo de filho faz isso?

— Você treinou este discurso?

— Não me venha bancar o espertinho. O que eu fiz para você? Hein? Nada. Mas, em uma vida inteira, você nunca veio me ver. Seu próprio pai. Que tipo de filho não visita o próprio pai durante quarenta anos?

— Sou *seu* filho. Isto deveria explicar.

— Meu filho? Não *meu* filho. Não conheço você. Nunca pus os olhos em você.

— Quer ver a minha certidão de nascimento?

— Como se eu desse a mínima para uma merda de certidão de nascimento. Você acha que é isso que faz um filho? Uma gozada há cinquenta anos, isso é o que você é para mim. O que pensou? Que ficaria feliz em ver você? Pensou que eu estaria saltitante, cantarolando?

— Você poderia ter dito não. Eu não estava na sua lista de visitas.

— Ninguém está na minha maldita lista. O que pensou? Quem estaria na minha lista de merda? Não deixam as pessoas fazerem visitas aqui, de todo modo. Só parentes de primeiro grau.

— Quer que eu vá embora?

— Não. Ouviu-me dizer isso? — Ele abanou a cabeça, franziu o cenho. — Este maldito lugar. Este lugar é o pior. Não estive aqui durante todo esse tempo, sabe? Eles me mudam para outros lugares. Se você se sai mal em outros lugares, é para cá que mandam você. É um buraco.

Ele pareceu perder o interesse pelo assunto e ficou em silêncio.

Não falei nada. Descobri que em qualquer interrogatório, no tribunal, em inquirições de testemunhas, onde quer que seja, na maioria das vezes o melhor que se pode fazer é esperar, não dizer nada. A testemunha desejará preencher o silêncio constrangedor. Ela sentirá uma vaga compulsão por continuar falando, para provar que não está escondendo nada, para provar que é esperta e sabe das coisas, para conquistar sua confiança. Neste caso, imagino, esperei apenas por força do hábito. Certamente, eu não tinha qualquer intenção de partir. Não antes que ele dissesse sim.

O humor dele mudou. Ele deixou os ombros baixarem e curvou o corpo para a frente. Quase visivelmente, passou de petulante a resignado, até mesmo autocomiserativo.

— Bem — disse ele —, você ficou grande, pelo menos. Ela deve ter alimentado você bem.

— Ela se saiu bem. Com tudo.

— Como ela está, sua mãe?

— Que merda isso lhe importa?

— Não me importo.

— Então não fale sobre ela.

— Por que não deveria?

Balancei a cabeça.

— Conheci ela antes de você — afirmou e se contorceu na cadeira com um olhar malicioso, balançando a cintura, fingindo fodê-la.

— Seu neto está com problemas. Sabia disso?

— Se eu...? Nem mesmo sabia que tinha um neto. Qual é o nome dele?

— Jacob.

— Jacob?

— O que há de tão engraçado?

— Que merda de nome de veado é esse, Jacob?

— É um nome!

Quicando na cadeira de tanto gargalhar, ele cantou em falsete:

— Jaaaacob!

— Veja lá como fala. Ele é um bom garoto.

— É? Não pode ser tão bom assim, do contrário você não estaria aqui.

— Falei para tomar cuidado com o que diz.

— Por que o pequeno Jacob está com problemas?

— Homicídio.

— Homicídio? Homicídio. Qual é a idade dele?

— Quatorze.

Meu pai pousou o fone no colo e afundou-se na cadeira, curvando o corpo para trás. Quando se sentou ereto de novo, disse:

— Quem ele matou?

— Ninguém. É inocente.

— É, eu também.

— Ele é realmente inocente.

— Tudo bem, tudo bem.

— Você nunca ouviu nada a respeito?

— Nunca ouço a respeito de nada aqui dentro. Este lugar é uma latrina.

— Você deve ser o prisioneiro mais velho daqui.

— Um deles.

— Não sei como consegue sobreviver.

— Não é possível esmagar aço. — As algemas forçaram-no a erguer os dois braços enquanto ele segurava o telefone com a mão esquerda, e ele flexionou o braço direito, desocupado. — Não é possível esmagar aço. — Mas, em seguida, a empáfia dele desapareceu. — Este lugar é um buraco — disse ele. — É como viver numa maldita caverna.

Ele tinha uma maneira de oscilar entre os dois polos do hipermachismo e da autocomiseração. Era difícil dizer qual dos dois era fingimento. Talvez nenhum dos dois fosse. Nas ruas, esse tipo de volatilidade emocional pareceria loucura. Lá dentro, quem poderia saber? Talvez fosse uma reação natural àquele lugar.

— Você se colocou neste lugar.

— Eu me coloquei mesmo neste lugar e estou cumprindo minha sentença, sem reclamar. Ouviu-me reclamar?

Não respondi.

— Pois bem, o que quer de mim? Quer que eu faça algo pelo pequeno, pobre e inocente Jacob?

— Posso querer que preste testemunho.

— Testemunhar sobre o quê?

— Deixe-me lhe perguntar uma coisa. Quando matou aquela garota, qual foi a sensação? Não fisicamente. Quero dizer, o que se passava em sua cabeça, no que estava pensando?

— O que quer dizer com o que eu estava pensando?

— Por que fez aquilo?

— O que quer que eu fale? Me diga.

— Apenas quero que diga a verdade.

— Pois bem. Ninguém quer isso. Especialmente as pessoas que lhe dizem que desejam saber a verdade... Acredite em mim, elas não querem a verdade. Me diga o que quer que eu fale para ajudar a inocentar o garoto e eu falo. Não dou a mínima para essa merda. Por que deveria me importar?

— Deixe-me explicar da seguinte maneira: quando aquilo aconteceu, você estava pensando em alguma coisa? Qualquer coisa mesmo? Ou foi uma espécie de impulso irresistível?

O canto da boca dele se curvou para cima.

— Um impulso irresistível?

— Apenas responda.

— É isso o que procura?

— Não importa o que procuro. Não procuro nada. Apenas me diga o que sentiu.

— Senti um impulso irresistível.

Expirei lentamente, ruidosamente.

— Sabe de uma coisa? Se você fosse um mentiroso melhor, talvez não estivesse aqui.

— Se você não fosse um mentiroso tão bom, talvez não estivesse aí fora. — Ele me encarou. — Se quer que eu ajude a livrar a cara do garoto, vou ajudar. Ele é meu neto. Apenas me diga o que você precisa.

Eu já decidira que Billy Barber, o Sanguinário, não chegaria a 15 quilômetros do banco das testemunhas. Ele era pior do que um mentiroso — era um mau mentiroso.

— Tudo bem — falei —, quer saber o que me fez vir aqui? Vim aqui por isso. — Ergui uma pequena embalagem: um cotonete esterilizado e um envelope plástico para acondicioná-lo. — Preciso esfregar sua gengiva com isso. Para obter seu DNA.

— Os guardas não deixarão você fazer isso.

— Deixa que eu cuido dos guardas. Preciso que me autorize.

— Para que precisa do meu DNA?

— Estamos fazendo testes para detectar uma mutação específica. Chama-se MAOA Nocaute.

— Mas que porra é essa de MAOA Nocaute?

— Uma mutação genética. Acham que ela pode programar seu corpo para que seja mais agressivo em certos ambientes.

— Quem acha isso?

— Cientistas.

Os olhos dele se estreitaram. Era perfeitamente possível ler seus pensamentos, o oportunismo egoísta de um condenado de carreira: talvez houvesse ali um argumento para reverter a própria condenação.

— Quanto mais você fala, mais imagino que talvez Jacob não seja tão inocente.

— Não vim aqui para ouvir sua opinião. Vim para coletar sua saliva com este cotonete. Caso se recuse, obterei uma ordem judicial, voltarei e obteremos a amostra da maneira mais difícil.

— Por que eu recusaria?

— Por que faria qualquer coisa? Não entendo caras como você.

— O que há para entender? Sou igual a qualquer outra pessoa. Igual a você.

— Tudo bem, não importa.

— Não me venha com "tudo bem, não importa". Você já parou alguma vez para pensar que sem mim você não existiria?

— Todos os dias.

— Está vendo? Pronto.

— Não é um pensamento feliz.

— Bem, ainda sou seu pai, garoto, goste você ou não. Isto não precisa deixar você feliz.

— Não me deixa.

Depois de alguma negociação e de um telefonema para o vice-diretor da prisão, foi feito um acordo. Eu não teria permissão para coletar pessoalmente a amostra de meu pai, o que seria o melhor método, pois criaria a corrente de custódia mais limpa possível: eu poderia testemunhar que a amostra era genuína porque o cotonete nunca deixara de estar em minha posse. Não no NCI. "Nenhum contato" significava nenhum contato. Finalmente, recebi permissão para entregar o kit a um guarda, o qual o entregou ao meu pai.

Expliquei a ele o procedimento passo a passo através do telefone na cabine de visitas.

— Tudo que precisa fazer é rasgar a embalagem e esfregar um pouco o cotonete por dentro da bochecha. Apenas para que ele absorva um pouco de saliva. Engula primeiro. Depois, esfregue-o no interior da bochecha perto do fundo da boca, na articulação do maxilar. Então, quero que coloque o cotonete nesta garrafa plástica, sem tocar a ponta em nenhum outro lugar, e atarraxe a tampa. Depois, quero que coloque este rótulo sobre a tampa e assine e date o rótulo. É preciso observar você fazer tudo isso, portanto não bloqueie minha visão.

Com as mãos ainda algemadas, ele rasgou a embalagem de papel que continha o cotonete. Era um longo palito de madeira, mais longo que um cotonete comum. Ele colocou o cotonete diretamente dentro da boca, como um pirulito, e fingiu mordê-lo. Depois, olhando para mim através da janela, expôs os dentes e esfregou a ponta de algodão na frente da gengiva superior. Depois, girou-o no fundo da boca, na cavidade da bochecha. Ele ergueu o palito diante da janela.

— Agora, você.

Parte
TRÊS

> "*Tenho em mente um experimento. Pegue uma criança pequena — não importa a descendência, raça, talento ou predisposição, desde que seja essencialmente saudável — e farei dela o que você desejar. Produzirei um artista, um soldado, um advogado, um padre; ou a criarei para que seja um ladrão. Você pode decidir. A criança é igualmente capaz de todas essas coisas. As únicas exigências são treinamento, tempo e um ambiente apropriadamente controlado.*"
>
> — JOHN F. WATKINS,
> *Principles of Behaviorism* (1913)

24 | É diferente para as mães

Durante anos, jamais esperei perder no tribunal. Na prática, é claro que perdi. Todo advogado perde, assim como todo jogador de beisebol erra setenta por cento das vezes em que vai rebater. Mas nunca fui intimidado, e cuspia nos promotores que eram — os políticos e os inescrupulosos que temiam julgar um caso que não lhes desse a certeza, que não arriscariam uma sentença absolutória. Para um promotor, não há nenhuma desonra em uma sentença absolutória, não quando a alternativa é um acordo sórdido. Não somos medidos por simples históricos de vitórias ou derrotas. A verdade é que os melhores históricos de vitórias e derrotas não são construídos por meio de um ótimo trabalho nos tribunais. São construídos por meio da escolha a dedo de levar aos tribunais somente os casos mais fortes e de alegar culpa para minimizar as penas no resto, independentemente do que for certo ou errado. Este era o jeito de Logiudice, não o meu. Melhor lutar e perder do que vender sua vítima.

Esta era uma das razões pelas quais eu gostava de homicídios. Você não pode se declarar culpado de assassinato em Massachusetts. Todos os casos devem ir a julgamento. A regra é um resquício dos dias em que se aplicava a pena de morte em casos de assassinato no estado. Em um caso capital, nenhum atalho era permitido, nenhum acordo. As apostas eram simplesmente altas demais. Portanto, até hoje, todo caso de homicídio, por mais desigual que possa ser, deve ir a julgamento. Promotores não podem escolher a dedo os vencedores certeiros para levá-los a julgamento e jogar fora as apostas mais difíceis. *Bem, eu gostava de pensar, melhor assim. Deste modo, a diferença serei eu. Vencerei jogando limpo com o caso mais fraco.* Era como eu pensava. Mas, até aí, todos contamos para nós mesmos histórias sobre nossa vida. O homem da grana diz a si mesmo que, ao ficar rico, está na verdade enriquecendo outros, o artista diz a si mesmo que suas criações são obras de beleza imortal, o soldado diz a si mesmo que está do lado dos anjos. Já eu contava a mim mesmo que, no tribunal, faria as coisas darem certo — que, quando eu vencesse, a justiça seria servida. É possível embebedar-se com esse tipo de pensamento e, no caso de Jacob, foi o que ocorreu comigo.

À medida que o julgamento se aproximava, senti uma familiar euforia de campo de batalha. Jamais cruzou a minha mente que perderíamos. Eu estava energizado, otimista, confiante, combativo. Tudo isto, em retrospecto, parece estranhamente desconectado da realidade. Mas não é tão estranho se você pensar a respeito. Trate um homem como uma bigorna e ele desejará bater em resposta.

O julgamento começou em meados de outubro de 2007, no auge do outono. Em breve, as árvores soltariam todas as suas folhas de uma vez, mas por enquanto a folhagem estava na sua brilhante eflorescência final de vermelho, laranja e mostarda.

Na véspera do julgamento, uma noite de terça-feira, o ar estava incomumente quente. Ao longo da noite, a temperatura não caíra muito abaixo de 15ºC, e o ar estava denso, úmido, agitado. Despertei no meio da noite, sentindo algo de errado na atmosfera, como sempre sinto quando Laurie não consegue dormir.

Ela estava deitada de lado, apoiada em um cotovelo, cabeça apoiada em uma das mãos.

— Qual é o problema? — sussurrei para ela.
— Escute.
— O quê?
— *Sh*. Apenas espere, escute.

Lá fora, a noite farfalhava.

Houve um grito agudo alto. Começou como o ganido de um animal e, rapidamente, aumentou para um grito agudo lancinante, a freada repentina de um trem.

— O que pode ser isso? — perguntou ela.

— Não sei. Um gato? Um pássaro, talvez? Algo o está matando.

— O que estaria matando um gato?

— Uma raposa, um coiote. Um guaxinim, talvez.

— É como de repente se vivêssemos na floresta. Estamos na cidade! Passei a vida toda aqui. Jamais tivemos raposas e coiotes. E aqueles perus selvagens enormes que aparecem no quintal? Nunca tivemos nada disso.

— Há muito progresso acontecendo. A cidade está crescendo. Os hábitats naturais deles estão desaparecendo. Estão sendo forçados a aparecer em outras regiões.

— Escute este som, Andy. Não sei dizer nem mesmo de onde vem ou a que distância está. É como se estivesse bem do nosso lado. Deve ser o gato de algum vizinho.

Escutamos. O grito veio novamente. Desta vez, os guinchos do animal morrendo soaram definitivamente como um gato. O grito começou reconhecível como o choro de um gato antes de os guinchos selvagens e eletrizados começarem.

— Por que está demorando tanto?

— Talvez ele esteja brincando com a presa. Sei que gatos fazem isso com camundongos.

— É horrível.

— É a natureza.

— Ser cruel? Você tortura sua presa antes de matá-la? Como isso pode ser natural? Que vantagem evolucionária a crueldade proporciona?

— Não sei, Laurie. É apenas como as coisas são. Seja lá o que ataque um gato desta maneira... algum coiote faminto ou cão selvagem ou o que for... tenho certeza de que está desesperado. Não deve ser fácil caçar por aqui.

— Se está desesperado, deveria matá-lo e comê-lo logo.

— Por que não tentamos dormir um pouco? Temos um longo dia amanhã.

— Como conseguirei dormir com aquilo?

— Quer um dos meus Ambiens?

— Não. Eles me deixam derrubada pela manhã. Quero estar alerta. Não sei como conseguiu tomar essas coisas.

— Está brincando? Como elas como Tic Tacs. Elas não me derrubam *o bastante*.

— Não preciso de comprimidos, Andy. Só quero que esse som pare.

— Venha, deite-se.

Ela abaixou a cabeça. Abracei-a de conchinha.

— Você só está nervosa, Laurie. É compreensível.

— Não sei se conseguirei fazer isso, Andy. De verdade, não sei se tenho forças.

— Nós vamos superar.

— É mais fácil para você. Você já viu todo o processo antes. E não é mãe. Não que isto seja *fácil* para você. Sei que não é. Mas é diferente para mim. Simplesmente não consigo. Não vou conseguir.

— Eu gostaria de poder fazer com que isso passasse para você, Laurie, mas não posso.

— Não. Isto ajuda, de qualquer jeito, o que está fazendo agora. Apenas ficaremos deitados aqui. Deve terminar logo.

Os guinchos seguiram por cerca de 15 minutos. Nenhum de nós dormiu muito mesmo depois que eles cessaram.

Quando saímos de casa às 8 horas da manhã seguinte, uma van do canal de notícias Fox 25 estava parada em ponto morto no outro lado da rua, com fumaça saindo em pequenas nuvens do cano de descarga. Um câmera nos filmou quando caminhamos até o carro. Ele não tinha rosto atrás da câmera apoiada no ombro. Ou melhor, a câmera era o rosto dele, sua cabeça de inseto com um olho só.

Diante do Fórum em Cambridge, abrimos caminho até a entrada principal na Thorndike Street, onde havia um enxame de repórteres. Mais uma vez, tropeçaram uns nos outros quando subimos o quarteirão. Novamente, os câmeras se empurravam para obter uma boa tomada, de novo os microfones sondavam o ar diante de nós. A pressão dos repórteres foi bem mais fácil de lidar agora, já tendo passado uma vez por aquilo no dia da acusação formal. A presença de Jacob era o que mais os excitava, mas eu estava estranhamente agradecido por Jacob precisar atravessar aquele corredor polonês. Eu tinha a teoria de que era sempre melhor para um réu ser solto sob fiança e ir para a rua do que ser mantido na prisão aguardando o julgamento, como ocorreu com a maioria de meus próprios réus em casos de homicídio. Réus que não eram libertados sob fiança pareciam deixar o prédio somente em mão única, através da saída dos prisioneiros — rumo a Concord, e não para casa. Esses réus-prisioneiros desciam pelo Fórum como carne através de um moedor ou como as bolas de aço que quicam ao descer em uma máquina de *pachinko*: da prisão até os andares superiores, descendo pelas várias salas de julgamento, finalmente saindo pela garagem subterrânea, onde as vans dos policiais os transportavam para diversas prisões. Melhor que Jacob entrasse pela porta da frente, melhor que retivesse sua liberdade e dignidade durante o tempo que fosse possível. Quando aquele prédio, em meio às suas engrenagens, agarrava você, ele não gostava de soltar.

25 | A Professora, a Garota de Óculos, o Cara Gordo de Somerville, Urkel, o Cara do Estúdio de Gravações, a Dona de Casa, a Mulher de Aparelhos nos Dentes e Outros Oráculos da Verdade

No condado de Middlesex, os juízes eram ostensivamente designados de modo aleatório aos julgamentos. Na verdade, ninguém acreditava que tal sorteio existisse. Os mesmos poucos juízes eram designados repetidamente para os casos de maior evidência, e os juízes que sempre obtinham os bilhetes premiados tendiam a ser *prima donnas* — justamente o tipo que faria lobby nos bastidores para chegar àquela posição. Mas ninguém jamais reclamava. Lutar contra os hábitos do Fórum costumava ser um exercício de enxugar gelo e, de todo modo, a autosseleção de juízes com ego nas alturas era provavelmente o melhor. É necessária uma dose saudável de ego para manter o comando sobre um tribunal. Havia isso, além de que o resultado era uma apresentação melhor: grandes casos precisam de grandes personalidades.

Então, não foi surpresa que o juiz designado para o julgamento de Jacob fosse Burton French. Todos sabiam que seria ele. As senhoras das cafeterias com redes nos cabelos, os zeladores de manicômios, até os camundongos que arranhavam por trás das telhas do teto, todos sabiam que, caso houvesse uma câmera de TV no tribunal, o juiz designado seria Burt French. Ele era muito provavelmente o único juiz cujo rosto o público reconhecia, pois aparecia com frequência no noticiário local para discorrer sobre assuntos jurídicos. A câmera o amava. Tinha uma aparência levemente risível de Coronel Blimp — um corpo de tonel de vinho sustentado vacilantemente por duas pernas finas —, mas, como uma cabeça falante na tela da televisão, ele projetava o tipo de austeridade reconfortante que gostamos de ver em nossos juízes. Ele falava em declarações definitivas, nada do "por um lado, por outro lado" ao qual os jornalistas tanto recorrem. Ao mesmo tempo, nunca era bombástico; nunca parecia estar fingindo ou provocando, produzindo a "agitação" que a TV ama. Em vez disso, tinha um jeito de usar seu rosto quadrado, sério, de retrair o queixo e olhar para a câmera e de dizer coisas como "A Lei não permite [isso ou aquilo]". Mal se poderia culpar os espectadores por pensar: *Se a Lei pudesse falar, ela soaria assim.*

O que tornava tudo isso tão insuportável para os advogados que se reuniam para fofocar antes da primeira sessão todas as manhãs ou na hora do almoço no Cinnabon na praça de alimentação do Galleria era que a pose rude e sem conversa mole do juiz French era ela própria pura conversa mole. O homem que se apresentava em público como a personificação da Lei, pensavam, estava, no fundo, em busca de publicidade, era um peso leve intelectual e, no tribunal, um tirano mesquinho. O que fazia dele a personificação perfeita da Lei, quando se pensa realmente a respeito.

É claro que, quando o julgamento de Jacob começou, eu não dava a mínima para as falhas do juiz French. Tudo o que importava era o jogo, e Burt French era uma vantagem para nós. Ele era essencialmente conservador, não do tipo de juiz que se colocaria em uma posição vulnerável por causa de uma teoria jurídica nova como a do gene assassino. Igualmente importante, French era o tipo de juiz que gostava de testar os advogados que se apresentavam diante dele. Possuía um instinto provocador para fraquezas ou incertezas e adorava atormentar advogados desajeitados e despreparados. Atirar Neal Logiudice na frente de um cara como aquele era como atirá-lo ao mar como isca para tubarões, e Lynn Canavan cometeu um erro ao tomar essa decisão em um caso tão importante. Mas, até aí, que escolha ela possuía? Não podia mais me enviar para fazer o trabalho.

E foi assim que começou.

Mas começou — como ocorre com frequência em um evento pelo qual você aguardou ansiosamente por muito tempo — com uma sensação de anticlímax. Esperamos na galeria da sala de tribunal 12B, lotada, enquanto o relógio passava das 9 horas, 9h15, 9h30. Jonathan estava sentado ao nosso lado sem se incomodar com o atraso. Ele conferiu algumas vezes com a escrivã do juiz, somente para receber sempre a resposta de que havia atrasos na instalação da câmera cuja transmissão em vídeo seria compartilhada pelas estações de notícias, incluindo a Court TV. Depois, esperamos um pouco mais enquanto o corpo do júri que tínhamos esperado, maior que o habitual, era organizado. Jonathan relatou essas coisas para nós, depois abriu seu *New York Times* e o ficou lendo tranquilamente.

Na frente do tribunal, a escrivã do juiz French, uma mulher chamada Mary McQuade, revirou alguns documentos; depois, satisfeita, levantou-se e inspecionou a sala de braços cruzados. Sempre me dei bem com Mary. Fazia disso parte do meu trabalho. Os escrivães dos tribunais eram os guardiões dos portões dos juízes e, portanto, influentes. Mary, especificamente, parecia desfrutar do prestígio de sua posição, aquela proximidade com o poder. E a verdade é que fazia bem o trabalho, intermediando a fanfarronice de French com a constante pressão dos advogados pela obtenção de vantagens. A palavra *burocrata* tem uma conotação negativa, mas, no fim das contas, precisamos de burocracias, e são os bons burocratas que as fazem funcionar. Mary, com certeza, não pedia desculpas pelo lugar que ocupava no sistema. Usava óculos caros e estilosos e ternos decentes, como que para se separar dos charlatães nas outras salas de julgamento.

Em uma cadeira próxima à parede mais distante ficava o oficial de justiça, um enorme homem gordo chamado Ernie Zinelli. Ernie tinha 60 e poucos anos e cerca de 150 quilos, e, se algum dia houvesse realmente alguma confusão no tribunal, o pobre homem provavelmente desmaiaria com um ataque cardíaco. A presença dele como intermediário das ordens do juiz era puramente simbólica, como o martelo do juiz. Mas eu adorava Ernie. Ao longo dos anos, ele se tornara cada vez mais aberto comigo quanto às suas opiniões em relação aos réus, as quais eram, de modo geral, desfavoráveis ao extremo, e também em relação a juízes e advogados, levemente mais positivas.

Naquela manhã, aqueles dois velhos colegas meus mal me deram atenção. Mary lançava ocasionalmente olhares na minha direção, mas não dava qualquer sinal de que já me vira antes. Ernie arriscou um pequeno sorriso. Pareciam temer que alguém pudesse pensar que qualquer gesto amigável fosse direcionado a Jacob, que estava sentado ao meu lado. Perguntei-me se teriam sido instruídos para me ignorar. Provavelmente apenas deduziram que eu me juntara ao outro time.

Quando o juiz finalmente assumiu seu posto, um pouco antes das dez, estávamos doloridos de tanto ficar sentados.

Todos se levantaram quando Ernie recitou o familiar "Silêncio! O Tribunal de Justiça do Estado de Massachusetts está agora em sessão", e Jacob remexeu-se irrequieto até o final: "Todos que tenham interesses diante deste tribunal manifestem-se e serão ouvidos." A mãe de Jacob e eu colocamos a mão nas costas dele para tranquilizá-lo.

O caso foi anunciado, Jonathan gesticulou para Jacob e os dois atravessaram a cancela e tomaram seus lugares à mesa da defesa, como fariam todas as manhãs durante as duas semanas seguintes.

Aquela seria a visão de Laurie no decorrer de todo o julgamento. Da primeira fila de bancos da galeria, ficava sentava impassiva hora após hora, dia após dia, olhando para a parte de trás da cabeça de Jacob. Equilibrada naquele banco, minha esposa parecia muito pálida e magra entre os espectadores, como se o caso de Jacob fosse um câncer ao qual ela precisasse resistir, um esforço físico. Ainda assim, não importava o quanto ela definhasse, eu não conseguia evitar de ver em Laurie o fantasma de seu eu mais jovem, a garota adolescente com um rosto adorável e cheio em forma de coração. Tenho uma ideia de que seja isto o que amor duradouro realmente signifique. As memórias de uma garota aos 17 anos se tornam tão reais e vívidas quanto a mulher de meia-idade sentada diante de você. É uma espécie feliz de visão dupla, este ver e relembrar. Ser visto desta maneira é ser conhecido.

Laurie sofria miseravelmente sentada ali. Os pais de réus jovens eram consignados a um purgatório peculiar em julgamentos deste tipo. Esperavam que estivéssemos presentes, mas em silêncio. Estávamos implicados no crime de Jacob tanto como vítimas quanto perpetradores. Sentiam pena de nós, pois não fizemos nada de errado. Apenas tivemos azar, perdemos na loteria da gravidez, acabamos com o fardo de um filho problemático. Espermatozoide + óvulo = assassino — algo assim. É inevitável. Ao mesmo tempo, éramos desprezados: *alguém* deveria ser responsável por Jacob, e nós criamos e educamos o garoto — devíamos ter feito *algo* errado. Pior ainda, agora que tínhamos a audácia de apoiar o assassino; nós realmente queríamos que ele livrasse a cara, o que apenas confirmava nossa natureza antissocial, nossa maldade profunda até os ossos. Obviamente, a visão que o público tinha de nós era tão contraditória e intensificada pelas emoções que não havia como responder a ela, nenhuma maneira certa de agir. As pessoas pensariam o que quisessem, imaginariam para nós qualquer vida interior sinistra ou sofrida que escolhessem. E, no decorrer das duas semanas seguintes, Laurie faria seu papel. Ficaria ali sentada na parte posterior do tribunal, tão imóvel e inexpressiva quanto uma estátua de mármore. Ela ficava olhando para a parte posterior da cabeça do filho, tentando interpretar os mais ínfimos micromovimentos. Não reagia a nada. Não importava que um dia segurara aquele bebê nos braços e sussurrara no ouvido dele, "*sh, sh*". Naquela altura, ninguém dava a mínima.

Quando finalmente assumiu seu lugar, o juiz French passou os olhos pela sala enquanto a escrivã lia o caso:
— Numero zero-oito-traço-quatro-quatro-zero-sete, Povo *vs.* Jacob Michael Barber, uma acusação de homicídio qualificado. Pelo réu, Jonathan Klein. Pelo Povo, o promotor adjunto Neal Logiudice.

O rosto bonito e grave do juiz voltou-se brevemente para cada jogador, Jacob, os advogados, até para nós, conferindo a cada um uma importância momentânea enquanto estávamos sob seu olhar, a qual sumia assim que os olhos seguiam para o próximo.

Ao longo dos anos, eu participava de muitos casos diante do juiz French, e, apesar de achar que ele era um pouco como um terno vazio, gostava dele o bastante. Ele fora jogador de futebol americano em

Harvard, jogava na linha de defesa. No último ano da faculdade, ele se jogara sobre a bola que outro jogador deixara cair na zona final contra Yale e aquele momento brilhante singular o marcara. Ele mantinha uma foto enquadrada do momento na parede de seu gabinete, o grande Burt French em seu uniforme escarlate e dourado deitado de lado no campo, aninhando o ovo precioso que encontrara. Suspeito que a fotografia me afetava de uma maneira diferente da que afetava o juiz French. Para mim, ele era o tipo de sujeito com quem coisas como aquela aconteciam. Rico com boa aparência e tudo o mais, sem dúvida as oportunidades sempre se apresentaram como tantas bolas de futebol americano jazendo em seu caminho e ele meramente precisava cair sobre elas, presumindo o tempo todo que sua boa sorte fosse o produto natural de seu talento. É de se perguntar como um homem afortunado como ele seria afetado por um pai como Billy Barber, o Sanguinário. Toda a tranquilidade, toda a naturalidade, toda a autoconfiança crédula. Durante anos, eu estudara homens como Burt French, os desprezara, os imitara.

— Sr. Klein — disse o juiz, colocando seus óculos de leitura —, alguma moção preliminar antes de iniciarmos o *voir dire*?

Jonathan levantou-se.

— Duas coisas, Meritíssimo. Primeiro, o pai do réu, Andrew Barber, gostaria de comparecer a favor do réu. Com a permissão do tribunal, ele ficará na minha segunda cadeira durante o julgamento.

Jonathan foi até a escrivã e entregou a ela a moção, uma única folha de papel anunciando que eu faria parte da equipe de defesa. A escrivã entregou a folha ao juiz, que franziu a testa quando a leu.

— Na verdade, não cabe a mim tal decisão, Sr. Klein, mas tampouco tenho certeza de que ela seja inteligente.

— É o desejo da família — disse Jonathan, distanciando-se da decisão.

O juiz rabiscou seu nome na folha de papel, aprovando a moção.

— Sr. Barber, pode vir à frente.

Contornei a cancela e sentei-me à mesa da defesa, ao lado de Jacob.

— Algo mais?

— Meritíssimo, fiz um pedido liminar para excluir provas científicas baseadas em uma suposta predisposição genética para a violência.

— Sim. Li a moção e estou inclinado a aprová-la. Deseja ser ouvido ainda mais antes que eu decida? Pelo que compreendo, sua posição é a de que a ciência não está estabelecida e, mesmo que estivesse, não há nenhuma prova específica de uma propensão à violência, genética ou de qualquer outra origem, neste caso. Isto é o essencial?

— Sim, Meritíssimo, isto é o essencial.

— Sr. Logiudice? Deseja ser ouvido ou irá se basear em seu memorial? Parece-me que a defesa tem o direito de ser ouvida sobre este tipo de provas antes que sejam apresentadas. Veja bem, não estou excluindo definitivamente tais provas. Estou apenas determinando que, caso você decida oferecer provas de uma tendência genética à violência, realizaremos uma reunião no momento em que o fizer, fora da presença do júri, para decidirmos se será ou não aceita.

— Sim, Meritíssimo, eu gostaria de ser ouvido sobre a questão.

O juiz piscou os olhos para Logiudice. O rosto dele dizia claro como o dia: *Sente-se e cale a boca*.

Logiudice se levantou e abotoou o paletó, uma peça esguia de três botões que, quando abotoada de tal modo, não lhe caía apropriadamente. O pescoço de Logiudice estendia-se um pouco para a frente enquanto o paletó permanecia ereto, o que fazia a gola flutuar a uns 4 ou 5 centímetros do pescoço, como o capuz de um monge.

— Meritíssimo, a posição do Povo... e estamos preparados para apresentar provas de especialistas quanto a este ponto... é a de que a ciência da genética comportamental deu grandes passos e continua a avançar a cada dia, e está muito mais do que amadurecida para ser admitida aqui. Nós alegamos que este chega a ser o caso extremo no qual excluir tais provas seria impróprio...

— A moção foi deferida.

Logiudice ficou parado de pé por um momento, sem ter certeza se tinham acabado de bater sua carteira.

— Sr. Logiudice — explicou o juiz ao assinar a moção, *Deferida. French, J.* —, eu não excluí as provas. Minha determinação é simplesmente que, caso queira apresentá-las, você deverá notificar a defesa e faremos uma audiência quanto à aceitabilidade delas antes que as apresente ao júri. Entendido?

— Entendido, Meritíssimo.

— Permita-me ser claro como cristal: nenhuma palavra a respeito até que eu determine que as provas sejam admitidas.

— Entendido, Meritíssimo.

— Não transformaremos isto em um circo. — O juiz suspirou. — Muito bem, mais alguma coisa antes que eu mande entrar o júri *venire*?

Os advogados balançaram as cabeças.

Com uma série de gestos de aprovação com as cabeças — do juiz para a escrivã, da escrivã para o oficial de justiça —, os jurados em potencial foram trazidos de um dos andares inferiores. Entraram arrastando os pés, esticando os pescoços para ver o tribunal como turistas caminhando por Versalhes. A câmara provavelmente os decepcionou. Era um tribunal mal-ajambrado de estilo moderno: teto alto e quadrado, mobília minimalista revestida com lâminas de madeira de bordo e pretas, iluminação indireta e branda. Duas bandeiras pendiam de mastros inclinados, uma dos Estados Unidos, à direita do juiz, e a outra, do estado de Massachusetts, à esquerda. A bandeira dos Estados Unidos pelo menos mantinha as cores vívidas originais; a bandeira do estado, outrora de um branco sem máculas, esmaecera para um marfim desbotado. Fora isso, não havia nada, nenhuma estátua, nenhuma inscrição em latim cinzelada, nenhum retrato de um juiz esquecido, nada para abrandar a austeridade escandinava do projeto. Eu estivera mil vezes naquele tribunal, mas a decepção dos jurados fizera-me olhar para ele, finalmente, e perceber o quão desgastado aquilo tudo parecia.

O grupo de candidatos a jurados preencheu toda a galeria nos fundos do tribunal, deixando desocupados apenas os dois bancos que haviam sido reservados para a família do réu, repórteres e as poucas outras pessoas cujas ligações com o Fórum lhes concediam o direito de permanecer no tribunal. Os jurados em potencial eram uma mistura de trabalhadores e donas de casa, jovens e aposentados. Nas audiências de escolha de jurados, costumava-se desgostar de operários de produção e daqueles que trabalhavam em subempregos, pois eram as pessoas mais propensas a responder a uma convocação. Mas aquele grupo de candidatos tinha um ar vagamente profissional, pensei. Muitos cabelos bem-cortados, sapatos novos, coldres para BlackBerries, canetas despontando dos bolsos. Aquilo era bom demais para nós, decidi. Queríamos jurados espertos, de cabeça fria, pessoas com a inteligência necessária para compreender uma defesa técnica ou as limitações de provas científicas, e com a coragem de dizer *inocente*.

Iniciamos o *voir dire*, o processo de perguntas e respostas por meio do qual os jurados são escolhidos. Jonathan e eu tínhamos cada um os próprios mapas de assentos do júri, uma tabela de duas fileiras e seis colunas — 12 lugares no total, mais dois espaços reservados no lado direito do mapa —, como as cadeiras estavam dispostas no espaço do júri. Doze jurados, mais dois alternativos que ouviriam todas as provas mas não participariam da deliberação, a menos que um dos jurados abandonasse sua função. Quatorze candidatos foram chamados adiante, 14 cadeiras foram ocupadas, rabiscamos os nomes e algumas anotações nos espaços em nossos cartões de pontuação, e o procedimento começou.

Jonathan e eu deliberamos sobre cada um dos potenciais jurados. Tínhamos seis escusas absolutórias, as quais podíamos usar para eliminar um jurado sem declarar uma razão, e um número ilimitado de impugnações de jurados, o que significava objeções baseadas em alguma razão explícita para pensar que o jurado não seria imparcial. Apesar de toda a estratégia, a seleção do júri sempre foi uma espécie de tiro no escuro. Há especialistas caros que alegam conseguir eliminar parte do trabalho de adivinhação utilizando grupos de foco, a elaboração de perfis psicológicos, estatísticas e daí em diante — o método científico —, mas prever como um estranho julgará seu caso, especialmente baseando-se nas informações muito limitadas fornecidas por um questionário aplicado ao júri, é francamente mais arte que ciência, ainda mais em Massachusetts, onde as regras limitam severamente a extensão do quanto se pode questionar os jurados. Ainda assim, tentamos discriminá-los. Procuramos por educação; por pessoas que morassem em cômodos subúrbios e que pudessem simpatizar com Jacob e não colocassem sua origem confortável contra ele; por profissões frias, como contadores, engenheiros, programadores. Logiudice tentou carregar o júri com trabalhadores, pais, qualquer um que pudesse sentir ultraje pelo crime e que teria poucos problemas para acreditar que um garoto fosse capaz de matar por causa de poucas provocações.

Os jurados apresentavam-se, sentavam-se, eram dispensados, novos candidatos vinham e se sentavam e rabiscávamos detalhes sobre eles em nossos mapas de assentos...

E, duas horas depois, tínhamos nosso júri.

Demos um apelido a cada jurado para que pudéssemos nos lembrar deles: a Professora (primeira jurada), a Garota de Óculos, o Vovô, o Cara Gordo de Somerville, o Cara do Estúdio de Gravações, Urkel, o Canal (uma mulher nascida no Panamá), a Mãe de Waltham, a Garçonete, o Peão de Obras (apropriadamente, um instalador de pisos de madeira, uma figura de olhos semicerrados com quem nos preocupamos desde o início), a Dona de Casa de Concord, o Motorista de Caminhão (na verdade, um entregador de uma empresa de fornecimento de alimentos), a Mulher de Aparelhos nos Dentes (alternativa) e o Bartender (alternativo). Não tinham nada em comum, exceto pela evidente falta de qualificações para a função. Era quase cômico o quanto eram ignorantes em relação à lei, a como julgamentos funcionavam, até mesmo em relação a este caso, o qual fora divulgado em todos os jornais e noticiários noturnos. Foram escolhidos pela perfeita ignorância dessas coisas. É como o sistema funciona. No final, os advogados e juízes saem de lado de bom grado e entregam todo o processo para uma dúzia de amadores completos. Seria engraçado se não fosse tão perverso. Como é fútil todo o processo. Com certeza, Jacob deve ter se dado conta disso enquanto olhava para aqueles 14 rostos inexpressivos. A enorme mentira do sistema de justiça criminal — que podemos determinar confiavelmente a verdade, que podemos saber "além de qualquer dúvida racional" quem é culpado e quem não é — é construída nesta admissão colossal: depois de cerca de mil anos de refinamento do processo, juízes e advogados não são mais capazes de dizer o que é verdadeiro do que uma dúzia de toupeiras selecionadas aleatoriamente nas ruas. Jacob deve ter estremecido diante de tal pensamento.

26 | Alguém está observando

Naquela noite, durante o jantar, na segurança de nossa cozinha, conversávamos agitadamente. As palavras vinham aos tropeços, murmúrios, esperanças, medos. Mais do que qualquer outra coisa, estávamos gastando energia nervosa.

Laurie fez o máximo para manter a conversa em andamento. Ela estava evidentemente exausta depois de uma noite insone e um longo dia, mas sempre acreditou que, quanto mais conversássemos, melhor ficaríamos. Então ela fazia perguntas e confessava os próprios medos e seguia passando pratos de comida, convidando todos nós a conversar e conversar. Naqueles momentos leves, eu vislumbrava a antiga Laurie efervescente — ou melhor, a ouvia, pois sua voz nunca envelheceu. Em todos os outros aspectos, Laurie definhara durante a crise de Jacob: seus olhos pareciam fundos e assombrados, sua pele cor de pêssego com creme ficou amarelada e desgastada. Mas sua voz permanecera gloriosamente intacta. Quando abria a boca, o que saía era a mesma voz de adolescente que eu escutara pela primeira vez quase 35 anos antes. Era como um telefonema de 1974.

Em um ponto, Jacob falou a respeito do júri:

— Acho que não gostaram de mim, só pelo jeito que me olhavam.

— Jacob, eles só passaram um dia na bancada. Dê uma chance a eles. Além do mais, até agora tudo o que sabem sobre você é que foi acusado de cometer um homicídio. O que espera que pensem?

— Ainda não deveriam pensar nada.
— Eles são humanos, Jake. Apenas não dê a eles nenhuma razão para não gostarem de você, isso é tudo o que pode fazer. Fique tranquilo. Sem reações. Nada de fazer suas caras.
— Que caras?
— Você faz uma cara quando não está prestando atenção. Você faz careta.
— Eu não faço careta!
— Faz sim.
— Mãe, eu faço careta?
— Não reparei. Às vezes seu pai se deixa levar pela estratégia.
— Faz sim, Jake. É tipo... — Fiz a careta.
— Pai, isso não é uma careta. Você só parece constipado.
— Ei, estou falando sério. É assim que você fica quando não está prestando atenção. Faz com que pareça furioso. Não deixe o júri ver essa cara.
— Esta é a minha cara! O que posso fazer?
— Seja apenas o garoto bonito que você é, Jacob — disse Laurie com doçura. Ela deu um pequeno sorriso amarelo para o filho. Ela vestira o agasalho ao contrário, mas parecia não ter percebido, apesar de a etiqueta ficar roçando contra a garganta.
— Ei, falando sobre como sou um garoto bonito, vocês sabiam que há uma *hashtag* no Twitter sobre mim?
Laurie:
— O que isso significa?
— É um meio para as pessoas falarem sobre mim no Twitter. E o que estão dizendo? É tudo tipo: *Jacob Barber é lindo. Quero ter um filho com ele. Jacob Barber é inocente.*
Eu:
— É mesmo? E o que mais estão dizendo?
— Tudo bem, há *algumas* coisas ruins, mas a maioria é positiva. Tipo setenta por cento.
— Setenta por cento positivas?
— Mais ou menos.
— Você tem acompanhado isso de perto?

— Só aconteceu hoje. Mas sim, é claro que estou lendo. Você precisa conferir, pai. Basta entrar no Twitter e procurar por "jogo da velha Jacob Barber", sem espaços. — Ele escreveu no guardanapo de papel: *#jacobbarber*. — Fui um *trending topic*! Sabem o que isso significa? Geralmente, é para pessoas tipo Kobe Bryant ou Justin Timberlake, gente assim.

— Isto é, hum, ótimo, Jacob. — Dei um olhar cético para a mãe do garoto.

Essa não foi a única vez que o assunto da celebridade de nosso filho na internet foi levantado. Alguém — provavelmente um amigo da escola — montara um site, JacobBarber.com, para apoiá-lo. O site possuía um quadro de mensagens no qual as pessoas podiam declarar a inocência de Jacob ou desejar o bem para ele ou comentar sobre sua pureza de caráter. Mensagens negativas eram filtradas e não postadas. Também havia um grupo no Facebook de apoio a Jacob. O consenso on-line era que Jacob era um pouco estranho, possivelmente homicida, definitivamente atraente, conclusões que não deixavam de ser relacionadas. Ele também recebia no celular ocasionais mensagens de texto de estranhos. A maioria era perversa, mas nem todas. Ele dizia que a proporção de tais mensagens era de duas negativas para cada positiva, o que parecia ser o suficiente para ele. Jacob sabia que era inocente, afinal de contas. De todo modo, não quis mudar o número do celular.

Laurie:

— Talvez você deva ficar longe do Facebook e tudo o mais, Jacob. Pelo menos até que isto termine.

— Apenas leio, mãe. Nunca escrevo nada. Sou um *lurker*, só acompanho.

— Um *lurker*? Não use esta palavra. Faça-me um favor, apenas fique longe da internet por um tempo, certo? Você pode se machucar.

— Jacob, acho que o que sua mãe está dizendo é que as próximas duas semanas podem passar mais facilmente se apenas tentarmos permanecer calmos e equilibrados. Portanto, talvez todos devêssemos tapar um pouco os ouvidos.

— Perderei meus 15 minutos de fama — disse e sorriu, absorto e alegremente corajoso, como apenas um garoto pode ser.

Laurie parecia horrorizada.

— Isto seria realmente uma pena — murmurei.

— Jacob, vamos esperar que tenha seus 15 minutos de fama por outra coisa.

Todos ficamos quietos. Talheres tilintavam contra os pratos.

Laurie disse:

— Eu gostaria que aquele cara desligasse o motor do carro.

— Que cara?

— Aquele cara. — Ela apontou com a faca para a janela. — Não estão ouvindo? Tem um cara sentado no carro lá fora com o motor ligado. Está me dando dor de cabeça. É como o zumbido no meu ouvido que não passa. Qual é o nome disso, quando você fica com um zumbido no ouvido?

— *Tinnitus* — respondi.

Ela fez uma cara estranha.

— Palavras cruzadas — expliquei.

Levantei-me para olhar pela janela, mais curioso do que preocupado. Era um grande sedã. Não consegui identificar com precisão o modelo. Um enorme carro de quatro portas vagabundo do final-da-indústria-automobilística-americana, talvez um Lincoln. Estava estacionado do outro lado da rua, a duas casas de distância, em uma área escura entre postes de luz, onde eu não conseguia de forma alguma ver o motorista, nem mesmo a silhueta dele. No interior, surgiu um ponto de luz âmbar, como uma estrela, quando o motorista deu uma tragada em um cigarro, depois a pequena estrela se apagou.

— Provavelmente está apenas esperando alguém.

— Então que espere com o motor desligado. Será que esse sujeito nunca ouviu falar em aquecimento global?

— Deve ser um cara mais velho. — Deduzi em função do cigarro, o motor em ponto morto, o carro do tamanho de um avião... todos esses hábitos pertenciam a uma geração mais velha, pensei.

— O escroto deve ser um repórter — falou Jacob.

— Jake!

— Desculpe, mãe.

— Laurie, que tal se eu for falar com ele? Direi para desligar o carro.

— Não. Quem sabe o que ele quer? Seja lá o que tiver em mente, não pode ser nada de bom. Fique aí.

— Querida, você está paranoica! — Eu nunca usava palavras como *querida* ou *doçura* ou *meu amor*, mas o tom delicado parecia necessário. — Provavelmente, é apenas algum velho esquisito fumando uma guimba, escutando o rádio. É provável que nem se dê conta de que está incomodando alguém por deixar o motor ligado.

Ela franziu a testa ceticamente.

— É você quem sempre diz que precisamos manter as cabeças baixas, evitar problemas. Talvez ele queira que você vá até lá e tente algo. Talvez esteja tentando lhe atrair como uma isca.

— Laurie, deixe disso. É apenas um carro.

— Apenas um carro, hum?

— Só um carro.

Mas não era apenas um carro.

Em torno das 21 horas, fui jogar fora o lixo: um grande tonel plástico de lixo, um balde verde retangular pouco prático para recicláveis. O balde de recicláveis tinha um tamanho que o tornava quase impossível de ser carregado confortavelmente com uma das mãos. Os dedos sempre começavam a ter cãibras na metade do caminho da pista de entrada, de modo que carregar os dois itens até a calçada em uma única viagem envolvia uma corridinha rápida e cambaleante até a rua antes que o balde de reciclagem caísse e derramasse todo o seu conteúdo. Foi somente depois de ter colocado o tonel e o balde de recicláveis no chão e os arrumado cuidadosamente lado a lado que reparei novamente no mesmo carro. Ele mudara de lugar. Desta vez, estava estacionado a algumas casas de distância da nossa, mas na outra direção, ainda do outro lado da rua. O motor estava desligado. Nenhum vaga-lume de um cigarro aceso no interior. O carro poderia até mesmo estar vazio. Era impossível saber no escuro.

Espiei na escuridão para identificar alguns detalhes do carro.

O motor foi ligado, depois os faróis. O carro não tinha a placa da frente.

Comecei a andar rapidamente em direção a ele, curioso.

O carro recuou lentamente, afastando-se de mim, como um animal sentindo uma ameaça, depois recuou mais rápido. No primeiro cruzamento, fez uma meia-volta ágil, de especialista, e partiu. Nunca cheguei mais perto que 20 metros. No escuro, não consegui distinguir nada do carro, nem mesmo a cor ou o modelo. Era imprudente dirigir em uma rua tão pequena. Imprudente e bom.

Mais tarde ainda, depois que Laurie estava perceptivelmente adormecida, fiquei sentado na sala de estar assistindo a Jon Stewart com Jacob. Eu me estirara no sofá com o pé direito apoiado na almofada e o braço direito pendendo sobre o descanso para as costas. Sentia uma coceira, uma leve sensação de estar sendo observado, e levantei a persiana para espiar de novo para a fora.

O carro estava de volta.

Saí pela porta dos fundos, atravessei o quintal do vizinho e emergi atrás do carro. Era um Lincoln Town Car, placa 75K S82. O interior estava escuro.

Caminhei lentamente no lado da porta do motorista. Sentia-me preparado para quebrar o vidro, abrir a porta, puxar o cara para fora do carro, imobilizá-lo na calçada e avisá-lo para que ficasse longe de nós.

Mas o carro estava vazio. Olhei rapidamente ao redor em busca do motorista, um homem com um cigarro. Mas estava sendo um tolo. Laurie estava me deixando paranoico também. Era apenas um carro estacionado. Provavelmente, o motorista estava no sétimo sono em uma das casas adjacentes ou comendo a esposa ou assistindo à televisão ou fazendo qualquer coisa que pessoas normais fazem, as coisas que costumávamos fazer. O que eu vira realmente, afinal de contas?

Ainda assim, é melhor prevenir do que remediar. Telefonei para Paul Duffy.

— Advogado — respondeu ele com seu velho jeito lacônico, como se estivesse satisfeito ao me ouvir, satisfeito e não surpreso, mesmo após meses de silêncio, às 23h30 da véspera das declarações de abertura dos trabalhos.

— Duff, desculpe-me por incomodar.

— Não é nenhum incômodo. O que há?

— Provavelmente, não é nada. Acho que talvez tenha alguém nos observando. Ele passou a noite inteira estacionado na rua.

— É um homem?
— Não tenho certeza. Não o vi. Só o carro.
— Você disse "ele".
— Estou presumindo.
— O que ele estava fazendo?
— Era apenas um carro estacionado na frente da casa com o motor ligado. Isso foi em torno das 6, na hora do jantar. Depois o vi novamente em torno das 9 horas. Mas, assim que comecei a caminhar na direção dele, deu meia-volta e foi embora.
— Ele ameaçou você de alguma maneira?
— Não.
— Você já viu o carro alguma vez?
— Não. Creio que não.
Respiração profunda no telefone.
— Andy, posso lhe dar um conselho?
— Eu gostaria que alguém fizesse isso.
— Vá para a cama. Amanhã é um dia importante para vocês. Todos estão sob muita pressão.
— Você acha que é apenas um carro estacionado.
— Para mim, soa como se fosse apenas um carro estacionado.
— Você me faria um favor e checaria a placa? Só para termos certeza. Laurie está muito estressada. Isto faria com que se sentisse melhor.
— Apenas entre nós dois?
— É claro, Duff.
— Tudo bem, diga-me qual é a placa.
— É de Massachusetts, placa número 75K S82. É um Lincoln Town Car.
— Certo, espere um instante.
Houve um longo silêncio enquanto ele fazia a consulta. Fiquei assistindo a Steven Colbert com o som desligado.
Quando Duffy voltou, ele disse:
— Esta placa pertence a um Honda Accord.
— Merda. É roubada.
— Não. Não foi feita nenhuma queixa de roubo, pelo menos.
— Então o que ela está fazendo em um Lincoln?

— Provavelmente, ele apenas a pegou emprestada, para caso alguém reparasse nele e informasse a placa aos policiais. Basta ter uma chave de fenda.

— Merda.

— Andy, você precisa informar isso ao Departamento de Polícia de Newton. Mesmo assim, provavelmente não é nada, mas informe a polícia e, pelo menos, haverá um registro.

— Não quero fazer isso agora. O julgamento começa amanhã. Se eu der parte na polícia, a informação pode chegar aos noticiários. Não posso deixar que isso aconteça. É importante que pareçamos normais e estáveis neste momento. Quero que os jurados vejam uma família comum, justamente como as deles. Porque nós *somos* justamente como eles.

— Andy, se alguém estiver te ameaçando...

— Não. Ninguém nos ameaçou. Na verdade, ninguém fez nada. Você mesmo disse, parece se tratar apenas de um carro estacionado.

— Mas você ficou suficientemente preocupado para me telefonar.

— Não importa. Vou lidar com isso. Se o júri souber, metade dele pensará que somos uns bostas. Os jurados pensarão que estamos fingindo isso para tentar parecer simpáticos, como se estivéssemos fazendo papéis de vítimas nisso tudo. Nada de drama. Qualquer coisa que nos faça parecer esquisitos, inconfiáveis, falsos ou *estranhos* torna mais difícil para eles dizerem *inocente*.

— O que quer fazer, então?

— Talvez você pudesse enviar uma patrulha para cá sem fazer um relatório? Apenas para assustá-lo, fazê-lo partir. Só para que eu possa dizer a Laurie que não precisa se preocupar.

— É melhor que eu mesmo faça isso, do contrário será necessário que haja um relatório.

— Fico agradecido. Jamais poderei lhe retribuir.

— Apenas mantenha seu filho seguro em casa, Andy.

— Está falando sério?

Uma pausa.

— Não sei. Esta coisa toda não parece certa. Talvez seja apenas por ver você e Jacob na mesa da defesa. Conheço o garoto desde que nasceu.

— Paul, ele não fez aquilo. Garanto a você.

Ele grunhiu, sem se convencer.

— Andy, quem poderia estar vigiando sua casa?

— A família da vítima? Talvez algum garoto que conhecia Ben Rifkin? Algum maluco que tenha lido sobre o caso nos jornais? Poderia ser qualquer um. Vocês chegaram a dar continuidade na investigação sobre Patz?

— Quem sabe? Andy, não tenho ideia do que está acontecendo lá. Colocaram-me em uma maldita unidade de relações públicas. Daqui a pouco estarão me fazendo correr de um lado para o outro na rodovia expressa emitindo multas por excesso de velocidade. Afastaram-me do caso assim que Jacob foi acusado. Eu meio que esperava que *me* investigassem, como se eu estivesse encobrindo algo com você. Portanto, não tenho muitas informações. Mas não havia motivo para que continuassem atrás de Patz depois de acusarem outra pessoa. O caso já estava solucionado.

Por um momento, ambos consideramos aquilo em silêncio.

— Muito bem — disse ele —, vou passar por aí. Diga a Laurie que está tudo bem.

— Eu já disse a ela que está tudo bem. Ela não acredita em mim.

— Tampouco acreditará em mim. Não importa. Vá dormir um pouco também. Vocês dois não vão resistir desse jeito. É apenas a primeira noite.

Agradeci a ele e subi para o segundo andar para me deitar na cama com Laurie.

Ela estava deitada enrolada como um gato, as costas voltadas para mim.

— Quem era? — murmurou ela no travesseiro.

— Paul.

— O que ele disse?

— Disse que provavelmente é apenas um carro estacionado. Está tudo bem.

Ela grunhiu.

— Ele disse que você não acreditaria.

— Ele estava certo.

27 | Aberturas

O que Neal Logiudice estava pensando quando se levantou para apresentar seu memorial ao júri? Estava avidamente ciente das duas câmeras automáticas voltadas para ele. Isto ficou claro quando abotoou meticulosamente os dois botões superiores do paletó. Aparentemente, era o segundo terno novo, não o mesmo que ele vestira no dia anterior, apesar do daquele dia ter sido do mesmo estilo *hip* de três botões. (O surto de compras foi um erro. Ele tendia a se envaidecer nas roupas novas.) Ele deve ter imaginado a si próprio como um herói. Ambicioso, obviamente, mas seus objetivos eram os mesmos que os do público — o que era bom para Neal era bom para todos, exceto para Jacob, é claro —, portanto não havia mal nenhum naquilo. Deve ter havido também uma certa retidão em me ver na mesa da defesa, literalmente deslocado. Não quero insinuar que houvesse qualquer senso de vingança edipiana na cabeça de Logiudice naquele dia. De todo modo, ele não deu nenhum sinal exterior de que houvesse. Enquanto ajustava o novo paletó e ficava de pé por um momento, valorizando o júri — os dois júris, devo dizer, um no tribunal, outro no outro lado das câmeras de TV —, vi apenas a vaidade de um jovem. Não consegui odiá-lo nem mesmo invejá-lo um pouco pela autossatisfação. Ele graduara, crescera, finalmente era O Homem. Todos já sentimos tais coisas em um momento ou outro. Edipiano ou não, é um prazer ficar de pé no lugar do pai depois de tantos longos anos, e é um prazer perfeitamente inocente. De todo modo, por que culpar Édipo? Ele foi uma vítima. O pobre Édipo nunca teve a intenção de fazer mal a ninguém.

Logiudice acenou com a cabeça em direção do juiz (*mostre ao júri que você é respeitoso...*). Encarou Jacob malignamente ao passar (*... e que não sente medo do réu, pois, se não tiver a coragem de olhá-lo nos olhos e dizer "culpado", como pode esperar que o júri faça isso?*). Ele parou diretamente diante do júri, com as pontas dos dedos descansando na parte da frente da bancada (*reduza o espaço entre vocês; faça com que sintam que é um deles*).

— Um adolescente — começou ele — encontrado morto. Em uma floresta chamada parque Cold Spring. Cedo em uma manhã de primavera. Um garoto de 14 anos apunhalado três vezes em uma linha cruzando o peito e jogado em um declive de uma barragem a menos de 400 metros da escola para onde caminhava, a 400 metros do lar que deixara apenas minutos antes.

Os olhos dele perambularam pelo júri.

— E a coisa toda... a decisão de fazer isso, a escolha de tirar uma vida, de tirar a vida desse garoto... leva apenas um segundo.

Ele deixou a frase pairar no ar.

— Uma fração de segundo, e — ele estalou os dedos — *bum*. Basta um segundo para você explodir. E é tudo que precisa, um segundo, um instante, para formar a intenção de cometer um homicídio. Neste tribunal, isto é chamado de premeditação. A decisão consciente de matar, por mais rapidamente que a intenção se forme, por mais brevemente que permaneça na cabeça do assassino. Um homicídio qualificado pode ser cometido... do... nada.

Ele começou a caminhar ao longo da bancada do júri, parando para fazer contato visual com cada jurado ao passar.

— Pensemos sobre o réu por um momento. Este é um caso sobre um garoto que tinha tudo: boa família, boas notas, uma bela casa em um bairro nobre. Ele tinha tudo, mais que a maioria, muito mais. Porém o réu também tinha outra coisa: ele apresentava um temperamento fatal. E quando foi pressionado... Não tão fortemente, apenas provocado, apenas alvo de brincadeiras, o tipo de coisa que deve acontecer todo dia em toda escola no país... Mas, quando foi pressionado um pouco além da conta e decidiu que já recebera o bastante, aquele temperamento mental, finalmente, apenas... explodiu.

Você deve contar ao júri a "história do caso", a narrativa que conduziu ao ato final. Fatos não são o bastante; você deve tecê-los em uma história. O júri deve ser capaz de responder à pergunta: "Do que se trata este caso?" Responda a esta pergunta para eles e você vencerá. Destile o caso em uma única frase para eles, um tema, até mesmo uma única palavra. Grave a frase nas mentes deles. Deixe que a levem com eles para a sala do júri, para que, quando abram a boca para discutir o caso, suas palavras saiam como uma enxurrada.

— O réu explodiu. — Ele estalou os dedos de novo.

Logiudice foi até a mesa da defesa, parou perto demais, desrespeitando-nos propositalmente ao invadir nosso espaço. Ele apontou o dedo para Jacob, que baixou os olhos para o colo a fim de evitá-lo. Logiudice era um completo merda, mas sua técnica era magnífica.

— Mas este não era apenas um garoto qualquer de um bom lar em um bom bairro. E não era apenas um garoto qualquer de pavio curto. Este réu tinha algo que o colocava à parte dos outros.

O dedo de Logiudice deslizou de Jacob para mim.

— Ele tinha um pai que era promotor adjunto. Tampouco era qualquer promotor adjunto. Não, o pai do réu, Andrew Barber, era o primeiro adjunto, o homem no topo, aqui no mesmo gabinete onde trabalho, aqui mesmo, neste prédio.

Naquele momento, eu poderia ter esticado a mão e agarrado aquele maldito dedo e arrancado-o da mão pálida e sardenta de Logiudice. Olhei-o nos olhos, sem demonstrar nada.

— Este réu...

Ele recolheu o dedo, ergueu-o acima do ombro como se estivesse testando o vento, depois o abanou no ar enquanto se dirigia para a bancada do júri.

— Este réu...

Não se refira ao réu pelo nome. Chame-o somente de "o réu". Um nome humaniza o réu, faz com que o júri o veja como uma pessoa digna de simpatia, até de perdão.

— Este réu não era um garoto perdido. Não, não. Ele observara durante anos o pai atuar no julgamento de todos os principais homicídios neste condado. Ele ouvira conversas na mesa de jantar, entreouvira telefonemas, os jargões. Ele cresceu em um lar no qual homicídio era o negócio da família.

Jonathan largou sua caneta sobre o bloco de notas, emitiu um suspiro exasperado e sibilante e abanou a cabeça. A sugestão de que "homicídio era o negócio da família" chegava perto demais do argumento que Logiudice fora impedido de defender. Mas Jonathan não objetou. Ele não poderia aparecer obstruindo a promotoria com defesas técnicas, legalistas. A defesa dele não seria técnica: Jacob não cometeu o crime. Jonathan não queria enlamear tal mensagem.

Compreendi tudo aquilo. Ainda assim, era enfurecedor ver tanta merda desprezível passar sem ser questionada.

O juiz encarou o promotor.

Logiudice:

— Pelo menos, *julgamentos* de homicídios eram o negócio da família. O negócio de provar a culpa de um assassino, o que estamos fazendo aqui neste instante... Isto era algo sobre o qual o réu tinha algum conhecimento, e não por assistir a seriados na televisão. Portanto, quando o réu explodiu, quando chegou o momento, a última provocação fatal, e ele foi atrás de um dos próprios colegas com uma faca de caça... ele já estabelecera a base do trabalho, só por precaução. E, quando terminou, encobriu seus rastros como um especialista. Porque, de certo modo, ele era um especialista.

"Havia apenas um problema: até mesmo os especialistas cometem erros. E, ao longo dos próximos dias, revelaremos os rastros que conduzem diretamente de volta a ele. E somente a ele. E, quando tiverem visto todas as provas, saberão acima de qualquer dúvida racional, acima de *qualquer* dúvida, que este réu é culpado."

Uma pausa.

— Mas por quê? Vocês estão se perguntando, por que ele mataria um garoto que estava na sua série? Por que qualquer criança faria isso com outra?

Ele fez um gesto de perplexidade: sobrancelhas erguidas, encolhendo os ombros enfaticamente.

— Bem, todos já estivemos na escola.

Os lábios dele começaram a se curvar em um sorriso malicioso, conspiratório. *Vamos ser travessos juntos e dar umas risadas no tribunal.*

— Vamos lá, todos estivemos na escola, alguns de nós mais recentemente que outros.

Ele abriu um sorriso de crocodilo que foi, para meu espanto, retribuído com sorrisos ignorantes pelos jurados.

— Isso mesmo, todos estivemos lá. E todos sabemos como garotos podem ser. Vamos encarar: a escola pode ser difícil. Garotos podem ser cruéis. Eles provocam, perdem tempo com brincadeiras estúpidas, ridicularizam. Vocês ouvirão testemunhos de que a vítima deste caso, um garoto de 14 anos chamado Ben Rifkin, provocava o réu. Nada particularmente chocante, nada a que a maioria dos outros garotos daria muita importância. Nada que vocês não ouviriam em qualquer playground em qualquer cidade se deixassem este tribunal agora mesmo e saíssem por aí.

"Permitam-me ser claro quanto a uma coisa: não é necessário fazer um santo de Ben Rifkin, a vítima neste caso. Vocês ouvirão algumas coisas sobre Ben Rifkin que talvez não sejam muito elogiosas. Mas quero que se lembrem disto: Ben Rifkin era um garoto como qualquer outro. Não era perfeito. Era um garoto normal com todas as falhas e dores de crescimento de um adolescente comum. Tinha 14 anos... Quatorze! Com toda uma vida diante dele. Não um santo, não um santo. Mas quem entre nós desejaria ser julgado somente pelos primeiros 14 anos de nossas vidas? Quem de nós estava completo e... e... e *pronto* aos 14 anos?

"Ben Rifkin era tudo o que o réu queria ser. Era bonito, legal, popular. O réu, por outro lado, era um forasteiro mesmo entre os próprios colegas de turma. Quieto, solitário, sensível, estranho. Um pária.

"Mas Ben cometeu um erro fatal ao provocar este estranho garoto. Ele não sabia a respeito do temperamento, da capacidade oculta do réu... até mesmo do desejo... de matar."

— Objeção!

— Deferida. O júri irá desconsiderar o comentário sobre o desejo do réu, o qual é pura especulação.

Logiudice não desviou o olhar do júri. Ficou de pé, imóvel como uma rocha, esquivou-se da objeção, fingiu que nem sequer a ouvira. *O juiz e a defesa estão tentando escondê-la, mas sabemos a verdade.*

— O réu planejou. Obteve uma faca. E não uma faca de criança, não uma faca de açougueiro, não um canivete suíço... uma faca de caça, uma faca projetada para matar. Vocês ouvirão sobre a faca por meio do melhor amigo do próprio réu, que a viu na mão do réu, que ouviu o réu dizer que pretendia usá-la contra Ben Rifkin.

"Vocês ouvirão que o réu elaborou tudo; ele planejou o homicídio. Chegou até a descrever o homicídio várias semanas depois em uma história que escreveu e ainda teve a audácia de divulgar na internet... Uma história que descreve como o homicídio foi concebido, minuciosamente planejado e executado. Agora, o réu pode tentar explicar o porquê da história, a qual inclui um descrição detalhada do homicídio de Ben Rifkin, incluindo detalhes conhecidos somente pelo próprio assassino. Ele poderá dizer a vocês: 'Eu estava apenas fantasiando.' Em resposta a isto, eu digo, como certamente vocês também dirão, que tipo de garoto fantasia sobre o homicídio de um amigo?"

Ele andou de um lado para o outro, deixando a pergunta pairar no ar.

— Eis o que sabemos: o réu saiu de casa e rumou para o parque Cold Spring na manhã de 12 de abril de 2007 e, ao adentrar na floresta, ele carregava uma faca no bolso e uma ideia na cabeça. Ele estava pronto. A partir daquele ponto, tudo o que restava era o gatilho, a centelha que fez o réu... explodir.

"Mas o que era esse gatilho? O que transformou uma fantasia de homicídio em realidade?"

Ele fez uma pausa. Era a pergunta central que precisava ser respondida, o enigma que Logiudice simplesmente precisava solucionar: como pode um garoto normal sem uma história de violência cometer repentinamente algo tão brutal? Motivação é um elemento em todos os casos, não legalmente, mas na cabeça de todo e cada jurado. É por isso que crimes sem motivo (ou com pouca motivação) são tão difíceis de se provar. Os jurados desejam compreender o que ocorreu; querem saber *por quê*. Eles exigem uma resposta lógica. Aparentemente, Logiudice não tinha nenhuma. Ele somente podia oferecer teorias, deduções, probabilidades, "genes assassinos".

— Pode ser que nunca venhamos a saber — admitiu ele, fazendo o máximo para minimizar a importância do buraco aberto em seu caso, a própria estranheza do crime, sua aparente inexplicabilidade. — Será que Ben o xingou? Será que o chamou de *bicha* ou *covarde*, como fizera no passado? Ou talvez *geek* ou *perdedor*? Será que o empurrou, ameaçou-o, cometeu alguma espécie de *bullying*? Provavelmente.

Balancei a cabeça. *Provavelmente?*

— Seja lá o que tenha posto à prova as atitudes do réu, quando ele encontrou Ben Rifkin no parque Cold Spring naquela manhã fatídica de 12 de abril de 2007, em torno das 8h20 da manhã, sabendo que Ben estaria lá, pois ambos caminhavam para a escola através daquela floresta havia anos, ele decidiu colocar o plano em ação. Ele esfaqueou Ben três vezes. Cravou a faca no peito dele. — Logiudice demonstrou com três ataques de espadachim com o braço direito. — *Um, dois, três.* Três ferimentos precisos, igualmente espaçados em uma linha cruzando o peito. Até mesmo o padrão dos ferimentos sugerem premeditação, frieza, autocontrole.

Logiudice fez uma pausa, desta vez um pouco vacilante.

Os jurados também pareciam vacilantes. Observaram-no com expressões de preocupação. A declaração de abertura de Logiudice, que iniciara tão forte, afundou-se na questão de suma importância do *por quê*. Ele parecia querer as duas coisas: em um momento, Logiudice sugeria que Jacob teria explodido, perdido a cabeça e assassinado o colega de turma tomado por uma fúria repentina. No momento seguinte, sugeria que Jacob planejara o homicídio ao longo de semanas, deliberara friamente sobre os detalhes, usara o conhecimento de advocacia de um filho de promotor, depois aguardara uma oportunidade. O problema, obviamente, era que o próprio Logiudice jamais havia sido realmente capaz de responder à pergunta sobre o motivo, não importa a quantas teorias recorresse. O assassinato de Ben Rifkin simplesmente não fazia sentido. Mesmo agora, após meses de investigações, estávamos perguntando *por quê?* Eu tinha certeza de que o júri sentiria o problema de Logiudice.

— Quando terminou, o réu desfez-se da faca. E seguiu para a escola. Ele fingiu não saber nada, mesmo quando a escola foi fechada para que ninguém saísse dela, por motivos de segurança, e a polícia tentava freneticamente solucionar o caso. Ele manteve a cabeça fria.

"Ah, mas o réu deveria saber, filho de promotor que é, por meio de seu próprio longo aprendizado, que homicídios sempre deixam rastros.

Não existe tal coisa como um homicídio imaculado. Homicídios são trabalhos difíceis e desagradáveis, sangrentos, imundos. O sangue jorra e se espalha. Na ânsia de matar, erros são cometidos.

"O réu deixou uma impressão digital no agasalho da vítima, impressa no sangue molhado da própria vítima... Uma impressão que só poderia ter sido deixada nos momentos imediatamente após o homicídio.

"Então as mentiras começam a se acumular. Quando a impressão digital é finalmente encontrada, semanas após o homicídio, o réu muda sua história. Depois de negar durante semanas saber qualquer coisa sobre o homicídio, ele agora alega que estava lá, mas apenas *depois* do crime."

Um olhar cético.

— Um motivo: um estudante rejeitado, rancoroso com um colega de turma que o provocava.

"Uma arma: a faca.

"Um plano: detalhado em uma descrição do homicídio escrita pelo próprio réu.

"A prova física: a impressão digital no corpo da vítima, feita com o sangue da própria vítima.

"Senhoras e senhores, as provas são esmagadoras. Há uma montanha de provas. Ela não deixa espaço para qualquer dúvida. Quando este julgamento estiver encerrado e eu tiver provado tudo o que acabo de lhes descrever, ficarei de pé novamente neste exato lugar, desta vez para pedir a vocês que façam sua parte, que digam o que é obviamente verdadeiro, que cheguem à única conclusão possível: culpado. Esta palavra, *culpado*, será difícil de dizer, prometo a vocês. É difícil para qualquer pessoa julgar outra. Durante todas as nossas vidas, ensinaram-nos a não fazer isso. 'Não julgarás', a Bíblia nos diz. Julgar é especialmente difícil quando o réu é uma criança. Acreditamos fervorosamente na inocência das nossas crianças. Queremos acreditar; queremos que nossas crianças sejam inocentes. Mas esta criança não é inocente. Não. Quando virem todas as provas contra ele, saberão no fundo de seus corações que só existe um único veredito neste caso: culpado. *Veredito*, do latim 'dizer a verdade'. Isto é tudo que pedirei a vocês, que digam a verdade: culpado. Culpado. Culpado. Culpado. Culpado."

Logiudice lançou para eles um olhar determinado, virtuoso, suplicante.

— Culpado — repetiu ele.

Ele curvou a cabeça pesarosamente, depois retornou para sua cadeira, na qual desmoronou, aparentemente exausto, ou perdido em seus pensamentos, ou sofrendo pelo garoto morto, Ben Rifkin.

Atrás de mim, uma mulher na plateia começou a chorar. Houve sons de passos e da porta de vaivém quando ela saiu às pressas do tribunal. Não ousei me virar para olhar.

Tive a sensação de que a abertura de Logiudice fora muito boa. Havia sido com folga a melhor que eu o vira apresentar. Mas não foi um gol de placa, do qual ele tanto precisava. Ainda havia espaço para dúvidas. *Por que ele fez isso?* Os jurados devem ter sentido a fraqueza no caso de Logiudice, o buraco bem no centro. Aquele era um problema real para a acusação, pois não há momento no julgamento no qual o caso do Estado parece mais forte do que no discurso de abertura, no qual a história é impecável e sem contradições, antes de as provas serem maculadas pela realidade de um julgamento, pelas testemunhas amigáveis e desastradas, pelas hostis testemunhas especialistas, pelos interrogatórios e tudo o mais. Fiquei com a impressão de que ele nos deixara com uma oportunidade.

— Defesa? — disse o juiz.

Jonathan levantou-se. Ocorreu-me naquele momento — e ainda me ocorre até hoje, sempre que o vejo — que ele era um daqueles homens fáceis de serem imaginados quando garotos, mesmo grisalho e com 60 e poucos anos. O cabelo estava perpetuamente desalinhado, o paletó, desabotoado, e a gravata e a gola sempre um pouco tortas, como se toda a roupa fosse um uniforme escolar de garoto que ele vestia somente porque era exigido pelas regras. Jonathan parou diante da bancada do júri e coçou a parte de trás da cabeça e seu rosto adquiriu uma expressão de perplexidade enquanto ele repensava tudo. Até onde qualquer um sabia, ele não preparara coisa alguma para dizer e precisava de um momento para compor os pensamentos. Depois da longa abertura de Logiudice, a qual, de alguma maneira, conseguira parecer ao mesmo tempo ensaiada e divagante, a espontaneidade amarrotada de Jonathan era uma brisa de ar fresco. Bem, admiro Jonathan e também gosto dele, portanto posso estar pesando um pouco a balança a seu favor, mas pareceu-me, antes mesmo de ele abrir a boca para falar, que era o mais agradável dos dois advogados, o que não é pouca coisa. Comparado com Logiudice, que parecia incapaz de respirar sem calcular como seria visto pelos outros, Jonathan era pura naturalidade, pura tranquilidade. Andando pelo tribunal com a postura relaxada em seu paletó desleixado, distraído pelos próprios pensamentos, ele parecia mais em casa do que um homem de pijama na própria cozinha comendo na pia.

— Sabem uma coisa? — começou dele. — Penso sobre uma coisa que ele disse, o promotor de justiça. — Ele acenou para trás com o braço, mais ou menos na direção de Logiudice. — A morte de um jovem como Ben Rifkin é terrível. Mesmo entre todos os crimes, todos os assassinatos, todas as coisas terríveis que vemos aqui, essa é simplesmente trágica. Ele era apenas um garoto. E todos os anos que este garoto tinha à sua frente, todas as coisas nas quais poderia ter se tornado, o grande médico, o grande artista, o líder sábio, está tudo perdido. Tudo perdido.

"Quando vocês veem uma tragédia enorme como esta, querem fazer o que é certo, querem consertá-la de algum jeito. Querem que a justiça seja feita. Talvez sintam raiva; querem que alguém pague. Todos sentimos essas coisas, somos humanos, ora.

"Mas Jacob Barber é inocente. Quero repetir para que não haja nenhum mal-entendido: Jacob Barber é completamente inocente. Ele não fez absolutamente nada, não teve ligação alguma com o homicídio. Este é o homem errado.

"As provas sobre as quais acabaram de ouvir, no final das contas, não são nada. No instante em que você arranha a superfície, no instante em que olha para ela, compreende o que realmente ocorreu e o caso do Estado evapora como fumaça. A impressão digital, por exemplo, à qual o promotor de justiça deu tanta importância. Vocês ouvirão como a impressão digital foi deixada, justamente como Jacob contou ao policial que o prendeu, no instante em que foi indagado a respeito. Ele encontrou o colega de turma deitado no chão, ferido, e fez o que qualquer pessoa boa faria: tentou ajudar. Ele virou Ben para ver seu estado, para ver se estava bem, para ajudá-lo. E, quando viu que Ben estava morto, fez exatamente o que muitos de nós faríamos: ficou com medo. Ele não queria se envolver. Temeu que, caso contasse a alguém que vira o corpo, ainda por cima que o tocara, pudesse se tornar um suspeito, pudesse ser acusado de algo que não fez. Foi a reação certa? É claro que não. Ele gostaria de ter sido mais corajoso e contado a verdade desde o começo? É claro que gostaria. Mas ele é um garoto, é humano, e cometeu um erro. Não há nada mais além disso.

"Não..."

Ele parou, baixou os olhos, considerou a próxima frase.

— Não permitam que isto ocorra duas vezes. Um garoto está morto. Não destruam outro garoto inocente para compensar. Não permitam que este caso se torne uma segunda tragédia. Já tivemos o bastante de tragédias.

A primeira testemunha era Paula Giannetto, a praticante de *jogging* que descobriu o corpo. Eu não conhecia a mulher, mas a reconheci de vista da cidade, do mercado ou do Starbucks ou da lavanderia. Newton não é uma cidade pequena, mas é dividida em várias "aldeias", e dentro dessas vizinhanças os mesmos rostos aparecem repetidas vezes. Estranhamente, não me lembrava de tê-la visto correndo no parque Cold Spring, apesar de, aparentemente, ambos corrermos lá com frequência mais ou menos na hora do homicídio.

Logiudice conduziu-a durante o depoimento, o qual se arrastou demais. Ele foi excessivamente minucioso, ansioso para obter dela até o último grama de detalhe e compaixão que conseguisse. Normalmente, para o advogado de acusação, ocorre uma transformação engraçada com a primeira testemunha: depois de ocupar o centro do palco para o discurso de abertura, o promotor agora abandona os holofotes. O foco muda para a testemunha, e as regras exigem que o promotor seja quase passivo em suas perguntas. Ele conduz a testemunha ou a incita a continuar com perguntas neutras como "o que aconteceu depois?" ou "o que você viu naquele momento?". Mas Logiudice foi muito seletivo acerca dos detalhes que desejava obter de Paula Giannetto. Ficava interrompendo a testemunha para se aprofundar nisto ou naquilo. Jonathan não fez nenhuma objeção a nada daquilo, já que nada do depoimento ligava Jacob ao homicídio, nem sequer remotamente. Mas, de novo, senti que Logiudice pisaria na bola neste caso, não com algum erro estratégico gigantesco, mas centímetro a centímetro, de mil pequenas maneiras. (Seria isto um desejo mais que uma observação? Talvez. Não tenho a pretensão de ser objetivo.) Giannetto depôs durante quase uma hora, relatando sua história, a qual permanecia essencialmente inalterada desde quando a contara pela primeira vez no dia do assassinato.

Era uma manhã fria e úmida de primavera. Ela corria em uma parte íngreme de uma trilha que cruzava o parque Cold Spring quando viu o que parecia ser um garoto deitado com o rosto para baixo em uma barragem coberta de folhas, a qual se inclinava para baixo até um pequeno lago repleto de algas. O garoto usava calças jeans, tênis e um agasalho. A mochila que carregava rolara colina abaixo e parara perto dele. Giannetto corria sozinha e não viu ninguém perto do corpo. Ela passara por dois outros corredores e crianças indo para a escola (o parque era um trajeto comum para a McCormick, localizada em terreno adjacente), mas tampouco ouvira coisa alguma, nenhum grito ou sons de briga, pois estava escutando música em seu iPod, preso à parte superior do braço. Ela foi até capaz de dizer qual música estava tocando quando viu o corpo: "This Is The Day", de uma banda chamada The The.

Giannetto parou, retirou dos ouvidos os fones do iPod e, da trilha, olhou para baixo para ver o garoto. A apenas poucos metros de distância, ela via as solas dos tênis do garoto, o corpo dele comprimido. Ela disse: "Você está bem? Precisa de ajuda?" Como não obteve resposta, foi até o garoto para conferir seu estado, pisando cuidadosamente de lado enquanto descia a colina, por causa das folhas escorregadias. Ela era mãe, disse, e não conseguiria imaginar não verificar como o garoto estava, da mesma forma que esperaria que os outros fizessem por seus filhos. Ela concluíra que o garoto estava desmaiado, talvez por conta de alguma doença ou alergia, talvez até mesmo pelo uso de drogas, ou sabe-se lá o quê. Assim, ajoelhou-se ao lado dele e empurrou um ombro, depois empurrou os dois, depois virou o corpo pelos ombros.

Foi quando ela viu o sangue que encharcava o peito dele e as folhas avermelhadas embaixo e ao redor do corpo, ainda molhado e reluzente, escorrendo pelos três orifícios no peito. A pele do garoto estava cinzenta, mas havia pequenas manchas rosadas no rosto dele, disse ela. Lembrava vagamente que a pele do garoto estava fria, mas não se lembrava especificamente de ter tocado nela. Talvez o corpo tenha se movido quando o segurava, fazendo a pele roçar em sua mão. A cabeça pendeu pesadamente para trás, a boca abriu-se como se a vítima estivesse pasma.

Ela demorou um momento para processar o fato surreal de que o garoto em seus braços estava morto. Ela largou o corpo, o qual segurava sob seus ombros. Gritou. Ela se afastou do corpo se arrastando sentada, depois se virou e conseguiu subir de quatro, arrastando-se sobre as folhas colina acima, de volta à trilha.

Por um momento, ela disse, nada aconteceu. Ela ficou ali parada, sozinha na floresta, olhando fixamente para o corpo. Conseguia ouvir a música ainda tocando nos fones de ouvido, ainda tocando "This Is The Day". Tudo aquilo não durara sequer os três minutos necessários para chegar ao final de uma canção pop.

Extrair essa história simples levou um tempo ridiculamente longo. Depois de uma inquisição tão direta e demorada, a de Jonathan foi curta quase ao ponto da comédia.

— Você não viu em nenhum momento o réu, Jacob Barber, no parque naquela manhã, ou viu?
— Não.
— Sem mais perguntas.

Com a testemunha seguinte, Logiudice deu um passo errado. Não, mais do que isso. Ele pisou na merda. A testemunha era o inspetor do departamento de polícia de Newton que conduzira a investigação para o departamento local. Era um tipo de testemunha-padrão, *pro forma*. Logiudice precisava começar questionando algumas testemunhas para estabelecer os fatos essenciais e a linha do tempo daquele primeiro dia, quando o homicídio foi descoberto. O primeiro policial a responder à chamada costuma ser convocado para testemunhar sobre o estado da cena do crime nos primeiros momentos da investigação, detalhes cruciais, antes que a unidade da CPAC da polícia estadual se juntasse ao caso — e o assumisse. Portanto, tratava-se de uma testemunha que Logiudice realmente precisava convocar. Ele estava apenas seguindo as regras. Eu teria feito o mesmo. O problema era que ele não conhecia a testemunha tão bem quanto eu.

O inspetor de polícia Nils Peterson juntou-se à polícia de Newton poucos anos antes de eu ingressar no gabinete da promotoria local, recém-saído da faculdade de direito. O que significa que eu conhecia Nils desde 1984 — quando Neal Logiudice estava no ensino médio lutando para manter uma agenda abarrotada de cursos extras, uma banda e masturbação compulsiva. (Estou especulando. Não posso dizer com certeza que fora membro de uma banda.) Nils era bonito quando éramos mais jovens. Tinha o mesmo cabelo louro cor de areia que seu nome poderia sugerir. Agora, com pouco mais de 50 anos, seu cabelo escurecera, as costas ficaram um pouco curvadas, a barriga aumentou. Mas ele tinha um comportamento atraente, de fala suave, no banco das testemunhas, sem nada da empáfia abrasiva e autoconfiante que alguns policiais transpiram. Os jurados ficaram maravilhados com ele.

Logiudice conduziu-o através dos fatos básicos. O corpo fora encontrado deitado sobre as costas, rosto voltado para o céu, tendo sido virado pela corredora que o descobrira. O padrão dos três ferimentos perfurantes. A falta de motivos ou suspeitos óbvios. Nenhum sinal de luta ou de ferimentos defensivos, sugerindo um ataque repentino ou surpresa. Fotos do corpo e da área ao redor dele foram apresentadas como provas. Nos primeiros minutos e nas primeiras horas da investigação, o parque fora fechado e uma busca fora realizada, sem resultados. Várias pegadas foram encontradas no parque, mas nenhuma na área imediatamente ao redor do corpo e nenhuma que já tivesse coincidido com a de algum suspeito. De todo modo, era um parque público — provavelmente, havia milhares de vestígios de pegadas, se você se desse ao trabalho de procurá-las.

Então, isto.

Logiudice:

— É o procedimento usual que um adjunto local seja designado imediatamente para conduzir investigações de homicídios?

— Sim.

— Quem foi o promotor adjunto designado para o caso naquele dia?

— Objeção!

Juiz French:

— Advogados, aproximem-se da bancada.

Logiudice e Jonathan foram até o outro lado da mesa do juiz, onde conversaram aos murmúrios. O juiz French despontava alto sobre eles, como de costume. A maioria dos juízes rolavam as cadeiras até o corrimão ou inclinavam-se para se aproximarem, para poderem sussurrar melhor com os advogados. Não Burt French.

A conferência na bancada ocorreu além do alcance dos ouvidos do júri e também dos meus. Os próximos poucos parágrafos eu recortei e colei da transcrição do julgamento.

O juiz:

— Aonde quer chegar com isso?

Logiudice:

— Meritíssimo, o júri tem o direito de saber que o próprio pai do réu esteve à frente dos estágios iniciais da investigação, especialmente se a defesa pretende insinuar que qualquer coisa tenha sido conduzida impropriamente, como suspeito que precisarão fazer.

— Advogado?

Jonathan:

— Bem, nossa objeção é dupla. Primeiro, a informação é irrelevante. É culpa por associação. Mesmo que o pai do réu não devesse ter assumido o caso e até mesmo se o tivesse conduzido mal de alguma forma... e não estou sugerindo que nada disso seja verdade... isto não diz coisa alguma sobre o próprio réu. A menos que o Sr. Logiudice pretenda insinuar que o filho estivesse envolvido em uma conspiração com o pai para encobrir provas do crime, não é possível interpretar provas contra o pai como se ele tivesse qualquer relação com a culpa ou a inocência do filho. Se o Sr. Logiudice deseja denunciar o pai por obstrução de justiça ou algo do gênero, ele deveria ir em frente e fazê-lo e todos voltaremos aqui algum dia e julgaremos isso. Mas não é parte do caso que estamos julgando hoje.

"A segunda objeção é que a informação é impropriamente prejudicial. É culpa por insinuação. Ele está tentando envenenar o júri com a insinuação de que o pai deveria saber que o filho estava envolvido e, portanto, deve ter cometido algo impróprio. Mas não há provas de que o pai suspeitasse do filho, e certamente não suspeitava, e tampouco de que tenha cometido qualquer impropriedade quando conduzia a investigação. Sejamos honestos: o promotor quer causar comoção neste tribunal para distrair o júri do fato de que não há virtualmente nenhuma prova direta contra o réu. É..."

— Tudo bem, tudo bem, entendi.

Logiudice:

— Meritíssimo, cabe ao júri decidir o quanto isso é importante. Mas os jurados têm o direito de saber. O réu não pode ter as duas coisas: não pode argumentar que os policiais pisaram na bola e depois deixar convenientemente de fora o fato de que o policial responsável era seu próprio pai.

O juiz:

— Vou autorizar a pergunta. Mas, Sr. Logiudice, estou lhe avisando, se este julgamento for desvirtuado em uma discussão quanto a se o pai fez ou não algo errado, intencionalmente ou não, irei impedi-la. A defesa tem razão quanto a um ponto: não é este o caso que estamos aqui para julgar. Caso queira denunciar o pai, vá em frente.

A transcrição não registra a reação de Logiudice, mas me lembro bem dela. Ele olhou através do tribunal diretamente para mim.

Retornando ao pequeno púlpito perto da bancada do júri, Logiudice voltou-se para Nils Peterson e recomeçou as perguntas.

— Inspetor, repetirei a pergunta. Quem foi o promotor adjunto designado para o caso naquele dia?

— Andrew Barber.

— Você vê Andrew Barber hoje aqui no tribunal?

— Sim, está bem ali, ao lado do réu.

— E você conhecia o Sr. Barber quando ele era promotor adjunto? Vocês dois trabalharam juntos alguma vez?

— Claro, eu o conhecia. Trabalhamos juntos muitas vezes.

— Você era amigável com o Sr. Barber?

— Sim, eu diria que sim.

— Ocorreu-lhe naquele momento que fosse estranho que o Sr. Barber estivesse conduzindo um caso envolvendo a escola do próprio filho, um colega, um garoto sobre quem ele até pudesse saber algo?
— Na verdade, não.
— Bem, pareceu-lhe estranho que o filho do Sr. Barber pudesse muito bem se tornar uma testemunha no caso?
— Não, não pensei sobre isso.
— Contudo, quando estava conduzindo o caso, o pai do réu fez pressão contra um suspeito que, no final das contas, não tinha nenhum envolvimento, um homem fichado como criminoso sexual que morava perto do parque?
— Sim. O nome dele era Leonard Patz. Ele tinha um histórico de atentados violentos ao pudor contra crianças, coisas do gênero.
— E o Sr. Barber... Andrew Barber, o pai... queria investigar esse homem como suspeito, não queria?
— Objeção. Relevância.
— Deferida.
Logiudice:
— Inspetor, enquanto o pai do réu conduzia a investigação, você considerava Leonard Patz um suspeito?
— Sim.
— E Patz foi posteriormente liberado quando o filho do próprio réu foi acusado?
— Objeção.
— Indeferida.
Peterson hesitou neste ponto, percebendo a armadilha. Se fosse longe demais para ajudar o amigo, necessariamente ajudaria a defesa. Ele tentou encontrar um ponto intermediário.
— Patz não foi acusado.
— E, quando o filho do Sr. Barber foi acusado, você ficou surpreso, naquele ponto, com o envolvimento prévio do Sr. Barber com o caso?
— Objeção.
— Indeferida.
— Fiquei surpreso, sim, no sentido...
— Alguma vez já ouviu falar de um promotor ou policial envolvendo-se na investigação do próprio filho?

Encurralado, Peterson respirou fundo.
— Não.
— Seria um conflito de interesses, não seria?
— Objeção.
— Deferida. Prossiga, Sr. Logiudice.

Logiudice fez mais algumas perguntas sem propósito, com pouco entusiasmo, saboreando o prazer de uma vitória. Quando se sentou, tinha o rosto entorpecido, corado, de um homem que acaba de transar, e manteve a cabeça baixa até conseguir dominar a sensação.

Quando interrogou a testemunha, Jonathan não se deu ao trabalho de atacar muito qualquer coisa que Peterson dissera sobre a cena do crime, pois, mais uma vez, não havia virtualmente nada em seu relato que apontasse para Jacob. Havia um traço tão ínfimo de antagonismo entre aqueles dois homens de fala tranquila, na verdade, e as perguntas foram todas tão irrelevantes que Jonathan poderia muito bem estar interrogando uma testemunha de defesa.

— O corpo estava deitado em uma posição contorcida quando você chegou à cena, estou certo, inspetor?
— Sim.
— Portanto, considerando que o corpo fora movido, algumas provas foram perdidas antes mesmo de você chegar. Por exemplo, a posição do corpo muitas vezes pode ajudar na reconstrução do próprio ataque, estou certo, inspetor?
— Sim, está certo.
— E, quando o corpo é virado, o efeito de lividez... ou a acomodação do sangue de acordo com a gravidade... também é revertido. É como virar uma ampulheta: o sangue começa a fluir na direção oposta e as deduções normalmente obtidas por meio da lividez são perdidas, estou certo?
— Sim. Não sou um especialista forense, mas sim.
— Entendido, mas você é um inspetor de homicídios.
— Sim.
— E é justo dizer que, como regra geral, na cena de um crime, quando o corpo é perturbado ou movido, com frequência ocorre a perda de provas.
— Isto é verdade, de modo geral. Neste caso, não é possível saber se algo foi realmente perdido.

— A arma do crime foi encontrada?
— Não naquele dia, não.
— E depois, ela foi encontrada?
— Não.
— E, além de uma única impressão digital no agasalho da vítima, não havia absolutamente nada que apontasse para um réu específico?
— Correto.
— E, é claro, a impressão digital só foi identificada depois de muito tempo, certo?
— Sim.
— Portanto, a cena do crime em si, no primeiro dia, não forneceu nenhuma prova que apontasse para um suspeito específico?
— Não. Apenas a impressão digital não identificada.
— Portanto, é justo dizer que, no início da investigação, vocês não tinham nenhum suspeito óbvio?
— Sim.
— Portanto, em tal situação, como inspetor, você não gostaria de saber, não seria relevante a informação de que um pedófilo conhecido e condenado morava em um condomínio adjacente ao parque? Um homem com um histórico de crimes sexuais contra garotos aproximadamente da idade da vítima?
— Seria.

Pude sentir os olhos do júri sobre mim conforme pareceram compreender, finalmente, para onde Jonathan estava indo — que não se daria por satisfeito com uma série de pequenos golpes.

— Portanto, não lhe pareceu impróprio ou incomum ou minimamente estranho quando Andy Barber, o pai do réu, concentrou sua atenção nesse homem, Leonard Patz?
— Não, não tive tal impressão.
— Na verdade, baseando-se no que sabia naquele momento, ele não estaria fazendo seu trabalho se *não* conferisse esse homem, estaria?
— Não, acho que não.
— E, na verdade, você descobriu em sua investigação subsequente que realmente sabiam que Patz costumava caminhar no parque pelas manhãs, não é verdade?

— Sim.
— Objeção.
Não havia muita convicção na voz de Logiudice.
— Indeferida. — Bastante convicção na voz do juiz. — Você abriu a porta, advogado.

Eu nunca gostara da tendência do juiz French a demonstrar suas simpatias. Ele era um mau ator, e geralmente suas emoções favoreciam a defesa. O tribunal dele sempre parecia uma partida em casa para o réu. Agora que eu estava do lado do réu, é claro, fiquei maravilhado ao ver o juiz fazendo torcida por nós tão abertamente. Tudo bem que era uma decisão fácil. Logiudice levantara o assunto. Agora, não podia impedir a defesa de explorá-lo.

Gesticulei para Jonathan e ele se aproximou para receber de mim um pedaço de papel. Quando o leu, suas sobrancelhas se ergueram. Eu escrevera três perguntas no papel. Ele dobrou o papel cuidadosamente e aproximou-se do banco das testemunhas.

— Inspetor, você alguma vez discordou de qualquer decisão tomada por Andy Barber quando conduzia a investigação?
— Não.
— E, na verdade, estou certo em dizer que você também queria dar continuidade à investigação sobre esse homem, Leonard Patz, no início da investigação?
— Sim.

Um jurado — o Cara Gordo de Somerville, na cadeira número sete — chegou a gargalhar e a balançar a cabeça.

Jonathan ouviu a gargalhada sobre seu ombro, vinda da bancada do júri, e parecia prestes a se sentar.

Dei-lhe um olhar que dizia *vá em frente*.

Ele franziu a testa. Fora dos programas de TV, não se entra de sola ao interrogar as testemunhas. Você dá alguns tiros e depois senta o traseiro. A testemunha, lembre-se, tem todo o poder, não você. Além disso, a terceira linha na folha de papel era a arquetípica Pergunta que Nunca Se Faz em um Interrogatório: aberta, subjetiva, o tipo de pergunta que exige uma resposta longa e imprevisível. Para um advogado veterano, era como o momento em um filme de terror no qual a babá ouve um barulho no porão e abre a porta rangente para descer e investigar. *Não faça isso!*, diz a plateia.

Vá em frente, minha expressão insistia.

— Inspetor — começou ele —, sei que isto é desconfortável para você. Não estou lhe pedindo que manifeste qualquer opinião relativa ao próprio réu. Compreendo que possui um trabalho a fazer neste ponto. Contudo, limitando nossa discussão ao pai do réu, Andy Barber, cujo julgamento e integridade foram questionados aqui...

— Objeção.

— Indeferida.

— Há quanto tempo conhece o Sr. Barber?

— Há muito tempo.

— Quanto tempo?

— Vinte anos. Mais, provavelmente.

— E, tendo o conhecido ao longo de vinte anos, qual é sua opinião sobre ele como promotor, em relação à sua capacidade, sua integridade, sua capacidade de julgamento?

— Não estamos falando do filho? Somente do pai?

— Isso mesmo.

Peterson olhou diretamente para mim.

— Ele é o melhor que eles têm. O melhor que tinham, na verdade.

— Sem mais perguntas.

Sem mais perguntas significando *vá se foder*. Logiudice não voltaria mais a se concentrar tão especificamente no meu papel na investigação, apesar de eu ter sido um ponto no qual tocou algumas vezes no decorrer do julgamento. Sem dúvida, no primeiro dia, ele plantara com sucesso a ideia nas mentes dos jurados. Por enquanto, talvez fosse tudo de que precisasse.

Ainda assim, nós deixamos o tribunal naquela tarde nos sentindo vitoriosos.

Não durou muito.

28 | Um veredito

A Dra. Vogel informou-nos gravemente.
— Receio ter algumas coisas bastante difíceis a dizer.

Todos nos sentíamos exaustos. O desgaste de um dia inteiro no tribunal deixa os ossos cansados e os músculos doloridos. Mas o ar grave da doutora colocou-nos em alerta vermelho. Laurie se concentrou nela com uma expressão atenta, Jonathan com sua habitual curiosidade de coruja.

Eu:

— Juro a você que estamos habituados com más notícias. Neste ponto, somos à prova de balas.

A Dra. Vogel evitou meus olhos.

Em retrospecto, percebo o quanto devo ter soado ridículo. Nós, pais, costumamos falar com empáfia exagerada quando se trata de nossos filhos. Juramos que somos capazes de suportar qualquer abuso, superar qualquer desafio. Nenhum teste é grande demais. Qualquer coisa pelos nossos filhos. Mas ninguém é à prova de balas, pais menos ainda. Nossos filhos nos tornam vulneráveis.

Também vejo em retrospecto que o momento daquela reunião fora meticulosamente programado para nos quebrar. Apenas cerca de uma hora se passara desde que o tribunal entrara em recesso naquele dia e, conforme a adrenalina diminuía, também diminuía nossa sensação de triunfo, deixando-nos anestesiados, atordoados. Não estávamos nem um pouco prontos para más notícias.

O cenário era o escritório de Jonathan perto do Harvard Square. Estávamos sentados em torno da mesa circular de carvalho na biblioteca de Jonathan, com livros até o teto, apenas nós quatro, Laurie e eu, Jonathan e a Dra. Vogel. Jacob estava na sala de espera com a jovem sócia de Jonathan, Ellen.

Quando desviou o olhar, quando não conseguiu me encarar nos olhos, a Dra. Vogel deve ter pensado: *Você pensa que é à prova de balas? Apenas espere.*

— E quanto a você, Laurie? — A psiquiatra perguntou em sua voz solícita, terapêutica. — Acha que consegue lidar com isso agora?

— Absolutamente.

Os olhos da Dra. Vogel moveram-se sobre Laurie: o cabelo dela, que se enrolava volumoso, e sua pele, que agora parecia ictérica, com bolsas escuras sob os olhos. Ela perdera tanto peso que a pele cedera e formara bolsas em seu rosto e as roupas pendiam dos ombros ossudos. Pensei: quando toda esta deterioração começou? De uma tacada só, com o desgaste do caso? Ou gradualmente, ao longo dos anos, sem que eu reparasse? Aquela não era mais a minha Laurie, a garota corajosa que me inventara e que, parecia agora, eu inventara para mim mesmo. Ela parecia tão desgastada, na verdade, que me ocorreu que estivesse morrendo bem diante dos nossos olhos. O caso a estava consumindo. Ela jamais fora feita para aquele tipo de briga. Nunca havia sido dura. Nunca precisara ser. A vida nunca a endurecera. Não era culpa dela, é claro, mas, para mim — que me sentia inquebrável, mesmo com os últimos acontecimentos —, a fragilidade de Laurie era impossivelmente pungente. Eu estava preparado para ser duro por nós dois, por nós três, mas não havia nada que pudesse fazer para proteger Laurie do estresse. Veja bem, eu não conseguia deixar de amá-la, e ainda não consigo. Porque é fácil ser duro quando se tem uma natureza fria. Mas imagine o quanto custou a Laurie enquanto ficava sentada ereta ali aquele dia na beira da cadeira, concentrada com determinação na psiquiatra, pronta para ainda mais um golpe. Ela nunca parava de defender Jacob, nunca parava de analisar o tabuleiro de xadrez, calculando cada movimento e contramovimento. Nunca deixou de protegê-lo, mesmo no final.

A Dra. Vogel disse:

— Que tal se eu simplesmente explicasse um pouco as minhas conclusões para, depois, responder a suas perguntas, caso tenham alguma? Tudo bem? Sei que é muito, muito duro ouvir notícias difíceis sobre Jacob, mas contenham-se por apenas alguns minutos, certo? Apenas escutem, depois poderemos conversar.

Balançamos nossas cabeças, concordando.

Jonathan disse:

— Para que conste, nada disso é descobrível para a acusação. Não precisam se preocupar. Tudo o que discutimos aqui e tudo o que a Dra. Vogel lhes contar agora é confidencial. Esta conversa é absolutamente confidencial. Jamais sairá desta sala. Portanto, podem falar francamente, assim como a doutora, certo?

Mais movimentos com as cabeças.

— Não entendo por que precisamos fazer isso — eu disse. — Jonathan, por que, inclusive, precisamos entrar nisso se nossa defesa é a de que Jacob não cometeu o crime?

Jonathan fez um V com a mão e acariciou sua curta barba branca.

— Espero que esteja certo. Espero que o caso vá bem e jamais precisemos levantar esta questão.

— Então, por que fazer isso?

Jonathan se virou um pouco em outra direção, desconsiderando o que eu disse.

— Por que fazer isso, Jonathan?

— Porque Jacob parece culpado.

Laurie arfou.

— Não quero dizer que ele é culpado, somente que há muitas provas contra ele. O Estado ainda não chamou suas testemunhas mais fortes. Vai ficar mais difícil para nós. Muito mais difícil. E, quando ficar, quero estar preparado. Andy, você, mais do que qualquer outra pessoa, deveria compreender.

— Muito bem — disse a médica, indo direto ao assunto —, acabo de entregar meu relatório a Jonathan. Na verdade, é uma opinião, um resumo das minhas conclusões, o que eu diria se algum dia fosse chamada a depor e o que acredito que possam esperar caso esta questão chegue a ser levantada no julgamento. Agora, eu quis falar primeiro a sós com vocês dois, sem Jacob. Não compartilharei minhas conclusões com Jacob. Quando o caso estiver encerrado, dependendo de como for, poderemos ter uma conversa mais significativa sobre como lidar com algumas destas questões em um ambiente clínico. Mas, por enquanto, nossa preocupação não é com terapia; é com o julgamento. Fui contratada para um propósito específico, como especialista a favor da defesa. Portanto, é por isso que Jacob não está agora na sala. Ele terá muito mais trabalho a fazer quando o julgamento terminar. Mas, por enquanto, precisamos falar abertamente sobre Jacob, o que pode ser mais fácil se ele estiver fora da sala.

"Há dois distúrbios que Jacob apresenta muito claramente: transtorno de personalidade narcisista e transtorno reativo de vinculação. Também há algum indício de um transtorno de personalidade antissocial, o que não é uma comorbidade incomum, mas, como não tenho tanta certeza quanto a esse diagnóstico, não o incluí no relatório.

"É importante perceber que nem todos os comportamentos que descreverei são necessariamente patológicos, mesmo em combinação. Até certo ponto, todo adolescente é narcisista, todo adolescente lida com problemas quanto a estabelecer ligações com outras pessoas. É uma questão de grau. Não estamos falando aqui de um monstro. Estamos falando de um garoto comum... apenas mais intenso. Portanto, não quero que escutem isto como uma condenação. Quero que *usem* as coisas que estou contando a vocês, e não que sejam sobrepujados por elas. Quero fornecer a vocês as ferramentas, o vocabulário, para ajudar seu filho. O que importa é compreender Jacob melhor, tudo bem? Laurie? Andy?"

Concordamos com a cabeça, obedientemente, desonestamente.

— Ótimo. Bem, transtorno de personalidade narcisista. Este é sobre o qual vocês provavelmente sabem algo. As principais características são grandiosidade e falta de empatia. No caso de Jacob, a grandiosidade não é interpretada como dramática ou autoelogiosa, arrogante, orgulhosa, e é a ela que a maioria das pessoas costuma associar o distúrbio. A grandiosidade de Jacob é mais silenciosa. Ela surge como um senso inflado de autoimportância, uma convicção de que ele é especial, excepcional. Regras que possam se aplicar aos outros não se aplicam a ele. Jacob sente que não é compreendido pelos colegas, especialmente pelos garotos mais velhos na escola, com poucas e seletas exceções, aos quais Jacob identifica como sendo especiais como ele, geralmente baseando-se na inteligência de cada um.

"O outro aspecto fundamental do transtorno de personalidade narcisista, especialmente no contexto de um caso criminal, é a falta de empatia. Jacob demonstra uma frieza incomum em relação aos outros, até mesmo... o que me surpreendeu, considerando o contexto... em relação a Ben Rifkin e sua família. Quando perguntei a Jacob sobre isso em uma de nossas sessões, a resposta dele foi que pessoas morrem diariamente aos milhões; que acidentes automobilísticos são estatisticamente mais importantes que homicídios; que soldados matam outros milhares e recebem medalhas por isso... portanto, por que deveríamos nos preocupar com um garoto assassinado? Mesmo quando tentei voltar a atenção dele para os Rifkin, para que expressasse alguma espécie de sentimento em relação a eles ou a Ben, ele não conseguiu ou não quis corresponder. Tudo isso se encaixa em um padrão de incidentes descritos por vocês, ocorridos ao longo da infância de Jacob, nos quais outras crianças se machucaram perto dele, crianças caindo de trepa-trepas, sendo derrubadas de bicicletas e daí em diante.

"Jacob parece considerar as outras pessoas não apenas menos importantes que ele, mas também como menos humanas. Ele não consegue ver a si próprio refletido de maneira alguma nos outros. Ele parece não conseguir imaginar que os outros tenham os mesmos sentimentos humanos universais que ele... dor, tristeza, solidão... o que é uma sensibilidade que adolescentes comuns não enfrentam nenhuma dificuldade para compreender nessa idade. Não insistirei no assunto. A importância de tais sentimentos em um contexto forense é óbvia. Sem empatia, tudo é permitido. A moralidade torna-se muito subjetiva e flexível.

"A boa notícia é que o transtorno de personalidade narcisista não é um desequilíbrio químico. E não é genético. É um complexo de comportamentos, um hábito profundamente enraizado. O que significa que pode ser desaprendido, com o tempo."

A doutora prosseguiu praticamente sem pausar.

— O outro distúrbio é, na verdade, o mais perturbador. O transtorno reativo de vinculação é um diagnóstico relativamente novo. E, por ser novo, não sabemos muito a respeito. Não foram realizados muitos estudos. É incomum, difícil de diagnosticar e difícil de tratar.

"O aspecto crítico do transtorno reativo de vinculação é que o distúrbio brota de um rompimento das ligações comuns da infância nos primeiros anos de vida. A teoria é que, normalmente, as crianças pequenas se ligam a um único cuidador confiável e, a partir dessa base segura, exploram o mundo. Elas sabem que suas necessidades emocionais e físicas básicas serão atendidas por aquela única pessoa. Quando o cuidador confiável não está presente, ou quando muda com muita frequência, as crianças podem se relacionar com os outros de modos inapropriados, às vezes grosseiramente inapropriados: agressões, raiva, mentiras, rebeldia, falta de remorso, crueldade; ou excesso de familiaridade, hiperatividade, comportamentos perigosos.

"A definição desse distúrbio exige algum tipo de rompimento nos primeiros anos de cuidados... 'cuidados patogênicos', geralmente maus-tratos ou negligência por parte do pai ou do cuidador. Mas há alguma controvérsia quanto ao que isso significa exatamente. Não estou insinuando de forma alguma que algum de vocês tenha sido deficiente. Isto não está ligado à criação. Mas pesquisas recentes sugerem que o distúrbio pode surgir mesmo sem cuidados deficientes. Algumas crianças apenas parecem ter temperamento vulnerável a transtornos de vinculação, de modo que até mesmo pequenas perturbações... a creche, por exemplo, ou ser passado de um cuidador a outro com muita frequência... podem ser o bastante para disparar um transtorno de vinculação."

— Creche? — Laurie.

— Apenas em casos excepcionais.

— Jacob entrou para a creche quando tinha 3 meses. Nós dois trabalhávamos. Parei de lecionar quando ele tinha 4 anos.

— Laurie, não sabemos o bastante para presumir uma relação de causa e efeito. Vocês precisam resistir ao impulso de culpar a si próprios. Não há motivo para pensar que a causa aqui seja negligência. Jacob pode apenas ter sido uma dessas crianças vulneráveis, hipersensíveis. Tudo isso é uma área muito nova. Nós, pesquisadores, estamos lutando para que nós próprios a compreendamos.

A Dra. Vogel deu um olhar reconfortante para Laurie, mas havia um indício em sua voz de que ela protestava demais, e pude ver que Laurie não amoleceu.

Incapaz de ajudar, a médica simplesmente seguiu em frente. Ela parecia pensar que a melhor maneira de transmitir todas aquelas informações devastadoras era fazê-lo rapidamente e terminar logo.

— No caso de Jacob, seja qual tenha sido o gatilho, há evidências de ligações atípicas nos primeiros anos de vida. Vocês relataram que, quando criança, às vezes ele parecia reservado e hipervigilante ou errático, e propenso a uma raiva excessiva e a agressões em outros momentos.

Eu:

— Mas *todas* as crianças são "erráticas" e "propensas a uma raiva excessiva". Muitas crianças vão para a creche e não...

— Seria muito incomum ver uma criança com esse distúrbio na ausência de alguma espécie de negligência, mas simplesmente não sabemos.

— Já chega! — Laurie ergueu as duas mãos pedindo para parar. — Apenas pare com isso! — Ela se levantou e empurrou a cadeira na qual estava sentada e recuou para o canto oposto da sala. — Você acha que foi ele.

— Eu não disse isso — discordou a Dra. Vogel.

— Não precisa dizer.

— Não, Laurie, realmente, não tenho nenhum jeito de saber se ele cometeu o crime. Não é o meu trabalho. Não foi isso que busquei determinar.

Eu:

— Laurie, isto é baboseira psiquiátrica. Ela mesma disse que é possível afirmar essas coisas sobre qualquer criança... narcisista, autocentrada. Vamos lá, me mostre um adolescente que *não* seja assim. Isso é bobagem. Não acredito em uma palavra sequer.

— É claro que você não acredita! Você nunca vê essas coisas. Está tão determinado a ser normal e a que *todos nós* sejamos normais que simplesmente fecha os olhos e ignora qualquer coisa que não se encaixe.

— Nós *somos* normais.

— Ah, meu Deus. Você acha isto normal, Andy?

— Esta situação? Não. Mas se acho que Jacob é normal? Sim! Isso é tão louco assim?

— Andy. Você não está enxergando direito as coisas. Sinto que preciso pensar por nós dois porque você simplesmente não consegue ver.

Fui até Laurie para confortá-la e pousei minha mão em seus braços cruzados.

— Laurie, trata-se do nosso filho.

Ela sacudiu as mãos, afastando a minha a tapas.

— Andy, pare com isso. Não somos normais.

— É claro que somos. Do que está falando?

— Você tem fingido. Durante anos. Durante todo esse tempo, você esteve fingindo.

— Não. Não sobre as coisas importantes.

— As coisas importantes! Andy, você não contou a verdade. Durante todo este tempo, nunca disse a verdade.

— Nunca menti.

— Cada dia que não contava, estava mentindo. Cada dia. Cada dia.

Ela passou por mim com um empurrão para confrontar novamente a Dra. Vogel.

— Você acha que foi Jacob.

— Laurie, por favor, sente-se. Você está irritada.

— Apenas diga. Não fique aí sentada lendo seu relatório e recitando o Manual de Transtornos Mentais* para mim. Também posso ler o manual. Apenas fale o que quer dizer: foi ele.

---

* Documento para profissionais da área da saúde mental que lista diferentes categorias de transtornos mentais e critérios para diagnosticá-los. (N. do T.)

— Não posso lhes dizer se foi ele ou não. Simplesmente não sei.

— Então está dizendo que ele *poderia* ter cometido o crime. Você acha que é realmente possível.

— Laurie, por favor, sente-se.

— Não quero me sentar! Responda!

— Vejo certas características e comportamentos em Jacob que me perturbam, sim, mas isso é algo muito diferente...

— E a culpa é nossa? Desculpe-me: *poderia* ser nossa culpa, é *possível* que *talvez seja apenas* nossa culpa, porque somos pais tão ruins, porque tivemos sangue-frio, a... crueldade para colocá-lo na creche como todas as outras crianças desta cidade. Todas as outras crianças!

— Não. Eu não diria isso, Laurie. Certamente, *não* é sua culpa de forma alguma. Elimine totalmente esse pensamento da cabeça.

— E o gene, a mutação para a qual fez o teste. Como se chama? Nocaute alguma coisa.

— MAOA Nocaute.

— Jacob o tem?

— O gene não é o que você está sugerindo. Como expliquei, no máximo cria uma predisposição...

— Doutora. Jacob. Ele tem o gene?

— Sim.

— E meu marido?

— Sim.

— E meu... nem mesmo sei do que devo chamá-lo... meu sogro?

— Sim.

— Bem, aí está. É claro que ele tem. E o que você disse antes, sobre o coração de Jacob ser dois números menor, como o Grinch?

— Eu não deveria ter me expressado desta maneira. Foi uma tolice dizer isso. Sinto muito.

— Não importa como se expressou. Ainda acredita nisso? O coração do meu filho é dois números menor?

— Precisamos trabalhar na construção de um vocabulário emocional para Jacob. Não importa o tamanho do coração dele. A maturidade emocional de Jacob não está no mesmo nível que a dos colegas.

— Em que nível está? A maturidade emocional de Jacob?

Respiração profunda.

— Jacob apresenta algumas características de um garoto com a metade de sua idade.

— Sete! Meu filho tem a maturidade emocional de um menino de 7 anos! É o que está dizendo!

— Eu não colocaria desta maneira.

— O que faço então? O que faço?

Sem resposta.

— O que devo fazer?

— Sh — eu disse. — Ele pode ouvir você.

29 | O monge em chamas

Dia três do julgamento.
Ao meu lado na mesa da defesa, Jacob cutucava um pedacinho da cutícula no polegar direito. Ele vinha coçando aquela área do polegar havia algum tempo, nervosamente, alheio, e abrira uma pequena ferida que descia da cutícula por meio centímetro na direção do nó do dedo. Ele não mastigava a cutícula, como as crianças costumam fazer. O método dele envolvia arranhar a pele com a unha, levantar pequenos pedaços e raspas de pele até ter sucesso em escavar uma lasca substancial, quando ele atacava e começava a remover a protuberância borrachuda por meio de uma bateria de torções e puxões e, quando tudo o mais falhava, cortava a pele com a ponta cega de uma unha. A área dessas escavações nunca tinha a oportunidade de cicatrizar. Depois de uma excisão particularmente agressiva, o sangue escorria da ferida e ele precisava apertar o polegar com um lenço de papel, se tivesse um, ou enfiar tudo na boca para limpar o dedo chupando-o. Ele parecia acreditar, contra qualquer lógica, que ninguém poderia se incomodar com aquele pequeno drama nauseante.

Peguei a mão que Jacob estava ferindo e a baixei até seu colo, fora da visão dos jurados, depois descansei meu braço protetivamente no encosto de sua cadeira.

No banco das testemunhas, uma mulher estava depondo. Ruthann Alguma-Coisa-ou-Outra. Tinha cerca de 50 anos. Rosto agradável. Corte de cabelo curto e simples. Mais cabelos grisalhos que escuros, fato que ela não fazia qualquer esforço para ocultar. Nenhuma joia, exceto por um relógio e uma aliança. Ela usava tamancos pretos. Era uma das vizinhas que caminhavam com seus cães todas as manhãs pelas trilhas do parque Cold Spring. Logiudice a chamara para testemunhar que passara por um garoto levemente parecido com Jacob perto da cena do homicídio naquela manhã. Teria sido uma prova valiosa se ao menos a mulher conseguisse fazer sua parte, mas ela estava obviamente sofrendo no banco das testemunhas. Secava a mão repetidamente no colo. Ponderava cada pergunta antes de responder. Em pouco tempo, a ansiedade dela se tornou muito mais interessante que o testemunho em si, o qual não resultou em muita coisa.

Logiudice:

— Pode descrever o garoto?

— Era de estatura mediana, eu acho. Cerca de 1,75m, 1,77m. Magro. Vestia jeans e tênis. Cabelos escuros.

Aquilo não era um garoto que ela descrevia, era uma sombra. Metade dos garotos de Newton correspondia à descrição, e ela ainda não terminara. Fazia rodeios e mais rodeios, até que Logiudice foi reduzido a induzir a testemunha inserindo nas perguntas pequenos lembretes — uns papeizinhos para socorrê-la — do que ela dissera nas respostas iniciais para a polícia no dia do homicídio. A indução constante do promotor fez Jonathan se levantar diversas vezes para objetar, e a coisa toda se tornava cada vez mais ridícula, com a testemunha quase pronta para voltar atrás na identificação. Logiudice era tapado demais para tirar a mulher do banco das testemunhas antes de ela oficializar a retratação, e Jonathan saltava para cima e para baixo para fazer objeções à indução...

...e, de algum modo, tudo aquilo ficou em segundo plano para mim. Eu não conseguia me concentrar, muito menos dar importância ao que acontecia. Tive a sensação desagradável de que o julgamento não importava. Já era tarde demais. O veredito da Dra. Vogel importava pelo menos tanto quanto importaria o veredito do julgamento.

Ao meu lado estava Jacob, aquele enigma que eu e Laurie geramos. O tamanho dele, a semelhança comigo, a probabilidade de que crescesse mais para ficar ainda mais parecido — tudo aquilo me estilhaçava por dentro. Todo pai conhece o momento desconcertante no qual vê o filho como seu duplo estranho e distorcido. É como se, por um momento, suas identidades se sobrepusessem. Você vê uma ideia, uma concepção de seu eu interior infantil, de pé bem à sua frente, transformada em carne e osso. Ele é você e não é você, familiar e estranho. Ele é você reiniciado, rebobinado; ao mesmo tempo, é tão estranho e incompreensível quanto qualquer outra pessoa. Em meio ao jogo de cabo de guerra dessa confusão, com o braço no encosto da cadeira de Jacob, toquei o ombro dele.

Culpado, ele pousou a mão aberta no colo, onde voltara a cutucar a carne viva no polegar direito e conseguira extrair uma nova lasca de pele.

Diretamente atrás de mim, Laurie estava sentada sozinha na primeira fila. Ela ficou sentada sozinha todos os dias do julgamento. Não tínhamos amigos em Newton, é claro. Eu queria convocar os pais de Laurie para ficarem sentados com ela no tribunal. Tenho certeza de que teriam feito isso. Mas Laurie não permitiu. Estava agindo um pouco como um mártir. Ela impusera uma catástrofe à própria família ao se casar comigo; agora, estava determinada a pagar o preço sozinha. No tribunal, as pessoas tendiam a manter de cada lado uma distância de cerca de 30 centímetros dela. Sempre que me virava, Laurie estava sozinha naquela zona de isolamento no banco, distraída, os braços parcialmente cruzados, o queixo apoiado em uma das mãos, escutando, olhando para o chão em vez de para a testemunha. Na noite anterior, Laurie ficara tão abalada com o diagnóstico da Dra. Vogel que implorara por um dos meus Ambiens, e nem assim conseguiu dormir. Deitada na cama no escuro, ela disse: "E se ele *for* culpado, Andy, o que faremos?" Eu disse a ela que não havia nada a se fazer no momento, além de aguardar o júri decidir se Jacob era ou não culpado. Tentei aninhar-me com ela para confortá-la, o que parecia a coisa que um marido deveria fazer, mas meu toque a agitou ainda mais e ela se afastou de mim retorcendo-se até a beira da cama, onde ficou deitada o mais imóvel que conseguia, mas muito obviamente desperta, traída por suas fungadas e seus pequenos movimentos. Na época em que lecionava, Laurie (para mim) dormia milagrosamente. Ela desligava a luz cedo, às 21 horas, pois precisava acordar muito cedo, e adormecia assim que a cabeça pousava no travesseiro. Mas aquela era outra Laurie.

Enquanto isso, no tribunal, Logiudice aparentemente decidira ir até o final com a testemunha, mesmo com ela dando todos os sinais de que imploriria. É difícil justificar a decisão de Logiudice em termos estratégicos, portanto imagino que ele apenas quisesse impedir Jonathan de ter a honra de extrair a retratação final da testemunha. Ou talvez ainda desejasse, desesperadamente, que ela voltasse a si no final. Mas ele não desistia, aquele cretino teimoso. Na verdade, era um pouco nobre, de uma maneira estranha, como um capitão afundando com seu navio ou um monge encharcando-se de gasolina e incendiando a si próprio. Quando Logiudice chegou à última pergunta — ele escrevera todo o roteiro do interrogatório em seu bloco de notas amarelo e mantinha-se fiel a ele mesmo quando a testemunha improvisava livremente —, Jonathan havia pousado sua caneta e assistia entre os dedos.

Pergunta:

— O garoto que você viu no parque Cold Spring naquela manhã está sentado hoje aqui neste tribunal?

Resposta:

— Não tenho certeza.

— Bem, você vê algum garoto que corresponda à descrição que fez do garoto do parque?

Resposta:

— Eu não... não estou mais tão certa. Era um garoto. É tudo que sei com certeza. Foi há muito tempo. Quanto mais penso a respeito, menos quero falar. Não quero mandar um garoto para a prisão pelo resto da vida se houver alguma chance de que esteja errada. Eu não conseguiria viver comigo mesma se fizesse isso.

O juiz French emitiu um suspiro longo e desdenhoso. Ele arqueou as sobrancelhas e retirou os óculos.

— Sr. Klein, presumo que não tenha perguntas?

— Não, Meritíssimo.

— Imaginei que não.

As coisas não melhoraram muito para Logiudice no final do dia. Ele organizara suas testemunhas em grupos lógicos, e o dia foi dedicado às testemunhas civis. Eram transeuntes. Ninguém vira nada especialmente condenatório sob o ponto de vista de Jacob. Mas, afinal, era um caso fraco, e Logiudice estava certo em apostar todas as fichas. Assim, ouvimos mais duas pessoas, um homem e uma mulher, cada qual testemunhou que vira Jacob no parque, apesar de não perto da cena do homicídio. Outra testemunha viu uma figura sair correndo da área geral do crime. Ela não podia dizer nada a respeito da idade ou identidade da pessoa, mas as roupas coincidiam aproximadamente com o que Jacob vestia naquele dia, ainda que jeans e um casaco leve não fossem exatamente um uniforme distintivo, especialmente em um parque cheio de crianças a caminho da escola.

Logiudice terminou em um tom angustiante. A última testemunha dele era um homem chamado Sam Studnitzer, que caminhava com o cachorro pelo parque naquela manhã. Studnitzer tinha o cabelo muito curto, ombros estreitos, modos delicados.

— Para onde você ia? — perguntou Logiudice.

— Há uma área na qual os cães podem correr sem coleira. Levo meu cachorro quase toda manhã.

— Qual é a raça de seu cão?

— Um labrador preto. O nome dele é Bo.

— Que horas eram?

— Em torno das 8h20. Geralmente chego mais cedo.

— Você e Bo estavam onde no parque?

— Estávamos em uma das trilhas na floresta. O cachorro seguira na frente, farejando.

— E o que aconteceu?

Studnitzer hesitou.

Os Rifkin estavam no tribunal, no primeiro banco, atrás da mesa da acusação.

— Ouvi a voz de um garotinho.

— O que o garotinho disse?

— Ele disse: "Pare, você está me machucando."

— Ele disse algo mais?

Studnitzer deixou os ombros caírem e franziu a testa. Em voz baixa:

— Não.

— Apenas "pare, você está me machucando"?

Studnitzer não respondeu, mas apertou as têmporas com os dedos, cobrindo os olhos.

Logiudice aguardou.

O tribunal estava tão mortalmente silencioso que a respiração ruidosa de Studnitzer era claramente audível. Ele afastou a mão do rosto.

— Não. Foi tudo que ouvi.

— Você viu mais alguém por perto?

— Não. Não conseguia enxergar muito longe. As linhas de visão são limitadas. Aquela parte do parque é montanhosa. As árvores crescem espessas. Estávamos descendo um pequeno declive. Eu não conseguia ver ninguém.

— Poderia dizer de qual direção veio o grito?

— Não.

— Você olhou ao redor, investigou? Tentou ajudar o garotinho de alguma maneira?

— Não. Eu não sabia. Pensei que fossem apenas crianças. Eu não sabia. Não achei nada de mais. Há tantas crianças no parque todas as manhãs, rindo, brincando. Soou apenas como... uma brincadeira bruta.

Ele baixou os olhos.

— Como era a voz do garoto?

— Soava como se estivesse ferido. Estava sentindo dor.

— Houve qualquer outro som depois do grito? Empurrões, sons de briga, qualquer coisa?

— Não. Não ouvi nada assim.

— O que aconteceu depois?

— O cão estava alerta, agitado, estranho. Eu não sabia qual era o problema e meio que o empurrei para que andasse, depois seguimos caminhando pelo parque.

— Você viu alguém enquanto caminhava?

— Não.

— Você observou qualquer coisa incomum naquela manhã?

— Não, não até mais tarde, quando ouvi as sirenes e policiais começarem a entrar no parque. Foi quando descobri o que ocorrera.

Logiudice se sentou.

Todos no tribunal ouviam aquelas palavras em *loop* em suas cabeças: *Pare, você está me machucando. Pare, você está me machucando.* Ainda não as tirei da cabeça. Duvido que algum dia conseguirei. Mas a verdade é que nem mesmo esse detalhe apontava para Jacob.

Para enfatizar tal fato, Jonathan se levantou no interrogatório para fazer uma única pergunta perfunctória:

— Sr. Studnitzer, em nenhum momento você viu este garoto, Jacob Barber, no parque naquela manhã, ou viu?

— Não.

Jonathan parou um momento para abanar a cabeça diante do júri e dizer: "Terrível, terrível", para demonstrar que nós também estávamos do lado dos anjos.

Ali estava. Apesar de tudo — o diagnóstico terrível da Dra. Vogel e o estado de choque de Laurie e as palavras assombrosamente comuns do garoto ao ser esfaqueado —, depois de três dias ainda estávamos ganhando, ganhando de longe. Caso fosse um jogo da Liga Infantil de Beisebol, poderíamos estar discutindo aplicar a regra de clemência. No final das contas, foi nosso último dia bom.

Sr. Logiudice: Permita-me interromper aqui apenas por um momento. Compreendo que sua esposa estava perturbada.

Testemunha: Todos estávamos perturbados.

Sr. Logiudice: Mas Laurie, especialmente, estava com dificuldades.

Testemunha: Sim, ela estava enfrentando dificuldades em lidar com a pressão.

Sr. Logiudice: Mais do que isso. Estava claramente tendo dúvidas a respeito da inocência de Jacob, especialmente depois que todos vocês conversaram com a Dra. Vogel e ouviram o diagnóstico completo com certo grau de detalhes. Ela até perguntou a você à queima-roupa o que vocês dois fariam se ele fosse culpado, não perguntou?

Testemunha: Sim. Um pouco mais tarde. Mas ela estava muito abalada naquele momento. Você não tem ideia de como é esse tipo de pressão.

Sr. Logiudice: E quanto a você? Não estava abalado também?

Testemunha: É claro que sim. Estava aterrorizado.

Sr. Logiudice: Aterrorizado porque finalmente começava a considerar a possibilidade de que Jacob fosse culpado?

Testemunha: Não, aterrorizado porque o júri poderia condená-lo, fosse ele culpado ou não.

Sr. Logiudice: Ainda não lhe ocorrera que Jacob pudesse realmente ter cometido o crime?

Testemunha: Não.

Sr. Logiudice: Nenhuma vez sequer? Nem mesmo por um único segundo?

Testemunha: Nenhuma vez.

Sr. Logiudice: "Viés confirmatório", é isso, Andy?

Testemunha: Vá se foder, Neal. Babaca insensível.

Sr. Logiudice: Não perca a cabeça.

Testemunha: Você nunca me viu perder a cabeça.

Sr. Logiudice: Não. Posso apenas imaginar.

[A testemunha não respondeu.]

Sr. Logiudice: Muito bem, vamos prosseguir.

30 | O tabu

Dia quatro do julgamento.
Paul Duffy no banco das testemunhas. Ele vestia um blazer azul, gravata listrada e calças cinza de flanela, o mais formal que jamais conseguira se vestir. Assim como Jonathan, Duffy era um daqueles homens fáceis de serem imaginados como meninos, homens cuja aparência quase obriga você a ver o menino dentro deles. Não era nada específico em suas características físicas, mas sim uma qualidade infantil em seus modos. Talvez fosse apenas o efeito da minha longa amizade com ele. Para mim, Paul permanecia eternamente com 27 anos, idade que tinha quando o conheci.

Para Logiudice, é claro, a amizade fazia de Duffy uma testemunha incerta. No início, a conduta de Logiudice foi experimental, suas perguntas excessivamente cautelosas. Se tivesse me perguntado, eu poderia ter dito a ele que Paul Duffy não mentiria, nem mesmo por mim. Ele simplesmente não era assim. (Eu também teria dito a Logiudice para largar seu ridículo bloco de notas amarelo. Ele parecia um maldito amador.)

— Poderia dizer seu nome para o registro, por favor?
— Paul Michael Duffy.
— Qual é sua profissão?
— Sou inspetor da Polícia do Estado de Massachusetts.
— Há quanto tempo está empregado pela polícia do estado?

— Há 26 anos.

— E qual é sua posição atual?

— Estou em uma unidade de relações públicas.

— Voltando sua atenção para o dia 12 de abril de 2007, qual era sua posição nesta data?

— Eu estava à frente de uma unidade especial de investigadores designados para o gabinete da promotora de Middlesex. A unidade chama-se CPAC, sigla de Prevenção e Controle de Crimes. Ela consiste em 15 a 20 investigadores, todos com o treinamento especial e a experiência exigida para auxiliar os promotores adjuntos e os departamentos locais na investigação e na promoção da ação penal de casos complexos de vários tipos, sobretudo homicídios.

Duffy recitou esse pequeno discurso em um tom monótono, de memória.

— E você participara de muitas investigações de homicídios antes de 12 de abril de 2007?

— Sim.

— Quantas, aproximadamente?

— Mais de cem, apesar de não ter atuado à frente de todas.

— Certo. Em 12 de abril de 2007, você recebeu um telefonema sobre um homicídio em Newton?

— Sim. Em torno das 9h15 da manhã. Recebi um telefonema de um certo inspetor Foley, de Newton, informando-me que ocorrera um homicídio envolvendo uma criança no parque Cold Spring.

— E qual foi a primeira coisa que fez?

— Telefonei para o gabinete da promotora para informá-lo.

— Este é o procedimento-padrão?

— Sim. É exigido por lei que o departamento local informe a polícia estadual sobre todos os homicídios ou mortes não naturais, em seguida informamos imediatamente a promotoria local.

— Para quem você telefonou, especificamente?

— Andy Barber.

— Por que Andy Barber?

— Ele era o primeiro adjunto, o que significa que era o segundo no comando da própria procuradora de justiça.

— Pelo seu entendimento, o que o Sr. Barber faria com a informação?

— Ele designaria um promotor adjunto para conduzir a investigação para o gabinete.

— Ele próprio poderia assumir o caso?

— Poderia. Ele trabalhou em vários casos de homicídios.

— Você tinha alguma expectativa naquela manhã quanto ao próprio Sr. Barber assumir o caso?

Jonathan levantou o traseiro 15 centímetros da cadeira.

— Objeção.

— Indeferida.

— Inspetor Duffy, o que pensava que o Sr. Barber faria com o caso naquele ponto?

— Eu não sabia. Suponho que deduzi que ele poderia assumir o caso. Desde o início, parecia que seria um caso importante. Ele assumia muitos casos desse tipo. Mas, se tivesse designado outra pessoa, isso tampouco me surpreenderia. Havia outras pessoas boas lá além do Sr. Barber. Honestamente, não pensei muito sobre o assunto. Eu tinha meu próprio trabalho para fazer. Deixei que ele se preocupasse com o gabinete da promotoria local. Meu trabalho era dirigir a CPAC.

— Você sabe se a procuradora de justiça, Lynn Canavan, foi informada imediatamente?

— Não sei. Presumo que sim.

— Muito bem, depois de telefonar para o Sr. Barber, o que você fez?

— Fui para o local.

— A que horas chegou lá?

— Às 9h35 da manhã.

— Descreva a cena assim que chegou.

— A entrada do parque Cold Spring fica na Beacon Street. Há um estacionamento diante do parque. Atrás dele, há quadras de tênis e campos para esportes. Depois, além dos campos, é tudo floresta, e há trilhas que penetram na floresta. Havia muitos veículos da polícia no estacionamento e na rua em frente. Muitos policiais presentes.

— O que você fez?

— Estacionei na Beacon Street e fui a pé até o local. Fui recebido pelo inspetor Peterson, da polícia de Newton, e pelo Sr. Barber.

— Novamente, havia algo de incomum acerca da presença do Sr. Barber na cena do homicídio?

— Não. Ele morava bastante próximo do local e, geralmente, ia até as cenas de homicídios mesmo quando não pretendia assumir o caso.

— Como sabia que o Sr. Barber morava perto do parque Cold Spring?

— Porque o conheço há anos.

— Na verdade, vocês são amigos pessoais.

— Sim.

— Amigos íntimos?

— Sim. Éramos.

— E agora?

Houve uma pequena pausa antes de ele responder.

— Não posso falar por ele. Ainda o considero um amigo.

— Vocês ainda se veem socialmente?

— Não. Não desde que Jacob foi indiciado.

— Quando foi a última vez que você e o Sr. Barber se falaram?

— Antes da acusação formal.

Uma mentira, mas uma mentira inofensiva. A verdade seria enganosa para o júri. Seria insinuado, erroneamente, que Duffy não era confiável. Duffy foi parcial mas honesto ao responder às perguntas importantes. Ele não se retraiu ao dar o depoimento. Eu tampouco me retraí diante dele. O objetivo de um julgamento é alcançar o resultado certo, o que exige recalibrações constantes durante o percurso, como um veleiro ziguezagueando contra o vento.

— Muito bem, você chega ao parque, encontra o inspetor Peterson e o Sr. Barber. O que acontece em seguida?

— Explicaram-me a situação geral: que a vítima já fora identificada como Benjamin Rifkin, e conduziram-me através do parque até a cena do homicídio propriamente dita.

— O que viu quando chegou lá?

— O perímetro da área já havia sido demarcado e isolado. O legista e os peritos ainda não tinham chegado ao lugar. Um fotógrafo da polícia local estava tirando fotos. A vítima ainda jazia no chão, o corpo, com pouca coisa ao redor. Basicamente, congelaram a cena quando chegaram, para preservá-la.

— Você conseguia efetivamente ver o corpo?

— Sim.

— Poderia descrever a posição do corpo quando o viu pela primeira vez?

— A vítima jazia em declive, com a cabeça na extremidade inferior e os pés mais elevados. Ele estava retorcido, de modo que a cabeça parecia voltada para o céu e a parte inferior do corpo e as pernas estavam de lado.

— O que fez em seguida?

— Aproximei-me do corpo com o inspetor Peterson e o Sr. Barber. O inspetor Peterson estava me mostrando detalhes da cena.

— O que ele estava lhe mostrando?

— No topo da colina, perto da trilha, havia uma grande quantidade de sangue no chão, sangue derramado. Vi diversas gotículas muito pequenas, com menos de 2,5 centímetros de diâmetro. Havia também algumas manchas maiores, as quais pareciam ser o que chamam de manchas de contato. Estas estavam nas folhas.

— O que é uma mancha de contato?

— É quando uma superfície com sangue líquido entra em contato com outra superfície e o sangue é transferido para ela, deixando uma mancha.

— Descreva as manchas de contato.

— Estavam mais abaixo na colina. Eram várias. As primeiras tinham vários centímetros de comprimento e, à medida que descíamos ainda mais a colina, ficavam mais espessas e longas, com mais sangue.

— Bem, compreendo que você não é um criminalista, mas formou alguma impressão no momento, ou teoria, sobre o que aquela prova em sangue sugeria?

— Sim. Parecia que o homicídio fora cometido perto da trilha, onde havia gotas de sangue que caíram no chão, depois o corpo caiu ou foi empurrado encosta abaixo, o que o fez deslizar sobre a barriga, deixando nas folhas as longas manchas de contato de sangue.

— Certo. Portanto, tendo formulado esta teoria, o que fez em seguida?

— Desci e inspecionei o corpo.

— O que viu?

— Havia três ferimentos cruzando o peito. Era um pouco difícil de ver porque a frente do corpo estava encharcada de sangue, a camisa da vítima. Havia também uma quantidade considerável de sangue ao redor do corpo, para onde aparentemente escorrera a partir dos ferimentos.

— Havia algo de incomum em relação às manchas de sangue, à poça de sangue ao redor do corpo?

— Sim. Havia no sangue algumas impressões moldadas, marcas de solas de sapatos e outras impressões, que significavam que alguém pisara no sangue líquido e deixara uma impressão nele, como um molde.

— O que você concluiu a partir das impressões moldadas de solas de sapato?

— Obviamente, alguém ficara de pé ou ajoelhara ao lado do corpo logo depois do homicídio, enquanto o sangue ainda estava suficientemente líquido para que a impressão fosse deixada.

— Você estava ciente da corredora, Paula Giannetto, que descobriu o corpo?

— Sim, estava.

— Como aquilo se encaixava em seu pensamento acerca das impressões moldadas?

— Pensei que ela poderia ter deixado as impressões, mas não era possível ter certeza.

— O que mais você concluiu?

— Bem, havia um volume considerável de sangue derramado durante o ataque. O sangue jorrara e também deixara manchas. Eu não sabia de que modo o atacante poderia estar de pé, mas deduzi pela posição dos ferimentos no peito da vítima que provavelmente estivesse bem diante dela. Portanto, deduzi que a pessoa por quem procurávamos poderia estar suja com um pouco de sangue. Também poderia ter uma arma, apesar de uma faca ser pequena e consideravelmente fácil de se descartar. Mas o sangue era o mais importante. Era uma cena bastante desagradável.

— Você fez alguma outra observação em relação à vítima, particularmente quanto às mãos?

— Sim, não estavam cortadas ou feridas.
— O que aquilo indicava para você?
— A ausência de ferimentos defensivos indicava que ele não resistira ou atacara de volta o agressor, o que indicava que ou fora surpreendido ou jamais previra o ataque e não tivera a chance de erguer as mãos para bloquear os golpes.
— Indicando que ele poderia conhecer o agressor?
Jonathan levitou novamente o traseiro alguns centímetros acima da cadeira.
— Objeção. Especulação.
— Deferida.
— Muito bem, o que fez em seguida?
— Bem, o homicídio ainda era relativamente recente. O parque fora fechado e realizamos uma busca imediatamente para nos assegurarmos de que não houvesse ninguém lá. A busca começou antes que eu chegasse.
— E encontraram alguém?
— Encontramos poucas pessoas que estavam bastante afastadas da cena. Ninguém parecia particularmente suspeito. Não havia nenhuma indicação de que qualquer uma daquelas pessoas tivesse alguma ligação com o homicídio.
— Nenhum sangue nelas?
— Não.
— Nenhuma faca?
— Não.
— Portanto, é justo dizer que nas primeiras horas da investigação vocês não tinham nenhum suspeito óbvio?
— Não tínhamos absolutamente nenhum suspeito.
— E, no decorrer dos dias seguintes, quantos suspeitos conseguiram identificar e investigar?
— Nenhum.
— O que fez depois? Como deu continuidade à investigação?
— Bem, entrevistamos todos que pudessem ter qualquer informação. A família e os amigos da vítima, qualquer um que pudesse ter visto alguma coisa na manhã do homicídio.
— Isso incluiu os colegas de turma da vítima?

— Não.
— Por que não?
— Houve algum atraso para chegarmos à escola. Os pais da cidade estavam preocupados quanto a entrevistarmos as crianças. Houve alguma discussão sobre se as crianças precisariam ter um advogado presente nas entrevistas e se poderíamos investigar a escola sem mandado, examinar os armários dos alunos e outras coisas. Houve também alguma discussão quanto a se seria apropriado usar o prédio da escola para as entrevistas e quais estudantes teríamos permissão para entrevistar.
— Qual foi sua reação a tamanho atraso?
— Objeção.
— Indeferida.
— Fiquei com raiva, para ser sincero. Quanto mais frio se torna um caso, mais difícil é solucioná-lo.
— E quem estava conduzindo o caso com você para o gabinete da promotoria?
— O Sr. Barber.
— Andrew Barber, pai do réu?
— Sim.
— Ocorreu-lhe naquele momento que houvesse algo inapropriado quanto a Andy Barber trabalhar no caso, visto que a escola do filho estava envolvida?
— Na verdade, não. Quero dizer, eu estava ciente. Mas não era algo como Columbine: não necessariamente tínhamos um homicídio de um garoto cometido por outro garoto. Não tínhamos nenhum motivo real para acreditar que qualquer uma das crianças na escola estivesse envolvida, muito menos Jacob.
— Portanto, você nunca questionou o julgamento do Sr. Barber em relação a este aspecto, nem mesmo pensou nisso?
— Não, nunca.
— Você chegou a discutir o assunto com ele?
— Uma vez.
— E poderia descrever a conversa?
— Eu só disse a Andy que, você sabe, apenas para proteger seu... *derrière*, talvez ele quisesse passar aquele caso adiante.

— Porque você viu conflito de interesses?

— Vi que a escola do filho dele poderia estar envolvida, e nunca se sabe. Por que apenas não manter distância?

— E o que ele disse?

— Ele disse que não havia conflito porque, caso o filho dele estivesse em perigo por causa de um assassino, aquilo seria *mais* uma razão para ele querer ver o caso solucionado. Além disso, disse que sentia alguma responsabilidade porque vivia na cidade e não ocorriam muitos homicídios aqui, de modo que deduziu que as pessoas ficariam especialmente perturbadas. Ele queria fazer a coisa certa para elas.

Logiudice fez uma pausa com aquela última frase e encarou Duffy fixamente por apenas um instante.

— O Sr. Barber, pai do réu, alguma vez lhe sugeriu que seguisse a teoria de que um dos colegas de turma de Ben Rifkin pudesse tê-lo assassinado?

— Não. Ele jamais sugeriu isto ou eliminou tal possibilidade.

— Mas ele não seguiu ativamente a teoria de que Ben Rifkin fora assassinado por um colega de turma?

— Não. Mas não se "segue ativamente"...

— Ele tentou conduzir a investigação em alguma outra direção?

— Não compreendo, "conduzir" a investigação?

— Ele tinha algum outro suspeito em mente?

— Sim. Havia um homem chamado Leonard Patz que morava perto do parque, e existiam alguns indícios circunstanciais de que pudesse estar envolvido. Andy queria investigar o suspeito.

— Na verdade, Andy Barber não era o único fazendo pressão para que Patz fosse considerado um suspeito?

— Objeção. Sugestão.

— Deferida. Esta é sua testemunha, Sr. Logiudice.

— Retiro a pergunta. Por fim, vocês entrevistaram os colegas de turma de Ben na escola McCormick?

— Sim.

— E o que descobriram?

— Bem, descobrimos com algum esforço, porque as crianças não estavam muito dispostas a falar, que havia uma rixa constante entre Ben e o réu, entre Ben e Jacob. Ben andava importunando Jacob. Aquilo nos levou a começar a considerar Jacob um suspeito.

— Mesmo enquanto o pai dele conduzia a investigação?

— Certos aspectos da investigação precisaram ser desempenhados sem o conhecimento do Sr. Barber.

Aquilo me atingiu como uma marretada. Eu não ouvira nada a respeito. Eu presumira que fariam algo do gênero, mas não que o próprio Duffy estivesse envolvido. Ele deve ter visto minha cara cair, pois um olhar impotente cruzou seu rosto.

— E como isso foi feito? Algum outro promotor adjunto foi encarregado do caso sem o conhecimento do Sr. Barber?

— Sim. Você.

— E isto foi feito com aprovação de quem?

— Da procuradora de justiça, Lynn Canavan.

— E o que essa investigação revelou?

— Provas contra o réu se desenvolveram no sentido de que ele possuía uma faca consistente com os ferimentos, tinha motivos suficientes e, o mais importante, declarara a intenção de se defender com a faca se a vítima continuasse a agredi-lo. O réu também chegara à escola com uma pequena quantidade de sangue na mão direita naquela manhã, com gotas de sangue. Descobrimos estas coisas por meio de Derek Yoo, amigo do réu.

— O réu tinha sangue na mão direita?

— Segundo o amigo dele, Derek Yoo, sim.

— E ele anunciara a intenção de usar a faca contra Ben Rifkin?

— Foi o que Derek Yoo nos informou.

— Em algum momento vocês tomaram conhecimento de uma história em um site chamado Sala dos Cortes?

— Sim. Derek Yoo também a descreveu para nós.

— E investigaram o site, a Sala dos Cortes?

— Sim. É um site no qual as pessoas postam histórias fantasiosas, a maioria sobre sexo e violência, incluindo algumas muito perturbadoras...

— Objeção.

— Deferida.

— Encontraram alguma história na Sala dos Cortes relacionada a este caso?

— Sim, encontramos. Achamos uma história que descrevia o homicídio essencialmente sob o ponto de vista do assassino. Os nomes foram alterados, além de alguns detalhes que não coincidiam com a realidade, mas a situação era a mesma. Era obviamente o mesmo caso.

— Quem escreveu a história?

— O réu.

— Como sabe disso?

— Derek Yoo nos informou que o réu contara a ele.

— Vocês conseguiram confirmar isso de alguma outra maneira?

— Não. Conseguimos determinar o provedor de acesso à internet do computador usado quando a história foi originalmente transferida para o site, que é como uma impressão digital que identifica a localização do computador. Correspondia à lanchonete Peet's, no Newton Centre.

— Vocês conseguiram identificar a máquina exata usada para fazer o upload da história?

— Não. Foi alguém que se conectou à rede sem fios da lanchonete. Conseguimos rastrear até aí. A Peet's não mantém registros de quais computadores utilizam rede do restaurante, e não exige que os usuários se identifiquem ao entrar na rede com um nome ou um cartão de crédito ou seja lá como for. Portanto, não conseguimos rastrear além daquele ponto.

— Mas vocês tinham a palavra de Derek Yoo, que disse que o réu admitira ter escrito a história?

— Correto.

— E o que havia na história que a tornava tão atrativa, que os convenceu de que somente o assassino poderia tê-la escrito?

— Todos os detalhes estavam lá. Para mim, a prova decisiva foi que a história descrevia o ângulo das facadas. A história dizia que as facadas foram planejadas para entrar no peito em um ângulo que permitisse à lâmina penetrar entre as costelas para maximizar os danos infligidos aos órgãos internos. Eu achava que ninguém saberia a respeito do ângulo da faca. Não era uma informação pública. E não seria um detalhe fácil de adivinhar, pois exige que o atacante segure a faca em um ângulo inatural, horizontalmente, para que ela deslize entre as costelas. Além disso, o grau de detalhe, o planejamento... Essencialmente, era uma confissão por escrito. Eu soube naquele ponto que tínhamos uma causa provável para efetuar a detenção.

— Mas não prenderam o réu imediatamente?

— Não. Ainda queríamos encontrar a faca e qualquer outra prova que o réu pudesse ter escondido em casa.

— O que fizeram então?

— Obtivemos o mandado e revistamos a casa.

— E o que encontraram?

— Nada.

— Vocês apreenderam o computador do réu?

— Sim.

— Que tipo de computador era?

— Um laptop da Apple, branco.

— E o computador foi investigado por especialistas treinados em recuperar material de discos rígidos deste tipo?

— Sim. Não conseguiram encontrar nada diretamente incriminatório.

— Encontraram qualquer coisa que fosse relevante para o caso?

— Encontraram um software, um programa chamado Disk Scraper. O programa apaga do disco rígido vestígios de documentos e programas antigos ou deletados. Jacob é muito bom com computadores. Portanto, ainda é possível que a história tenha sido deletada do computador, apesar de não termos conseguido encontrá-la.

— Objeção. Especulação.

— Deferida. O júri está instruído a desconsiderar a última frase.

Logiudice:

— Conseguiram encontrar pornografia?

— Objeção.

— Indeferida.

— Conseguiram encontrar pornografia?

— Sim.

— E outras histórias violentas ou qualquer coisa ligada ao assassinato?

— Não.

— Vocês foram capazes de corroborar de algum modo a alegação de Derek Yoo de que Jacob teria uma faca? Havia algum comprovante da compra da faca, por exemplo?

— Não.
— A verdadeira arma do crime chegou a ser encontrada?
— Não.
— Mas uma faca *foi* encontrada no parque Cold Spring em um dado momento?
— Sim. Continuamos com as buscas no parque durante algum tempo após o homicídio. Sentimos que o criminoso deveria ter se livrado da faca em algum lugar no parque para evitar ser detectado. Finalmente, a encontramos em um lago raso. A faca era aproximadamente do tamanho certo, mas análises forenses subsequentes revelaram que não era a faca usada no homicídio.
— Como isso foi determinado?
— A lâmina da faca encontrada era maior que aquilo que os ferimentos indicavam, e não era uma lâmina serrilhada consistente com as bordas laceradas dos ferimentos da vítima.
— E o que você concluiu a partir do fato de que a faca fora atirada naquele lago?
— Pensei que fora colocada ali para nos despistar, para nos levar ao caminho errado. Provavelmente por alguém que não tinha acesso aos relatórios forenses descrevendo os ferimentos e as prováveis características da arma.
— Alguma ideia quanto a quem poderia ter plantado a arma?
— Objeção. Incita a especulação.
— Deferida.

Logiudice considerou por um momento. Respirou profundamente, satisfeito, finalmente aliviado por ter uma testemunha profissional com quem trabalhar. Que Duffy me conhecesse e gostasse de mim — que fosse um pouco parcial a favor de Jacob e estivesse visivelmente em conflito quanto a estar no banco das testemunhas — apenas tornava o testemunho dele mais condenatório. *Finalmente*, era evidente o sentimento de Logiudice, *finalmente*.

— Sem mais perguntas — disse ele.

Jonathan levantou prontamente e foi para um ponto na extremidade oposta da bancada do júri, onde se recostou no corrimão. Se pudesse subir na própria bancada do júri para fazer as perguntas, ele subiria.

— Ou a faca poderia apenas ter sido largada lá sem nenhum motivo? — disse ele.

— É possível.

— Porque coisas são jogadas fora em parques toda hora?

— É verdade.

— Portanto, quando diz que a faca pode ter sido plantada naquele local para enganar vocês, trata-se de uma suposição, não é mesmo?

— Uma suposição informada, sim.

— Uma suposição extravagante, eu diria.

— Objeção.

— Deferida.

— Regressemos um pouco no tempo, inspetor. Você testemunhou que muito sangue foi encontrado na cena, sangue derramado, gotas, manchas de contato, e obviamente a camisa da vítima estava encharcada de sangue.

— Sim.

— Havia tanto sangue que, na verdade, conforme testemunhou quando partiu para investigar o parque em busca de suspeitos, você estava procurando alguém sujo de sangue. Não foi o que disse?

— Procurando por alguém que *poderia* estar sujo de sangue, sim.

— Muito sujo de sangue?

— Eu não tinha certeza quanto a isso.

— Ah, vamos lá. Você testemunhou que, tendo por base o padrão dos ferimentos, quem atacou Ben Rifkin estava provavelmente de pé bem diante dele, correto?

— Sim.

— E você testemunhou que havia sangue derramado.

— Sim.

— "Derramado" no sentido de que foi jogado, projetado, esguichou?

— Sim, mas...

— Na verdade, em um caso com tanto sangue, com ferimentos tão atrozes, você precisaria pensar que o atacante teria sido atingido por uma quantidade razoável de sangue, porque o sangue esguicharia dos ferimentos?

— Não necessariamente.

— Não necessariamente, mas muito provavelmente, não é mesmo, inspetor?
— É provável.
— E, é claro, ao esfaquear, o atacante precisa estar bem perto da vítima, ao alcance do braço, obviamente?
— Sim.
— Onde seria impossível evitar o jato?
— Não usei a palavra *jato*.
— Onde seria impossível evitar o sangue derramado?
— Não posso dizer isso com certeza.
— E a descrição de Jacob sujo de sangue ao chegar à escola naquela manhã... você a ouviu por intermédio de Derek Yoo, correto?
— Sim.
— E o que Derek Yoo descreveu foi que Jacob tinha uma pequena quantidade de sangue na mão direita, estou certo?
— Sim.
— Nada nas roupas?
— Não.
— Nada no rosto ou em qualquer outra parte do corpo?
— Não.
— Nos sapatos?
— Não.
— E tudo isso é perfeitamente consistente com a explicação dada por Jacob ao amigo Derek Yoo, não é mesmo, de que Jacob descobriu o corpo *depois* do ataque e *só então* tocou nele com a mão direita?
— É consistente, sim, mas não é a única explicação possível.
— E, obviamente, Jacob foi à escola naquela manhã?
— Sim.
— Ele chegou à escola poucos minutos depois do homicídio, sabemos disso, certo?
— Sim.
— A que horas começam as aulas na McCormick?
— Às 8h35.
— E qual foi a hora do homicídio, segundo o médico-legista, caso você saiba?
— Entre 8h e 8h30.

— Mas Jacob estava na sua carteira na escola às 8h35, absolutamente sem nenhuma mancha de sangue?

— Sim.

— E se eu lhe sugerisse, hipoteticamente, que a história que Jacob escreveu e o impressionou tanto... que você descreveu como virtualmente uma confissão por escrito... se eu lhe apresentasse provas de que Jacob não inventou os fatos narrados na história, que todos os detalhes na história já eram bem conhecidos entre os alunos da escola McCormick, isto afetaria seu modo de ver o quanto ela é importante como uma prova?

— Sim.

— Sim, é claro!

Duffy olhou para ele inexpressivo. O trabalho dele ali era dizer o mínimo possível, podar cada palavra extra. Oferecer detalhes só poderia ajudar a defesa.

— Agora, sobre a questão do papel de Andy Barber na investigação, você está sugerindo que seu amigo Andy tenha cometido algo errado ou inapropriado?

— Não.

— Você poderia destacar qualquer erro ou decisão suspeita tomada por ele?

— Não.

— Qualquer coisa que tenha questionado naquele momento ou agora?

— Não.

— Foi mencionado o nome desse tal Leonard Patz. Mesmo sabendo o que sabemos agora, parece-lhe inapropriado que Patz tenha sido considerado em um dado momento um suspeito legítimo?

— Não.

— Não, porque nos primeiros estágios de uma investigação, investiga-se toda pista razoável, você joga sua rede de modo a cobrir o máximo que puder, não estou certo?

— Sim.

— Na verdade, se eu lhe dissesse que Andy Barber ainda acredita que Patz foi o assassino verdadeiro neste caso, isto te deixaria surpreso, inspetor?

Duffy franziu um pouco a testa.

— Não. Foi no que ele sempre acreditou.

— Também não é verdade que foi você o policial que chamou a atenção do Sr. Barber para Leonard Patz antes de mais nada?

— Sim, mas...

— E o julgamento de Andy Barber quanto a investigações de homicídios era geralmente confiável?

— Sim.

— Pareceu-lhe estranho de alguma maneira que Andy Barber quisesse dar continuidade à investigação de Leonard Patz em relação ao homicídio de Ben Rifkin?

— Estranho? Não. Fazia sentido, baseado nas informações limitadas que tínhamos naquele momento.

— Mas, ainda assim, a investigação de Patz nunca foi levada à frente com seriedade, ou foi?

— Ela foi interrompida quando se tomou a decisão de denunciar Jacob Barber, sim.

— E quem tomou tal decisão, a de parar de investigar Patz?

— A procuradora de justiça, Lynn Canavan.

— Ela tomou a decisão sozinha?

— Não, acredito que tenha sido aconselhada pelo Sr. Logiudice.

— Havia qualquer prova naquele ponto que excluísse Leonard Patz como suspeito?

— Não.

— Alguma vez surgiu qualquer prova que o inocentasse diretamente?

— Não.

— Não. Porque aquele ângulo foi simplesmente abandonado, não foi?

— Suponho que sim.

— Foi abandonado porque era o que o Sr. Logiudice queria, não foi?

— Houve uma discussão entre todos os investigadores, incluindo a procuradora de justiça e o Sr. Logiudice...

— Foi abandonada porque, nessa discussão, o Sr. Logiudice fez pressão para que abandonassem a investigação, estou certo?

— Bem, estamos aqui agora, de modo que, obviamente, sim. — Havia um traço de exasperação na voz de Duffy.

— Portanto, mesmo sabendo o que sabemos agora, você tem dúvidas sobre a integridade de seu amigo, Andy Barber?
— Não. — Duffy pensou a respeito, ou fingiu pensar. — Não, não acho que Andy teve qualquer suspeita em relação a Jacob.
— Não acha que Andy suspeitava de nada?
— Não.
— O próprio pai do garoto, que viveu com ele a vida toda? Ele não sabia de nada?
Duffy deu de ombros.
— Não posso dizer com certeza. Mas acho que não.
— Como é possível viver com uma criança por 14 anos e saber tão pouco sobre ela?
— Não sei dizer com certeza.
— Não. Na verdade, você também conhece Jacob desde quando nasceu, não conhece?
— Sim.
— E, inicialmente, tampouco suspeitava de Jacob, ou suspeitava?
— Não.
— Não, é claro que não.
— Objeção. Solicito que o Sr. Klein não acrescente os próprios comentários às respostas das testemunhas.
— Deferida.
— Peço desculpas — disse Jonathan com uma grande exibição de insinceridade... — Nada mais a perguntar.
O juiz:
— Sr. Logiudice. Deseja fazer o exame de redirecionamento?
Logiudice refletiu. Ele poderia ter parado ali. Certamente, já tinha o suficiente para argumentar para o júri que eu era desonesto e sequestrara a investigação para encobrir meu filho maluco. Que inferno, ele nem sequer precisava argumentar; o júri ouvira tal insinuação diversas vezes nos depoimentos. De todo modo, não era eu quem estava sendo julgado. Ele poderia apenas ter guardado os proveitos obtidos e seguido em frente. Mas estava inflado por causa de seu *momentum* recém-descoberto. Podia-se ver no rosto dele que se sentia à beira de uma grande inspiração. Ele parecia acreditar que o tiro fatal estava bem ali, ao seu al-

cance. Mais um menino em um corpo adulto, incapaz de resistir ao pote de biscoitos diante dele.

— Sim, Meritíssimo — disse ele, e foi até um ponto diretamente à frente do banco das testemunhas.

Um leve murmúrio no tribunal.

— Inspetor Duffy, você diz que não tem nenhuma reserva quanto a como Andrew Barber conduziu este caso?

— Correto.

— Porque ele não sabia de nada, estou certo?

— Sim.

— Objeção. Indução. Esta é uma testemunha da acusação.

— Ele pode manter a pergunta.

— E há quanto tempo disse que conhece Andy Barber, quantos anos?

— Objeção. Relevância.

— Indeferida.

— Acho que conheço Andy há mais de vinte anos.

— Quer dizer que o conhece muito bem?

— Sim.

— Por dentro e por fora?

— Com certeza.

— Quando soube que o pai dele é um assassino?

Bum.

Jonathan e eu saltamos os dois de nossas cadeiras, empurrando a mesa.

— Objeção!

— Deferida! A testemunha está instruída a não responder à pergunta e o júri deverá desconsiderá-la! Não atribuam nenhum peso a ela. Tratem a pergunta como se jamais tivesse sido feita. — O juiz French virou-se para os advogados. — Verei os advogados imediatamente na bancada.

Não acompanhei Jonathan à conferência na bancada; portanto, mais uma vez, cito os comentários sussurrados pelo juiz registrados na transcrição do julgamento. Mas observei o juiz enquanto falava, e posso dizer que estava obviamente furioso. Com o rosto vermelho, ele colocou as mãos na beirada da bancada do juiz e inclinou-se sobre ela para repreender Logiudice.

— Estou chocado, estou abismado que você tenha feito isso. Mandei explicitamente, sem termos incertos, o senhor não tocar nesse assunto ou eu alegaria nulidade do julgamento. O que tem a dizer, Sr. Logiudice?

— Foi o advogado da defesa que escolheu examinar a questão do caráter do pai do réu e a integridade da investigação. Caso ele queira fazer disso um problema, a acusação está perfeitamente no direito de defender seu lado do caso. Eu estava apenas dando continuidade à linha de interrogatório do Sr. Klein. Ele levantou especificamente a questão sobre se o pai do réu teria qualquer razão para suspeitar do filho.

— Senhor Klein, suspeito que alegará nulidade de julgamento.

— Sim.

— Afastem-se.

Os advogados retornaram às respectivas mesas.

O juiz French permaneceu sentado para se dirigir ao júri, como era de hábito. Ele até abriu um pouco o zíper da beca e segurou a beirada da gola como se estivesse posando de modelo para uma estátua.

— Senhoras e senhores, estou instruindo vocês a ignorar a última pergunta. Apaguem-na inteiramente de seus pensamentos. Há um ditado no direito que diz "não se pode voltar atrás depois de tocar uma campainha", mas pedirei que façam justamente isto. A pergunta foi imprópria e o promotor não a deveria ter feito, e quero que estejam cientes disso. Agora, liberarei vocês por hoje enquanto o tribunal lida com outros assuntos. A ordem de sequestro permanece válida. Lembro a vocês que não devem conversar sobre este caso com absolutamente nenhuma pessoa. Não ouçam reportagens na mídia sobre o caso ou leiam sobre ele nos jornais. Desliguem seus rádios e suas TVs. Isolem-se completamente do caso. Muito bem, o júri está dispensado. Veremos vocês amanhã de manhã, às 9h em ponto.

Os jurados saíram em fila, trocando olhares entre si. Alguns olharam de relance para Logiudice.

Quando se foram, o juiz disse:

— Sr. Klein.

Jonathan se levantou.

— Meritíssimo, o réu faz moção para declarar o julgamento nulo. Tal questão foi assunto de extensas discussões pré-julgamento, cuja conclusão foi a de que a questão é tão volátil e tão prejudicial que a menção dela resultaria em um julgamento nulo. Este é o tabu no qual a acusação foi explicitamente ordenada a não tocar. Agora, ela tocou.

O juiz massageou a testa.

Jonathan prosseguiu:

— Se o tribunal não estiver inclinado a declarar o julgamento nulo, o réu fará uma moção para expandir sua lista de testemunhas com dois nomes: Leonard Patz e William Barber.

— William Barber é o avô do réu?

— Correto. Posso necessitar da autorização de um governador para transportá-lo até aqui. Mas, se a promotoria insiste nesta insinuação bizarra de que o réu é de alguma maneira culpado por herança, que é membro de uma família criminosa, nascido assassino, então temos o direito de refutá-la.

O juiz ficou parado por um instante, rangendo os molares.

— Levarei isso em consideração. Direi minha decisão a vocês pela manhã. O tribunal está em recesso até as 9 horas de amanhã.

Sr. Logiudice: Antes de prosseguirmos, Sr. Barber, a respeito da faca, a que foi jogada no lago para despistar os investigadores. Você tem alguma ideia de quem poderia tê-la plantado?
Testemunha: É claro. Eu sabia desde o começo.
Sr. Logiudice: Sabia? Como poderia?
Testemunha: A faca sumira da nossa cozinha.
Sr. Logiudice: Uma faca idêntica?
Testemunha: Uma faca que coincidia com a descrição que me informaram. Desde então, vi a faca encontrada no lago, quando nos mostraram as provas do Estado. É a nossa faca. Estava velha, praticamente inconfundível. Ela não combinava com o conjunto de talheres. Eu a reconheci.
Sr. Logiudice: Portanto, ela foi jogada no lago por alguém da sua família?
Testemunha: É claro.

Sr. Logiudice: Jacob? Para desviar qualquer inferência de culpa por conta da faca que realmente possuía?

Testemunha: Não. Jake era esperto demais para fazer isso. E eu também era. Eu sabia qual era a aparência dos ferimentos; eu conversara com a equipe forense. Sabia que aquela faca não poderia ter infligido os ferimentos em Ben Rifkin.

Sr. Logiudice: Laurie, então? Por quê?

Testemunha: Porque acreditávamos no nosso filho. Ele nos disse que não cometera o crime. Não queríamos ver a vida dele arruinada só porque fora suficientemente tolo para comprar uma faca. Sabíamos que as pessoas veriam a faca e chegariam à conclusão errada. Conversamos sobre o perigo que ela representava. Portanto, Laurie decidiu dar outra faca para os policiais. O único problema era que Laurie era a menos instruída de nós três a respeito dessas coisas e também era quem estava mais abalada. Ela escolheu o tipo errado de faca. Ela deixou uma prova incoerente.

Sr. Logiudice: Ela falou com você antes de fazer isto?

Testemunha: Antes, não.

Sr. Logiudice: Depois, então?

Testemunha: Eu a confrontei. Ela não negou.

Sr. Logiudice: E o que você disse a essa pessoa que acabara de interferir em uma investigação de homicídio?

Testemunha: O que eu disse? Que desejava que tivesse falado comigo antes. Eu teria dado a ela a faca certa para jogar fora.

Sr. Logiudice: É realmente assim que se sente agora, Andy? Que tudo não passa de uma piada? Realmente tem tão pouco respeito pelo que fazemos aqui?

Testemunha: Quando falei aquilo para minha esposa, asseguro-lhe que não estava brincando. Vamos colocar dessa forma.

Sr. Logiudice: Muito bem. Continue com sua história.

Quando chegamos ao nosso carro no estacionamento a um quarteirão do Fórum, havia um pedaço branco de papel preso sob o limpador de para-brisa. Estava dobrado em quatro. Desdobrando-o, li:

O DIA DO JULGAMENTO ESTÁ PRÓXIMO
ASSASSINO, MORRA

Jonathan ainda estava conosco, formávamos um grupo de quatro pessoas. Ele franziu a testa ao ver o bilhete e enfiou-o em sua maleta.

— Cuidarei disto. Registrarei a ocorrência com a polícia de Cambridge. Vocês devem ir para casa.

Laurie perguntou:

— É tudo que podemos fazer?

— Deveríamos informar também a polícia de Newton, só por precaução — sugeri. — Talvez esteja na hora de termos uma patrulha estacionada na frente de casa. O mundo está cheio de malucos.

Fui distraído por uma figura de pé em um canto do estacionamento a uma distância razoável, mas que obviamente nos observava. Era um homem mais velho, provavelmente perto dos 70 anos. Usava um casaco, uma camisa de golfe e uma boina. Parecia com um milhão de outros caras em Boston. No entanto, era um irlandês velho. Estava acendendo um cigarro — foi a chama do isqueiro que me chamou a atenção —, e a brasa incandescente do cigarro o ligou ao carro que ficara estacionado diante de nossa casa algumas noites antes, o interior totalmente escuro, exceto pelo pequeno vaga-lume brilhante da brasa de um cigarro na janela do carro. E ele não era justamente o tipo de dinossauro que dirigiria um maldito Lincoln Town Car?

Nossos olhos se encontraram por um momento. Ele enfiou o isqueiro no bolso da calça e continuou a caminhar, saiu por uma porta que dava para uma escada e foi embora. Será que estava andando antes de ser visto por mim? Ele parecia que estava de pé observando, mas eu só olhara para ele de relance. Talvez apenas parara um instante antes para acender o cigarro.

— Vocês viram aquele cara?

Jonathan:

— Que cara?

— Aquele cara que estava agora mesmo ali, olhando para nós.

— Não vi. Quem era?

— Não sei. Nunca o vi.

— Você acha que ele teve algo a ver com o bilhete?

— Não sei. Nem mesmo sei se estava olhando para nós. Mas parecia estar, entende?

— Deixe disso. — Jonathan nos encorajou a caminho do carro. — Há muitas pessoas olhando para nós ultimamente. Isso já vai acabar.

31 | Desligando

Naquela noite, em torno das 18 horas, quando nós três terminávamos de jantar — Jacob e eu nos permitindo um pouco de otimismo cauteloso, desprezando Logiudice e sua tática desesperada; Laurie tentando manter a aparência de autoconfiança e normalidade, apesar de ter começado a suspeitar vagamente de nós dois —, o telefone tocou.

Atendi. Uma telefonista me informou que havia uma ligação a cobrar. Eu aceitaria pagar o custo da ligação? Fiquei surpreso que as pessoas ainda fizessem ligações a cobrar. Seria um trote? Ainda restava alguma cabine telefônica para fazer uma ligação a cobrar? Só em prisões.

— Chamada a cobrar de quem?

— Bill Barber.

— Jesus. Não, não aceito. Espere um minuto, não desligue. — Segurei o fone contra o peito, como se meu coração fosse falar diretamente com ele. Depois: — Tudo bem, aceito a ligação.

— Obrigada. Por favor, aguarde enquanto faço a conexão. Tenha um bom dia.

Um estalido.

— Alô?

— O que foi?

— O que foi? Pensei que você voltaria para me visitar outra vez.

— Ando um pouco ocupado.

Ele me imitou:

— *Ah, ando um pouco ocupado*. Relaxe, por favor. Estou apenas provocando, seu otário. O que pensou? *Ei, venha para cá, filhão, levarei você para pescar!* Levarei você para pescar... sabe o quê? Peixes!

Eu não tinha ideia do que aquilo significava. Alguma gíria de prisão, presumivelmente. O que quer que significasse, ele achou a piada engraçada. Ele rugiu ao fone.

— Nossa mãe, você fala muito.

— É mesmo? É porque não tenho ninguém com quem conversar neste maldito lugar. Meu filho nunca me visita.

— Você queria alguma coisa? Ou telefonou apenas para bater papo?

— Quero saber como anda o julgamento do garoto.

— O que isso importa para você?

— Ele é meu neto. Quero saber.

— Durante toda a vida dele, você nem sequer sabia seu nome.

— De quem é a culpa?

— Sua.

— É, tenho certeza de que você pensa isso.

Uma pausa.

— Ouvi que meu nome foi mencionado hoje no tribunal. Estamos acompanhando a coisa toda aqui. É como a World Series para presidiários.

— É, seu nome foi citado. Está vendo, mesmo na prisão, você ainda ferra sua família.

— Ah, filhão, não seja tão irritante. O garoto vai se livrar dessa.

— Você acha? Considera-se um ótimo advogado, Sr. Perpétua-Sem-Condicional?

— Sei algumas coisas.

— Você sabe algumas coisas. *Pff.* Faça-me um favor, Clarence Darrow*: não telefone para cá para me dizer como fazer meu trabalho. Já tenho advogado.

---

* Advogado famoso por ter defendido dois adolescentes acusados do homicídio de um outro jovem, de 14 anos. (*N. do E.*)

— Ninguém está lhe dizendo como fazer seu trabalho, filhão. Mas, quando seu advogado fala sobre me levar até aí para depor, bem... isto faz com que eu também entre na história, não faz?

— Isso não acontecerá. É tudo que precisamos, você depondo. Transformando tudo em um circo.

— Vocês têm estratégia melhor?

— Sim, temos.

— Qual?

— Nem mesmo vamos defender um caso. Deixaremos o ônus para o Povo. Eles precisam... Por que estou conversando com você sobre isso?

— Porque quer. Quando a situação fica complicada, um filho precisa de seu pai.

— Isto é uma piada?

— Não! Ainda sou seu pai.

— Não, não é.

— Não sou?

— Não.

— Então, quem é?

— Eu.

— Você não tem pai? O que você é, uma árvore?

— Isso mesmo, não tenho pai. E não preciso de um agora.

— Todo mundo precisa de um pai, todo mundo precisa de um pai. Agora, você precisa de mim mais do que nunca. De que outro modo provará aquela coisa do "impulso irresistível"?

— Não precisamos provar isso.

— Não? Por que não?

— Porque Logiudice não pode provar seu caso. Isto é óbvio. Portanto, nossa defesa é simples: Jacob não cometeu o crime.

— E se isso mudar?

— Não vai.

— Então, por que veio até aqui para me perguntar a respeito? E testar meu cuspe? O que foi tudo aquilo?

— Apenas me prevenindo.

— Apenas se prevenindo. Quer dizer que o garoto não cometeu o crime, foi apenas para caso tenha cometido.

— Algo do gênero.

— Então, o que seu advogado quer que eu diga?

— Ele não quer que diga nada. Ele não deveria ter dito aquilo no tribunal hoje. Foi um erro. Provavelmente, estava pensando em levar você até lá para testemunhar que jamais teve qualquer relação com seu neto. Mas já lhe disse, você nem chegará perto do tribunal.

— É melhor falar com seu advogado sobre isso.

— Escute, Billy Sanguinário. Direi isto pela última vez: você não existe. É apenas um pesadelo que tive quando garoto.

— Ei, filhão, quer me magoar? Chute-me no saco.

— O que isso quer dizer?

— Quer dizer não se dê ao trabalho de me xingar. Não me incomoda. Sou avô do garoto, não importa o que diga. Você não pode fazer nada quanto a isso. Pode me negar o quanto quiser, fingir que não existo. Não importa. Isso não muda a verdade.

Sentei-me, repentinamente desequilibrado.

— Quem é esse tal de Patz sobre quem seu amigo policial testemunhou?

Eu estava irritado e confuso, agitado, portanto não parei para ponderar. Deixei escapar:

— É o cara que cometeu o crime.

— Que matou aquele garoto?

— É.

— Tem certeza?

— Tenho.

— Como sabe?

— Tenho uma testemunha.

— E você deixará meu neto levar a culpa?

— *Deixar* ele? Não.

— Então faça algo, filhão. Conte-me sobre esse tal de Patz.

— O que quer saber? Ele gosta de garotinhos.

— É um molestador de crianças?

— Mais ou menos.

— Mais ou menos? Ou ele é, ou não é. Como é possível ser mais ou menos um molestador de crianças?

— Do mesmo modo que você era um assassino antes de realmente matar alguém.

— Ah, pare com isso, filhão. Já lhe disse, você não pode me magoar.

— Dá para você parar de me chamar disso, "filhão"?

— Incomoda você?

— Sim.

— De que deveria lhe chamar?

— Não me chame de nada.

— *Pshh*. Preciso chamar você de alguma coisa. Do contrário, como poderemos conversar?

— Não conversaremos.

— Filhão, você tem muita raiva, sabia?

— Você queria mais alguma coisa?

— Queria? Não quero nada de você.

— Imaginei que talvez quisesse um bolo com uma lima dentro.

— Engraçadinho. Com uma lima dentro. Entendi. Porque estou na prisão.

— Isso mesmo.

— Escute aqui, filhão, não preciso de um bolo com uma lima dentro, entendeu? Sabe por quê? Vou lhe contar. Porque não estou na prisão.

— Não. Soltaram você?

— Não precisam me soltar.

— Não precisam? Vou lhe dar uma dica, seu velho maluco. Aquele prédio grande com as barras? Do qual nunca deixam você sair? Chama-se prisão, e você definitivamente está dentro dele.

— Não. Veja, é você quem não está entendendo, filhão. Tudo que eles têm trancado neste buraco é meu corpo. É tudo que eles têm, meu corpo, não eu. Estou em todos os lugares, entende? Em todos os lugares que você olha, filhão, aonde quer que vá. Certo? Agora, apenas mantenha meu neto fora deste lugar. Entendeu, filhão?

— Por que você não faz isso? Está em todos os lugares.

— Talvez eu faça. Talvez eu voe até aí...

— Escute, preciso ir, certo? Vou desligar.

— Não, não terminamos...

Desliguei na cara dele. Mas ele tinha razão, ele *estava* bem ali comigo, porque a voz dele seguia ecoando nos meus ouvidos. Peguei o fone e bati com ele no gancho de novo — uma duas três vezes —, até não o ouvir mais.

Jacob e Laurie estavam me encarando com os olhos arregalados.

— Era seu avô.

— Eu percebi.

— Jake, não quero que jamais fale com ele, certo? Falo sério.

— Tudo bem.

— Jamais deve falar com ele, mesmo que ele telefone para você. Apenas desligue o telefone. Entendeu?

— Tudo bem, tudo bem.

Laurie me olhou fixamente.

— Isto também vale para você, Andy. Não quero esse homem telefonando para a minha casa. Ele é veneno. Na próxima vez que ele ligar, desligue o telefone, entendeu?

Concordei com a cabeça.

— Você está bem, marido?

— Não sei.

32 | A ausência de evidência

Julgamento dia cinco.

Às 9 horas em ponto, o juiz French entrou apressado e anunciou contidamente que a moção do réu para declarar o julgamento nulo fora indeferida. Ele disse — enquanto a estenógrafa repetia as palavras dele em um microfone cônico, o qual segurava sobre o rosto como uma máscara de oxigênio: "A objeção do réu à menção do avô do réu foi registrada nos autos e a questão está preservada para um recurso. Dei ao júri instruções curativas. Creio que seja o bastante. O promotor está avisado para não mencionar a questão novamente, e isto é tudo que ouviremos sobre ela. Agora, na ausência de outras objeções, oficial de justiça, faça o júri entrar e vamos começar."

Não posso dizer que fiquei surpreso. Julgamentos nulos são raros. O juiz não deixaria que o enorme investimento do Estado para levar o julgamento até o final fosse em vão, não se ele pudesse evitar. O juiz também poderia sofrer algum constrangimento caso declarasse um julgamento nulo. Poderia parecer que perdera o controle do tribunal. Logiudice sabia de tudo isso, é claro. Ele pode ter saído da linha intencionalmente, acreditando que as altas apostas no caso tornassem um julgamento nulo particularmente improvável. Mas isto é indelicado.

O julgamento prosseguiu.

— Qual é o seu nome, por favor?
— Karen Rakowski. R-A-K-O-W-S-K-I.
— Qual é a sua profissão e qual é a sua função atual?
— Sou criminalista da Polícia Estadual de Massachusetts. No momento, trabalho no Laboratório Criminal da Polícia Estadual.
— O que é uma criminalista, exatamente?
— Uma criminalista é alguém que aplica os princípios das ciências naturais e físicas para identificar, preservar e analisar provas encontradas na cena de um crime. Posteriormente, ela presta testemunho relativo às suas descobertas em um tribunal.
— Há quanto tempo trabalha como criminalista para a polícia do estado?
— Onze anos.
— Aproximadamente quantas cenas de crimes você diria que investigou ao longo de sua carreira?
— Cerca de quinhentas.
— Você é membro de alguma organização profissional?

Rakowski começou a repetir automaticamente os nomes de meia dúzia de organizações, depois seus diplomas e uma posição de professora e algumas publicações, todos os quais passaram rapidamente, como um trem de carga: difíceis de distinguir em detalhes mas impressionantes pela extensão. Na verdade, poucos ouviram a descarga de informações de Rakowski porque ninguém realmente questionava suas qualificações. Ela era conhecida e respeitada. Deve ser destacado que a profissão de "criminalista" tornara-se muito mais profissional e rigorosa do que quando comecei. Até ficou na moda. A ciência forense se tornou muito mais complexa, particularmente no que diz respeito a provas de DNA. Sem dúvida, a profissão também foi glamorizada por seriados como *CSI*. Seja qual for a razão, a profissão atrai agora mais e melhores candidatos, e Karen Rakowski estava entre a primeira onda de criminalistas em nosso condado que não eram apenas policiais fazendo bico como cientistas amadores. Ela era autêntica. Parecia muito mais fácil imaginá-la em um jaleco branco do que no uniforme e nos coturnos da polícia estadual. Eu estava feliz por ela ter sido designada para o caso. Sabia que nos trataria de modo justo.

— Em 12 de abril de 2007, em torno das 10 horas da manhã, você recebeu uma chamada relativa a um homicídio no parque Cold Spring, em Newton?
— Sim, recebi.
— Qual foi sua resposta?
— Segui para o local, onde fui recebida pelo inspetor Duffy, que me transmitiu as informações essenciais relativas ao que havia na cena do crime e ao que queria que eu fizesse. Ele me levou até o lugar onde jazia o corpo.
— O corpo havia sido movido, até onde você sabe?
— Fui informada de que ele não fora perturbado desde a chegada da polícia.
— O médico-legista já havia chegado?
— Não.
— É preferível para o criminalista chegar antes do médico-legista?
— Sim. O médico-legista não pode processar o corpo sem movê-lo. Quando o corpo é movido, é óbvio que não se pode deduzir nada a partir de sua posição.
— Bem, neste caso você sabia que o corpo já fora movido pela corredora que o encontrou.
— Eu sabia.
— Apesar disso, você foi capaz de chegar a alguma conclusão a partir da posição do corpo e da cena ao redor quando o viu inicialmente?
— Sim. Era evidente que o ataque ocorrera no topo da colina ao lado de uma trilha para caminhadas e que o corpo deslizara colina abaixo posteriormente. Isto era provado por uma trilha de sangue que descia pela encosta até a posição final de repouso do corpo.
— São estas as manchas de sangue de contato sobre as quais ouvimos ontem?
— Sim. Quando cheguei, o corpo fora virado com o rosto para cima e pude ver que a camiseta da vítima estava encharcada com o que parecia ser sangue fresco.
— Qual importância você atribuiu, se alguma, à grande quantidade de sangue no corpo da vítima?

— Na hora, nenhuma. Obviamente, os ferimentos eram importantes e fatais, mas eu sabia disso antes de chegar.

— Mas a grande quantidade de sangue na cena sugere uma briga sangrenta?

— Não necessariamente. O sangue circula constantemente pelos nossos corpos. É um sistema hidráulico: o sangue é bombeado e circula. Ele se move pelo sistema circulatório, dentro das veias, sob pressão. Quando uma pessoa é morta, o sangue não sofre mais a pressão de uma bomba e seu movimento passa a ser controlado pelas leis comuns da física. Então, muito do sangue encontrado na cena, tanto na própria vítima quanto no solo abaixo e ao redor dela, poderia simplesmente ter escorrido para fora do corpo por causa da gravidade, da posição em que o corpo jazia: os pés mais altos que a cabeça, rosto para baixo. Portanto, o sangue no corpo poderia ter sido uma hemorragia *post-mortem*. Eu ainda não tinha como dizer.

— Certo, e o que fez depois?

— Examinei mais cuidadosamente a cena. Observei alguns respingos de sangue no topo da colina, onde parecia ser o ponto de ataque. Havia apenas alguns respingos ali.

— Permita-me interrompê-la neste ponto. Existe alguma disciplina de análise de respingos de sangue nas ciências forenses?

— Sim. É o estudo dos padrões dos respingos de sangue, o qual pode revelar informações úteis.

— Você conseguiu obter alguma informação útil a partir dos respingos de sangue neste caso?

— Sim. Como estava dizendo, no local do ataque havia um número muito pequeno de respingos de sangue, medindo menos de 2,5 centímetros, e era evidente, em função do tamanho dos respingos, que eles caíram mais ou menos diretamente no chão, espalhando-se igualmente em todas as direções. Isto é chamado de gotejo de baixa velocidade ou, às vezes, de "sangramento passivo".

Logiudice:

— Bem, ontem ouvimos alguma discussão por parte da defesa sobre a possibilidade de se esperar encontrar sangue no corpo ou nas roupas do agressor depois de um ataque como este. Baseando-se em

suas observações dos respingos de sangue, você tem alguma opinião a respeito?
— Sim. Não é *necessariamente* verdade que o atacante ficaria sujo de sangue. Retornando ao sistema circulatório que bombeia o sangue pelo corpo: lembre-se de que, quando o sangue é ejetado no ar pelo corpo, ele está sujeito às leis comuns da física, como qualquer outra coisa. Agora, é verdade que, caso uma artéria seja cortada, dependendo de onde fique no corpo, é de se esperar que o sangue saia em um jato. Isto se chama "jato arterial". O mesmo acontece com uma veia. Mas, caso seja um vaso capilar, é possível encontrar somente gotejos, como neste caso. Não vi nenhum respingo na cena que parecesse ter sido expelido com força. Esse tipo de sangue expelido cairia em um ângulo e deixaria uma mancha desigual, assim. — Ela demonstrou deslizando o punho ao longo do antebraço para mostrar como a gota de sangue se espalharia sobre uma superfície no momento do impacto. — Também é possível que o agressor estivesse atrás da vítima ao esfaqueá-la, o que o colocaria fora da trajetória de qualquer jato de sangue. E, é claro, é possível que o agressor tenha mudado de roupa depois do ataque. Tudo isto é simplesmente para dizer que não é possível presumir automaticamente que o agressor neste caso estivesse coberto de sangue após o ataque, apesar da grande quantidade de sangue encontrada na cena.
— Você conhece o ditado "a ausência de evidência não é evidência de ausência"?
— Objeção. Indução.
— Ele pode fazer a pergunta. Pode responder.
— Sim.
— O que significa esse ditado?
— Significa que, só porque não há evidências físicas que provem a presença de uma pessoa em um momento e local específico, não necessariamente se pode concluir que ela não estava de fato presente. Provavelmente, é mais fácil compreender se eu explicar desta maneira: uma pessoa pode estar presente em um crime e não deixar nenhuma evidência física no local.
O testemunho de Rakowski prosseguiu por algum tempo. Era uma parte crucial do caso de Logiudice e ele tomou seu tempo esforçan-

do-se ao máximo. Ela testemunhou detalhadamente que o sangue encontrado na cena era todo da vítima. Não havia qualquer prova física encontrada nos arredores imediatos do corpo que pudesse ser ligada a qualquer outra pessoa — nenhuma impressão digital, palmar ou de sapatos, nenhum cabelo ou fibra, nenhum sangue ou outro material orgânico —, com a única exceção daquela maldita impressão digital.

— Onde, precisamente, estava localizada a impressão digital?

— A vítima vestia um agasalho com zíper, o qual estava aberto. Na parte interna do agasalho, mais ou menos aqui — ela indicou um ponto dentro do próprio casaco, no lado esquerdo do forro, onde costumam ficar os bolsos internos —, havia uma etiqueta plástica com o nome do fabricante. A impressão foi encontrada na etiqueta.

— A superfície na qual uma impressão é encontrada afeta seu valor?

— Bem, algumas superfícies recebem melhor as impressões. Esta era uma superfície plana. Ela fora molhada com sangue, quase como uma almofada de tinta para carimbos, e apresentava a impressão muito claramente.

— Quer dizer que era uma impressão limpa?

— Sim.

— E, depois de estudar a impressão digital, a quem você determinou que ela pertencia?

— Ao réu, Jacob Barber.

Jonathan se levantou e disse com um tom de indiferença:

— Estipularemos que a impressão é do réu.

O juiz disse:

— Sem objeção. — Depois, ele se virou para o júri. — O significado de uma estipulação é que a defesa reconhece que um fato seja verdadeiro sem que precise ser provado. As duas partes concordam quanto à veracidade do fato; portanto, podem considerá-lo verdadeiro e provado. Prossiga, Sr. Logiudice.

— Qual importância, se alguma, você atribuiu ao fato de que a impressão fora gravada com o sangue da própria vítima?

— Obviamente, o sangue precisava estar primeiro na etiqueta para que o dedo do réu a pressionasse. Portanto, a importância é que a impressão foi deixada lá depois do início do ataque, ou pelo menos depois que a vítima fora cortada pelo menos uma vez, e suficientemente logo após ataque para que o sangue na etiqueta ainda estivesse fresco, visto que sangue seco não registraria a impressão do mesmo modo, se é que a registraria. Portanto, a impressão foi deixada ali durante ou logo depois do ataque.

— Estamos falando de um intervalo de quanto tempo? Quanto tempo antes que o sangue na etiqueta estivesse seco demais para registrar a impressão?

— Há muitos fatores envolvidos. Mas, no máximo, não mais do que 15 minutos.

— Ou até antes, seria provável?

— É impossível dizer.

Boa garota, Karen. Não morda a isca.

A única briga ocorreu quando Logiudice tentou apresentar como prova uma faca, uma coisa lustrosa e ameaçadora chamada Spyderco Civilian, que era a faca especificamente citada por Jacob em sua história imaginando o homicídio de Rifkin. Jonathan objetou com veemência quanto à faca ser exibida ao júri, já que não havia qualquer prova de que Jacob tivera uma faca como aquela. Eu jogara fora a faca de Jacob muito antes de os policiais revistarem o quarto dele, mas empalideci ao ver a Spyderco Civilian. Era muito similar à de Jacob. Não ousei me virar para olhar para Laurie, de modo que só posso relatar o que ela me disse posteriormente: "Morri quando a vi." Por fim, o juiz French não permitiu que Logiudice incluísse a faca como prova. A aparência física da faca, ele disse, era "inflamatória", considerando a ligação tão fraca que o Estado estabelecera entre ela e Jacob. Este era o jeito de o juiz French dizer que não permitiria que Logiudice começasse a brandir uma faca de aparência letal no tribunal como um meio para instigar o júri a se tornar um grupo de linchadores — não até que o Estado apresentasse uma testemunha que pudesse dizer que Jacob tinha uma faca daquelas. Mas ele permitiria que a especialista testemunhasse em termos gerais sobre a faca.

— Esta faca é consistente com os ferimentos da vítima?

— Sim. Examinamos o tamanho e o formato da lâmina em relação aos ferimentos e eles eram consistentes. A lâmina nesta faca específica é curva e possui um gume dentado, o que explicaria os cortes serrilhados nas bordas dos ferimentos. É uma faca projetada para desferir golpes cortantes no oponente, como se faria em uma luta com facas. Uma faca projetada para fazer uma perfuração limpa possui tipicamente um gume liso e muito afiado, como um bisturi.

— Quer dizer que o assassino pode ter utilizado exatamente este tipo de faca?

— Objeção.

— Indeferida.

— Sim, pode.

— Você poderia dizer, a partir dos ângulos dos ferimentos e do desenho da faca, como o assassino poderia ter infligido os ferimentos fatais, que tipo de movimento ele pode ter feito?

— Considerando que o material perfurante entra no corpo essencialmente reto, ou seja, em um plano horizontal, parece que o atacante mais provavelmente estava de pé diretamente na frente da vítima, tinha quase a mesma altura que a vítima e desferiu as facadas diretamente para a frente em três golpes, mantendo o braço mais ou menos reto.

— Você poderia demonstrar o movimento que descreveu, por favor?

— Objeção.

— Indeferida.

Rakowski se levantou e golpeou o ar à sua frente três vezes com o braço direito. Depois, sentou-se de novo.

Logiudice não disse nada durante alguns segundos. O tribunal estava tão silencioso naquele momento que ouvi alguém atrás de mim, na galeria, emitir um longo suspiro, *uff*.

Jonathan lutou galantemente no interrogatório. Ele não atacou Rakowski diretamente. Ela era obviamente competente e estava jogando limpo, de modo que não havia nada a ser ganho atacando-a com selvageria. Ele manteve o foco nas provas físicas e no quanto elas eram frágeis na realidade.

— O Estado mencionou a frase "a ausência de evidência não é evidência de ausência". Lembra-se disso?

— Sim.

— Não é também verdade que a ausência de evidência é precisamente isto: uma ausência de evidência?

— Sim.

Jonathan mostrou um sorriso irônico para o júri.

— Neste caso, temos uma ausência de evidência bastante substancial, não é mesmo? Não há qualquer prova de sangue contra o réu?

— Não.

— Provas genéticas? DNA?

— Não.

— Pelos?

— Não.

— Fibras?

— Não.

— Qualquer coisa que coloque o réu na cena além da impressão digital?

— Não.

— Impressões palmares? Digitais? De solas de sapatos? Tudo ausente?

— É verdade.

— Muito bem! Agora, isto é o que chamo de ausência de evidência!

O júri riu. Jacob e eu rimos, mais de alívio do que qualquer outra coisa. Logiudice levantou com um salto para objetar e a objeção foi deferida, mas praticamente não teve importância.

— E a impressão digital encontrada, a impressão digital de Jacob no agasalho da vítima. Não é verdade que impressões digitais possuem uma limitação gigantesca como provas? Não se pode dizer *quando* a impressão foi deixada ali?

— É verdade, exceto pela dedução à qual se pode chegar a partir do fato de que o sangue ainda estava úmido quando o dedo do réu tocou nele.

— Sim, sangue úmido. Exatamente. Posso lhe propor uma hipótese, Sra. Rakowski? Suponhamos, hipoteticamente, que o réu, Jacob, tenha encontrado a vítima, seu amigo e colega de turma, estirado no chão do parque quando ele, Jacob, caminhava para a escola. Suponhamos, ainda para nossa hipótese, que ele tenha segurado a vítima pelo agasalho na tentativa de ajudá-la ou de assegurar-se de que estivesse bem. Isto não seria perfeitamente consistente com a presença da impressão digital onde você a encontrou?

— Sim.
— E finalmente, em relação à faca sobre a qual ouvimos, a... qual era mesmo? A Spyderco Civilian. Não é verdade que existem muitas facas que poderiam ter criado tais ferimentos?
— Sim. Presumo que sim.
— Porque tudo que se tem para fazer tal julgamento são as características dos ferimentos, o tamanho e a forma, a profundidade da penetração, e daí em diante, estou certo?
— Sim.
— E tudo que a senhora sabe, portanto, é que a arma do crime parecia ter uma lâmina serrilhada e de um tamanho específico, estou certo?
— Sim.
— A senhora fez qualquer esforço no sentido de determinar quantas facas correspondem a esta descrição?
— Não. A procuradora de justiça me pediu apenas para determinar se aquela faca específica era condizente com os ferimentos da vítima. Não recebi nenhuma outra faca para comparar.
— Bem, isto é colocar o coelho dentro da cartola, não é?
— Objeção.
— Deferida.
— Os investigadores não fizeram nenhum esforço para determinar quantas facas poderiam ter produzido tais ferimentos?
— Não, não fui perguntada sobre outros modelos.
— Você tem alguma ideia, aproximadamente? Quantas facas deixariam um ferimento com 5 centímetros de largura e penetrariam entre 7 e 10 centímetros?
— Não sei. Eu estaria especulando.
— Mil? Vamos lá, deve ser no mínimo esta quantidade.
— Eu não poderia dizer. Seria um número grande. Você precisa lembrar que uma faca pequena pode produzir uma abertura maior que a própria lâmina, porque o atacante pode usá-la para cortar e abrir mais o ferimento. Um bisturi é bem pequeno, mas obviamente pode produzir uma incisão muito grande. Portanto, quando falamos sobre o tamanho do ferimento em relação à lâmina, estamos falando sobre o tamanho máximo da lâmina, o limite máximo, porque obviamente a lâmina não

pode ser maior que a abertura na qual foi inserida, pelo menos se estivermos falando sobre um ferimento penetrante, como neste caso. Abaixo deste limite, o tamanho do ferimento por si só não pode dizer com precisão o tamanho da faca. Portanto, não posso responder à sua pergunta.

Jonathan inclinou a cabeça. Ele não se daria por satisfeito com aquilo.

— Quinhentas?
— Não sei.
— Cem?
— É possível.
— Ah, é possível. Portanto, nossas chances são de uma em cem?
— Objeção.
— Deferida.
— Por que os investigadores estavam interessados nesta faca específica, Sra. Rakowski, a Spyderco Civilian? Por que pediram a você que comparasse este modelo com os ferimentos?
— Porque ele foi mencionado em um relato do homicídio escrito pelo réu...
— Segundo Derek Yoo.
— Correto. E a mesma testemunha, aparentemente, viu uma faca similar em posse do réu.
— Derek Yoo novamente?
— Acredito que sim.
— Portanto, a única coisa que liga a faca a Jacob é esse mesmo garoto confuso, Derek Yoo?

Ela não respondeu. Logiudice objetou muito rapidamente. Mas não importava.

— Sem mais perguntas, Meritíssimo.

33 | Pai O'Leary

Parecia-me que o caso começava a pender um pouco, mas eu ainda me sentia otimista. Logiudice esperava formar uma sequência menor — montar uma combinação vencedora a partir de uma mão confusa de dois-três-cinco-seis. Ele não tinha escolha, na verdade. As cartas que ele tinha eram lixo. Nenhum ás, nenhuma prova tão condenatória que *exigisse* que o júri desse o veredito de culpado. A última esperança de Logiudice era um grupo de testemunhas selecionadas entre os colegas de turma de Jacob. Eu não conseguia imaginar qualquer uma das crianças da McCormick impondo tanto respeito assim ao júri.

Jacob sentia o mesmo que eu, e nos divertimos muito ridicularizando o caso de Logiudice, reassegurando a nós mesmos que toda carta que ele baixava era um dois ou um três. O comentário de Jonathan sobre a "ausência de evidência" e a repreenda que Logiudice recebera por aludir à questão do gene assassino nos deleitavam particularmente. Não quero dizer que Jacob não estivesse se borrando de medo. Ele estava. Todos nós estávamos. A ansiedade de Jacob apenas assumiu a forma de um pouco de coragem. A minha também. Sentia-me agressivo, cheio de adrenalina e testosterona. Eu era um motor acelerado em ponto morto. A proximidade de uma catástrofe tão enorme quanto o veredito de culpado aguçava todas as sensações.

Laurie estava muito mais pessimista. Ela presumia que, em um caso difícil, o júri sentiria que teria a obrigação de condenar. Eles não correriam nenhum risco. Apenas trancariam aquele garoto-monstro, protegeriam os bebês inocentes de todas as outras pessoas e encerrariam o assunto. Ela também deduziu que o júri gostaria de ver alguém na forca pelo homicídio de Ben Rifkin. Qualquer coisa menos dramática e a justiça não seria feita. Se o pescoço no laço acabasse sendo o de Jacob, eles aceitariam. Entre todos os maus agouros de Laurie, eu ouvia intimações de algo mais sombrio, mas ainda não ousara questioná-la a respeito. É melhor que alguns sentimentos não cheguem à superfície. Há algumas coisas que uma mãe jamais deveria ser obrigada a dizer sobre o filho, mesmo que acredite nelas.

Portanto, declaramos trégua naquela noite. Resolvemos encerrar a interminável discussão sobre o testemunho forense que ouvíramos naquele dia. Sem mais conversa sobre as nuances de respingos de sangue e os ângulos de entrada da faca e todo o resto. Em vez disso, ficamos sentados no sofá assistindo à televisão em um silêncio satisfeito. Quando Laurie subiu para o andar superior em torno das 22h, tive uma ideia vaga de que a poderia seguir. Antes, eu teria subido. Minha libido teria me puxado escada acima como um cão dinamarquês em uma coleira. Mas agora aquilo terminara. O interesse de Laurie por sexo desaparecera, e eu não conseguia imaginar dormir ao lado dela ou até mesmo apenas dormir. De todo modo, alguém precisava desligar a TV e mandar Jacob deitar quando chegasse a hora, do contrário o garoto ficaria acordado até as 2h da manhã.

Logo após as 23h — Jon Stewart acabara de entrar no ar —, Jake disse:

— Ele está aqui de novo.

— Quem?

— O cara com o cigarro.

Espiei através das persianas de madeira da nossa sala de estar.

O Lincoln Town Car estava no outro lado da rua. O carro estava estacionado, atrevidamente, bem diante da nossa casa, sob um poste de luz. A janela tinha uma fresta aberta para que o motorista pudesse bater as cinzas do cigarro na rua.

Jacob perguntou:

— Será que devemos chamar a polícia?

— Não. Eu mesmo cuidarei disso.

Fui até o armário de casacos na entrada da casa e peguei um bastão de beisebol que estava ali havia anos, preso entre os guarda-chuvas e as botas, onde Jacob deve tê-lo deixado algum dia depois de um jogo da liga infantil. Era de alumínio, vermelho, um Louisville Slugger tamanho infantil.

— Talvez não seja uma ideia tão boa assim, pai.

— É uma ideia fantástica, acredite em mim.

Reconheço, em retrospecto, que, na verdade, não foi uma grande ideia. Eu não estava alheio ao dano que poderia causar à percepção pública da família, até de Jacob. Creio que tinha alguma ideia vaga de assustar o Homem do Cigarro sem causar danos reais. Para ser sincero, eu sentia que poderia atravessar uma parede, e queria finalmente fazer *algo*. Honestamente, não tenho certeza de até que ponto pretendia levar aquilo. No final das contas, jamais tive a chance de descobrir.

Quando me aproximei da calçada diante da minha própria casa, uma patrulha policial sem identificação — uma Interceptor preta — acelerou entre nós. Ela pareceu surgir do nada, as bandeirolas e sinais luminosos iluminando a rua. A patrulha estacionou em diagonal na frente do Lincoln, impedindo-o de partir.

Paul Duffy saiu da patrulha, à paisana, exceto por um casaco corta-vento da polícia e um distintivo afivelado ao cinto. Ele olhou para mim — acho que naquela altura eu baixara o bastão para o lado do meu corpo, pelo menos, apesar de provavelmente ter parecido ridículo de todo modo — e ergueu as sobrancelhas.

— Entre de volta em casa, Babe Ruth.

Não me movi. Estava tão chocado, e meus sentimentos em relação a Duffy eram tão ambíguos naquele ponto, que eu não conseguia realmente dar ouvidos a ele, de maneira alguma.

Duffy me ignorou e foi até o Lincoln.

A janela do motorista se abriu com um zumbido elétrico e o motorista perguntou:

— Algum problema?

— Habilitação e documentos do carro, por favor.

— O que eu fiz?

— Habilitação e documentos do carro, por favor.

— Tenho o direito de ficar sentado no meu carro, não tenho?

— Senhor, está se recusando a fornecer sua identificação?

— Não estou me recusando a nada. Apenas quero saber por que está me incomodando. Estou apenas sentado aqui cuidando da minha própria vida em uma via pública.

Mas o motorista cedeu. Ele colocou o cigarro na boca e se inclinou bastante para o lado para conseguir puxar a carteira debaixo da bunda. Quando Duffy pegou a carteira de habilitação e retornou para a patrulha, o cara olhou para mim sob a aba de sua boina e disse:

— Como vai, amigo?

Não respondi.

— Tudo bem com você e sua família?

Continuei encarando o homem.

— É bom ter uma família.

Não respondi de novo, e o cara voltou a fumar o cigarro com um desinteresse teatral.

Duffy saiu novamente da patrulha e entregou ao sujeito a habilitação e os documentos do carro.

Duffy:

— Você estava estacionado aqui algumas noites atrás?

— Não, senhor. Não sei nada sobre isso.

— Por que não sai daqui, Sr. O'Leary? Tenha uma boa noite. Não volte aqui outra vez.

— É uma via pública, não é?

— Não para você.

— Tudo bem, Sr. Policial. — Ele se inclinou de novo para o lado enquanto enfiava a carteira no bolso traseiro. — Peço desculpas. Movimento-me um pouco devagar. Envelhecendo. Acontece com todo mundo, não é mesmo? — Ele sorriu para Duffy e depois para mim. — Uma boa noite para vocês, cavalheiros. — Ele puxou o cinto de segurança cruzando o peito e demonstrou que o estava afivelando. — Prender o cinto ou multa — disse ele. — Policial, receio que precisará mover seu carro. Está impedindo a passagem.

Duffy foi até a patrulha e recuou alguns metros.

— Boa noite, Sr. Barber — disse o homem e partiu lentamente.

Duffy se aproximou e parou ao meu lado.

Eu disse:

— Quer me dizer o que foi tudo aquilo?

— Acho melhor conversarmos.

— Quer entrar?

— Olha, Andy, compreendo se não me quiser por perto, na casa, onde for. Está tudo bem. Podemos conversar aqui mesmo.

— Não. Está tudo bem. Entre.

— Eu preferiria...

— Eu disse que está tudo bem, Duff.

Ele franziu a testa.

— Laurie está acordada?

— Está com medo de encará-la?

— Sim.

— Mas não tem medo de me encarar?

— Não morro de empolgação quanto a isso, para ser sincero.

— Bem, não se preocupe. Acho que ela está dormindo.

— Incomoda-se se eu pegar isso?

Entreguei o bastão a ele.

— Você ia mesmo usá-lo?

— Tenho o direito de permanecer em silêncio.

— Provavelmente, é um bom momento para fazer isso.

Ele jogou o bastão dentro da patrulha e seguiu-me até dentro de casa.

Laurie estava de pé no alto da escada vestindo calças de pijama de flanela e um agasalho, de braços cruzados. Ela não disse nada.

Duffy disse:

— Oi, Laurie.

Ela se virou e voltou para a cama.

— Oi, Jacob.

— Oi — disse Jacob, contido, pela conduta e pelo hábito, de expressar qualquer senso de raiva ou traição.

Na cozinha, perguntei o que ele estava fazendo do lado de fora da nossa casa.

— Seu advogado me telefonou. Ele disse que não estava conseguindo nenhum apoio em Newton ou em Cambridge.

— Quer dizer que ele telefonou para você? Achei que você estivesse agora no departamento de relações públicas.

— Sim, bem, fiz isso como algo pessoal.

Concordei com a cabeça. Eu não sabia como me sentia em relação a Paul Duffy naquele momento. Suponho que compreendia que ele fizera o que precisava fazer ao testemunhar contra Jacob. Eu não conseguia pensar nele como meu inimigo. Mas jamais voltaríamos a ser amigos. Se meu filho acabasse em Walpole cumprindo uma sentença de prisão perpétua sem direito a condicional, seria Duffy quem o colocaria lá. Ambos sabíamos disso. Nenhum de nós sabia como abordar isso diretamente, então ignoramos a questão. Esta é a melhor coisa das amizades masculinas: praticamente qualquer constrangimento pode ser ignorado de comum acordo e, caso se torne inimaginável qualquer relacionamento verdadeiro, você pode seguir com o trabalho mais fácil de viver paralelamente.

— Então, quem é ele?

— O nome dele é James O'Leary. Chamam-no de Pai O'Leary. Nascido em fevereiro de 1943, portanto tem 64 anos.

— Vovô O'Leary, é mais provável.

— Ele não é uma piada. É um velho gângster. O histórico dele data de cinquenta anos atrás e é como um Código Penal. Está tudo lá. Armas, drogas, violência. A polícia federal prendeu-o sob a acusação de formação de quadrilha com um monte de outros sujeitos na década de 1980, mas ele conseguiu livrar a cara. Ele costumava ser um capanga, foi o que me disseram. Um quebrador de pernas. Agora, está velho demais para isso.

— E o que ele faz agora?

— É um reparador. Ele vende seus serviços, mas são apenas coisas pequenas. Ele faz problemas desaparecerem. Seja qual for sua necessidade, cobranças, despejos, calar a boca das pessoas.

— Pai O'Leary. E o que ele tem contra Jacob?

— Nada. Tenho certeza. A pergunta é quem está pagando a ele e para fazer o quê.

— E?

Duffy deu de ombros.

— Não tenho ideia. Deve ser alguém que tenha uma rixa com Jacob, o que no momento corresponde a um grupo grande: qualquer um que conhecia Ben Rifkin, qualquer um que tenha ficado incomodado com o caso... diabos, qualquer pessoa com uma assinatura básica de TV a cabo.

— Ótimo. E o que faço se o vir de novo?

— Atravesse a rua. Depois, ligue para mim.

— Você enviará o departamento de relações públicas?

— Enviarei o 82º regimento aéreo se for necessário.

Sorri.

— Ainda tenho alguns amigos — assegurou-me.

— Vão deixar você voltar para a CPAC?

— Depende. Veremos se Rasputin os deixará quando se tornar procurador.

— Ele ainda precisa de um bom gancho antes de disputar o cargo de procurador.

— É, esta é a outra coisa: ele não conseguirá um.

— Não?

— Não. Ando investigando seu amigo, Patz.

— Porque foi interrogado a respeito?

— Isto e também me lembro de você ter perguntado sobre Patz e Logiudice e se haveria alguma conexão entre eles. Por que Logiudice não quis investigá-lo por este homicídio?

— E?

— Bem, talvez não seja nada, mas há uma ligação ali. Logiudice trabalhou em um caso com ele quando estava na Unidade de Abusos Infantis. Era um estupro. Logiudice reduziu-o para atentado violento ao pudor, o réu se declarou culpado e foi libertado.

— E daí?

— Pode não ser nada. Talvez a vítima estivesse relutante ou não pudesse levar o caso adiante por algum motivo e Logiudice tenha feito a coisa certa. Ou talvez ele tenha descartado o caso errado e Patz tenha saído e cometido um assassinato. Não é o tipo de coisa que se põe em um cartaz de campanha. — Ele deu de ombros. — Não tenho acesso aos arquivos da procuradora de justiça. Foi o máximo que consegui sem chamar a atenção para o que estava fazendo. Ei, não é muito, mas é alguma coisa.

— Obrigado.

— É, veremos — murmurou ele. — Meio que não importa se for verdade, não é mesmo? Se você apenas mencionar algo assim no tribunal, jogar um pouco de poeira nos olhos das pessoas, entende o que digo?

— Sim, sei o que quer dizer, Perry Mason*.

— E se Logiudice levar uma no queixo, será apenas um bônus, não é?

Sorri.

— É.

— Andy, sinto muito, você sabe.

— Sei que sente.

— Às vezes, este trabalho é uma merda.

Ficamos olhando um para o outro por alguns segundos.

— Muito bem — disse ele —, bem, deixarei você ir dormir. Grande dia amanhã. Quer que eu fique mais um pouco lá fora para caso seu amigo volte?

— Não, obrigado. Ficaremos bem, eu acho.

— Certo. Então, até mais tarde, eu acho.

Antes de me deitar, vinte minutos depois, ergui a persiana do quarto para espiar a rua. A patrulha preta ainda estava lá, como eu sabia que estaria.

---

* Personagem fictício famoso por defender suspeitos de homicídio. (*N. do E.*)

34 | Jacob estava furioso

Julgamento dia seis.

Pai O'Leary estava sentado na plateia, nos fundos do tribunal, quando o julgamento recomeçou na manhã seguinte.

Laurie, com a aparência envelhecida e esgotada, estava em seu posto solitário na primeira fila da galeria.

Logiudice, com a confiança reanimada pelos desempenhos de uma série de testemunhas profissionais, movia-se com uma leve pompa. É uma peculiaridade dos julgamentos que, apesar de a testemunha ser ostensivamente a estrela, o advogado que faz as perguntas seja o único no tribunal livre para se movimentar como quiser. Bons advogados tendem a não se mover muito, pois querem que os olhos dos jurados permaneçam sobre a testemunha. Mas Logiudice parecia não encontrar um poleiro confortável enquanto ia rapidamente da bancada do júri para a mesa da acusação e para vários pontos intermediários antes de finalmente pousar diante do púlpito. Suspeito que estivesse nervoso com a lista de testemunhas civis, colegas de turma de Jacob, determinado a não permitir que aquelas testemunhas amadoras fugissem com seu caso do mesmo modo que as últimas tinham feito.

Derek Yoo estava depondo. Derek, que comera mil vezes na nossa cozinha. Que ficara à toa no nosso sofá assistindo a jogos de futebol americano e espalhando Doritos no tapete. Derek, que saltara pela sala de estar jogando GameCube e Wii com Jacob. Derek, que balançou a cabeça em deleite durante horas, provavelmente chapado, à forte batida grave de seu iPod enquanto Jacob fazia o mesmo ao lado dele — com a música tão alta que a ouvíamos murmurando nos fones de ouvido; era como ouvir os pensamentos deles. Agora, ao ver o mesmo Derek Yoo depondo, eu esfolaria o garoto de muito bom grado, com seu cabelo de banda de garagem lambido e à prova de escovas e sua expressão de preguiçoso, que agora ameaçava mandar meu filho para sempre para Walpole. Para a ocasião, Derek vestiu um terno esportivo de lã que pendia de seus ombros estreitos. A gola da camisa era larga demais. Apertado sob a gravata, o colarinho estava dobrado e retorcido, pendendo do pescoço magrelo de Derek como um laço de forca.

— Há quanto tempo conhece o réu, Derek?
— Desde o jardim de infância, eu acho.
— Vocês estiveram na mesma escola durante os primeiros anos do ensino fundamental?
— Sim.
— Onde foi isto?
— Na Mason-Rice, em Newton.
— E são amigos desde então?
— Sim.
— Melhores amigos?
— Acho que sim. Às vezes.
— Vocês visitavam um a casa do outro?
— Sim.
— Ficavam juntos depois da escola e nos finais de semana?
— É.
— Vocês estiveram na mesma turma?
— Algumas vezes.
— Quando foi a última vez?
— Não no ano passado. Neste ano, Jake não está na escola. Acho que tem um tutor. Então, acho que foi há dois anos.
— Mas, mesmo quando não estavam na mesma turma, permaneciam amigos íntimos?
— É.

— Portanto, há quantos anos você e o réu são amigos íntimos?
— Oito.
— Oito. E você está com quantos anos?
— Agora estou com 15 anos.
— É justo dizer que, no dia em que Ben Rifkin foi assassinado, 12 de abril de 2007, Jacob Barber era seu melhor amigo?

Derek ficou em silêncio. O pensamento ou o deixava triste ou constrangido.

— É.
— Certo. Voltando sua atenção para a manhã de 12 de abril de 2007, você lembra onde estava naquela manhã?
— Na escola.
— Em torno de que horas você chegou à escola?
— Às 8h30.
— Como foi para a escola nesse dia?
— Caminhei.
— Seu trajeto atravessava o parque Cold Spring?
— Não, venho da direção contrária.
— Certo. Quando chegou à escola, para onde foi?
— Parei no meu armário para guardar as minhas coisas, depois fui para a sala.
— E o réu não estava na sua turma naquele ano, correto?
— Sim.
— Você o viu antes de comparecer à sala da sua turma naquela manhã?
— Sim, encontrei-o na área dos armários dos alunos.
— O que ele estava fazendo?
— Apenas guardando as coisas dele em seu armário.
— Havia qualquer coisa incomum quanto à aparência dele?
— Não.
— Quanto às roupas dele?
— Não.
— Havia algo na mão dele?
— Havia uma grande mancha. Parecia sangue.
— Descreva a mancha.

— Era só, tipo, uma mancha vermelha, tipo, do tamanho de uma moeda de 25 centavos.
— Você perguntou a ele sobre a mancha?
— Sim. Eu disse "cara, o que fez com a sua mão?". E ele, tipo, "ah, não é nada, foi só um arranhão".
— Você viu o réu tentar remover o sangue?
— Não naquele instante.
— Ele negou que a mancha na mão fosse sangue?
— Não.
— Certo, o que aconteceu depois?
— Fui para a sala da minha turma.
— Ben Rifkin estava na sua turma naquele ano?
— Sim.
— Mas não estava na sala da sua turma naquela manhã.
— Não.
— Isso pareceu estranho para você?
— Não. Nem sei se cheguei a reparar. Acho que devo ter pensado que ele apenas tinha faltado por estar doente.
— E o que aconteceu na sala da sua turma?
— Nada. Apenas o de sempre: foi feita a chamada, alguns comunicados, depois saímos para a aula.
— Qual era sua primeira aula naquele dia?
— Inglês.
— Você compareceu à aula?
— Sim.
— O réu estava em sua aula de inglês?
— Sim.
— Você o viu na sala da sua turma naquela manhã?
— Sim.
— Você falou com ele?
— Só dissemos oi, foi tudo.
— Havia algo de incomum em relação ao comportamento do réu ou a qualquer coisa que ele tenha dito?
— Não. Na verdade, não.
— Ele não parecia perturbado?

— Não.
— Algo de incomum na aparência dele?
— Não.
— Nenhum sangue nas roupas, nada do gênero?
— Objeção.
— Deferida.
— Poderia descrever a aparência do réu quando o viu na aula de inglês naquela manhã?
— Acho que apenas vestia, tipo, roupas comuns: jeans, tênis, essas coisas. Não havia nenhum sangue nas roupas dele, se é o que quer dizer.
— E nas mãos dele?
— A mancha sumira.
— Ele lavara as mãos?
— Acho que sim.
— Havia algum corte ou arranhão nas mãos dele? Qualquer razão para que pudesse estar sangrando?
— Não que me lembre. Eu não estava prestando atenção, na verdade. Não tinha importância naquela hora.
— Certo, o que aconteceu depois?
— Tivemos cerca de 15 minutos da aula de inglês, então anunciaram que a escola seria posta em isolamento de segurança.
— O que é um isolamento de segurança?
— É quando você precisa voltar para a sala da sua turma e eles fazem uma chamada e trancam todas as portas e mantêm todos lá dentro.
— Você sabe por que a escola é colocada em um isolamento de segurança?
— Porque há algum tipo de perigo.
— O que pensou quando ouviu que a escola seria posta em isolamento de segurança?
— Columbine.
— Você pensou que alguém estivesse armado na escola?
— É.
— Tinha alguma ideia de quem poderia ser?
— Não.
— Estava com medo?

— É, claro que sim. Todos estavam.
— Você se lembra de como o réu reagiu quando o diretor da escola anunciou o isolamento de segurança?
— Ele não disse nada. Apenas meio que sorriu. Não houve muito tempo. Apenas ouvimos o comunicado e todos saíram correndo.
— O réu parecia nervoso ou com medo?
— Não.
— Naquele momento, alguém sabia o motivo do isolamento de segurança?
— Não.
— Alguém o ligou a Ben Rifkin?
— Não. Quero dizer, mais tarde, naquela manhã, contaram para nós, mas não no começo.
— O que aconteceu depois?
— Apenas ficamos nas salas das turmas com as portas fechadas. Anunciaram pelos alto-falantes que não corríamos nenhum perigo, não havia armas nem nada parecido, então os professores destrancaram as portas e nós apenas meio que ficamos esperando. Era como um treino ou algo parecido.
— Vocês já tinham praticado um isolamento de segurança antes?
— Já.
— O que aconteceu depois?
— Ficamos lá. Disseram-nos para pegar nossos livros e ler ou fazer o dever de casa ou qualquer outra coisa. Depois, cancelaram as aulas pelo resto do dia e fomos para casa em torno das 11 horas.
— Ninguém interrogou você ou os outros estudantes?
— Não, não naquele dia.
— Ninguém revistou nem a escola, os armários, e nenhum aluno?
— Não que eu tenha visto.
— Portanto, quando as aulas foram canceladas e finalmente deixaram vocês saírem da sala, o que você viu?
— Havia apenas muitos pais esperando fora da escola para pegar os filhos. Todos os pais foram até lá.
— Depois disso, quando voltou a ver o réu?
— Trocamos mensagens naquela tarde, eu acho.

— Por mensagens, quer dizer que trocaram mensagens de texto pelos celulares?

— Sim.

— Sobre o que conversaram?

— Bem, naquele ponto, todos sabíamos que Ben fora assassinado. Não sabíamos, tipo, exatamente o que acontecera nem nada. Então ficamos os dois, tipo, "você ouviu alguma coisa?", "o que ouviu?", "o que está acontecendo?".

— E o que o réu disse a você?

— Bem, eu só disse, tipo, "cara, não é o caminho que você faz para a escola? Você viu alguma coisa?". E Jake apenas disse que não.

— Ele disse que não?

— Isso mesmo.

— Ele não disse que vira Ben deitado no chão e que tentara reanimá-lo ou ver se ele estava bem?

— Não.

— O que mais ele disse quando trocaram mensagens de texto?

— Bem, estávamos apenas meio que brincando porque Ben andava provocando Jacob havia algum tempo. Então, falamos algo tipo "não poderia acontecer a um cara melhor" e "seus desejos viraram realidade", esse tipo de coisa. Sei que isso soa muito ruim agora, mas foi só, tipo, brincadeira.

— Quando diz que Ben Rifkin andava provocando Jacob, descreva o que quer dizer. O que exatamente estava acontecendo entre os dois?

— Ben só era, tipo, ele era de um grupo diferente. Ele só... Não quero dizer coisas não boas sobre ele depois do que aconteceu e tudo o mais... No entanto, ele não era muito legal com Jake ou comigo, ou com qualquer um do nosso grupo.

— Quem faz parte de seu grupo?

— Era basicamente eu, Jake e um outro garoto, Dylan.

— E como era seu grupo? Qual era sua reputação na escola?

— Éramos *geeks*. — Derek disse aquilo sem constrangimento ou amargura. Não o incomodava. Simplesmente era assim.

— E Ben, como ele era?

— Não sei. Era bonito.

— Era bonito?

Derek corou.

— Não sei. Era apenas de um grupo diferente do nosso.

— Você era amigo de Ben Rifkin?

— Não. Quero dizer, eu o conhecia, tipo, de dizer oi, mas não éramos amigos.

— Mas ele nunca provocou você?

— Não sei. Provavelmente me chamou de bicha ou alguma outra coisa. Eu não chamaria isso de *bullying* ou outra coisa. Era apenas o jeito dele, era, tipo, assim que ele falava. Não era uma questão.

— Bem chamou as pessoas de outros nomes?

— Sim.

— Como o quê?

— Eu não sei, bicha, *geek*, vagabunda, piranha, babaca, sei lá. Foi apenas a maneira, o jeito como ele falava.

— Com todos?

— Não, não com todos. Só com os garotos de quem não gostava. Garotos que ele não achava legais.

— Jacob era legal?

Sorriso envergonhado.

— Não. Nenhum de nós era.

— Ben gostava de Jacob?

— Não. Definitivamente não.

— Por que não?

— Apenas não gostava.

— Sem motivo? Havia alguma espécie de rixa entre eles? Qualquer coisa específica?

— Não. Era só, tipo, Ben não achava Jake legal. Nenhum de nós era. Ele falava essas coisas para todos nós.

— Mas era pior com Jacob do que com você ou Dylan?

— Sim.

— Por quê?

— Acho que ele só, tipo, viu que aquilo incomodava Jake. Como falei, para mim, se alguém chama você de bicha ou *geek* ou o que for, o que você pode fazer? Eu só, tipo, não reagia. Mas Jacob ficava todo alterado, então Ben apenas continuava fazendo.

— Fazendo o quê?

— Xingando ele.
— De quê?
— "Bicha", principalmente. Algumas outras coisas, coisas piores.
— Quais coisas piores? Vá em frente. Pode dizê-las.
— Era principalmente relativo a ser gay. Ele ficava perguntando a Jacob se ele fizera coisas diferentes de gay. Apenas ficava repetindo e repetindo essas coisas, sem parar.
— Repetindo o quê?
Derek respirou fundo.
— Não sei se posso usar as palavras.
— Está tudo bem. Vá em frente.
— Ele dizia, tipo, "você chupou alguém no...". Na verdade, não quero dizer a palavra. Era só coisas desse tipo. Ele não parava.
— Alguém na escola pensava que Jacob era realmente gay?
— Objeção.
— Indeferida.
— Não. Quero dizer, acho que não. Não é como se alguém se importasse, de qualquer modo. Eu não me importo. — Ele olhou para Jacob. — Continuo sem me importar.
— Jacob alguma vez falou com você sobre ser ou não gay?
— Ele disse que não era.
— Em qual contexto? Por que ele disse isso a você?
— Eu estava só, tipo, dizendo a ele para ignorar Ben. Eu falei, tipo, "ei, Jake, não é como se você fosse gay mesmo, então por que dar importância?". Então ele disse que não era, e disse que o que importava não era se ele era gay; o que importava era que Ben ficava falando merda para ele... quero dizer, irritava... e quanto tempo aquilo renderia até que alguém fizesse qualquer coisa para acabar com as provocações. Ele só sabia que era errado e que ninguém estava fazendo nada para que aquilo terminasse.
— Portanto, Jacob estava perturbado com aquilo?
— Sim.
— Ele sentia que estava sofrendo *bullying*?
— Ele *estava* sofrendo *bullying*.
— Você alguma vez interveio para tentar fazer Ben parar de provocar seu amigo?

— Não.

— Por que não?

— Porque não faria diferença. Ben não daria ouvidos. Não é assim que funciona.

— O *bullying* era apenas verbal? Ou alguma vez se tornou físico?

— Às vezes, Ben empurrava Jacob ou, tipo, esbarrava nele com força quando passava, batendo nele com o ombro. Às vezes, pegava as coisas de Jake, tipo coisas da mochila ou o almoço dele ou outra coisa.

— O réu parece um garoto grande. Como Ben conseguia se safar com as provocações?

— Ben também era grande, e era, tipo, mais forte. E tinha mais amigos. Acho que todos nós... tipo Jake e Dylan e eu... meio que sabíamos que não éramos garotos importantes. Quero dizer, eu não sei, é estranho. É meio difícil explicar. Mas, caso houvesse uma briga de verdade com Ben, nós seríamos simplesmente excluídos.

— Socialmente, você quer dizer.

— É. Depois, como seria a escola se nós estivéssemos simplesmente, tipo, sozinhos?

— Ben fazia o mesmo com outros garotos, ou só com Jacob?

— Só com Jacob.

— Alguma ideia do motivo?

— Porque sabia que Jacob ficava furioso.

— Você percebia que aquilo o deixava furioso?

— Todos percebiam.

— Jacob ficava furioso com frequência?

— Com Ben? É claro.

— E também com outras coisas?

— Sim, um pouco.

— Conte-nos sobre o temperamento de Jacob.

— Objeção.

— Indeferida.

— Prossiga, Derek, conte-nos sobre o temperamento do réu.

— Ele apenas, tipo, ficava muito irritado com as coisas. Ele meio que ficava preocupado com isso, mas não conseguia deixar passar. Ele ficava todo perturbado por dentro até que, às vezes, explodia por causa de algo sem importância. Ele sempre se sentia mal depois e ficava constrangido porque era como se sempre estivesse reagindo exageradamente, porque nunca se tratava apenas do que quer que o fizesse explodir. Eram todas as outras coisas sobre as quais ele ficava pensando.

— E como você sabe disso?

— Porque ele me contou.

— Ele alguma vez perdeu a cabeça com você?

— Não.

— Ele alguma vez perdeu a cabeça na sua frente?

— Sim, às vezes ele podia ser um pouco esquizoide.

— Objeção.

— Deferida. O júri deve ignorar o último comentário.

— Derek, poderia descrever algum momento em que tenha visto o réu perder a cabeça?

— Objeção, relevância.

— Deferida.

— Derek, poderia contar ao tribunal o que aconteceu quando o réu encontrou um cão vira-latas?

— Objeção, relevância.

— Deferida. Siga em frente, Logiudice.

Logiudice fez bico. Ele virou uma página de seu bloco amarelo, uma página inteira de perguntas que deixaria de lado. Como um pássaro incomodado no poleiro, ele recomeçou a se mover nervosamente pelo tribunal enquanto fazia as perguntas, até que, depois de algum tempo, acomodou-se de volta em seu lugar ao lado do púlpito, perto da bancada do júri.

— Seja qual for o motivo, nos dias após o assassinato de Ben Rifkin, você ficou preocupado com o papel de seu amigo Jacob no crime?

— Objeção.

— Indeferida.

— Pode responder, Derek.

— Sim.

— Houve qualquer coisa específica, além do temperamento dele, que tenha levado você a suspeitar de Jacob?

— Sim. Ele tinha uma faca. Era tipo uma faca de exército, como uma faca de combate. Tinha uma lâmina muito afiada cheia de... *dentes*. Era uma faca muito assustadora.

— Você próprio viu a faca?

— Vi. Jake a mostrou para mim. Ele até a levou uma vez para a escola.

— Por que ele a levou para a escola?

— Objeção.

— Deferida.

— Ele mostrou a você a faca uma vez na escola?

— É, ele me mostrou.

— Ele disse por que a estava mostrando a você?

— Não.

— Ele deu alguma razão para querer a faca?

— Acho que ele só pensou que a faca era legal.

— E como você reagiu quando viu a faca?

— Falei, tipo, "cara, isso é legal".

— Você não ficou incomodado com ela?

— Não.

— Preocupado?

— Não, não naquele momento.

— Ben Rifkin estava por perto quando Jacob exibiu a faca naquele dia?

— Não. Ninguém sabia que Jake tinha a faca. Aí é que está o problema. Ele estava apenas andando por aí com ela. Era como se Jake tivesse um segredo.

— Onde ele carregava a faca?

— Na mochila ou no bolso.

— Ele alguma vez a mostrou a qualquer outra pessoa ou ameaçou alguém com ela?

— Não.

— Muito bem, então Jacob tinha uma faca. Havia algo mais que fizesse você suspeitar de seu amigo Jacob nas horas e nos dias após Ben Rifkin ser assassinado?

— Bem, como eu disse, no começo, ninguém sabia o que tinha acontecido. Depois, meio que foi revelado que Ben havia sido morto com uma faca no parque Cold Spring, e eu simplesmente meio que soube.

— Soube o quê?
— Soube... quero dizer, senti que ele provavelmente fizera aquilo.
— Objeção.
— Deferida. O júri deve desconsiderar a última resposta.
— Como você sabia que Jacob...
— Objeção.
— Deferida. Siga em frente, Sr. Logiudice.
Logiudice franziu os lábios e se recompôs.
— Jacob alguma vez falou sobre um site chamado Sala dos Cortes?
— Sim.
— Poderia dizer ao júri o que é a Sala dos Cortes?
— É como um site pornô, mais ou menos, mas só tem histórias e qualquer um pode escrever histórias e postá-las lá.
— Que tipo de histórias?
— Tipo S&M, eu acho. Não sei, na verdade. É, tipo, sexo e violência.
— Jacob falava com frequência sobre o site?
— Falava. Ele gostava do site, eu acho. Visitava-o muito.
— Você visitava o site?
Encabulado, ruborizando.
— Não. Eu não gostava dele.
— Você ficava incomodado por Jacob frequentar o site?
— Não. É coisa dele.
— Jacob alguma vez lhe mostrou uma história na Sala dos Cortes que descrevia o homicídio de Ben Rifkin?
— Sim.
— Quando Jacob lhe mostrou a história?
— Tipo no final de abril, eu acho.
— Depois do homicídio?
— Sim, alguns dias depois.
— O que ele lhe disse a respeito dela?
— Ele só disse que escrevera uma história e a postara em um grupo.
— Quer dizer que ele a postou on-line para que as pessoas a lessem?
— É.
— E você leu a história?

— Sim.
— Como a encontrou?
— Jacob me enviou um link.
— Como? E-mail? Facebook?
— Facebook? Não! Qualquer um poderia ter visto. Acho que foi por e-mail. Então, entrei no site e li a história.
— E o que achou da história quando a leu pela primeira vez?
— Não sei. Pensei que era estranho que ele a tivesse escrito, mas era um pouco interessante, eu acho. Jacob sempre foi um ótimo escritor.
— Ele escrevia outras histórias como esta?
— Não, não exatamente. Ele escreveu algumas que eram, tipo...
— Objeção.
— Deferida. Próxima pergunta.

Logiudice apresentou um documento, impresso a laser, repleto de texto nas duas faces. Ele o pousou na bancada da testemunha, diante de Derek.

— É esta a história que o réu lhe disse que escrevera?
— Sim.
— Esta impressão é um registro acurado da história, precisamente como a leu naquele dia?
— Acho que sim.
— Moção para que o documento seja aceito como prova.
— O documento foi aceito e marcado como Prova do Povo número... Mary?
— Vinte e seis.
— Prova do Povo número 26.
— Como sabe com certeza que o réu escreveu esta história?
— Por que ele me diria se não fosse verdade?
— E o que havia na história que deixou você tão preocupado quanto a Jacob e o homicídio de Rifkin?
— Ela era simplesmente, tipo, uma descrição total, nos mínimos detalhes. Ele descrevia a faca, as facadas no peito, tudo. Até o personagem, o garoto que foi esfaqueado... na história, Jake chama-o de "Brent Mallis", mas é obviamente Ben Rifkin. Qualquer um que conhecia Ben saberia. Não era, tipo, totalmente ficção. Era apenas óbvio.

— Você e seus amigos às vezes trocam mensagens no Facebook?
— Claro.
— E três dias depois de Ben Rifkin ser assassinado, em 15 de abril de 2007, você postou uma mensagem dizendo: "Jake, todos sabem que foi você. Você tem uma faca. Eu já vi."
— Sim.
— Por que postou tal mensagem?
— Eu só não queria ser o único a saber a respeito da faca. Foi, tipo, não quero estar sozinho sabendo aquilo.
— Quando postou a mensagem no Facebook acusando seu amigo, ele chegou a responder?
— Na verdade, eu não o estava acusando. Era apenas algo que eu queria dizer.
— O réu respondeu de algum modo?
— Não tenho certeza do que você quer dizer. Quero dizer, ele postou no Facebook, mas não realmente respondendo à mensagem.
— Bem, ele alguma vez negou ter assassinado Ben Rifkin?
— Não.
— Depois de você publicar sua acusação no Facebook diante de toda a turma dele?
— Eu não a *publiquei*. Apenas a coloquei no Facebook.
— Ele alguma vez negou a acusação?
— Não.
— Você alguma vez o acusou diretamente, na cara?
— Não.
— Antes de ver a história na Sala dos Cortes, você alguma vez relatou suas suspeitas em relação a Jacob para a polícia?
— Não exatamente.
— Por que não?
— Porque eu não tinha certeza absoluta. Além disso, o policial encarregado do caso era o pai de Jacob.
— E o que você pensou quando soube que era o pai de Jacob que estava conduzindo o caso?
— Ob-je-ção. — A voz de Jonathan era de nojo.
— Deferida.

— Derek, uma última pergunta. Foi você quem procurou a polícia para compartilhar esta informação, não é verdade? Ninguém precisou lhe perguntar?
— Isso mesmo.
— Você sentiu que precisava entregar seu melhor amigo?
— Sim.
— Sem mais perguntas.

Jonathan se levantou. Para todo mundo, ele não parecia nem um pouco perturbado pelo que acabara de ouvir. E conduziria um interrogatório galante, eu sabia. Mas algo obviamente mudara no tribunal. A atmosfera estava eletrizante. Era como se todos tivéssemos acabado de decidir algo. Era possível ler isto no rosto dos jurados e do juiz French, era possível ouvir no silêncio supremo do público: Jacob não sairia daquele tribunal, pelo menos não pela porta da frente. A agitação era uma mistura de alívio — as dúvidas de todos finalmente estavam resolvidas, no que dizia respeito a se Jacob cometera o crime e se conseguiria livrar a cara — com uma ansiedade palpável por vingança. O resto do julgamento seria apenas de detalhes, formalidades, amarrar as pontas soltas. Até meu amigo Ernie, o oficial de justiça, olhou para Jacob com um olhar cauteloso, avaliando como ele reagiria às algemas. Mas Jonathan parecia não perceber a queda na pressão do ar. Ele foi até o púlpito e colocou os óculos de leitura que usava pendurados em uma corrente ao redor do pescoço e começou a analisar cuidadosamente uma parte de cada vez.

— Estas coisas sobre as quais nos contou, elas incomodaram você, mas não a ponto de levá-lo a encerrar sua amizade com Jacob?
— Não.
— Na verdade, vocês continuaram amigos por dias e até mesmo semanas após o homicídio, estou certo?
— Sim.
— Não é verdade que você até chegou a ir à casa de Jacob depois do homicídio?
— Sim.
— Portanto, é justo dizer que você não tinha tanta certeza, na época, de que Jacob era realmente o assassino?
— É, isso mesmo.

— Porque você não gostaria de continuar sendo amigo de um assassino, obviamente?

— Não, acho que não.

— Mesmo depois de postar aquela mensagem no Facebook, na qual acusou Jacob de homicídio, você *ainda* continuou amigo dele? Vocês ainda mantiveram contato, ainda se encontravam?

— Sim.

— Você alguma vez sentiu medo de Jacob?

— Não.

— Ele alguma vez ameaçou ou intimidou você de alguma maneira? Ou perdeu a cabeça com você?

— Não.

— Não é verdade que foram seus pais que disseram que você não poderia continuar amigo de Jacob, que você *nunca* decidiu deixar de ser amigo de Jacob?

— Mais ou menos.

Jonathan recuou, sentindo Derek começar a levantar a guarda, e mudou de assunto.

— No dia do homicídio, você diz que viu Jacob antes das aulas e de novo na aula de inglês, logo depois do início das aulas?

— Sim.

— Mas não havia nenhum indício de que ele estivera envolvido em qualquer tipo de briga?

— Não.

— Nenhum sangue?

— Só a pequena mancha na mão dele.

— Nenhum arranhão, nenhuma roupa rasgada, nada do gênero? Nenhuma lama?

— Não.

— Na verdade, nunca lhe ocorreu, ao olhar para Jacob na aula de inglês naquela manhã, que ele pudesse ter se envolvido em qualquer coisa a caminho da escola?

— Não.

— Quando, mais tarde, você concluiu que Jacob poderia ter cometido o homicídio, como deu a entender aqui, você levou isto em consideração? Que, depois de um ataque à faca fatal e sangrento, Jacob de algum jeito aparecera sem uma gota de sangue sequer sobre ele, sem nem mesmo um arranhão? Você pensou sobre isso, Derek?

— Mais ou menos.

— Mais ou menos?

— Sim.

— Você disse que Ben Rifkin era um garoto maior que Jacob, maior e mais forte?

— Sim.

— Mas, mesmo assim, Jacob saiu do confronto sem nenhuma marca?

Derek não respondeu.

— Bem, você disse algo quanto a Jacob ter sorrido quando o isolamento de segurança foi anunciado. Outros garotos sorriram? É bastante natural que um garoto sorria quando há agitação, quando você fica nervoso?

— Provavelmente.

— É apenas algo que garotos fazem às vezes.

— Acho que sim.

— Agora, a faca que você viu, a faca de Jacob. Só para ser claro, você não tem ideia se aquela foi ou não a faca usada no homicídio?

— Não.

— E Jacob nunca disse nada a você sobre *pretender* usar a faca contra Ben Rifkin, por causa do *bullying*?

— Pretender? Não, ele não disse isso.

— E, quando ele mostrou a faca a você, em nenhum momento lhe ocorreu que planejasse matar Ben Rifkin? Porque, caso contrário, você faria algo a respeito, certo?

— Acho que sim.

— Só que, até onde você sabia, Jacob jamais tivera um *plano* para matar Ben Rifkin?

— Um plano? Não.

— Nunca falou sobre quando ou como mataria Ben Rifkin?

— Não.

— Então, depois, ele apenas lhe enviou a história?

— Sim.

— Ele enviou a você um link por e-mail, você disse?
— Sim.
— Você salvou o e-mail?
— Não.
— Por que não?
— Não parecia inteligente. Quero dizer, para Jake... pelo ponto de vista de Jake.
— Então você apagou o e-mail porque estava protegendo Jacob?
— Acho que sim.
— Você poderia me dizer, entre todos os detalhes contidos na história, se havia qualquer coisa nova para você, qualquer coisa que já não soubesse ou através da internet ou de notícias ou das conversas de outros garotos?
— Na verdade, não.
— A faca, o parque, os três ferimentos a faca... tudo isso já era bastante conhecido naquela altura, não era?
— Sim.
— Mal se poderia dizer que era uma confissão, portanto.
— Eu não sei.
— E ele disse no e-mail que escrevera a história? Ou que apenas a encontrara?
— Não lembro exatamente o que o e-mail dizia. Acho que era só, tipo, "cara, veja isto aqui" ou algo parecido.
— Mas você tem certeza de que Jacob lhe disse que escreveu a história, e não que somente a leu?
— Estou bastante certo.
— *Bastante* certo?
— É, bastante certo.

Jonathan seguiu nesta direção por algum tempo, fazendo o que podia, podando e podando o depoimento de Derek, marcando os pontos que conseguisse. Quem sabe o que os jurados estavam realmente pensando. Tudo que posso dizer a você é que a meia dúzia de jurados que fazia anotações furiosamente durante o depoimento direto de Derek agora tinham pousado as canetas. Alguns sequer continuavam olhando para ele; haviam baixado os olhos para o próprio colo. Talvez Jonathan tivesse ganhado o dia e eles já tivessem decidido descontar inteiramente o depoimento de Derek. Mas não era o que parecia. Parecia que eu estivera enganando a mim mesmo, e pela primeira vez comecei a imaginar em termos realistas como seria quando Jacob estivesse na prisão de Concord.

35 | Argentina

Eu estava melancólico enquanto dirigia de volta do tribunal naquele dia, e minha tristeza contaminou Jacob e Laurie. Desde o começo, eu fora o estável. Incomodava-os, imagino, ver-me perder a esperança. Tentei mentir por eles. Disse todas as coisas habituais sobre não se sentir muito animado em um dia bom ou desanimado demais em um dia ruim; sobre como as provas da acusação sempre pareciam piores à primeira vista do que mais tarde, no contexto do caso como um todo; sobre como os júris são imprevisíveis e que não deveríamos interpretar demais cada gesto dos jurados. Mas meu tom me entregava. Eu achava que provavelmente tínhamos perdido o caso naquele dia. No mínimo, os danos foram suficientes para que agora necessitássemos apresentar uma defesa real. Seria tolice contar com a "dúvida razoável" naquele ponto: a história que Jacob escrevera sobre o homicídio era como uma confissão, e, por mais que tentasse, Jonathan não conseguiu desmentir o testemunho de Derek de que Jacob a escrevera. Não admiti nada disso. Não havia nada a ganhar por dizer a verdade, portanto eu não a disse. Tudo que falei para eles foi que "não foi um dia bom". Mas era o bastante.

Pai O'Leary não apareceu para nos vigiar naquela noite, nem mais ninguém. Nós, os Barber, fomos deixados em completo isolamento. Se tivéssemos sido lançados no espaço, não poderíamos estar mais sozinhos. Pedimos comida chinesa, como fizéramos mil vezes nos últimos poucos meses, porque o China City faz entregas e o entregador fala tão pouco inglês que não precisávamos nos sentir constrangidos ao abrir a porta para ele. Comemos nossas coxas desossadas e frango *à la* General Gao praticamente em silêncio, depois nos retiramos furtivamente para cantos opostos da casa para passar a noite. Estávamos saturados demais do caso para falar sobre o assunto, mas também obcecados demais por ele para falar sobre qualquer outra coisa. Estávamos lúgubres demais para as idiotices da televisão — de repente, nossas vidas pareciam finitas, e curtas demais para serem desperdiçadas — e distraídos demais para ler.

Em torno das 22 horas, entrei no quarto de Jacob para ver como ele estava. Jacob estava deitado de costas na cama.

— Tudo bem, Jacob?

— Na verdade, não.

Fui até ele e me sentei na beira da cama. Ele moveu o traseiro para abrir espaço, mas Jake estava ficando tão grande que mal havia espaço suficiente para nós dois. (Ele costumava deitar bem no meu peito para cochilar quando era bebê. Não era maior que um pão de forma.)

Ele se virou de lado e apoiou a cabeça na mão.

— Pai, posso perguntar uma coisa? Se você achasse que as coisas parecessem ruins, como se o caso estivesse prestes a seguir o rumo errado, você me contaria?

— Por quê?

— Não, não "por quê"; é só que... você me contaria?

— Sim, acho que sim.

— Porque não faria sentido... Bem, se eu fugisse, o que aconteceria com você e minha mãe?

— Perderíamos todo o nosso dinheiro.

— Eles tomariam a casa?

— Em algum momento. Usamos a casa como garantia para sua fiança.

Ele pensou a respeito.

— É só uma casa — disse a ele. — Eu não sentiria falta dela. Não importa tanto quanto você.

— É, mas ainda assim. Onde vocês morariam?
— É sobre isto que está deitado aqui pensando?
— Um pouco.

Laurie veio até a porta. Ela cruzou os braços e se recostou no batente. Eu disse:

— Para onde você iria?
— Buenos Aires.
— Buenos Aires? Por que para lá?
— Apenas soa como um lugar legal.
— Quem disse?
— Teve um artigo sobre a cidade no *Times*. É a Paris da América do Sul.
— Hum. Eu não sabia que a América do Sul tinha uma Paris.
— Fica na América do Sul, certo?
— É, fica na Argentina. Você pode querer pesquisar um pouco mais antes de fugir para lá.
— Existe algum... como se chama?... um tratado para fugitivos?
— Um tratado de extradição? Não sei. Acho que esta seria outra coisa que você deveria conferir primeiro.
— É. Acho que sim.
— Como você pagaria a passagem?
— Eu não pagaria. Vocês pagariam.
— E um passaporte? Você entregou o seu, lembra?
— Eu conseguiria outro de algum jeito.
— Assim, do nada? Como?

Laurie se aproximou, sentou-se no chão ao lado da cama e acariciou o cabelo dele.

— Ele escaparia pela fronteira com o Canadá e conseguiria um passaporte canadense.
— Hum. Não estou certo de que seja assim tão fácil, mas tudo bem. E o que você faria quando chegasse a Buenos Aires, cidade que sabemos que fica na Argentina?

Laurie disse:

— Ele dançaria tango. — Os olhos dela estavam úmidos.
— Sabe dançar tango, Jacob?

— Não exatamente.
— Não exatamente, diz ele.
— Não exatamente, tipo, querendo dizer nem um pouco. — Ele riu.
— Bem, você pode ter aulas de tango em Buenos Aires, imagino.
Laurie disse:
— Em Buenos Aires, todos sabem dançar tango.
— Você precisará de alguém para dançar o tango *com* você, não é mesmo?
Ele sorriu timidamente.
Laurie disse:
— Buenos Aires é cheia de lindas mulheres que dançam tango. Mulheres lindas, misteriosas. Jacob poderá escolher.
— É verdade, pai? Muitas mulheres lindas em Buenos Aires?
— É o que costumo ouvir.
Ele se recostou e entremeou os dedos atrás da cabeça.
— Isto soa cada vez melhor.
— O que fará lá quando terminar de dançar tango, Jake?
— Vou para a escola, eu acho.
— Eu pagarei por ela também?
— É claro.
— E depois da escola?
— Não sei. Talvez me torne advogado, como você.
— Não acha que deveria manter alguma discrição? Você sabe, sendo um fugitivo e tudo o mais?
Laurie respondeu por ele.
— Não. Esquecerão tudo sobre Jacob e ele terá uma vida longa, feliz e maravilhosa na Argentina com uma linda mulher que dança tango, e Jacob será um grande homem. — Ela ficou de joelhos para poder ver o rosto de Jacob e continuar a afagar seu cabelo enquanto ele permanecia deitado. — Ele terá filhos, e os filhos dele terão filhos, e ele trará tanta felicidade para tantas pessoas que ninguém jamais acreditará que um dia, nos Estados Unidos, as pessoas disseram coisas terríveis sobre ele.
Jacob fechou os olhos.
— Não sei se consigo ir ao tribunal amanhã. Simplesmente não quero mais fazer isto.

— Eu sei, Jake. — Pousei a palma da mão no peito dele. — Está quase no fim.

— É disso que tenho medo.

Laurie:

— Eu acho que também não consigo seguir em frente.

— Acabará logo. Só precisamos aguentar firme. Prometo.

— Pai, você me dirá, certo? Como falou? Se for a hora de eu...? — Ele inclinou a cabeça na direção da porta.

Suponho que poderia ter contado a verdade a ele. *Não é assim, Jake. Não há nenhum lugar para fugir.* Mas não contei. Eu disse:

— Isso não vai acontecer. Vamos vencer.

— Mas *se*.

— Se. Sim, definitivamente lhe contarei, Jacob. — Embolei o cabelo dele. — Vamos tentar dormir um pouco.

Laurie o beijou na testa, eu fiz o mesmo.

Ele disse:

— Talvez vocês também possam ir para Buenos Aires. Todos podemos ir.

— Ainda poderemos pedir comida do China City lá?

— É claro, pai. — Ele sorriu. — Pediremos por avião.

— Certo, então. Por um segundo, não achei que fosse um plano realista. Agora, durma um pouco. Outro grande dia amanhã.

— Esperamos que não — disse ele.

Quando Laurie e eu deitamos na cama, ela disse em um murmúrio de amante.

— Quando estávamos falando sobre Buenos Aires, foi a primeira vez em que me senti feliz em não sei quanto tempo. Não me lembro da última vez em que sorri.

Mas a segurança dela deve ter vacilado, porque apenas alguns segundos depois, deitada de lado olhando para mim, ela sussurrou:

— E se ele fosse para Buenos Aires e matasse alguém lá?

— Laurie, ele não vai para Buenos Aires e não matará ninguém. Ele não matou ninguém *aqui*.

— Não tenho tanta certeza.

— Não diga isso.

Ela desviou o olhar.

— Laurie?

— Andy, e se nós estivermos errados? E se ele for inocentado e depois, Deus me livre, fizer de novo? Não temos alguma responsabilidade?

— Laurie, está tarde, você está exausta. Teremos esta conversa em outro momento. Por enquanto, você deve parar de pensar deste jeito. Está enlouquecendo a si própria.

— Não. — Ela me olhou com uma expressão suplicante, como se fosse *eu* quem não estivesse fazendo sentido. — Andy, precisamos ser honestos um com o outro. Isto é algo que precisamos considerar.

— Por quê? O julgamento ainda não terminou. Você está desistindo cedo demais.

— Precisamos pensar sobre isso porque ele é nosso filho. Ele precisa do nosso apoio.

— Laurie, estamos fazendo nosso trabalho. Estamos apoiando-o, estamos ajudando-o a suportar o julgamento.

— Este é o nosso trabalho?

— Sim! O que mais se pode fazer?

— E se ele precisar de outra coisa, Andy?

— Não *existe* outra coisa. Do que está falando? Não há mais nada que possamos fazer. Já estamos fazendo tudo humanamente possível.

— Andy, e se ele for culpado?

— Ele não será condenado.

O sussurro carregado dela ficou mais intenso, penetrante.

— Não estou falando do veredito. Estou falando da verdade. E se ele for realmente culpado?

— Ele não é.

— Andy, é o que você realmente acha? Ele não cometeu o crime? Simples assim? Você não tem absolutamente nenhuma dúvida?

Não respondi. Eu não suportaria.

— Andy, não entendo mais você. Precisa falar comigo, precisa me dizer. Eu não tenho mais certeza do que se passa dentro de você.

— Não há nada se passando dentro de mim — eu disse, e a afirmação soou mais verdadeira do que eu pretendia.

— Andy, às vezes eu simplesmente quero agarrá-lo pelo pescoço e *obrigá-lo* a dizer a verdade.

— Ah, de novo a questão do meu pai.

— Não, não é isso. Estou falando de Jacob. Quero que você seja absolutamente honesto agora, para *mim*. Preciso saber. Mesmo que *você* não precise, *eu* preciso saber: você acha que Jacob cometeu o crime?

— Acho que há coisas que um pai jamais deveria pensar de um filho.

— Não foi o que perguntei.

— Laurie, ele é meu filho.

— Ele é *nosso* filho. Somos responsáveis por ele.

— Exatamente. Somos responsáveis por ele. Precisamos ficar do lado dele. — Coloquei a mão na cabeça dela, acariciei seu cabelo.

Ela afastou minha mão.

— Não! Andy, você entende o que estou dizendo? Se ele é culpado, então também somos culpados. É simplesmente como as coisas são. Estamos implicados. Nós o fizemos... você e eu. Nós o criamos e o soltamos no mundo. E se ele realmente fez aquilo... você consegue lidar com isso? Consegue lidar com a possibilidade?

— Se eu precisar.

— De verdade, Andy? Você conseguiria?

— Sim. Veja, se ele for culpado, se perdermos, precisaremos encarar isto de alguma maneira. Quero dizer, eu *entendo* isso. Ainda seremos os pais dele. Não é possível pedir demissão deste emprego.

— Andy, você é o homem mais enfurecedor e desonesto que já vi.

— Por quê?

— Porque precisa estar aqui e agora comigo, e não está.

— Eu estou!

— Não. Você está me administrando. Está falando clichês. Você está aí atrás destes belos olhos castanhos e eu não sei o que está realmente pensando. Não consigo saber.

Suspirei e abanei a cabeça.

— Às vezes, também não sei, Laurie. Não sei o que estou pensando. Estou tentando simplesmente não pensar em nada.

— Andy, por favor, você *precisa* pensar. Procure dentro de si mesmo. Você é o pai dele. Não pode evitar isso. Ele cometeu o crime? É uma pergunta que se responde com um sim ou um não.

Ela estava me empurrando naquela direção, rumo àquela imponente ideia negra: Jacob, o Assassino. Esbarrei na ideia, toquei a bainha de seu robe — e não consegui avançar mais. O perigo era grande demais.

Eu disse:

— Eu não sei.

— Então você acha que pode ter sido ele.

— Não sei.

— Mas é possível, ao menos.

— Eu disse que não sei, Laurie.

Ela examinou meu rosto, meus olhos, procurando algo em que pudesse confiar, uma base de sustentação. Tentei vestir a máscara da determinação, para que ela encontrasse na minha expressão o que quer que precisasse — reconforto, amor, ligação, o que for. Mas a verdade? Certeza? Eu não tinha nada disso. Não eram minhas para que as pudesse dar.

Umas duas horas depois, em torno de 1 da madrugada, uma sirene soou ao longe. Aquilo era incomum; em nosso bairro tranquilo, os policiais e bombeiros não costumam usar sirenes. Somente sinais luminosos. A sirene durou apenas cerca de 5 segundos, depois ressoou no silêncio, suspensa como um sinalizador luminoso. Atrás de mim, Laurie dormia na mesma posição de antes, com as costas voltadas para mim. Fui até a janela e olhei para fora, mas não havia nada para ser visto. Eu não descobriria até a manhã seguinte o que era aquela sirene e como, sem o nosso conhecimento, tudo já mudara. Já estávamos na Argentina.

36 | Que show incrível

O telefone tocou às 5h30 da manhã seguinte, meu celular, e atendi automaticamente, condicionado ao longo dos anos a receber chamadas de emergência em horas malucas. Até atendi com minha velha voz imponente, "Andy Barber!", para convencer as pessoas de que eu não estava realmente dormindo, não importava a hora.

Quando desliguei, Laurie perguntou:
— Quem era?
— Jonathan.
— O que há de errado?
— Nada.
— Então, o que foi?

Senti um sorriso abrir no meu rosto e uma felicidade maravilhada e onírica me abraçou.

— Andy?
— Acabou.
— O que quer dizer, acabou?
— Ele confessou.
— O quê? Quem confessou?
— Patz.
— O quê?!

— Jonathan fez o que disse que faria no tribunal: entregou-o de bandeja. Patz recebeu a intimação para comparecer em juízo e, na noite passada, cometeu suicídio. Ele deixou um bilhete com uma confissão completa. Jonathan disse que passaram a noite toda no apartamento dele. A caligrafia foi confirmada; o bilhete é legítimo. Patz confessou.

— Ele confessou? Assim, do nada? Isto é possível?

— Não parece real, não é mesmo?

— Como ele se matou?

— Enforcou-se.

— Meu Deus.

— Jonathan diz que pedirá o arquivamento do processo assim que o tribunal abrir.

As mãos de Laurie cobriram sua boca. Ela já estava chorando. Abraçamo-nos, depois entramos correndo no quarto de Jacob, como se fosse a manhã de Natal — ou da Páscoa, considerando que a situação estava mais para uma ressurreição —, e sacudimos Jacob para acordá-lo e compartilhamos as notícias incríveis.

E tudo ficou diferente. De uma hora para a outra, tudo estava diferente. Vestimos nossas roupas de julgamento e fizemos hora até podermos ir de carro até o tribunal. Assistimos à notícia na TV e conferimos a Boston.com em busca de alguma menção do suicídio de Patz, mas não houve nenhuma, portanto ficamos sentados ali sorrindo um para o outro e abanando as cabeças sem conseguir acreditar.

Era melhor que ser declarado inocente pelo júri. Sempre dizíamos isso: *não culpado* é meramente um fracasso das provas. Jacob fora declarado comprovadamente *inocente*. Era como se todo aquele episódio horripilante fosse apagado. Não acredito em Deus ou em milagres, mas aquilo fora um milagre. Não posso explicar o sentimento de nenhuma outra maneira. Senti como se tivéssemos sido salvos por alguma espécie de intervenção divina — por um milagre verdadeiro. O único limite na nossa alegria era o fato de que não conseguíamos propriamente acreditar no ocorrido e não queríamos celebrar até que o caso estivesse definitivamente fechado. Era no mínimo concebível, afinal de contas, que Logiudice desse continuidade à acusação mesmo em face da confissão de Patz.

Neste caso, Jonathan não teve a chance de requerer a extinção do processo. Antes mesmo de o juiz assumir seu lugar, Logiudice preencheu um *nol pros* — um *nolle prosequi*, o qual anunciava a decisão do Estado de retirar as acusações.

Às 9 em ponto, o juiz caminhou até sua cadeira com um pequeno sorriso. Ele leu o *nol pros* com um floreio teatral e, com um movimento da mão com a palma voltada para cima, pediu a Jacob que se levantasse.

— Sr. Barber, vejo em seu rosto e no de seu pai que vocês já receberam a notícia. Portanto, permita-me ser o primeiro a lhe dizer as palavras que, tenho certeza, ansiava por ouvir: Jacob Barber, você é um homem livre.

Houve aplausos — aplausos! — e Jacob e eu nos abraçamos.

O juiz bateu o martelo, mas o fez com um sorriso indulgente. Quando o tribunal voltara a ficar relativamente quieto, ele gesticulou para a escrivã, que leu monotonamente — aparentemente, ela não ficara satisfeita com o resultado:

— Jacob Michael Barber, sobre a questão da acusação número zero-oito-traço-quatro-quatro-zero-sete, tendo o Povo emitido um *nolle prosequi* quanto à acusação, é ordenado pelo tribunal que você seja inocentado da acusação e vá sem mais dias até onde a acusação diz respeito. A fiança paga previamente pode ser devolvida ao fiador. Caso encerrado.

Vá sem mais dias. A complicada formulação legal que é o bilhete de saída do réu. Ela significa: você pode seguir sem mais dias agendados no tribunal — vá e não retorne.

Mary carimbou a acusação, enfiou o papel em sua pasta, a qual jogou na caixa de saída com tamanha eficiência burocrática que seria possível pensar que ela tivesse uma pilha de casos para resolver antes do almoço.

E terminou.

Ou quase. Atravessamos a multidão de repórteres, que agora se empurravam para nos parabenizar e conseguir seu vídeo a tempo para os programas matinais e acabamos literalmente descendo correndo a Thorndike Street até a garagem na qual o carro estava estacionado. Correndo, gargalhando — livres!

Chegamos ao carro e, por um momento desconfortável, ficamos preocupados na tentativa de encontrar as palavras para agradecer a Jonathan, que declinou graciosamente o crédito porque, disse ele, verdadeiramente, não fizera nada. Agradecemos a ele de todo modo. Agradecemos e agradecemos. Eu balançava o braço dele para cima e para baixo e Laurie o abraçava.

— Você teria vencido — eu disse a ele. — Tenho certeza.

Em meio a tudo isso, foi Jacob quem os viu chegando.

— Oh-oh — disse ele.

Eram dois. Dan Rifkin vinha na frente. Vestia uma capa impermeável marrom-clara, mais bonita que a maioria, com design excessivo, com uma profusão de botões, bolsos e ombreiras. Ele ainda tinha aquela expressão imóvel de boneco, de modo que era impossível saber exatamente o que pretendia. Desculpar-se conosco, talvez?

Poucos metros atrás dele, vinha Pai O'Leary, um gigante em comparação com Rifkin, com o passo lento, as mãos nos bolsos e a boina baixa, cobrindo os olhos.

Laurie disse:

— Dan?

Dan não respondeu. Ele puxou de um dos bolsos fundos da capa uma faca, uma faca comum de cozinha, a qual reconheci, por mais absurdo que soe, como sendo uma faca de carne Wüsthof Classic, porque temos o mesmo conjunto de facas em um bloco no balcão da nossa cozinha. Mas não tive tempo para avaliar plenamente a sublime estranheza de ser esfaqueado com tal faca porque, quase imediatamente, antes que Dan Rifkin chegasse a poucos metros de nós, Pai O'Leary agarrou-o pelo braço. Ele bateu uma vez com a mão de Rifkin no teto do carro, o que fez a faca cair ruidosamente no chão de concreto da garagem. Depois, ele dobrou o braço de Rifkin para trás e, com facilidade — tanta facilidade que poderia estar manipulando um manequim —, forçou-o a dobrar-se sobre o capô.

— Calma agora, campeão.

Ele fez tudo aquilo com um profissionalismo experiente e gracioso. Toda a atividade não durou mais que poucos segundos, e ficamos encarando espantados os dois homens.

— Quem é você? — finalmente perguntei.

— Amigo de seu pai. Ele me pediu para ficar de olho em você.

— Meu pai? Como conhece meu pai? Não, espere, não me diga. Não quero saber.

— O que quer que eu faça com este cara?

— Solte-o! O que há de errado com você?

Ele o soltou.

Rifkin endireitou-se. Tinha lágrimas nos olhos. Olhou para nós com uma impotência desesperada — aparentemente, ainda acreditava que Jacob matara seu filho, mas não podia fazer nada a respeito —, e afastou-se aos tropeços, rumo a tormentos que sequer consigo imaginar.

Pai O'Leary foi até Jacob e estendeu-lhe a mão.

— Parabéns, garoto. Aquilo lá dentro hoje foi impressionante. Você viu a expressão no rosto daquele promotor babaca? Impagável!

Jacob apertou a mão dele com uma expressão de espanto.

— Que show incrível — disse Pai O'Leary. — Que show incrível.

— Ele gargalhou. — E você é o filho de Billy Barber?

— Sou. — Eu jamais tivera orgulho de dizer aquilo. Não tenho certeza de que realmente dissera aquilo antes em público. Mas estabelecia uma ligação com Pai O'Leary e parecia agradá-lo; portanto, ambos sorrimos.

— Você é maior que ele, com certeza. Daria para colocar dois merdinhas daquele dentro de um de você.

Eu não sabia o que fazer com o comentário, então apenas fiquei parado.

— Diga ao seu pai que eu disse olá, tudo bem? — completou Pai O'Leary. — Caramba, eu poderia te contar tantas histórias sobre ele.

— Não conte. Por favor.

Finalmente, para Jacob:

— Este é seu dia de sorte, garoto.

Ele gargalhou novamente e nunca mais voltei a ver Pai O'Leary.

Parte
QUATRO

"*Precisamente de que modo os sinais elétricos e as reações químicas que ocorrem segundo a segundo no corpo humano transformam-se em pensamento, motivação, impulso — o ponto em que o maquinário físico do homem para e o fantasma na máquina, a consciência, começa — não é verdadeiramente uma questão científica, pela simples razão de que não podemos elaborar um experimento para capturá-la, medi-la ou duplicá-la. Apesar de tudo que aprendemos, permanece o fato de que não compreendemos de nenhuma maneira significativa por que as pessoas fazem o que fazem, e provavelmente jamais compreenderemos.*"

— PAUL HEITZ,
"Neurocriminology and its Discontents", *American Journal of Criminology and Public Policy*, outono de 2008

37 | Vida após a morte

A vida continua, provavelmente por tempo demais, se formos honestos a respeito. Em uma vida longa, há 35 mil dias para suportar, mas somente algumas dúzias que realmente importam, Grandes Dias quando Algo Importante Ocorre. O resto — a vasta maioria, dezenas de milhares de dias — é de dias pouco notáveis, repetitivos, até mesmo monótonos. Deslizamos por eles e depois os esquecemos instantaneamente. Tendemos a não pensar sobre tal aritmética quando olhamos nossas vidas em retrospecto. Lembramo-nos do punhado de Grandes Dias e jogamos fora o resto. Organizamos nossas vidas longas e amorfas em historinhas bem-arrumadas, como estou fazendo aqui. Mas nossas vidas são feitas essencialmente de lixo, de dias ordinários e esquecíveis, e o "Fim" nunca é o fim.

O dia em que Jacob foi liberado, é claro, foi um Grande Dia. Mas, depois dele, notavelmente, os pequenos dias apenas continuavam vindo.

Não retornamos ao "normal"; nós tínhamos, os três, esquecido o que era normal. Pelo menos, não tínhamos ilusões de que jamais voltaríamos a tal estado. Mas nos dias e semanas que seguiram a liberação de Jacob, conforme a euforia de nossa vitória diminuía, acabamos caindo em uma rotina, ainda que estéril. Saíamos muito pouco. Nunca para restaurantes ou outros locais públicos, onde sentíamos que nos olhavam de soslaio. Assumi as compras da casa, pois Laurie não se arriscaria a se deparar novamente com os Rifkin no supermercado, e adquiri o hábito característico das esposas de planejar os cardápios dos jantares da semana enquanto fazia as compras (massa às segundas, frango às terças, hambúrgueres às quartas...). Fomos assistir a alguns filmes, geralmente no meio da semana, quando os cinemas ficavam menos movimentados, e ainda assim fazíamos questão de entrar sorrateiramente assim que as luzes eram apagadas. Mas, principalmente, vadiávamos em casa. Navegávamos incessantemente pela web, hipnotizados, com os olhos vítreos. Preferíamos nos exercitar na esteira no porão do que correr ao ar livre. Mudamos para um plano superior na locadora para que pudéssemos ter à mão o máximo possível de DVDs. Soa desesperador, pensando agora, mas na época achávamos maravilhoso. Estávamos livres, ou algo parecido.

Cogitamos nos mudar — não para Buenos Aires, infelizmente, e sim para lugares mais prosaicos onde poderíamos recomeçar: Flórida, Califórnia, Wyoming, qualquer lugar para o qual imaginássemos que as pessoas fossem a fim de se reinventar. Durante algum tempo, fiquei absorto pela pequena cidade de Bisbee, Arizona, onde me disseram que é fácil se perder e permanecer perdido. Sempre havia também a possibilidade de deixar o país, o que possuía um certo glamour. Tínhamos discussões intermináveis sobre tudo isso. Laurie duvidava de que conseguiríamos despistar a publicidade recebida pelo caso, não importava o quanto nos movêssemos. De todo modo, disse ela, toda a sua vida estava em Boston. Quanto a mim, eu estava ansioso por me mudar para outro lugar. Eu não pertencia a lugar algum para início de conversa; meu lar era onde quer que Laurie estivesse. Mas nunca consegui fazer muito progresso com ela.

Em Newton, os sentimentos ruins persistiam. A maioria dos vizinhos já havia chegado ao próprio veredito: não culpado, mas tampouco exatamente inocente. Jacob podia não ter matado Ben Rifkin, mas eles tinham ouvido o bastante para que se sentissem perturbados por ele. A faca de Jacob, as fantasias violentas, sua linhagem perversa. Para alguns, o final abrupto do tribunal também parecera suspeito. A permanência do garoto na cidade preocupava e irritava as pessoas. Nem as mais bondosas estavam ansiosas por ter Jacob nas vidas dos filhos. Por que correr o risco? Mesmo que tivessem 99 por cento de certeza da inocência dele, quem arriscaria estar errado quando as apostas eram tão altas? E quem se arriscaria a carregar o estigma de ser visto com ele? Era um pária, não importava se era ou não culpado.

Com tudo isso, não ousamos mandar Jacob de volta para a escola em Newton. Quando ele fora denunciado inicialmente e prontamente suspenso da escola, a cidade fora obrigada a contratar uma tutora para ele, a Sra. McGowan, e voltamos a contratá-la para retomar a educação de Jacob em casa. McGowan era a única visitante regular em nossa casa, virtualmente a única pessoa que viu como realmente vivíamos. Quando entrava, um pouco desajeitada e com quadris avantajados, seus olhos dançavam ao redor, registrando as pilhas de roupas sujas, os pratos por lavar na pia da cozinha, o cabelo sujo de Jacob. Devíamos parecer um pouco loucos para ela. Mas ela continuava a aparecer todas as manhãs às 9 horas para sentar-se com Jacob na mesa da cozinha, revisando as lições dele, criticando-o por não fazer o dever de casa. "Ninguém sentirá pena de você", ela disse a ele sem rodeios. Laurie também assumiu um papel ativo nas aulas de Jacob. Era uma professora notável, pensei, paciente e gentil. Eu jamais a vira realmente ensinando, mas, ao observá-la trabalhando com Jacob, pensei: ela *deveria* voltar a ensinar. Ela deveria ter ensinado todo o tempo.

Enquanto as semanas passavam, Jacob estava bastante satisfeito em sua nova vida solitária. Era um eremita natural. Não sentia falta da escola ou dos amigos, dizia. Na verdade, o ensino em casa poderia ter sido mais adequado para ele desde o início. Assim, ele obteria a melhor parte da escola, o "conteúdo" (palavra dele), sem a miríade de complicações envolvendo garotas, sexo, esportes, *bullying*, pressão dos colegas, grupinhos — complicações em função dos outros garotos, basicamente. Jake apenas era mais feliz sozinho. Depois do que passara, quem o culparia? Quando discutíamos sobre mudarmos para outro lugar, Jacob era sempre o mais entusiasmado com a ideia. Quanto mais longe, mais remoto, melhor. Bisbee, Arizona, seria perfeitamente adequada para ele, era o que pensava. Assim era Jacob — aquela equanimidade, aquela estabilidade, meio sereno, meio alheio. Isto soará estranho, eu sei, mas Jacob, que sempre fora quem tivera mais a perder no caso, nunca desmoronou e chorou, nunca perdeu a cabeça. De vez em quando, ficava com raiva ou desanimado ou introvertido, às vezes em autocomiseração, como fazem todos os garotos, mas nunca desmoronou. Agora que o caso estava encerrado, ele voltara a ser o mesmo garoto equilibrado. Não era difícil imaginar por que os colegas de turma podiam achar a compostura misteriosa dele um pouco incômoda. Pessoalmente, eu achava admirável.

Eu não precisava trabalhar, pelo menos por algum tempo. Tecnicamente, ainda estava em licença remunerada do gabinete da promotoria local. Meu salário integral continuava a ser depositado diretamente na minha conta corrente, como fora durante todo esse episódio. Sem dúvida, aquilo era um problema delicado para Lynn Canavan. Ela apostara no cavalo errado. Agora, não tinha nenhuma desculpa para me demitir, pois eu não fizera nada errado, mas tampouco poderia propriamente me colocar de volta como primeiro adjunto. Em algum momento, ela precisaria me oferecer uma posição e eu precisaria recusá-la, e este seria o fim da história. Mas, a curto prazo, Lynn parecia disposta a manter-me na folha de pagamento em retribuição por manter a boca fechada, o que parecia um preço barato a se pagar. Eu teria mantido a boca fechada de qualquer modo; gostava dela.

Enquanto isso, Canavan tinha assuntos mais importantes a tratar. Ela precisava decidir o que fazer em relação a Logiudice, o Rasputin em sua corte, cuja implosão profissional com certeza encerrara as aspirações políticas do próprio Logiudice e que, se ela não fosse cuidadosa, poderia também acabar com as dela. Mas, novamente, não podia demitir um promotor meramente por perder um caso, do contrário quem estaria disposto a trabalhar para ela? A visão geral era que Canavan disputaria em breve as eleições para procuradora-geral ou até mesmo governadora e deixaria toda a confusão para trás, a fim de que fosse resolvida pelo próximo procurador local. Mas, por enquanto, tudo que ela podia fazer era observar e esperar. Talvez Logiudice conseguisse ressuscitar a própria reputação de alguma maneira. Nunca se sabe.

Eu não estava muito preocupado com minha própria carreira naquele momento. Certamente, estava acabado como promotor. O desdém seria excessivo. Suponho que poderia ter continuado como algum tipo de advogado. Sempre haveria a defesa, na qual a ligação com o caso de Jacob poderia até ter sido uma medalha de honra — o drama de um garoto inocente acusado injustamente, que enfrentara O Homem, ou algo do gênero. Mas era um pouco tarde para mudar de lado. Eu não tinha certeza de que conseguiria me forçar a defender os mesmos criminosos que eu passara toda uma vida mandando para a prisão. Eu não tinha a menor ideia de onde aquilo me deixava. No limbo, suponho, como o resto da minha família.

De nós três, Laurie sofreu o maior desgaste pelo julgamento. Nas semanas que se seguiram, ela efetivamente se recuperou um pouco, mas nunca voltou a ser como Antes. Ela nunca recuperou o peso que perdera, e seu rosto sempre me pareceria magro demais. Era como se tivesse envelhecido dez anos em apenas alguns meses. Mas a mudança real fora interior. Naquelas primeiras semanas após os problemas de Jacob, havia certa frieza, resguardada acerca de Laurie. Ela estava cautelosa. Para mim, aquele jeito mais cuidadoso era compreensível. Ela fora vitimizada e reagira como reagem as vítimas. A dinâmica familiar fora efetivamente alterada — nada mais de mamãe implorando a Jacob e a mim, os fechados da família, para compartilharmos nossos sentimentos e tagarelarmos sobre nossos problemas e, de modo geral, nos virarmos pelo avesso para ela. Laurie havia abandonado tudo aquilo, pelo menos por algum tempo. Agora, observava-nos a distância. Eu mal poderia guardar qualquer rancor dela em relação a isso. Finalmente danificada, minha esposa se tornara um pouco como eu, um pouco mais dura. Danos endurecem a todos nós. Também endurecerá você, quando o encontrarem — e com certeza encontrarão.

38 | O dilema do policial

*Northern Correctional Institution
Somers, Connecticut.*

De novo na cabine para visitas. Lacrado em meu compartimento de paredes brancas, a janela de vidro espesso diante de mim. Barulho de fundo constante: murmúrios nas cabines adjacentes, gritos abafados e conversas altas entre prisioneiros a distância, comunicados transmitidos por meio de um sistema de alto-falantes.

Billy Sanguinário arrastou os pés até parar diante da moldura da janela, as mãos algemadas a uma corrente ao redor da cintura, uma segunda corrente descendo da cintura até os tornozelos algemados. Não importava: entrou na sala como um rei tirânico, queixo projetado para a frente, sorriso desdenhoso de durão, cabelo grisalho penteado sobre a cabeça em um *pompadour* de velho maluco.

Dois guardas o conduziram até a cadeira, mas sem encostar a mão nele. Um dos policiais soltou as algemas da cintura enquanto o outro observava, depois ambos recuaram, saindo da moldura da janela.

Meu pai pegou o telefone e, com as mãos juntas na altura do queixo, como que rezando, disse:

— Filhão! — O tom dele dizia: *Mas que surpresa agradável!*

— Por que fez aquilo?
— Fiz o quê?
— Patz.

Os olhos dele viajaram do meu rosto para o fone na parede e de volta para meu rosto, lembrando-me de tomar cuidado com o que dizia em uma linha monitorada.

— Filhão, do que está falando? Estive aqui dentro o tempo todo. Talvez você não tenha ouvido. Não costumo sair muito.

Desdobrei um arquivo da Triple-I, uma ficha de antecedentes criminais interestadual. Tinha várias páginas. Alisei-a com a palma da mão e pressionei a primeira página contra o vidro com as pontas dos cinco dedos para que ele lesse o nome: *James Michael O'Leary, também conhecido como Jimmy, Jimmy-O, Pai O'Leary, data de nascimento 18/02/43.*

Ele se inclinou para a frente e franziu os olhos para ler o documento.

— Nunca ouvi falar nele.
— Nunca ouviu falar nele? É mesmo?
— Nunca ouvi falar nele.
— Você cumpriu pena com ele aqui mesmo.
— Muitos caras passam por aqui.
— Ficaram juntos seis anos. Seis anos!

Ele deu de ombros.

— Eu não socializo. Aqui é uma prisão, não Yale. Talvez se você tivesse uma fotografia ou alguma outra coisa.

— Bem, ele ouviu falar em você.

Encolhendo os ombros:

— Muitas pessoas ouviram falar de mim. Sou uma lenda.
— Ele disse que você lhe pediu que ficasse de olho em nós, em Jacob.
— Besteira.
— Para nos proteger.
— Besteira.
— Você mandou alguém nos proteger? Pensa que preciso de você para proteger meu filho?
— Ei, eu nunca falei nada disso. É você quem está dizendo. Como disse, nunca ouvi falar nesse sujeito. Não sei de que diabos está falando.

Agora, passe tempo suficiente em um tribunal e você se tornará um especialista em mentiras. Você aprende a reconhecer os vários tipos de baboseiras, da mesma forma que dizem que os esquimós distinguem diferentes tipos de neve. O tipo de negação ao qual Billy estava se permitindo ali, piscando os olhos — no qual as palavras *não fui eu* eram ditas de tal modo que anunciavam é claro que fui eu, mas ambos sabemos que você não pode provar —, deve ser o deleite especial de cada criminoso. Rir na cara de um policial! Certamente, meu desprezível pai estava se divertindo muito com aquilo. Do ponto de vista do policial, não faz sentido combater este tipo de confissão-negação. Você aprende a aceitar a situação. É parte do jogo. É o dilema do policial: às vezes você não pode provar o caso sem uma confissão, mas não consegue obter uma confissão a menos que já tenha a prova.

Portanto, apenas retirei o papel do vidro e larguei-o na pequena bancada de fórmica à minha frente. Recostei-me e esfreguei a testa.

— Seu tolo. Seu velho tolo e burro. Sabe o que você fez?

— Tolo? O que você é, chamando-me de tolo? Não fiz merda nenhuma.

— Jacob era inocente. Seu velho burro, burro.

— Cuidado com o que diz, filhão. Não sou obrigado a ficar aqui conversando com você.

— Não precisávamos da sua ajuda.

— Não? Poderiam ter me enganado.

— Teríamos vencido.

— E se não vencessem? E então? Quer que o garoto apodreça em um lugar como este? Você sabe o que é este lugar, filhão? É uma sepultura. É um lixão. É um grande buraco no chão no qual jogam o lixo que ninguém quer ver mais. De todo modo, foi você quem me disse aquela noite ao telefone que iriam perder.

— Veja, você não poderia... não pode apenas...

— Nossa, filhão, fica calmo, por favor? Isso é constrangedor pra cacete. Escuta, não estou dizendo nada sobre o que aconteceu, ouviu? Porque não sei. O que quer que tenha acontecido com aquele sujeito... qual era o nome dele? Patz?... o que quer que tenha acontecido com o sujeito, eu não sei. Estou preso aqui nesta cova. Que diabos eu sei? Mas, se está me pedindo que chore, *buá*, porque um merda de um estuprador e molestador de crianças foi morto, ou se matou, ou o que for? Esqueça. Já vai tarde. Um merda a menos no mundo. Foda-se ele. Já foi. — Ele levou um punho até a boca e assoprou nele, depois os dedos um a um, como um mágico fazendo uma moeda desaparecer. *Ele se foi.* — Um babaca a menos no mundo, é tudo. O mundo é um lugar melhor sem um sujeito como ele.

— Mas *com* você?

Ele me encarou.

— Ei, ainda estou aqui. — Ele estufou o peito. — Não importa o que pense de mim. Ainda estou aqui, filhão, goste você ou não. Você não pode se livrar de mim.

— Como baratas.

— Isso mesmo, sou uma barata velha e durona. Tenho orgulho disso.

— E o que você fez? Cobrou um favor? Ou apenas pediu ajuda a um velho amigo?

— Já lhe disse, não sei do que está falando.

— Você sabe, o que acontece é que, na verdade, demorei um pouco para deduzir. Tenho um amigo policial que me disse que esse tal Pai O'Leary era um velho quebrador de pernas e que ainda trabalhava como reparador, e, quando perguntei o que aquilo significava, um "reparador", ele respondeu: "Ele faz os problemas desaparecerem." Portanto, foi o que você fez, não foi? Você telefonou para um velho amigo e fez o problema desaparecer.

Sem resposta. Por que ele deveria me ajudar falando? Billy Sanguinário compreendia o dilema do policial tão bem quanto eu. Sem confissão, sem caso; sem caso, sem confissão.

Mas ambos sabíamos o que ocorrera. Estávamos pensando exatamente a mesma coisa. Tenho certeza: Pai O'Leary vai até lá certa noite, depois de um dia particularmente ruim para Jacob no tribunal, e dá um susto naquele garoto gordo, abana um revólver na cara dele, obriga-o a assinar uma confissão. O garoto provavelmente sujou as calças antes que Pai O'Leary o enforcasse.

— Você sabe o que fez com Jacob?

— Sim, salvei a vida dele.

— Não. Você tirou o dia dele no tribunal. Tirou a chance dele de ouvir o júri dizer "inocente". A partir de agora, sempre haverá uma pequena dúvida. Sempre haverá pessoas convencidas de que Jacob é um assassino.

Ele gargalhou. Não uma pequena risada, mas um rugido.

— O dia dele no tribunal? E eu sou o tolo? Filhão, sabe de uma coisa? Você não é tão inteligente quanto pensei que fosse. — Ele gargalhou mais um pouco. Gargalhadas grandes, de sacudir a barriga. Ele me imitou com uma voz aguda, afeminada. — "Ah, o dia dele no tribunal!" Nossa, filhão. É incrível que você esteja aí fora e eu aqui dentro. Como diabos isso acontece? Seu burro irritante.

— É um mundo louco. Imagine só, colocar um cara como você na prisão.

Ele me ignorou e se inclinou para a frente, como se pretendesse sussurrar um segredo no meu ouvido através da janela de vidro de 2,5 centímetros de espessura.

— Escuta — confidenciou —, você quer bancar o certinho aqui? Quer jogar seu filho de volta na merda? É o que quer, filhão? Chame os policiais. Vá em frente, chame os policiais e conte a eles toda essa história maluca sobre Patz e este tal de O'Leary, o qual supostamente conheço. Estou cagando para isso. Estou aqui para sempre, de qualquer jeito. Você não vai me prejudicar. Vá em frente. Ele é seu filho. Faça o que quiser com ele. Como você disse, talvez o garoto livre a cara. Arrisque.

— Eles não podem julgar Jacob de novo de qualquer jeito. Ele tem o direito de não ser julgado duas vezes pelo mesmo fato.

— E daí? Melhor ainda. Parece que você acha que este tal de O'Leary cometeu um homicídio. Se eu fosse você, informaria à polícia imediatamente. É o que vai fazer, Sr. Homem da Promotoria? Ou talvez isso não pareça muito bom para o garoto, não é mesmo?

Ele me encarou diretamente nos olhos durante alguns segundos, até que eu me desse conta de que eu próprio estava piscando.

— Não — disse ele. — Achei que não. Estamos encerrados?

— Estamos.

— Ótimo. Ei, guarda! Guarda!

Dois guardas se aproximaram lentamente com expressões céticas.

— Eu e meu filho terminamos a visita. Vocês já conheceram meu filho?

Os guardas não responderam, nem sequer olharam para mim. Pareciam pensar que se tratasse de algum truque para fazê-los desviar o olhar por um segundo, e não cairiam nele. O trabalho deles era colocar o animal selvagem de volta na jaula. Aquilo já era perigoso o bastante. Não havia uma porcentagem de quebra de protocolo.

— Muito bem — disse meu pai quando um dos guardas procurava a chave para prender de novo as algemas à corrente da cintura. — Volte logo, filhão. Lembre-se, ainda sou seu pai. Sempre serei seu pai. — Os guardas começaram a erguê-lo da cadeira, mas ele seguiu falando:

— Ei — disse ele aos guardas —, vocês deveriam conhecer esse cara. Ele é advogado. Talvez vocês precisem de um advogado algum...

Um dos guardas puxou o fone da mão dele e colocou-o no gancho. Ele levantou o detento, prendeu as algemas de volta à corrente na cintura, depois puxou todo o arranjo de correntes para se assegurar de que estava bem preso. Os olhos de Billy ficaram o tempo todo sobre mim, mesmo quando os guardas o empurraram. Ninguém pode saber o que ele viu quando olhou para mim. Provavelmente, apenas um estranho na moldura de uma janela.

Sr. Logiudice: Vou perguntar novamente. E lhe lembrarei, Sr. Barber, que está sob juramento.
Testemunha: Estou ciente disso.
Sr. Logiudice: E está ciente de que estamos falando de um homicídio.
Testemunha: O médico-legista determinou que foi suicídio.
Sr. Logiudice: Leonard Patz foi assassinado e você sabe disso!
Testemunha: Não sei como qualquer pessoa poderia saber disso.
Sr. Logiudice: E você não tem nada a acrescentar?
Testemunha: Não.
Sr. Logiudice: Você não tem ideia do que aconteceu com Leonard Patz em 25 de outubro de 2007?
Testemunha: Nenhuma.
Sr. Logiudice: Alguma teoria?

Testemunha: Não.
Sr. Logiudice: Você sabe absolutamente qualquer coisa sobre James Michael O'Leary, também conhecido como Pai O'Leary?
Testemunha: Nunca ouvi falar dele.
Sr. Logiudice: Verdade? Nunca nem ouviu o nome.
Testemunha: Nunca ouvi falar dele.

Lembro-me de Logiudice parado de pé com os braços cruzados, fervendo. Em um dado momento, eu poderia ter dado um tapinha nas costas dele e dito: "Testemunhas mentem. Não há nada que você possa fazer. Tome uma cerveja, apenas esqueça. Todos os crimes são locais, Neal... Todos esses caras retornam mais cedo ou mais tarde." Mas Logiudice não era do tipo que dispensaria uma testemunha insolente. Provavelmente, não dava a mínima para o homicídio de Patz, de todo modo. Aquilo não era sobre Leonard Patz.

Já era quase o final da tarde quando Logiudice finalmente me forçou a cometer um pequeno e inofensivo perjúrio. Eu passara o dia inteiro depondo e estava cansado. Estávamos em abril. Os dias começavam a ficar mais longos. A luz do dia mal começara a sumir quando eu disse "nunca ouvi falar dele".

Àquela altura, Logiudice deveria saber que não restauraria sua reputação ali, muito menos pedindo a minha ajuda. Ele pediu demissão do gabinete da promotoria pouco depois. Agora, é advogado de defesa em Boston. Não tenho dúvida de que também se tornará um excelente advogado de defesa, até o dia em que perder a licença para advogar. Mas, por enquanto, consolo a mim mesmo com essa imagem dele no tribunal do grande júri cozinhando em fogo brando enquanto o caso desmoronava diante dos próprios olhos. Gosto de pensar nisso como a última lição que ensinei a ele, meu antigo *protégé*. É o dilema do policial, Neal. Depois de algum tempo, você se acostuma com ele.

39 | Paraíso

No final das contas, você pode se acostumar com praticamente qualquer coisa. O que um dia parece um ultraje chocante, insuportável, passa, com o tempo, a parecer comum, ordinário.

À medida que os primeiros poucos meses se passaram, o insulto do julgamento de Jacob perdeu gradualmente o poder de nos enfurecer. Fizéramos tudo o que podíamos. Aquela coisa grotesca havia acontecido com a nossa família. Sempre seríamos conhecidos por ela. Seria a primeira frase em nossos obituários. E sempre seríamos moldados pela experiência, de maneiras impossíveis de imaginar naquela época. Tudo isso começou a parecer normal, permanente, praticamente nem merecia comentários. E, quando aconteceu — quando começamos a nos acostumar com a nova vida como uma família famosa, quando finalmente começamos a olhar para a frente, e não para trás —, nossa família reemergiu gradualmente.

Laurie foi a primeira de nós a redespertar. Ela retomou a amizade com Toby Lanzman. Toby não nos procurara durante o julgamento, mas foi a primeira de nossos amigos de Newton a voltar a fazer contato quando ele terminou. Como sempre, em forma e imperativa — o mesmo rosto magro de corredora, mesmo corpo firme, traseiro arrebitado —, Toby orientou Laurie em um assustador programa de exercícios que incluía corridas longas e frias pela Commonwealth Avenue. Laurie queria ficar mais forte, dizia ela. Em pouco tempo, estava se impondo exercícios exaustivos mesmo sem Toby. Ela retornava de corridas cada vez mais longas, com o rosto vermelho e brilhando de suor em pleno inverno. "Preciso ficar mais forte."

Reassumindo o posto de capitã da família, Laurie mergulhou no grande projeto de também reavivar a mim e Jacob. Ela preparava gigantescos cafés da manhã com waffles ou omeletes ou cereal quente, e, agora que não tínhamos empregos para os quais precisássemos sair correndo, demorávamos mais tempo lendo os jornais, o que Jacob fazia em seu MacBook enquanto Laurie e eu compartilhávamos as versões impressas do *Globe* e do *Times*. Ela organizava noites em família para assistirmos a filmes e até me permitia escolher os filmes de gângster que amo, depois sofria com bom humor enquanto Jacob e eu repetíamos sem parar nossas falas favoritas: "Diga olá ao meu pequeno amigo" e "Eu não sabia até hoje que era Barzini todo o tempo". Ela dizia que meu Brando soava como Elmer Fudd, o que exigiu uma viagem ao YouTube para mostrar a Jacob quem era Elmer Fudd. Como era estranho ouvir a nós mesmos gargalhando de novo.

E, quando tudo isso não estava funcionando rápido o bastante, quando Jacob e eu parecíamos não conseguir nos livrar das trevas do ano anterior, Laurie decidiu que era necessário um remédio mais forte.

— Por que não viajamos durante algum tempo? — perguntou ela animada certa noite após o jantar. — Poderíamos tirar férias em família, como costumávamos fazer.

Foi uma daquelas ideias absurdamente óbvias que atingem você como uma revelação. É claro! No instante em que ela fez a sugestão, soubemos que *era claro* que precisávamos viajar. Por que demorara tanto tempo para pensarmos naquilo? Só falar sobre a ideia já nos deixava um pouco tontos.

— Que ideia brilhante — eu disse. — Dar uma refrescada em nossas cabeças!

— Apertar o botão de *reset*! — Jacob.

Laurie ergueu os punhos e os sacudiu, de tanta animação.

— Estou tão *enjoada* de tudo isso. Odeio esta casa. Odeio esta cidade. Odeio como me sinto o dia inteiro... presa. Eu realmente só quero ir para outro lugar.

Minha memória é a de que nós três fomos diretamente para o computador e escolhemos nosso destino naquela mesma noite. Escolhemos um resort na Jamaica chamado Waves. Nenhum de nós jamais ouvira falar no Waves ou fora à Jamaica. Baseamos a decisão em nada além do site do próprio resort, o qual nos deslumbrou com imagens fantasticamente trabalhadas no Photoshop: palmeiras, praias de areia branca, oceano verde-claro. Era tudo tão perfeito e tão obviamente fraudulento que não resistimos. Era pornografia em forma de viagem. Havia casais rindo, ela firme e bronzeada no biquíni e na saída de praia, ele com as têmporas grisalhas mas exibindo um conjunto perfeito de músculos abdominais de atleta — a dona de casa e o gerente intermediário transformados no Waves nas suas condições verdadeiras de sedutora e garanhão. Havia um complexo hoteleiro adornado com persianas e varandas, o exterior pintado em cores vivas para evocar uma aldeia caribenha de fantasia. O hotel dava para uma rede de piscinas da cor do céu com fontes e bares aquáticos. O logotipo do Waves tremelicava no chão de todas as piscinas. A água azul das piscinas descia de uma para a outra até alcançar a beira de um penhasco baixo, pelo qual um elevador descia até uma praia em forma de ferradura e um pequeno e límpido recife e, ao longe, o azul do oceano estendia-se até o azul sem fim do céu sem uma linha de horizonte definida, o que estragaria a ilusão de que o Waves habitava o mesmo planeta redondo que todas as pessoas. Era justamente o tipo de mundo de sonho para o qual queríamos escapar. Não queríamos ir para nenhum lugar "real"; não é possível estar em um lugar como Paris ou Roma sem pensar, e o que mais queríamos era não pensar. No Waves, felizmente, parecia que nenhum pensamento conseguia sobreviver por muito tempo. Nada teria permissão para estragar a diversão.

O mais notável daquela manipulação mental era que ela realmente funcionava. Nós realmente conquistamos a fantasia do viajante de deixar para trás nossos eus antigos e todos os nossos problemas. Fomos transportados, nos dois sentidos. Não de imediato, é claro, mas um pouquinho de cada vez. Sentimos o peso começar a diminuir assim que reservamos a viagem, uma agradável e longa estada de duas semanas. Depois, sentimo-nos mais leves quando o avião decolou de Boston, e ainda mais quando saímos dele para a luminosidade e a brisa tropical quente na pista do pequeno aeroporto em Montego Bay. Já estávamos diferentes. Estávamos estranha, milagrosa e delirantemente felizes. Olhávamos um para o outro surpreendidos, como se disséssemos: *Isto pode ser verdade? Estamos realmente... felizes?* Você dirá que estamos iludindo a nós mesmos; nossos problemas não eram menos reais. E é claro que isto é verdade, mas e daí? Tínhamos conquistado o direito de tirar férias.

No aeroporto, Jacob sorria. Laurie segurou a minha mão.

— É o paraíso! — disse ela, radiante.

Seguimos até o terminal e pegamos um pequeno ônibus de translado, cujo motorista segurava uma prancheta com o logotipo do Waves e uma lista de hóspedes. Ele parecia um pouco sujo de camiseta, bermuda e sandálias de dedo. Mas sorriu para nós enquanto apimentava as frases com "*Ya, man!*" e, de modo geral, desempenhava bem o papel. "Ya, man!", ele repetia, até que nós também estivéssemos repetindo. Obviamente, ele executara mil vezes aquele número do nativo feliz. Os turistas pálidos engoliram no ato, nós inclusive. *Ya, man!*

A viagem de ônibus durou quase duas horas. Sacolejamos em uma estrada esburacada que seguia para a costa norte da ilha. À direita havia magníficas montanhas verdes; à esquerda, o mar. A pobreza da ilha era difícil de ser ignorada. Passamos por pequenos barracos e casas em palafitas montadas de restos de madeira e estanho corrugado. Mulheres maltrapilhas e crianças esqueléticas caminhavam nas margens da estrada. Os turistas no ônibus ficaram quietos durante a viagem. A pobreza dos nativos era deprimente e eles queriam ser sensíveis em relação ao problema; ao mesmo tempo, tinham ido para se divertir e não era culpa *deles* a ilha ser pobre.

Jacob se viu sentado no assento largo nos fundos do ônibus ao lado de uma garota aproximadamente da idade dele. Era bonita num estilo acadêmico, e os dois conversaram cautelosamente. Jacob mantinha as respostas curtas, como se cada palavra fosse uma dinamite. Ele tinha um sorriso abobado no rosto. Ali estava uma garota que não sabia nada sobre o homicídio, nem sequer parecia ciente de que Jacob era um *geek* que não conseguia propriamente olhar uma garota nos olhos. (Mas

Jacob estava provando ser bastante capaz de olhar aquela garota nos peitos.) Era tudo tão maravilhosamente normal que Laurie e eu fizemos questão de não encarar para que *nós* não pisássemos na bola por ele.

Sussurrei:

— E eu imaginava que *eu transaria* nesta viagem antes de Jacob.

— Continuo apostando em você — disse ela.

Quando o ônibus finalmente chegou ao Waves, atravessamos um grande portão e passamos por canteiros bem-cuidados de hibiscos vermelhos e marias-sem-vergonha amarelas, depois paramos sob um pórtico na entrada principal do hotel. Sorridentes carregadores de malas tiraram as bagagens do ônibus. Usavam uniformes que combinavam itens militares ingleses — chapéus de explorador de um branco que ofuscava os olhos, calças pretas com uma larga tira vermelha descendo pela lateral — e grandes camisas com estampas floridas. Era uma combinação delirante, perfeita para o exército do Paraíso, o exército da diversão.

No saguão, fizemos o *check-in*. Trocamos nosso dinheiro pela moeda local de Waves, pequenas moedas prateadas chamadas "dólares de areia". Um soldado da diversão com um chapéu de explorador serviu um ponche de rum de cortesia, e tudo o que posso dizer sobre a bebida é que continha xarope de romã (era vermelho vivo) e rum, e imediatamente tomei outro, sentindo que era meu dever patriótico para a pseudonação de Waves. Dei uma gorjeta ao soldado, Deus sabe quanto, pois a taxa de conversão para dólares de areia era algo nebuloso, mas a gorjeta deve ter sido generosa porque ele embolsou a moeda e disse "*Ya, man*", ilogicamente mas com felicidade. A partir daí, minha memória do primeiro dia fica um pouco difusa.

E a do segundo.

Peço desculpas pelo tom bobo, mas a verdade é que estávamos muito felizes. E aliviados. Com o peso do ano anterior finalmente removido, estávamos um pouco abobados. Sei que esta história toda é um assunto muito solene. Ben Rifkin fora assassinado, ainda que não por Jacob. E Jacob só fora salvo pela intervenção de um segundo homicídio planejado por *deus ex* prisão — segredo do qual apenas eu tinha conhecimento. E, é claro, sendo nós os acusados, ainda presumiam largamente que éramos culpados de *alguma coisa*, portanto não tínhamos o direito de ser felizes. Incorporamos totalmente as instruções muito rígidas de Jonathan para jamais rirmos ou sorrirmos em público, visando a evitar que qualquer um pensasse que não estivéssemos tratando a situação com a devida seriedade, que estivéssemos em qualquer estado que não o de total devastação. Agora, finalmente, soltamos o ar e, na nossa exaustão, sentíamo-nos intoxicados mesmo quando não estávamos. Não nos sentíamos nem um pouco como assassinos.

Passamos as primeiras manhãs na praia e as tardes em uma das diversas piscinas. Toda noite o resort oferecia algum tipo de entretenimento. Poderia ser uma apresentação musical ou um concurso de caraoquê ou de talentos entre os hóspedes. Não importava o formato, os funcionários nos exortavam a ter o máximo de um tipo extrovertido de diversão. Eles convocavam do palco com sotaques cadenciados da ilha, "vamos lá, to-do-mun-do, façam algum barulho!", e nós, hóspedes, aplaudíamos e gritávamos vivas com o máximo de prazer. Depois, íamos dançar. Uma boa dose do ponche do Waves era necessária para suportar essa parte.

Comíamos insaciavelmente. As refeições eram bufês nos quais podíamos nos servir à vontade, e compensamos meses de má alimentação. Laurie e eu gastávamos nossos dólares de areia em cervejas e *piña coladas*. Jacob até experimentou sua primeira cerveja. "Bom", pronunciou ele masculinamente, apesar de não ter terminado de bebê-la.

Jacob passava a maior parte do tempo com a nova namorada, cujo nome — prepare-se — era Hope*. Ele estava satisfeito conosco também, mas cada vez mais os dois iam passear sozinhos. Depois, descobrimos que Jacob informara a ela um sobrenome falso. Jacob Gold, ele disse que se chamava, pegando emprestado o sobrenome de solteira da mãe, e foi por isso que Hope jamais descobriu sobre o caso. Não sabíamos a respeito do pequeno subterfúgio de Jacob naquele momento, portanto ficamos nos perguntando o que significava, exatamente, que

---

* "Esperança" em inglês. (*N. do T.*)

aquela garota estivesse flertando com Jacob. Seria ela tão alienada que jamais lhe ocorrera fazer uma simples busca no Google sobre ele? Caso tivesse procurado por "Jacob Barber", receberia cerca de 300 mil resultados. (O número aumentou desde então.) Ou talvez ela soubesse e obtivesse alguma espécie de excitação ficando com aquele perigoso pária. Jacob nos contou que Hope não tinha a menor ideia sobre o caso, e não ousávamos questioná-la diretamente por medo de estragar a primeira coisa boa a acontecer com Jacob em muito tempo. Não vimos muito Hope, de todo modo, nos poucos dias em que a conhecemos. Ela e Jake preferiam ficar a sós. Mesmo quando estávamos todos juntos na piscina, os dois se aproximavam para dizer olá, depois se sentavam a alguma distância de nós. Uma vez, vislumbramos os dois furtivamente de mãos dadas quando estavam deitados em espreguiçadeiras adjacentes.

Quero dizer — é importante que você saiba — que gostávamos de Hope, não apenas porque ela deixava nosso filho feliz. Jacob ficava radiante quando ela estava por perto. Ela tinha um jeito caloroso, era gentil e educada, com cabelos loiros e um maravilhoso e leve sotaque da Virgínia que soava adorável para nós, de Boston. Ela era um pouco atarracada mas se sentia confortável com o próprio corpo, confortável o bastante para usar biquínis todos os dias, e todos gostávamos dela também por isso, pelo modo tranquilo como se portava, livre das inseguranças mórbidas habituais da adolescência. Até mesmo seu nome improvável contribuía para a simetria de conto de fadas de sua repentina entrada em cena.

— Finalmente temos Hope — eu dizia para Laurie.

A verdade é que não estávamos inteiramente concentrados em Jacob e Hope. Laurie e eu precisávamos trabalhar nossa própria relação. Precisávamos reaprender o outro, restabelecer os antigos padrões. Até retomamos nossa vida sexual — não freneticamente, mas de forma lenta e com tentativas repetidas. Provavelmente, fomos tão desajeitados quanto Jacob e Hope, que sem dúvida estavam se apalpando mutuamente ao mesmo tempo, em cantos secretos ou pressionados contra as palmeiras. Laurie ficou bem morena muito rápido, como sempre ficara. Para meus olhos de meia-idade, ela parecia insanamente sensual, e comecei a me perguntar se o site não estaria certo, no final das contas: ela parecia cada vez mais com a dona de casa do anúncio. Ainda era a mulher mais bonita que eu já vira. Era um milagre que eu a tivesse conquistado, em primeiro lugar, e um milagre que ela permanecesse tanto tempo comigo.

Penso que, em algum momento na primeira semana, Laurie começou a se perdoar pelo pecado primordial — como ela o via — de perder a fé no próprio filho, de duvidar da inocência dele durante o julgamento. Era visível na maneira como começou a relaxar perto dele. Era uma luta interna para Laurie; ela não tinha nada a reconciliar com Jacob, pois ele jamais soubera das dúvidas dela, muito menos que ela realmente tivesse ficado com medo dele. Somente Laurie poderia perdoar a si própria. Pessoalmente, eu não considerava aquilo tão grave. Perto de outras traições, aquela era pequena; e compreensível, dadas as circunstâncias. Talvez seja preciso ser mãe para saber por que Laurie sofreu tanto. Tudo o que posso dizer é que, à medida que ela se sentia melhor, toda a família começou a retornar ao ritmo normal. Nossa família orbitava em torno de Laurie. Sempre fora assim.

Rapidamente, incorporamos certas rotinas, como as pessoas devem fazer, mesmo em mundos de sonhos como o Waves. Meu ritual favorito era assistir ao pôr do sol em família na praia. Todas os finais de tarde, levávamos cervejas e arrastávamos três cadeiras de praia até a beira d'água, para podermos ficar sentados com os pés na água. Hope se juntou a nós uma vez para assistir ao pôr do sol, sentando-se diplomaticamente ao lado de Laurie, como uma dama de companhia atendendo sua rainha. Mas, geralmente, éramos apenas nós três, os Barber. Ao nosso redor, na luz cada vez mais fraca, criancinhas brincavam na areia e na água rasa, havia até alguns bebês com seus jovens pais. Gradualmente, a praia ficava mais silenciosa à medida que os outros hóspedes iam embora para se preparar para o jantar. Os salva-vidas arrastavam pela areia as cadeiras de praia desocupadas e as empilhavam para a noite, fazendo barulho, até que finalmente os próprios salva-vidas partiam e somente os poucos que assistiam ao pôr do sol permaneciam na praia. Olhávamos para longe, onde dois braços de terra se estendiam para contornar a pequena enseada, e o horizonte ardia primeiro amarelo, depois vermelho e, finalmente, índigo.

Agora, em retrospecto, imagino minha família de três pessoas sentada naquela praia no pôr do sol e gostaria de congelar a história ali. Deveríamos parecer tão normais, Laurie e Jacob e eu, tão parecidos com todos os outros festeiros e moradores de cômodos subúrbios naquele resort. Devíamos parecer com todo mundo, o que, quando se chega ao cerne da questão, é tudo que eu sempre quis de verdade.

Sr. Logiudice: E então?
Testemunha: Então...
Sr. Logiudice: O que aconteceu depois, Sr. Barber.
Testemunha: A garota desapareceu.

40 | Sem saída

A noite se aproximava. Lá fora, a luz do dia se retirava, o céu ficava escuro, o familiar céu cinzento sem sol de uma primavera fria na Nova Inglaterra. A sala do Grande Júri, não mais iluminada pela luz brilhante do sol, ficou amarela sob as luzes fluorescentes.

A atenção dos jurados oscilara ao longo das últimas horas, mas agora eles estavam sentados totalmente atentos. Eles sabiam o que estava por vir.

Eu passara todo o dia prestando testemunho. Devia parecer um pouco desgrenhado. Logiudice andava excitadamente em círculos ao meu redor, como um boxeador estudando um oponente atordoado.

Sr. Logiudice: Você possui qualquer informação a respeito do que aconteceu com Hope Connors?
Testemunha: Não.
Sr. Logiudice: Quando soube que ela desaparecera?
Testemunha: Não me lembro exatamente. Lembro-me de como começou. Recebemos um telefonema no nosso quarto no resort perto da hora do jantar. Era a mãe de Hope, perguntando se ela estava com Jacob. Não tinham recebido notícias dela durante toda a tarde.

Sr. Logiudice: O que disse a ela?
Testemunha: Que não a víramos.
Sr. Logiudice: E Jacob? O que ele disse sobre isto?
Testemunha: Jake estava conosco. Perguntei a ele se sabia onde Hope estava. Ele disse que não.
Sr. Logiudice: Houve algo de incomum na reação de Jacob quando você fez a pergunta a ele?
Testemunha: Não. Ele apenas deu de ombros. Não havia motivo para se preocupar. Todos presumimos que ela provavelmente apenas saíra para explorar o lugar. Talvez apenas tivesse perdido a noção do tempo. Não havia sinal de telefones celulares lá, portanto as crianças desapareciam constantemente. Mas o resort parecia muito seguro. Era completamente cercado. Ninguém poderia entrar para fazer mal a ela. A mãe de Hope tampouco estava em pânico. Eu disse a ela que não se preocupasse, que Hope provavelmente voltaria a qualquer minuto.
Sr. Logiudice: Mas Hope Connors nunca retornou.
Testemunha: Não.
Sr. Logiudice: Na verdade, o corpo dela não foi encontrado até semanas depois, não é verdade?
Testemunha: Sete semanas.
Sr. Logiudice: E quando foi encontrado?
Testemunha: O corpo foi levado pela maré até um ponto na costa a vários quilômetros do resort. Ela se afogou, aparentemente.
Sr. Logiudice: Aparentemente?
Testemunha: Quando um corpo fica na água tanto tempo assim... Ele estava deteriorado. Meu entendimento é de que também servira de alimento para seres marinhos. Não sei com certeza; não tive acesso às informações relativas à investigação. Basta dizer que o corpo não forneceu muitas provas.
Sr. Logiudice: O caso foi considerado um homicídio não solucionado?
Testemunha: Não sei. Não deveria ser. Não há provas que sustentem tal hipótese. As provas sugerem apenas que ela foi nadar e se afogou.

Sr. Logiudice: Bem, isto não é exatamente a verdade, não é mesmo? Há provas de que a traqueia de Hope Connors fora esmagada antes de ela entrar na água.

Testemunha: Tal inferência *não* é sustentada pelas provas. O corpo estava gravemente degradado. Os policiais locais... Houve tanta pressão, tanta mídia. A investigação não foi conduzida apropriadamente.

Sr. Logiudice: Isto aconteceu bem perto de Jacob, não aconteceu? Um homicídio, uma investigação conduzida grosseiramente. Ele deveria ser o garoto mais azarado do mundo.

Testemunha: Isto é uma pergunta?

Sr. Logiudice: Prossigamos. O nome do seu filho foi amplamente ligado ao caso, não foi?

Testemunha: Nos tabloides e em alguns sites oportunistas. Eles falam qualquer coisa por dinheiro. Não daria lucro dizer que Jacob era inocente.

Sr. Logiudice: Como Jacob reagiu ao desaparecimento da garota?

Testemunha: Ficou preocupado, é claro. Hope era alguém de quem ele gostava.

Sr. Logiudice: E sua esposa?

Testemunha: Ela também ficou muito, muito preocupada.

Sr. Logiudice: Isso é tudo, "muito, muito preocupada"?

Testemunha: Sim.

Sr. Logiudice: Não é justo dizer que ela concluiu que Jacob tinha alguma relação com o desaparecimento da garota?

Testemunha: Sim.

Sr. Logiudice: Houve algo em particular que a convenceu disso?

Testemunha: Houve algo que aconteceu na praia. Foi no dia em que a garota desapareceu. Jacob chegou lá... era o fim da tarde, para assistir ao pôr do sol... e sentou-se à minha direita. Laurie estava à minha esquerda. Perguntamos: "Onde está Hope?" Jacob disse: "Com a família, eu acho. Não a vi." Então fizemos uma espécie de piada... acho que foi Laurie quem perguntou se estava tudo bem entre eles, se tinham brigado. Ele disse que não, apenas não a via tinha algumas horas. Eu...

Sr. Logiudice: Andy? Você está passando bem?

Testemunha: Estou. Desculpe-me, sim. Jake... ele tinha umas manchas no short, pequenos pontos vermelhos.

Sr. Logiudice: Descreva os pontos.

Testemunha: Eram respingos.

Sr. Logiudice: De que cor?

Testemunha: Entre o vermelho e o marrom.

Sr. Logiudice: Respingos de sangue?

Testemunha: Não sei. Achei que não. Perguntei a ele o que era aquilo, o que ele fizera com seu short. Ele disse que provavelmente deixara cair um pouco de comida, ketchup ou algo parecido.

Sr. Logiudice: E sua esposa? O que ela achou dos respingos vermelhos?

Testemunha: Ela não achou nada na hora. Não era nada, porque ainda não sabíamos que a garota desaparecera. Eu disse a ele que mergulhasse e nadasse um pouco até que o short ficasse limpo.

Sr. Logiudice: E como Jacob reagiu?

Testemunha: Ele não teve qualquer reação. Apenas se levantou e caminhou pelo píer... era um píer em forma de H; observamos ele andar até o final do píer da direita... e ele mergulhou.

Sr. Logiudice: Interessante que tenha sido você quem disse a ele que lavasse as manchas de sangue do short.

Testemunha: Eu não tinha ideia se eram manchas de sangue. Ainda não sei se isso é verdade.

Sr. Logiudice: Ainda não sabe? É mesmo? Então por que o mandou mergulhar tão prontamente?

Testemunha: Laurie disse algo a ele sobre o quanto aquele short tinha sido caro e que Jacob deveria cuidar melhor das coisas dele. Ele era tão descuidado, tão largado. Eu não queria que tivesse problemas com a mãe. Estávamos todos nos divertindo tanto. Foi apenas por isso.

Sr. Logiudice: Mas foi por isso que Laurie ficou abalada quando descobriu que Hope Connors desaparecera?

Testemunha: Parcialmente, sim. Era toda a situação, tudo pelo que tínhamos passado.

Sr. Logiudice: Laurie quis ir imediatamente para casa, estou certo?

Testemunha: Sim.
Sr. Logiudice: Mas você recusou.
Testemunha: Sim.
Sr. Logiudice: Por quê?
Testemunha: Porque eu sabia o que as pessoas diriam: que Jacob era culpado e estava fugindo antes de a polícia conseguir pegá-lo. Chamariam-no de assassino. Eu não permitiria que ninguém dissesse aquilo sobre ele.
Sr. Logiudice: Na verdade, as autoridades na Jamaica chegaram a interrogar Jacob, não é verdade?
Testemunha: Sim.
Sr. Logiudice: Mas nunca o prenderam?
Testemunha: Não. Não havia motivo para prender Jacob. Ele não fez nada.
Sr. Logiudice: Jesus, Andy, como diabos pode ter tanta certeza? Como pode ter certeza disso?
Testemunha: Como qualquer pessoa pode ter certeza de qualquer coisa? Acredito no meu filho. Eu preciso.
Sr. Logiudice: Precisa por quê?
Testemunha: Porque sou pai dele. Devo isso a ele.
Sr. Logiudice: É isso então?
Testemunha: Sim.
Sr. Logiudice: E quanto a Hope Connors? O que você deve a ela?
Testemunha: Jacob não matou a garota.
Sr. Logiudice: Crianças apenas continuam morrendo perto dele, é isso?
Testemunha: Esta é uma pergunta imprópria.
Sr. Logiudice: Retiro a pergunta. Andy, você acredita honestamente que é uma testemunha confiável? Você pensa honestamente que enxerga seu filho de forma correta?
Testemunha: Acho que sou confiável, sim, de modo geral. Não creio que nenhum pai possa ser completamente objetivo quanto ao filho, reconheço isso.
Sr. Logiudice: Ainda assim, Laurie não teve nenhuma dificuldade em ver Jacob como realmente era, teve?
Testemunha: Você precisará perguntar a ela.

Sr. Logiudice: Laurie não teve dificuldade em acreditar que Jacob tivesse algo a ver com o desaparecimento da garota?

Testemunha: Como eu disse, Laurie ficou muito abalada com a situação toda. Estava fora de si. Chegou às próprias conclusões.

Sr. Logiudice: Laurie alguma vez chegou a discutir as suspeitas dela com você?

Testemunha: Não.

Sr. Logiudice: Vou repetir a pergunta. Sua esposa alguma vez chegou a discutir as suspeitas que tinha quanto a Jacob?

Testemunha: Não, ela nunca fez isso.

Sr. Logiudice: Sua esposa nunca confiava em você?

Testemunha: Ela não sentia que poderia. Não sobre isso. Conversáramos sobre o caso Rifkin, é claro. Acho que ela sabia que havia algumas coisas que eu simplesmente não conseguia discutir; havia alguns lugares aos quais eu simplesmente não conseguia ir. Ela apenas precisaria lidar sozinha com essas coisas.

Sr. Logiudice: Portanto, depois de duas semanas na Jamaica...

Testemunha: Fomos para casa.

Sr. Logiudice: E, quando chegaram em casa, Laurie finalmente manifestou suas suspeitas quanto a Jacob?

Testemunha: Na verdade, não.

Sr. Logiudice: "Na verdade, não." O que isto significa?

Testemunha: Quando chegamos em casa de volta da Jamaica, Laurie estava muito, muito quieta. Não queria discutir nada comigo, na verdade. Estava muito, muito abalada. Estava com medo. Tentei conversar com ela, fazer com que dissesse o que estava pensando, mas ela não confiava em mim, eu acho.

Sr. Logiudice: Ela alguma vez discutiu o que vocês dois deveriam fazer, moralmente, como pais?

Testemunha: Não.

Sr. Logiudice: Caso ela lhe perguntasse, o que você teria dito? Qual você pensa que seria sua obrigação moral como pai de um assassino?

Testemunha: É uma pergunta hipotética. Não acredito que sejamos pais de um assassino.
Sr. Logiudice: Muito bem, hipoteticamente, então: se Jacob fosse culpado, o que você e sua esposa teriam feito a respeito?
Testemunha: Você pode fazer a pergunta de quantas maneiras quiser, Neal. Não a responderei. Isso nunca aconteceu.

Posso dizer sinceramente que o que ocorreu em seguida foi a reação mais genuína, mais espontânea, que já vi de Neal Logiudice. Frustrado, ele atirou para longe o bloco amarelo de notas. O bloco tremulou como um pássaro atingido por um tiro de espingarda caindo do céu, parando no canto oposto da sala.

Uma mulher mais velha no grande júri arfou.

Pensei durante um momento que fosse mais um dos gestos fajutos de Logiudice — uma dica para o júri: *Não estão vendo que ele está mentindo?* —, melhor ainda porque não constaria na transcrição. Mas Logiudice apenas ficou ali de pé, com as mãos na cintura, olhando para os sapatos, abanando levemente a cabeça.

Depois de um momento, ele se recompôs. Cruzou os braços e respirou fundo. *De volta ao trabalho. Atrair, capturar, foder.*

Ele levantou os olhos para mim e viu — o quê? Um criminoso? Uma vítima? De todo modo, uma decepção. Duvido bastante de que tivesse a sensibilidade para ver a verdade: que há ferimentos piores do que fatais, os quais as pequenas distinções binárias da lei — culpado/inocente, criminoso/vítima — não conseguem contemplar, muito menos consertar. A lei é um martelo, não um bisturi.

Sr. Logiudice: Você compreende que este grande júri está investigando sua esposa, Laurie Barber?
Testemunha: É claro.
Sr. Logiudice: Passamos o dia todo aqui conversando sobre ela, sobre por que ela fez isto.
Testemunha: Sim.
Sr. Logiudice: Não dou a mínima para Jacob.
Testemunha: Se você diz.

Sr. Logiudice: E sabe que você não é suspeito de nada, absolutamente nada?
Testemunha: Se você diz.
Sr. Logiudice: Mas está sob juramento. Não preciso lembrá-lo você disso?
Testemunha: Sim, eu sei as regras, Neal.
Sr. Logiudice: O que sua esposa fez, Andy... Não compreendo por que você não quer nos ajudar. Era sua família.
Testemunha: Faça uma pergunta, Neal, não discursos.
Sr. Logiudice: O que Laurie fez... isto não incomoda vo...
Testemunha: Objeção! Faça uma pergunta apropriada.
Sr. Logiudice: Ela deveria ser denunciada!
Testemunha: Próxima pergunta.
Sr. Logiudice: Ela deveria ser denunciada e julgada e mandada para a prisão, e você sabe disso!
Testemunha: Próxima pergunta!
Sr. Logiudice: No dia do crime, 19 de março de 2008, você recebeu notícias sobre a ré, Laurie Barber?
Testemunha: Sim.
Sr. Logiudice: Como?
Testemunha: Em torno das 9 da manhã, tocaram a campainha. Era Paul Duffy.
Sr. Logiudice: O que o inspetor Duffy disse?
Testemunha: Ele perguntou se poderia entrar e se sentar. Disse que tinha péssimas notícias. Falei para ele dizer logo, o que quer que fosse, que apenas me dissesse ali mesmo na porta. Ele disse que houvera um acidente. Laurie e Jacob estavam no carro, na autoestrada, e o carro saiu da pista. Ele disse que Jacob estava morto. Laurie estava gravemente ferida, mas sobreviveria.
Sr. Logiudice: Prossiga.
[A testemunha não respondeu.]
Sr. Logiudice: O que aconteceu depois, Sr. Barber?
[A testemunha não respondeu.]
Sr. Logiudice: Andy?

Testemunha: Eu, hum... senti meus joelhos começarem a ceder, comecei a cair. Paul esticou os braços para me segurar e me manteve de pé. Ele me ajudou a entrar na sala de estar e me levou até uma poltrona.

Sr. Logiudice: O que mais ele lhe contou?

Testemunha: Ele disse...

Sr. Logiudice: Você precisa de um intervalo?

Testemunha: Não. Desculpe-me. Estou bem.

Sr. Logiudice: O que mais o tenente Dufffy lhe contou?

Testemunha: Ele disse que não havia outros carros envolvidos. Havia duas testemunhas, dois motoristas, que viram o carro seguir diretamente na direção de um pilar da ponte. Ela não freou ou tentou desviar. As testemunhas disseram que ela acelerava enquanto seguia em rota de colisão. Ela realmente acelerou. As testemunhas pensaram que a motorista devia ter desmaiado ou sofrido um ataque cardíaco ou algo parecido.

Sr. Logiudice: Foi um homicídio, Andy. Ela assassinou seu filho.

[A testemunha não respondeu.]

Sr. Logiudice: Este grande júri quer denunciá-la. Olhe para eles. Os jurados querem fazer a coisa certa. Todos queremos. Mas você precisa nos ajudar. Precisa nos contar a verdade. O que aconteceu com seu filho?

[A testemunha não respondeu.]

Sr. Logiudice: O que aconteceu com Jacob?

[A testemunha não respondeu.]

Sr. Logiudice: Isto ainda pode ser endireitado, Andy.

Testemunha: Será que pode?

Fora do Fórum, um forte vento soprava na Thorndike Street. Outra falha arquitetônica: as paredes altas e planas nos quatro lados criavam um tornado ao redor da base do prédio. Em uma noite fria de abril como aquela, com o vento circulando o Fórum, o prédio poderia até ficar difícil de alcançar. Daria no mesmo, caso houvesse um fosso ao redor dele. Envolvi-me no meu casaco e desci a

Thorndike Street na direção do estacionamento, com o vento assoprando nas minhas costas. Foi a última vez que entrei naquele Fórum. Recostei-me contra o vento, como um homem mantendo uma porta fechada.

É claro, algumas coisas são impossíveis de deixar para trás. Imaginei repetidamente aqueles últimos momentos. Revivo todos os dias os últimos segundos da vida de Jacob e, quando durmo, sonho com eles. Não importa que eu não estivesse presente. Não posso impedir a minha mente de ver o que aconteceu.

Restando-lhe menos de um minuto de vida, Jacob balançava na fileira do meio da minivan com as pernas compridas esticadas à sua frente. Jacob sempre se sentava na segunda fileira, como uma criança pequena, mesmo quando ele e a mãe eram os únicos no carro. Ele não estava usando o cinto de segurança. Não costumava ter muito cuidado quanto a isso. Normalmente, Laurie teria ralhado com ele para afivelar o cinto. Naquela manhã, ela não fez isso.

Jacob e Laurie não conversaram muito durante a viagem. Não havia muito a ser dito. A mãe de Jacob andara quieta e saturnina desde que retornáramos da Jamaica, algumas semanas antes. Ele foi esperto o bastante para dar algum espaço para ela. Lá no fundo, Jacob devia saber que perdera a mãe — que perdera a confiança dela, não seu amor. Era difícil para eles ficarem juntos. Portanto, depois de trocar algumas palavras com esforço enquanto subiam a rota 128, ambos ficaram calados quando entraram na autoestrada, pegando o viaduto para o oeste. A minivan se fundiu ao tráfego e acelerou, e mãe e filho se acomodaram para a viagem longa e tediosa.

Havia outro motivo para o silêncio de Jacob. Ele estava indo fazer uma entrevista em uma escola particular em Natick. Honestamente, pensávamos que nenhuma escola o aceitaria. Qual escola correria o risco de assumir a responsabilidade legal, ainda que estivesse disposta a enfrentar a notoriedade de ter o sanguinário Jacob Barber em seu campus? Esperávamos que Jacob fosse educado em casa até o final do ensino médio. Mas nos informaram que a cidade não continuaria a cobrir os custos do ensino doméstico sob um plano de educação especial a menos que todas as outras opções estivessem esgotadas, portanto algumas entrevistas foram agendadas. Todo aquele processo era difícil para Jacob — ele precisava provar que não era desejado, sendo rejeitado repetidamente — e, naquela manhã, a necessidade de outra entrevista sem sentido deixou-o cabisbaixo. As escolas aceitavam realizar as entrevistas, ele pensava, apenas para observá-lo, para ver como o monstro parecia de perto.

Ele pediu à mãe que ligasse o rádio. Ela sintonizou na WBUR, a estação de notícias da Rádio Pública Nacional, mas desligou o rádio rapidamente. Era doloroso ser relembrado de que o grande mundo seguia girando, despercebido.

Depois de alguns minutos na estrada, havia lágrimas no rosto de Laurie. Ela agarrou o volante com força.

Jacob não reparou. Estava perdido nos próprios pensamentos. Os olhos dele estavam fixos na vista adiante, entre os dois assentos da frente. Através do para-brisa, a multidão de carros em alta velocidade seguia em formação pela estrada.

Laurie sinalizou e mudou para a faixa da direita, onde o tráfego era esparso, e começou a acelerar, 126, 127, 128, 129, 130. Ela desafivelou o próprio cinto de segurança e colocou-o atrás do ombro.

Jacob teria crescido, é claro. Em uns dois anos, a voz dele ficaria mais grave. Haveria novos amigos. Quando estivesse na casa dos 20 anos, começaria a ficar cada vez mais parecido com o pai. Seu olhar sombrio relaxaria, com o tempo, em uma expressão mais suave, à medida que ele deixasse para trás as preocupações e tristezas da adolescência. Sua estrutura ossuda ganharia massa. Ele não seria tão grandalhão quanto o pai, apenas um pouco mais alto, com os ombros um pouco mais largos que a maioria das pessoas. Ele cogitaria estudar Direito. Todas as crianças se imaginam na profissão dos pais, por mais brevemente e por mais desconfortável que possa ser. Mas Jacob não se tornaria advogado. Ele consideraria o trabalho extrovertido demais, teatral demais, pedante demais para sua personalidade reticente. Ele passaria muito tempo procurando, muito tempo trabalhando em empregos que não lhe seriam adequados.

Quando a minivan passou de 135 quilômetros por hora, Jacob disse sem qualquer preocupação real:

— Não está indo um pouco rápido demais, mãe?
— Estou?
Ele teria conhecido o avô. Já estava curioso. E, considerando os próprios problemas legais, ele gostaria de confrontar toda a questão de seu patrimônio, do que significava ser o neto de Billy Barber, o Sanguinário. Ele visitaria o homem e ficaria decepcionado. A lenda — o apelido, a reputação temerária, o homicídio que era literalmente indizível para tantos — era muito maior que o velho murcho por trás dela, o qual, no final das contas, era apenas um bandido, ainda que um bandido de boa criação. Jacob não faria o mesmo que eu, apagar aquilo, ignorar o fato, desejar que ele desaparecesse. Era pensativo demais para enganar a si próprio daquela maneira. Mas encontraria um senso de paz quanto à questão. Ele passaria de filho para pai, e somente então veria como a coisa toda realmente importara tão pouco.

Mais tarde, depois de vagar um pouco, ele fixaria residência em algum lugar distante, algum lugar onde ninguém jamais ouvira falar nos Barber, ou pelo menos onde ninguém soubesse o suficiente sobre a história para ficar incomodado com ela. Algum lugar no Oeste, imagino. Bisbee, Arizona, talvez. Ou a Califórnia. Quem sabe? E, em um desses lugares, um dia ele teria segurado o próprio filho nos braços e, olhando nos olhos do bebê — como fiz tantas vezes com Jacob —, perguntaria a si mesmo: *Quem é você? No que está pensando?*

— Você está bem, mãe?
— É claro.
— O que está fazendo? Isto é perigoso.
143, 144, 145. A minivan, uma Honda Odyssey, era na verdade bastante pesada — nada de mini, exceto pelo nome — e possuía um motor poderoso. Era fácil atingir velocidades altas. Era muito estável a altas velocidades. Ao dirigi-la, com frequência eu era surpreendido ao olhar para o velocímetro e descobrir que estava a 130, 140 quilômetros por hora. Contudo, acima de 145 ela começava a tremer um pouco e as rodas começavam a perder contato com a estrada.

— Mãe?
— Eu amo você, Jacob.

Jacob pressionou com força o corpo contra o assento. As mãos dele tatearam em busca do cinto de segurança, porém, já era tarde demais. Restavam apenas poucos segundos. Ele ainda não compreendera o que estava ocorrendo. A mente dele tentava agarrar explicações para a velocidade, para a calma da mãe: o pedal do acelerador ficara preso, pressa para não se atrasar para a entrevista ou, talvez, a atenção dela apenas divagara.

— Amo você e seu pai.

A minivan começou a deslizar para o acostamento no lado direito da estrada, primeiro as rodas da direita cruzando a linha, depois as da esquerda — poucos segundos restavam agora —, e continuou a acelerar enquanto a estrada descia uma pequena colina, ajudando o motor, que começava a atingir a velocidade máxima à medida que o veículo atingia 157, 158, 159.

— Mãe! Para!

Ela lançou a minivan diretamente contra um canteiro da ponte. Era um muro de concreto moldado construído na encosta da colina. O canteiro era protegido por uma barreira New Jersey, a qual deveria ter desviado a minivan de um impacto direto. Mas o veículo estava rápido demais e o ângulo da aproximação era direto demais, de modo que, quando Laurie colidiu com a barreira, ela levantou as rodas do lado direito, fazendo o veículo subir um pouco a parede e capotar desastrosamente. Laurie perdeu o controle do carro imediatamente, mas não largou o volante. A van raspou e deslizou ao longo da barreira New Jersey e decolou do topo da barreira, catapultada no ar pelo impulso enquanto o carro girava três quartos do necessário para ficar de cabeça para baixo, como um navio virando para bombordo.

Com a minivan no ar, girando em sentido anti-horário, o motor acelerado, Laurie gritando — uma fração de segundo, foi tudo —, Jacob teria pensado em mim — eu que o segurara, meu próprio bebê, e olhara nos olhos *dele* — e teria compreendido que eu o amava, incondicionalmente, até o último instante — quando viu o muro de concreto voando para atingi-lo.

Este livro foi composto na tipografia Janson Text LT Std,
em corpo 11/15, e impresso em papel off-white,
no Sistema Digital Instant Duplex da Divisão Gráfica
da Distribuidora Record.